Eduardo Lago
Llámame Brooklyn

Llámame Brooklyn

Premio Nadal 2006

Ediciones Destino
Colección
Áncora y Delfín
Volumen 1050

© Eduardo Lago, 2006
© Ediciones Destino, 2006
Diagonal, 662-664. 08034 Barcelona
www.edestino.es
Primera edición: febrero 2006
Segunda impresión: abril 2006
ISBN: 84-233-3814-2
Depósito Legal: M. 17.088-2006
Impreso por Artes Gráficas Huertas
Impreso en España - Printed in Spain

Uno
FENNERS POINT

> Los muertos no existen salvo
> en nosotros.
>
> MARCEL PROUST

Al llegar a Fenners Point la carretera del condado efectúa un giro brusco hacia el oeste, alejándose de la costa en dirección a Deauville. En el vértice de la curva, del lado que da al mar, junto al arcén, hay una placa de metal que dice:

CEMENTERIO DANÉS

Debajo, una flecha de color verde señala el comienzo de un sendero que se adentra en un bosque de pinos. Al cabo de unas doscientas yardas, la arboleda se abre a una explanada desde la que se domina la mancha ilimitada del Atlántico. En Fenners Point la costa alcanza una altura vertiginosa, formando una sucesión de acantilados que culminan en dos salientes conocidos como la *Horquilla del Diablo*. Allí los farallones caen a pico sobre un archipiélago de arrecifes negros, contra los que bate incesantemente el oleaje.

El punto desde donde mejor se aprecia el perfil de Fenners Point es la boca norte de un túnel excavado en roca viva por el que atraviesa la carretera, al borde mismo del océano. Allí se inicia una sucesión de bóvedas gigantescas que se alejan litoral arriba. En numerosos puntos, los delgados paladares de piedra parecen estar a punto de desplomarse sobre el vacío. Abajo, entre peñascos que la labor conjunta del tiempo y el oleaje ha ido desgajando de la orilla, se divisa una lengua de arena blanca, inaccesible por tierra y por mar. Desde no hace muchos años, al caer la noche, parpadea entre las aguas un reguero de luces que alerta a las embarcaciones del peligro que encierran las costas de Fenners Point. Sólo desde que se instaló entre los arrecifes aquella telaraña de señales luminosas, se interrumpió la aciaga sucesión de naufragios cuyo recuerdo seguirá vivo aún por muchos años entre las poblaciones aledañas a la Horquilla.

Cuando empecé a ordenar los papeles de Gal Ackerman, me tropecé con el recorte de una noticia publicada en la *Gaceta de Deauville* con fecha del 7 de junio de 1965. Dice así:

INSTALADA RED DE BALIZAS EN LA COSTA DE DEAUVILLE

El pasado viernes 4 se procedió a la instalación de un sistema de señales luminosas en la llamada Horquilla del Diablo, en Fenners Point. Dada la peligrosidad de las aguas, hubo que esperar a que las condiciones meteorológicas fueran favorables. Poco antes del mediodía, dos helicópteros procedentes de la base naval de Linden Grove se situaron sobre la broa y procedieron a efectuar una inspección visual de los arrecifes. Inmovilizados en el aire, a escasa distancia de las olas, de las puertas de cada aparato se lanzaron dos cabos por los que descendieron ágilmente trabajadores especializados que portaban instrumentos de precisión.

Se me escapó una sonrisa. Daba igual que la noticia viniera sin firmar. Al menos para mí, el autor era inconfundible.

Con notable rapidez, los especialistas apuntalaron una veintena de barras de acero en la parte superior de las rocas de mayor altura. Cada una de las balizas va rematada por una punta luminosa que se mantiene activa por medio de una señal de radio. Una caravana de vehículos oficiales observó la operación desde la carretera. Al cabo de algo más de media hora durante la que el eco que levantaban las aspas de los helicópteros al estrellarse contra las paredes de piedra se mezclaba con el fragor del oleaje, se izaron las sogas, y recogiendo su carga humana, los aparatos se alejaron, tableteando a lo largo de la costa. Desde entonces, cuando cae la oscuridad, los arrecifes adquieren un aspecto sobrenatural. Con esta operación, tantas veces retrasada, las autoridades confían en dotar al litoral del condado de un nivel de seguridad más adecuado…

He vuelto muchas veces después a Fenners Point, recorriendo en solitario el camino que llega hasta los acantilados, y he de decir que el espéctaculo más enigmático no son las luces que destellan entre los arrecifes por la noche. En la explanada situada entre el pinar y el borde del océano hay un pequeño cementerio, vallado por una pared de piedra. Para acceder, basta con empujar la verja de hierro de la entrada. Dentro hay una capilla abandonada y, desperdigadas frente a ella, un puñado de lápidas. Salvo una, todas son anónimas y no llevan más adorno que una cruz, esculpida en la superficie de mármol. Junto a la puerta de la capilla hay una placa con la siguiente inscripción:

El 19 de mayo de 1919 se estrelló contra los arrecifes de Fenners Point el carguero Bornholm, de la Marina Real Danesa. Se recuperaron sólo trece cuerpos que no fue posible identificar. Los demás descansan para siempre en el fondo del océano. Se ruega una oración por sus almas.

Consulado General de Dinamarca,
Ciudad de Nueva York
21-IX-1919

CEMENTERIO MARINO

> Mirar por fin la calma de los
> dioses.
>
> PAUL VALÉRY

Brooklyn Heights, 17 de abril de 1992

Ayer por la mañana enterramos a Gal. Tenía que ser así, como en uno de sus poemas favoritos, en un cementerio al borde del mar, barrido a todas horas por el viento, donde el griterío de las gaviotas se confunde con el rumor incesante de las olas. Desde su tumba se domina el Atlántico, bellísimo y normalmente violento, aunque justo ayer estaba en calma y la planicie azul del océano se perdía más allá de donde alcanza la vista. Todo encaja; el lugar donde Gal Ackerman estaba destinado a descansar para siempre lo descubrió él mismo. Cementerio Danés, decía el rótulo que había visto infinidad de veces al pasar por Fenners Point en autobús, camino de Deauville, cuando iba a ver a Louise Lamarque. Un día, yendo con ella, al divisar la señal, le pidió que detuviera el coche. Se adentraron juntos por el camino de tierra que atraviesa la arboleda hasta llegar a un claro situado casi al

11

borde mismo del acantilado. El cementerio estaba allí, minúsculo, oculto a todas horas a los ojos humanos. Fue Louise quien me explicó, mucho después, que se había erigido para dar reposo a los restos de un grupo de náufragos daneses, tripulantes de un mercante que al parecer transportaba un cargamento de trigo. Gal nunca le había dicho nada al respecto, pero lo cierto es que cuando Frank llamó a Louise para comunicarle la noticia de su muerte, lo primero que le vino a la cabeza fue que tenían que enterrarlo en Fenners Point. A Frank le gustó mucho la idea. Gal le había hablado del Cementerio Danés más de una vez. Gracias a sus conexiones, al cabo de cuarenta y ocho horas, obraba en poder del gallego un permiso que autorizaba el sepelio. Acudimos sólo los más íntimos, aunque por la tarde se pasó mucha más gente por el Oakland. Gal Ackerman no tenía familia. Su padre, Ben, murió en el 66 y su madre, Lucía Hollander, en el 79. Nadia Orlov no hizo acto de presencia, por supuesto. Su pista se había perdido hacía años y no había manera de saber si estaba viva o muerta, aunque quienes conocíamos bien a Gal sentimos en todo momento algo semejante a su presencia. Como dijo Frank, si aún anda por ahí, tarde o temprano le llegará la noticia. El entierro fue muy sencillo, como hubiera querido Gal. Nadie rezó por él, a menos que el alboroto de las gaviotas que volaban por encima de nuestras cabezas fuera una forma de plegaria. Louise leyó en voz alta unos fragmentos del poema de Valéry, eso fue todo. Cuando los obreros que había contratado Víctor cubrieron el féretro y plantaron la lápida, la comitiva regresó a Brooklyn Heights. Frank puso una nota en la puerta del Oakland, anunciando que aquella noche había barra libre para honrar la memoria de Gal Ackerman. No paró de venir gente hasta muy entrada la noche. A Gal le hubiera encantado ver aquello, como también le gustará descansar para siempre en Fenners Point, al borde de un acantilado, en

compañía de unos cuantos marineros daneses, buenos bebe-
dores sin la menor duda, como si en realidad no hubiera
dejado el Oakland del todo.

LA ENTREGA

Fenners Point, 14 de abril de 1994

¿Te das cuenta, Gal, del día que elegiste para morir? Conociéndote, dudo mucho que sea casualidad. Es el tipo de bromas que te gustaba gastar, convencido como estabas de que nadie se iba a dar cuenta, pero a mí no me la juegas. Por si acaso, he escogido la misma fecha que tú para traerte *Brooklyn*, así me podré reír contigo. Eras único, al irte tú desapareció toda una estirpe. La verdad es que me cuesta aceptar que ya no estés entre los vivos. Cada vez que pongo un pie en el Oakland, me da un vuelco el corazón, pensando que te voy a ver allí, sentado en una de las mesas. Tú, que tanto hablabas de la muerte, que tanto escribías sobre ella, por fin estás también del otro lado. Nunca había perdido a nadie tan cercano. Para mí es algo nuevo y no lo acabo de entender. Solías decir que los muertos no se van del todo, que de alguna manera siguen estando entre nosotros. Para mí la única verdad es que no estás. Te has ido para siempre, Gal, lo demás no cuenta. Ya lo sé. Te conozco demasiado bien, no hace falta que me digas nada. No me he pasado tanto tiempo poniendo en orden tus escritos en vano. Ahora mismo, me parece oír con toda claridad tu

14

voz, burlándote de mí: Si eso es lo que crees, ¿se puede saber qué demonios haces aquí, delante de mi tumba, hablándome como si estuvieras convencido de que de algún modo tus palabras llegan hasta mí? Vale, lo que tú digas, pero es que da la casualidad de que precisamente hoy, catorce de abril, se cumplen dos años del día de tu muerte… Por eso te decía antes que si lo de la fecha lo habías hecho a propósito. En todo caso, el aniversario de la Segunda República me parece un día perfecto para traerte el libro. Sí, sí, lo he terminado. Aquí tienes tu novela, Gal: *Brooklyn*. La dejaré aquí contigo, en la hornacina que mandó hacer Frank por encargo de Louise. Para que te haga compañía, como cuentan que hacían los egipcios. Perdona lo trillado de la ocurrencia, pero cuando la vi de lejos, al entrar, sola, haciendo frente a todas las demás, tu lápida me hizo pensar en una página en blanco. Es la única que no tiene una cruz y el caso es que me gusta mucho así, sin epitafio, sólo con tus iniciales y las dos fechas, como si fuera una marca de agua en una hoja de papel:

G A

1937-1992

Estaba cantado que tenías que acabar como los personajes de tu libro. Ahora que he conseguido terminarlo, no tengo ni la más remota idea de lo que voy a hacer con mi vida. Me doy cuenta de que es hora de cambiar de aires. Me pasa un poco como a ti, que no me encuentro a gusto en ningún sitio. Sin saber muy bien por qué, llega un día en que se apodera de mí esta sensación de agobio y la única manera de atajarlo es escapar. De momento sigo en Brooklyn, en tu estudio, pero esto no puede durar. Aunque quién sabe. Para la gente como nosotros, de repente llega un día en que no es posible seguir huyendo. A Louise Lamarque le pasó algo parecido con su casa de Chelsea. Allí está desde hace más de veinte años, hablando con sus muertos, como te gustaba hacer a ti, aunque a ella la salva la pintura, que es lo que debiera haberte ocurrido a ti con *Brooklyn*. Por cierto, que aparte de Frank, ella es la única persona que ha visto la novela terminada. Tres lectores, no está mal. Nunca lo habíamos hablado, pero estoy seguro de que a ti te habría gustado.

Louise. Te debo mi amistad con ella. Fue tu ausencia lo que nos vinculó con tanta fuerza. Nos conocimos el día de tu entierro. Me habías hablado tanto de ella que cuando la tuve delante de mí me dio un escalofrío. Era exactamente tal y como me la había imaginado: una mujer de edad, alta, elegante, misteriosa. Aquel día llevaba un traje negro, muy sencillo, y la cara oculta tras un velo. Así que usted es Néstor, dijo cuando Frank nos presentó, dándome la mano y se descubrió. Tenía el rostro acuchillado de arrugas y la mirada dura. En aquella ocasión apenas pudimos hablar. Ella había llegado a la funeraria con muchísimo retraso y Frank estaba impaciente porque las limousines tenían que haber salido ya hacia Fenners Point. Luego tendréis tiempo, dijo, y la acompañó a la capilla ardiente para que pudiera estar un momento a solas contigo antes de que sellaran tu ataúd.

Hacía un día perfecto de luz y de calor y soplaba una ligera brisa. Cuando terminó la ceremonia, al salir del cementerio, me pidió que me sentara a su lado durante el trayecto de vuelta. Estábamos los dos solos en el espacio enorme de la limousine. Delante, separados de nosotros por una mampara de cristal ahumado, iban Frank Otero y Víctor Báez. Primero estuvimos un rato muy largo sin hablar. Los acantilados quedaban a la izquierda de la carretera y la mirada se nos iba involuntariamente en dirección al mar. De vez en cuando los árboles ocultaban la vista del océano. Cuando por fin el camino se apartó de la costa, Louise miró hacia el frente y sin levantar el velo dijo en voz muy baja:

No es que me haya cogido de sorpresa, todos sabíamos

que iba a pasar en cualquier momento, pero yo ya no tengo fuerzas. Soy demasiado vieja para encajar golpes así. ¿Cuántos muertos tienes tú?

No estaba seguro de lo que quería decir y no contesté.

En mi caso han sido tres, continuó. No es que sean muchos, pero no es cuestión de número. Es lo difícil que resulta soportar el peso de su ausencia a medida que va pasando el tiempo. A mi madre no la cuento, murió cuando yo tenía apenas unos meses, y no conservo ningún recuerdo de ella. La primera muerte que me hizo daño de verdad fue la de mi padre, cuando yo tenía catorce años. Estuve a punto de enloquecer. ¿Tus padres viven?

Contesté que sí y ella asintió.

Al principio no entendí qué había pasado. Me negaba a la evidencia. No aceptaba que mi padre me hubiera abandonado. Cuando al cabo de mucho tiempo logré hacerme a la idea, algo cambió en mí. ¿Cómo explicarlo? Llevaba más de un año sufriendo y de repente, sin que yo me diera cuenta, el dolor se había transformado en otra cosa. Rabia, furia, no sé bien qué… si no era odio se le parecía mucho. Quería hacerle pagar por haberse ido de mi lado.

Entonces alzó la redecilla y por segunda vez pude observar su rostro. Tenía los ojos de un color azul claro, extrañamente frío. Sacó del bolso una cajetilla de Camel y la alargó hacia mí.

¿Fumas?

Le dije que no, pero ella no movió la mano de donde la tenía. Tardé unos segundos en reaccionar. Cogí el paquete. Dentro encontré un mechero de plástico. Saqué un cigarrillo, se lo ofrecí y le di fuego. Louise bajó un poco el cristal de la ventanilla y lanzando una bocanada de humo hacia el exterior me preguntó, con voz casi inaudible:

¿Estoy hablando demasiado?

Con un movimiento de cabeza, le di a entender que no.

La siguiente muerte fue aún peor. No sé si Gal te habrá hablado de Marguerite. Fue mi compañera durante más de diez años...

Aunque era prácticamente imposible apurarlo más, todavía le dio una calada al cigarrillo antes de arrojarlo por la rendija de la ventanilla. La colilla se estrelló contra un muro invisible, dejando un reguero de chispas en el aire. Louise se guardó el paquete de tabaco en el bolso y bajó la redecilla del sombrero. Tenía las puntas de los dedos amarillas de nicotina.

Gal era mi mejor amigo, por no decir el único, quiero decir amigo de verdad. Nos conocíamos desde hace casi treinta años... Chasqueó la lengua, haciendo una mueca que no supe cómo interpretar. Su muerte es una señal, de eso estoy segura. Siento que se ha desequilibrado para siempre el fiel de la balanza.

Siguió un largo silencio que interrumpió Frank, descorriendo la mampara de cristal. Anunció que estábamos a punto de llegar y le preguntó a Louise si quería tomar algo con nosotros en el Oakland, a lo que contestó que quería estar sola. Otero le indicó a Víctor que la llevara a Manhattan. Cuando nos despedimos me retuvo la mano con fuerza:

Pásese algún día por mi estudio a la caída de la tarde, dijo. Creo que tenemos mucho de que hablar. Aunque hoy no le haya dado pruebas de ello, le prometo que también sé escuchar.

Subrayó sus palabras con una carcajada seca. Era la primera vez que la oía reírse, y había algo en su manera de hacerlo que me resultaba extrañamente familiar.

Desde entonces acudo con cierta asiduidad a su caserón de Chelsea. Prácticamente siempre tiene invitados: coleccionistas, críticos de arte, músicos, poetas y sobre todo artistas jóvenes que sienten una intensa admiración por su obra. Al final, Jacques, su ayudante, se las arregla para que se vaya todo el mundo y nos deja a solas. Me suele hablar del trabajo que ha ultimado durante el día, como hacía contigo. Tiene muchísimo talento y me cuesta creer que el mundo haya tardado tanto en reconocerlo, pero lo más asombroso es su indiferencia. Le trae completamente sin cuidado lo que se piense de ella. Jacques dice que sigue siendo la misma de siempre. La primera vez que la fui a ver, uno de los invitados, un escultor muy joven, dijo algo en francés que no entendí muy bien, aunque sí lo suficiente como para darme cuenta de que era una alusión a su fama. Louise soltó una carcajada idéntica a la que se le escapó cuando nos despedimos a la vuelta de Fenners Point. La risa de Louise es grave, cavernosa, de fumadora, como su voz. Aplastó la colilla contra el cenicero y repitió la frase que le había dicho el chico, que observaba su reacción desconcertado. Entonces, de repente, Gal, entendí lo que os unía. Louise se burla de las cosas que preocupan a la mayoría de la gente, igual que solías hacer tú. Le importa un bledo que al final de su vida haya recaído sobre ella una atención que jamás había buscado. Los dos despreciabais por igual los modos del mundo. Por eso había dicho que tu muerte desequilibraba la balanza. La habías dejado sola, Gal.

Si no tiene ganas de hablar, me propone que tomemos el té en la biblioteca. Observando su rostro arrugado, viéndola encender un Camel sin filtro con la colilla de otro, he aprendido a reconocer en ella la misma fuerza interior que tenías tú. No sabría qué nombre darle, más que desprecio o indiferencia es una forma de dignidad que le sirve para defenderse no sé muy bien de qué. En ti había visto muchas veces esa misma fuerza, extraña pero positiva, cargada de una vitalidad casi violenta. Los dos necesitabais la proximidad del peligro, aunque ella es mucho menos vulnerable. Cuando Louise se siente acorralada, se encierra en sí misma; tú, sin embargo, enloquecías y no dejabas de revolverte hasta conseguir hacerte daño, cuanto más mejor.

En la biblioteca hay un retrato en el que supo captar uno de los raros momentos en que tu espíritu se encontraba en calma. Te va a parecer una asociación descabellada, pero ese retrato me recuerda una de las cosas más hermosas que has escrito: me refiero a la semblanza de Lérmontov. Una tarde, en el Oakland, me hablaste de él, y cuando confesé que no lo conocía te escandalizaste. ¿Qué no sabes quién es Lérmontov? me preguntaste, asombrado. Te parecía imposible. El poeta ruso, dijiste, bajando la voz, y te quedaste pensando. Era uno de esos silencios tan tuyos en los que era casi visible la forma de tus pensamientos. En seguida añadiste: Murió a los 27 años, en un duelo. El zar lo había desterrado, y toda la gente de la localidad donde se había refugiado acudió al sepelio. Cuando te volví a ver, al día siguiente, habías escrito una bellísima semblanza de su vida. Me la diste, sin guardarte una copia para ti. Ahora la tiene Louise. Se la regalé la segunda vez que la fui a ver, después de que se hubo ido el resto de los invitados. Me llevó a la biblioteca, se sentó en el sillón de cuero rojo y encendió un cigarrillo. Cuando terminó de leer, dijo: Está muy bien, pero no es Lérmontov. La miré extrañado y pregunté. ¿Entonces quién? Gal, dijo, divertida, Gal, ¿quién si no? Aunque lo más seguro es que él no se diera ni cuenta. Me reí con ella. Tenía toda la razón, eras tú. Cuando me la quiso devolver le dije que se la quedara.

A medida que va pasando el tiempo estoy cada vez más convencido de que siempre habías previsto que las cosas iban a ocurrir así. No te hacía mucho caso cuando me decías que nunca serías capaz de terminar el *Cuaderno de Brooklyn*, como llamabas muchas veces a tu novela, pero me insististe tanto, a tu manera, sin decir nada concreto, que cuando me quise dar cuenta habíamos cerrado un trato. No me entiendas mal, haber empleado así estos dos últimos años ha sido tan importante para mí que mi existencia ha dado un vuelco. Pero también es verdad que al principio lo repentino de tu muerte me hizo sentir que había caído en una trampa. Al no estar tú, no podía echarme atrás y la carga se me hizo insoportable. *¿Terminar yo tu libro?* Me sentía incapaz, pero no tenía elección. Estaba atado. Me costó resolverme a empezar y cuando por fin lo hice, me di cuenta de que había mucho adelantado. Casi a cada paso me encontraba indicaciones que me permitían ver con claridad por dónde seguir. En cierto modo era como tenerte siempre ahí, señalándome el camino. Y no eran sólo tus anotaciones. Muchas veces, de manera fortuita, recordaba retazos de conversaciones. ¿Sabes lo primero que me vino a la cabeza, antes de tocar nada, en el momento de tomar posesión del Archivo? (Frank y yo bautizamos así tu estudio, en homenaje a Ben). Al verme rodeado de tus papeles, de pronto me acordé del día que me hablaste de la última voluntad de Kafka. Había entregado su vida a la escritura y al sentir que la muerte se le echaba encima, le pidió a su mejor amigo, Max Brod, que destruyera sus escritos.

Es una anécdota manida, añadiste, pero no por eso deja de ser impresionante. Virgilio también hizo algo parecido. Naturalmente sólo tenemos conocimiento de los casos en que los amigos desobedecieron. ¿Cuántos habrá que, por el contrario, respetaron la voluntad del muerto? ¿Cuántos kafkas y virgilios habrán desaparecido sin dejar rastro de su paso por la tierra?

La pregunta me hizo pensar en otra de tus anécdotas favoritas. Tenía la esperanza de que la hubieras escrito para poder incluirla en el *Cuaderno*, pero no la encontré entre tus papeles. Me refiero a la historia del poeta inglés que escribía sus composiciones en papel de arroz. ¿Te acuerdas de cuando me la contaste por primera vez? Fue casi al principio, una mañana que vine de Chicago y fui directamente del aeropuerto al Oakland. Me estaba separando de Diana y no me atrevía a pasar por casa. Todavía no nos conocíamos bien, aunque ya me habías hablado de *Brooklyn*, el libro que te llevaba tanto tiempo rondando en la cabeza. No recuerdo a santo de qué me hablaste de un aristócrata inglés que escribía poemas en papel de fumar, después liaba un cigarrillo y antes de encenderlo decía: Lo interesante es crearlos.

Lo leí en una entrevista con Lezama Lima, aclaraste. La anécdota, como las de la muerte de Kafka y de Virgilio, surgió más de una vez en nuestras conversaciones y siempre me llevaba a hacerme la misma pregunta: *¿Y tú por qué escribías, Gal?* Un día que íbamos camino del gimnasio de Jimmy Castellano a ver un combate de Víctor, te la solté a bocajarro. Te encogiste de hombros y aceleraste el paso. Estábamos a una manzana del Luna Bowl, y Cletus, el portero, te había reconocido y te hacía señas desde lejos. Resuelto a conseguir una respuesta, te corté el paso y te espeté, apremiante: Me has oído perfectamente, Gal. ¿Por qué escribes? Torciste el gesto y esperaste a que me apartara. Te pedí perdón y jamás volví a sacar el tema, pero a ti no se te olvidó. Debiste de escribir esto un par de día después. Es ese tipo de detalles lo que me dio a entender que lo tenías todo planeado:

3 de abril de 1992

La pregunta de Néstor me hizo pensar en uno de los amigos españoles de Ben, Antonio Ramos. Se conocieron en enero de 1938, cuando Ben estaba destinado en el hospital de campaña. Una mañana, al hacer la ronda, le hizo una cura a un prisionero del bando sublevado. Recuerdo el énfasis con que Ben recalcó que no era fascista. Las cosas eran así; enviaban a muchos al frente, sin que les diera tiempo a elegir bando. Se llamaba Antonio Ramos, tendría dieciocho o diecinueve años, y decía que era pintor. Aparte de la gravedad de sus heridas, era de constitución débil, y durante muchos días estuvo debatiéndose entre la vida y la muerte. Cuando estuvo fuera de peligro, Ben se empezó a hacer amigo suyo. Tenía una sensibilidad muy especial y mi padre le cobró afecto enseguida. Muchas veces, al terminar la ronda, volvía junto a su cama y se quedaba un buen rato charlando con él. Le parecía que aquel muchachito tenía algo especial. Ramos guardaba entre sus cosas una antología de Antonio Machado de la que le gustaba leer en voz alta porque según él la poesía no se podía apreciar bien sin escucharla. Una de las veces que Lucía pasó por Madrid, Ben se empeñó en llevarla al hospital para que conociera a Antonio. Cuando le dieron el alta, lo trasladaron a una prisión militar. Al despedirse, Antonio Ramos le regaló a Ben la antología de Machado y le pidió su dirección. Cuando los milicianos lo subieron al camión con otros prisioneros, mi padre pensó que jamás lo volvería a ver. Se equivocó. Años después de acabada la guerra, llegó a Brooklyn una postal con matasellos de París. Antonio Ramos vivía allí. Había terminado Bellas Artes en Madrid, y le habían dado una beca, muy poca cosa, pero que le llegaba para vivir. Mi padre le contestó y en años sucesivos se siguieron escribiendo de manera más o menos esporádica. Por fin, en uno de sus viajes a Europa, Ben se decidió a hacerle una visita. Debió de ser a principios de los sesenta. Cuando llamó al timbre, le abrió la puerta un individuo esquelético, de aspecto muy deteriorado. Por un momento, Ben pensó que se había equivocado de piso. Sólo cuando aquella aparición lo abrazó se dio cuenta de que tenía que ser él. Ramos le explicó que le habían extirpado un pulmón, y que el que le quedaba funcionaba con dificultad. Vivía en un apartamento muy modesto, en el boulevard Montparnasse, y el frío se le había metido tan dentro del cuerpo, que a pesar de la calefacción, se tenía que echar una manta por encima para poder pintar. Se había casado con una francesa que se llamaba Nicole y trabajaba de traductora en Gallimard. En el momento de la visita ella no estaba en casa. Ben le preguntó qué tal estaba y Ramos le contestó que el médico le había prohibido pintar, que dado el estado de su único pulmón, si seguía pintando, las emanaciones tóxicas no tardarían en acabar con él. Ben vio varios óleos de gran tamaño a medio hacer, y se dio cuenta de que su amigo hacía caso omiso de los consejos médicos, pero no le dijo nada. Sé lo que estás pensando, pero te equivocas, le dijo Ramos. Al médico le he dicho lo mismo. Es justo al revés: si no pintara me moriría. Sonrieron a la vez. Ninguno de los dos quería que se echara a perder la magia del reencuentro. Ramos guardaba una botella de un gran vino de Borgoña y llevaba años esperando una ocasión adecuada para abrirla. Cuando Nicole volvió de Gallimard, improvisaron una cena y entre los tres dieron buena cuenta del vino.

De modo que por eso escribías. Tuve que esperar a que murieras para conocer la respuesta. En cuanto a la encerrona, el día clave fue el 8 de abril. Estábamos charlando en el Oakland, y de repente me pediste que te acompañara al estudio. Había estado allí otras veces, y me dio la sensación de que todo estaba un poco más ordenado de lo habitual. Señalando las torres de cuadernos, me dijiste:

En el fondo todo lo que ves ahí da igual; lo acumulo porque sí, porque es mi único consuelo, porque a veces abro al azar algo que he escrito y leo unas páginas que me llevan a otra dimensión del espacio y del tiempo, y con eso me basta. Me conformaría con entresacar de ahí una sola cosa, no sabría explicarte bien por qué. Como decía Alston, con un libro basta. ¿Te acuerdas de mi amigo Alston Hughes, el poeta? Murió alcoholizado, como me pasará a mí. Una noche vino a casa la víspera de una lectura de sus poemas, para que le ayudara a elegirlos. Sacó de la cartera un mazo de no más de cien folios. Allí estaba todo lo que había escrito a lo largo de sus 63 años de vida. Fue pasando las hojas muy despacio y cuando terminó dijo para sí: ¡Qué vergüenza haber escrito tanto! Le importaba un rábano publicar o no. Leyó con otros dos poetas, un chileno que había sido secretario de Neruda y una mujer muy dulce, de aspecto modoso, creo que peruana. No recuerdo sus nombres, aunque los dos habían publicado muchos libros. El único desconocido era Alston. Nadie tenía la más remota idea de quién era y si lo habían invitado fue porque yo había insistido a los organizadores en que se le incluyera en el panel. Me costó trabajo convencerlos, pero al final se fiaron de mi palabra. La lectura que hizo fue escalofriante. Los entendidos no sabían bien qué pensar; les faltaba un rasero con qué medirlo; estaban indecisos entre el desconcierto y el más puro desdén. Sin embargo, la reacción de los jóvenes fue muy distinta. Nada más terminar el acto, lo rodearon, preguntándole con vehemencia dónde podían encontrar sus libros. Con una sonrisa de satisfacción Alston les contestó que en ninguna parte. Nunca he publicado nada ni lo haré, les dijo, divertido. Ahora que está muerto, creo que hay alguien preparando una edición, en París. Si algo he aprendido de Alston, es precisamente eso. Entonces, alzando la mano derecha, señalaste hacia un punto inconcreto del espacio y añadiste:

Ahí hay todo tipo de manuscritos, cosas que sus autores se han empeñado en hacerme llegar a lo largo de los años. Algunos son de amigos, otros de gente que apenas conozco. Trabajos fallidos la mayoría, aunque de vez en cuando me topo con algo de interés. Los guardo allí, dijiste, señalando dos puertas altas que había encima de un armario empotrado. ¿Sabes cómo llamo a ese lugar? Soltaste una carcajada larguísima antes de decir:

¡El nicho! ¿Quieres que te enseñe el nicho, Ness?

No entendía. Sin darme tiempo a reaccionar, acercaste una escalerilla y me dijiste en tono perentorio:

¡Súbete ahí!

Insististe en que abriese las puertas del altillo y, en efecto, en el momento de hacerlo me parecieron sendas lápidas.

¡Mira bien! ¿Ves lo que hay? Hace unos meses fui a sacar un manuscrito y me sentí exactamente igual que un enterrador que abre una tumba para proceder al traslado de unos restos. Fue entonces cuando lo bauticé así. Asómate, asómate y verás.

Hice lo que me decías. Era un hueco ancho y bastante profundo, con las paredes de cemento. Dentro, flotaban corpúsculos de luz suspendidos en medio de una nube de polvo; el reflejo blanquecino de los manuscritos hacía pensar en un montón de huesos desperdigados en una fosa abierta. Olía un poco a humedad. Me inquietaba mirar aquello, la verdad, de modo que en seguida me bajé. No llegué a tocar nada, aunque tú te empeñabas en decirme que lo hiciera. Inmediatamente te encaramaste en lo alto de la escalera y con gesto teatral declamaste:

¡Un cementerio de manuscritos! Hundías los brazos entre los papeles, incapaz de dejar de reírte. ¡Decenas y decenas de manuscritos! Aquí hay de todo, Ness: novelas, poemas, cuentos, obras de teatro, ensayos, libros de memorias, textos insufribles que no interesan a nadie. Increíble, verdad, y su destino común es que nunca serán leídos, jamás llegarán a la imprenta. Tantos sueños de fama, de dinero y vanidad, todas las cosas con que sueña la mayoría de la gente que está empeñada en publicar. Tanto esfuerzo y trabajo, ¿para qué? Cuánta amargura y frustración, cuántas esperanzas fallidas. Déjame, déjame que te los muestre.

Desde lo alto de la escalera, fuiste leyéndome algunos títulos. Tú te reías a carcajadas, pero yo sentí un escalofrío. ¿Cómo podías hacer una cosa así? Me hacía daño verte actuar de ese modo. Era el lado sombrío de tu personalidad, y en aquel momento me resultaba intolerable. Por suerte, la escena no se prolongó mucho. Bruscamente, dejaste de reírte, cerraste (con cuidado, no creas que se me escapó el detalle) las puertas del nicho, te bajaste, plegaste la escalera de tijera y te la llevaste a la cocina.

Ya sabes que en el estudio nunca tengo nada de beber. Voy un momento a la licorería, subo enseguida.

Al volver, me encontraste mirando los libros de tu biblioteca. Habías traído una botella de vodka, una petaca de cristal, de esas que cuestan dos o tres dólares, y unos vasos. Los llenaste y dijiste:

Te puedes llevar de ahí todo lo que quieras. Yo ya no leo. Todos estos nombres que un día significaron tanto para mí, ya no me dicen nada. Hace tiempo que me aburren los libros. Hasta hace poco de vez en cuando releía, pero ya ni eso. Me siento muy cerca del final y estoy cansado. Siempre me pareció que tenía razón Alston Hughes. ¿Dejar un libro póstumo, Ness? A veces he pensado si no lo habré escrito con la esperanza absurda de que lo llegue a leer Nadia. ¿O crees que lo habré escrito para mí…? Maldita sea, Ness, he invertido toda la vida en ello sin saber bien para qué.

Te acercaste a las torres de papel, diciendo:

Aquí lo tienes, Ness, *Brooklyn*… Mi libro, desperdigado entre las páginas de todos estos cuadernos. Bueno, técnicamente aún no está acabado, pero tampoco falta mucho. En estos momentos se podría decir que es una carrera contra el tiempo. Si vivo un poco más, tal vez consiga terminarlo. Pero si no es así… ¿Sabes que fue Nadia quien me lo hizo ver? Le hablaba tanto del libro que iba a escribir. Le explicaba cómo iba a ser, le daba detalles de su estructura. Le enumeraba los títulos que se me habían ocurrido, preguntándole cuál le gustaba más a ella. Le contaba las historias que pensaba ir añadiendo, muchas de las cuales jamás llegué a escribir… Una de aquellas veces me preguntó que cuándo creía que lo iba a terminar. Nunca, le dije, completamente en serio. Nadia estaba acostumbrada a mis salidas, pero aquella vez se quedó desconcertada de verdad…

[…]

No te entiendo.
No hay nada que entender, es la verdad.
¿Pero por qué?
No lo sé, es como si fuera un maleficio.
No puede ser.

¿Por qué?

Porque no depende de ti, Gal, el libro existe ya, aunque todavía esté desperdigado en los cuadernos.

Pero no estoy seguro de ser capaz de rescatarlo.

En ese caso, alguien lo hará por ti. ¿No te parece?

[...]

Tomado de uno de tus cuadernos. ¿Te acuerdas, no? Tú mismo lo escribiste. ¿No era ese el pacto? Buena manera de empezar, ¿no te parece? Volviendo a aquel día, el vodka seguía intacto en los vasos. Abriste las cortinas. La luz de la mañana entró violentamente en la habitación, haciéndote decir:

Mira esta luz, Néstor. Es la luz de que habla Louise en su poema. La luz de Brooklyn.

Volviste a echar las cortinas, como si te resultara imposible seguir hablando mientras estuviéramos envueltos en aquella claridad.

Lo que le dije a Nadia entonces es verdad. Hay algo en mí que me impide darle forma final a lo que escribo. Pero también tenía razón ella: el libro existía, desperdigado entre los legajos.

Aunque el papel que me encontré después te delataba, entonces se te olvidó el detalle de añadir que Nadia también había tenido la clarividencia de saber que *alguien lo haría por ti*. Pero no hacía falta, porque el trato estaba hecho, aunque yo no lo supiera todavía. Entonces me diste la llave de tu cuarto y te pusiste de pie. No dijiste nada más, ni yo a ti, pero tampoco hacía falta. La suerte estaba echada desde mucho antes de que me invitaras a subir. Tampoco me diste ocasión de brindar contigo. Apareció en tu cara aquella sombra que había llegado a conocer tan bien. Estabas lejos, solo, perdido dentro de ti mismo, apenas consciente de lo que te rodeaba. Cogiste tu vaso y lo vaciaste de un trago, sin esperarme. Lanzaste una mirada hacia las cortinas, como si tuvieras miedo de que se colara la luz, y con el pulso ligeramente tembloroso, cogiste mi vaso y te lo bebiste también. A continuación, te dirigiste a la puerta, sin despedirte de mí, como si yo no estuviera allí. No te seguí. Metí la mano en el bolsillo, jugando inconscientemente con la llave que me habías dado. Fue la última vez que te vi con vida.

El 9 de abril me fui de viaje a Nuevo México. La noche del 14, al volver al hotel, en Taos, me encontré un mensaje de Frank Otero, diciéndome que le llamara urgentemente al Oakland. Cuando lo hice, me dijo lo que había sin rodeos:

Malas noticias, Ness. Gal murió ayer, en Lenox Hill. Estuvo tres días en coma. Te llamé a la redacción. Dylan Taylor me explicó cómo encontrarte. Me ha dicho que vuelves hoy de madrugada, o sea que aún llegas a tiempo. El entierro será el 16, en Fenners Point. Estoy pendiente de un permiso, pero tengo mis contactos y estoy seguro de que llegará a tiempo.

Nunca había oído hablar de Fenners Point, pero no pregunté nada porque no era momento de explicaciones. Cuando pasó todo, le dije a Frank que me habías dado la llave de tu cuarto y le pedí que subiera conmigo. Estaba todo igual que la última vez que estuve allí contigo. Entonces le conté con detalle nuestra última conversación.

No tengo intención de alquilarlo, fue todo lo que dijo. Dispón de lo que hay aquí dentro a tu manera.

Han sido dos años, Gal, dos años de ir ordenando poco a poco la enorme cantidad de material que habías dejado, haciendo desaparecer lo que estaba destinado a no acabar formando parte de *Brooklyn*. Allí, rodeado de tus fotos, de tus cartas y recuerdos, era como si estuvieras conmigo. Cuando el trabajo fue cobrando forma, muchas noches me quedaba a dormir en el estudio y al cabo de unos meses me fui a vivir allí, para que nada me apartara del trabajo.

Al leerte, oía con perfecta claridad tu voz. Más de una vez, cuando crujía un mueble o el suelo de madera, me llegué a volver, creyendo que estabas en la habitación y que ibas a decirme algo.

Una tarde, poco después de instalarme, vacié el nicho, sin atreverme a hojear los manuscritos. Le pedí a Frank que me ayudara. Los bajamos juntos, en varias cajas de cartón, y los fuimos quemando uno por uno en la chimenea del Oakland. Viéndolos arder, no me podía quitar de la cabeza lo que solías decir acerca de los escritos que nacen condenados al olvido. Parecemos el cura y el barbero, dijo Frank, sólo que nosotros no le perdonamos la vida a un solo título. Consiguió que me riera.

Aquello no fue más que el principio. Cumpliendo tus deseos fui completando los huecos que habías dejado. Lo fui examinando todo con cuidado: las cartas, los blocs de notas, los cuadernos, las carpetas, tus diarios, los de Nadia. Al final del día, bajaba al bar a quemar el material que ya no era necesario. Me había convertido en la prolongación de tu sombra. Sí; han sido dos años de obediencia a una voz que no cesaba, una voz que llevaba preparándome para hacer aquello casi desde el día que te conocí, aunque eso no lo comprendí hasta después de que te hubieras ido. Pero ya está, lo hemos conseguido, Gal, tú y yo. Aquí tienes tu maldita novela: *Brooklyn*. Tenía razón Nadia, el libro ya existía. Tú eras el artífice, además del único obstáculo. Había que quitarte de en medio; para rescatarlo hacía falta alguien capaz de obedecer tu voz, pero no podías ser tú porque a ti tu voz te consumía. No fue fácil. Ahí van cientos y cientos de horas de silencio y soledad, horas durante las cuales puse mi escritura al servicio de la tuya. Cuando por fin terminé me di cuenta de que si alguien estaba en deuda era yo. Muchas veces, al releer lo que hemos hecho, me cuesta trabajo distinguir tu voz de la mía. Aunque en realidad, sólo hay una voz, la tuya: cada vez que me tocaba intervenir, lo hacía pensando en cómo lo habrías hecho tú. Ha sido un largo aprendizaje, pero te estoy agradecido. Gracias a ti puedo decir que soy escritor. Antes de esto, siempre sentí que me quedaba grande la palabra.

No tengo nada que añadir. Está todo en el libro. Eso sí, hay que celebrarlo. He traído una botella de vodka como la que trajiste tú aquel día, una petaca de 32 onzas, idéntica a la que te gustaba poner en los altares del Astillero. La dejaré en la hornacina, con el libro, para que te haga compañía. Pero antes tengo que dar cuenta del trago que no me dejaste echar el día que sellamos el pacto. ¿O pensabas que se me iba a olvidar?

Dos
DEAUVILLE

It's not on any map, true
places never are.

HERMAN MELVILLE,
Moby Dick 12

Deauville, 13 de octubre de 1973

Me desperté antes del amanecer, con sensación de angustia. Aunque no recordaba bien el sueño, sabía que tenía que ver con Sam Evans. Me levanté, fui a la cocina, encendí un cigarrillo y, mientras se hacía el café, volví a leer la postal de Louise. Tenía fecha del viernes y no decía nada concreto, pero cuando terminé de leerla, tuve la extraña sensación de que, de algún modo, guardaba relación con la pesadilla que había tenido aquella noche. Tomé la decisión de irme a Deauville de repente y ni siquiera tuve paciencia para calentar una segunda taza de café. Metí unas cuantas cosas en una bolsa de lona y me fui andando a Port Authority. Cuando llegué, la terminal estaba medio vacía. Compré un billete de ida y vuelta y bajé al andén de la calle 40. Acababa de llegar un autobús y los pasajeros estaban aún desembarcando. Cuando bajó el último, el conductor cerró las puertas automáticas, se quedó tomando notas al volante y al cabo de unos minutos se marchó. Viéndome solo en la dársena, miré el reloj y vi que faltaba casi media hora para la próxima salida. Apoyé la espalda en la pared de ladrillo y al mirar al frente, me vi reflejado en el cristal de la puerta. Estudié los cambios de la luz en la superficie de vidrio. Hacía un día gris; detrás de mí se veía el perfil de algunos edificios y un enorme retazo de cielo. El viento arrastraba grupos de nubes negruzcas hacia el Hudson.

Abrí el cuaderno y me puse a fumar. Apenas quedaban páginas en blanco; tendría que hacerme con uno nuevo antes de volver a Nueva York. Fui pasando hojas al azar y al tropezarme con la fecha de hoy, tuve una intensa sensación de irrealidad. Volvía a Deauville exactamente al cabo de un año. No podría explicar por qué, pero relacioné la coincidencia con la inquietud que me había hecho sentir la postal de Louise y con la pesadilla que me había despertado. Volví a intentar recordar qué había soñado, pero las imágenes se habían hecho todavía más fragmentarias y huidizas que antes; lo único que conseguí rescatar de la memoria fueron retazos de mi última conversación con Sam Evans. Como si allí pudiera estar la clave, busqué lo que había escrito acerca de él hacía un año:

Deauville, 13 de octubre de 1972.

Como siempre, le pedí al conductor que me dejara delante del rancho de Stewart Foster, media milla antes del cruce de Deauville. Me fascina el espectáculo de los purasangres sueltos, el misterio de su existencia, su extraña mezcla de vulnerabilidad y fuerza, el desamparo casi humano de su mirada, la gracia y elegancia de sus movimientos. Stewart tiene setenta y seis años y ha dedicado toda su vida a la cría de caballos de carreras. Siempre que el autobús se detiene junto a los límites de su propiedad, el viejo Foster se asoma al porche, para ver quién se baja. Le gusta que la gente admire a sus animales. Esta vez me reconoció en seguida; levantó el brazo derecho a modo de saludo y volvió a entrar en la casa. Me acerqué a la valla. Había una yegua recién parida, con su potrillo. La madre alzó el cuello de la hierba y, sin cambiar la posición del cuerpo, volvió la mirada hacia mí, luego se alejó, seguida de su cría. Me puedo pasar horas contemplando los movimientos de los caballos, pero esta mañana se estaba fraguando una tormenta, así que decidí volver a la carretera y seguir camino hacia el surtidor, con la idea de saludar a Sam antes de que empezara a llover. Me encanta hablar con Sam; creo que mis visitas a Deauville serían distintas si algún día llegara a faltar. Nadie sabe casi nada de su historia. Es un negro ciego, muy viejo; llegó hace varias décadas de Bogalusa, un pueblo de Luisiana, para trabajar como bracero, pero se sintió bien tratado aquí y cuando terminó la temporada decidió quedarse. En seguida se ganó fama de responsable y honrado, y la gente le empezó a llamar y hacerle toda clase de encargos. Nunca le faltó trabajo, hasta que un día perdió la vista en un accidente, hace cosa de quince años. Desde entonces se pasa el día sentado en una mecedora de mimbre con Lux, su pastor belga, echado a sus pies. Todavía no he logrado descubrir cómo se las arregla Sam para reconocerme cada vez que pongo un pie en el camino de grava que conduce a su territorio. Es posible que todos tengamos una forma inconfundible de pisar y que, para un ciego, el sonido de los guijarros al chocar sea tan reconocible como lo son las facciones de un rostro para quienes pueden ver. En todo caso, Sam prácticamente no se mueve de la puerta de la tienda en todo el día. Allí está su puesto de trabajo y, para él, eso es sagrado. Jamás se ha rebajado a mendigar, de modo que después del accidente tuvo que hacer frente al reto de inventarse un oficio digno. Lo cierto es que se le acabó ocurriendo un negocio bastante original y, como dice él mismo, para desempeñarlo bien hay que tener temple de artista. Según cuenta, el haber nacido a sesenta millas de la capital de Luisiana facilita mucho las cosas. Tiene toda la razón. En el fondo es un artista callejero; de hecho la idea se la dieron los músicos y los bailarines de *tap* a los que había visto tantas veces actuar en las calles del barrio francés de Nueva Orleans. La gente aprecia su talento, y con lo que le dan, Sam saca lo bastante para sobrevivir.

A no ser que haga mal tiempo, se instala a la puerta de la tienda, delante de una mesa redonda de tres patas, cubierta con un mantel de flores. Encima del tapete pone una Biblia desvencijada, encuadernada en cuero negro, y una cestita de cuerda trenzada. En el centro de la mesa, cuidadosamente rotulada en una superficie de cartón blanco, doblado en dos, figura la siguiente frase, escrita con mayúsculas, en gruesos caracteres negros:

SAM EVANS
MEMORIZADOR DE LA PALABRA
DEL SEÑOR

Su vida no puede ser más sencilla: duerme en un cobertizo adosado a la parte trasera del garaje por el que Rick, el encargado de la gasolinera, le cobra un ínfimo alquiler; la comida se la traen del *diner*. La prepara Kim, que es también sureña, de Atlanta, que, a cambio de una pequeña cantidad, se ocupa de hacerle la colada. Para asearse utiliza los lavabos de la estación de servicio. Su horario varía conforme a la epoca del año, siguiendo una pauta que no ha cambiado en todos los días de su vida: trabajar de sol a sol. Su método no puede ser más sencillo y además es infalible. Rick tiene una artritis muy avanzada, de modo que no puede despachar gasolina. Cuando llega un cliente a repostar, lo primero que ve es un cartel donde se indica que el combustible se paga en la tienda por adelantado. En el momento en que el recién llegado se dispone a atravesar la puerta, Sam, que por eso está allí, se levanta y alargando el brazo le planta la Biblia delante de las narices. A nadie le da tiempo a reaccionar; cuando la gente se quiere dar cuenta, se encuentra con el libro entre las manos, y Sam apremiándole a abrirlo por cualquier página. La situación es tan absurda e impensada, que nadie es capaz de pasar la sugerencia por alto.

No hay que interferir con el azar, dice en cuanto oye el rumor de las páginas. Lo mejor es no pensar y dejar que el libro decida por su cuenta.

Siempre sabe en qué momento ha terminado la búsqueda, y sin darle un respiro a su cliente involuntario, le conmina a que le diga el título y versículo sobre los que ha recaído su mirada. No recuerdo haber abierto la Biblia en todos los días de mi vida, hasta que llegué por primera vez a Deauville, y Sam me hizo la prueba a mí. Cuando lo pensé después, me pareció una situación divertida, pero la verdad es que desde el momento en que te atrapa no te deja opción. Lo más curioso es que nadie protesta ni ofrece la menor resistencia. Aunque después he tratado muchas veces de entenderlo, sigo sin saber por qué seguí sus instrucciones al pie de la letra; el caso es que cuando me preguntó con qué pasaje me había topado, contesté, dócilmente: Ezequiel, capítulo XXXIV. No me dejó leer más. Interrumpiéndome, declamó con voz grave y engolada: «Profecía contra aquellos malos pastores que sólo buscan su interés despreciando el de la grey. Promesa de un pastor que saldrá de entre ellos, el cual reunirá a sus ovejas y las conducirá a pastos saludables.» Asombrado, esperé a que terminara de recitar el resto del pasaje. Antes de irme, lo transcribí íntegro en el diario, y dejé en la cesta un billete de diez dólares. Mi intención era aprenderme el fragmento de memoria, imitando a Sam a pequeña escala. Se me ocurrió que aquel negro ciego era una especie de profeta. Lo que hacía con la Biblia me hizo pensar en el I Ching, y decidí que lo mejor era conservar intacto aquel mensaje del destino. Sigo estando convencido de que a cada uno de quienes nos cruzamos con él nos está dando una lectura oculta del porvenir.

He visto a Sam en acción muchas veces, y nunca falla. Normalmente, todo el mundo reacciona igual que yo, apresurándose a cotejar lo que oye con lo que dice el texto. Hasta ahora, nadie lo ha encontrado en falta. Una y otra vez, sus «clientes» comprueban con estupor, que la correspondencia es absoluta, palabra por palabra. Casi nadie duda de la autenticidad del método, pero cuando alguien le pregunta en qué consiste el truco, Sam suelta una carcajada y explica que no hay treta que valga, simplemente se sabe la Biblia de memoria. Cuando le devuelven el libro, pocos tienen la mezquindad de no dejar una buena propina en la cesta. Si hace mal tiempo, Sam se instala junto al mostrador, con el beneplácito de su amigo Rick.

¡Demonios, Gal! me dijo al verme aparecer hoy. Siempre se dirige a mí utilizando la misma fórmula. ¿Se puede saber qué se cuece en la Cocina del Infierno? ¿Te han echado del trabajo, o es que se te estaba chamuscando el cerebelo de estar tanto tiempo sin salir de la ciudad? ¡Choca esos cinco!

Tal vez porque ha vivido demasiado, la existencia de Sam tiende a ser un ritual de repeticiones. Tiene un saludo fijo para cada uno de sus conocidos. Por mucho tiempo que medie entre mis visitas, ésta es la fórmula que me corresponde a mí, y siempre la repite en el mismo tono, sin quitar ni añadir una sola palabra.

Esta vez, más que en él me fijé en su perro, Lux. Otro de los misterios de Sam es que siempre sabe en que dirección mira su interlocutor.

Me temo que no le queda mucho tiempo, Gal. Antes del verano tendré que llevarlo al veterinario, a que lo ponga a dormir. Lo estoy retrasando, pero no creo que pueda aguantar mucho más.

Lux volvió la cabeza hacia su amo.

Lo siento, ya sabes que no depende de mí, le dijo el ciego al animal, y le acarició la cabeza. Lux se alzó sobre las patas, asomó la lengua y se acercó a olisquearme. Estas cosas tienen su momento preciso, siguió diciéndome Sam. Hay que estar atento a la señal. Cuando el sufrimiento pesa más que el resto, quiere decir que estamos empezando a vivir más de lo que nos corresponde. Y eso no está bien, Gal. La vida nunca se equivoca. No sé por qué la gente se empeña en no aceptarlo.

Le ofrecí un cigarrillo y se lo llevó con pulso tembloroso a los labios. La verdad es que no aprecié nada anómalo en el perro; fue a Sam a quien vi muy deteriorado. Ha envejecido mucho en cuestión de meses, y los síntomas del párkinson se han agravado de manera alarmante. Dio una calada honda, escupió hacia un lado y, alargando el cuello, se irguió muy atento, como tratando de percibir algo. Lux tenía las orejas estiradas y estaba igual de tenso. Unos instantes después, se descargó un trueno prolongado, y empezó a llover violentamente.

Cerré el diario y miré a mi alrededor. La dársena quedaba encajonada entre dos paredes de ladrillo. Me fijé en que el autobús era ligeramente más ancho por la base que por el techo, de modo que los flancos estaban levemente inclinados. Tenía el morro apuntando en dirección a la Novena Avenida; a mi izquierda, hacia la Octava, se había formado una cola de unas veinte personas. Una astilla de luz destelló momentáneamente en la superficie inclinada de vidrio y al volver la vista hacia la puerta me sorprendió el reflejo de mi silueta; por encima de mi cabeza se alzaba un muro de ladrillo y más arriba, el perfil de los rascacielos, recortados sobre un fondo nublado. El conductor subió a bordo por el costado opuesto e inmediatamente accionó el mecanismo de la puerta; sin hacer ruido, las hojas avanzaron juntas hacia mí y cuando los goznes alcanzaron su máxima extensión, se desplegaron en sentido lateral. Mi imagen se partió como por ensalmo en dos mitades que desaparecieron entre los retazos del cielo. Cuando me disponía a subir, en el quicio de la entrada apareció la silueta de una chica que cargaba una bolsa de viaje de aspecto pesado. El autobús llevaba estacionado más de un cuarto de hora y me sorprendió ver que alguien se hubiera rezagado tanto. Sin duda, se habría quedado dormida.

Al conductor aquello no pareció llamarle demasiado la atención. Asomándose un momento por detrás de ella, dio una voz, pidiendo que la dejáramos salir. El bulto del equipaje debía de pesarle demasiado, y para bajar con mayor facilidad la desconocida lo cambió de mano. A la altura de mis ojos vi flotar la mancha imprecisa de una bolsa de cuero que se desplazaba lentamente por el aire. Al hacerlo, arrastró tras de sí el pliegue de la falda, dejando al descubierto los muslos desnudos. La visión duró apenas un instante. Con un movimiento brusco de la mano que tenía libre, se apresuró a alisar la tela azul y estuvo a punto de perder el equilibrio. Evitó caerse, lanzando la bolsa al vacío y sujetándose a una barra de acero.

Atrapé el bulto en pleno vuelo. Trastabillé, sintiendo la mordedura de un remache de metal en la mejilla y un fuerte impacto sobre el pecho. Cuando recuperé la estabilidad la vi a un paso de mí, en tierra. El cabello le ocultaba la cara; se lo sacudió, moviendo bruscamente la cabeza. Tenía la piel blanca, los ojos verdes y no mucho más de veinte años. Nuestras miradas se cruzaron un momento. Sin darme tiempo a reaccionar, me arrebató la bolsa y se alejó hacia el fondo de la dársena con paso apresurado. Sentí en la espalda la presión de la gente, apremiándome a subir. Recorrí a zancadas el pasillo, localicé mi asiento y me dejé caer, aturdido.

Me palpitaba con fuerza la piel de la mejilla derecha, tenía el pulso acelerado y sensación de asfixia. Me llevé al pómulo la yema del dedo y al retirarla vi que estaba manchada de sangre. Estiré el cuello de la camiseta, para aliviar la sensación de ahogo, y miré hacia el andén a través del cristal entintado de la ventanilla. Vi su figura inmóvil, muy derecha, subiendo por las escaleras mecánicas. Al acercarse a la altura del vestíbulo, se inclinó a recoger la bolsa, y antes de dirigirse hacia la puerta de salida miró un instante hacia atrás y desapareció. Se adueñó de mí una sensación de desamparo. La imagen de sus piernas desnudas, hasta entonces una percepción fugaz y sin matices, empezó a concretarse con nitidez. A lo largo de las semanas siguientes, reviviría aquella visión innumerables veces. Más que un recuerdo que regresa de repente, fue una revelación gradual. Con total claridad descubrí detalles que ni siquiera sabía que había percibido. No traté de poner en orden mis sentimientos hasta mucho después, cuando la necesidad de dar con la desconocida se había convertido en una obsesión. En aquellos momentos, me dejé desbordar por la extraña turbación de ver cómo se recreaban en mi memoria el color y la textura de su piel, el dibujo de los muslos, la sombra de vello púbico que no alcanzaba a cubrir en su totalidad el sexo. Ésta fue la única sensación a la que necesité dar expresión verbal, el hecho de que la desconocida no llevara ropa interior. Cuando la imagen se disolvió, sentí un relámpago de deseo.

Me puse de pie como obedeciendo una orden y, sorteando los cuerpos que trataban de avanzar por el pasillo, me dirigí hacia la salida. Corrí hasta las escaleras mecánicas, subí de tres en tres los peldaños de acero estriado y, sin detenerme, franqueé la puerta que daba a la terminal. Sólo entonces me detuve. El vestíbulo presentaba un aspecto totalmente distinto al de hacía apenas media hora. Ríos de gente entraban y salían sin cesar; había largas colas frente a las ventanillas y grupos de viajeros arremolinados en torno a los paneles de los horarios. Me puse a deambular sin rumbo, sin saber por dónde empezar a buscarla, tropezándome con quienes trataban de abrirse paso entre la muchedumbre. Cuando se anunció por altavoz la salida del autobús de Deauville, tuve la sensación de que no era yo quien estaba viviendo aquel momento, que la mujer de la visión no había existido nunca en el plano de la realidad.

Me di la vuelta, dispuesto a regresar al autobús, y entonces la vi. Estaba de espaldas, comprando un paquete de tabaco en un puesto. Encendió un cigarrillo con aire ensimismado y echó a caminar despacio. A la altura de unos bancos de madera, dejó caer la bolsa en el suelo y se sentó. Por primera vez la pude contemplar con cierto detenimiento. Llevaba zapatos negros, de medio tacón, falda vaquera y una camiseta gris, que le marcaba con nitidez la forma de los pechos y el botón de los pezones. Se sentó con las piernas levemente separadas, sacó una revista de la bolsa y se puso a hojearla. Así pues, existía. Tenía que hablar con ella a toda costa, de ninguna manera podía permitir que desapareciera para siempre de mi vida.

No llegué a dar el primer paso; por detrás de una columna surgió una figura que avanzaba decididamente hacia la chica del autobús. Ella lo reconoció y se puso de pie, sonriendo. El recién llegado era un tipo delgado, ligeramente más

41

alto que ella, más o menos de su edad, y tenía el pelo largo y lacio, de color negro. Ella corrió hacia él y se abrazaron. Cuando se separaron, la desconocida se percató de mi presencia, pero inmediatamente apartó la mirada. Su amigo recogió la bolsa, y aguardó mientras ella se ajustaba la falda y se retocaba, mirándose en un espejo de mano; cuando terminó, se sacudió el pelo con un gesto que para mí ya tenía algo de familiar y salieron juntos de la dársena, cogidos del brazo, riéndose. Seguí los movimientos de su cuerpo, hasta que los dos se perdieron entre la muchedumbre que llenaba el vestíbulo. Al cabo de unos instantes vi la doble silueta de sus cabezas flotando a contraluz. El sol de la mañana daba de lleno en los ventanales de Port Authority; las aspas de las puertas giratorias la engulleron primero a ella y luego a él, y se perdieron entre el gentío de la calle 42.

Todo había transcurrido en un lapso de tiempo demasiado breve. El reloj de la terminal marcaba las ocho menos tres minutos. Inconscientemente, desvié la mirada hacia el espacio que había ocupado su cuerpo en el banco de madera. La revista que había tenido entre sus manos seguía allí; me acerqué a cogerla y regresé al autocar. Cuando llegué, el motor estaba en marcha, con la puerta abierta, esperándome. Apenas me senté, el autobús dio una sacudida. Enfilamos hacia una rampa en curva y desembocamos en la avenida; las calles de Manhattan estaban llenas de vida. Cuando entramos en el Lincoln Tunnel me abandoné al caos de mis sensaciones. Primero vi la expresión de Sam Evans momentos antes de estallar la tormenta; en seguida, las ráfagas de recuerdos reales se empezaron a mezclar con fragmentos de sueños. Vi el prado donde pacían los caballos de Foster, las casas de madera que bordean el río y el andén desierto donde había estado leyendo mi diario. Después, muy lentamente, el instante en que se abría la falda de la desconocida, hasta que me cegó la luz del sol, en el momento en que emergíamos del Lincoln Tunnel.

42

Estábamos en New Jersey, en un laberinto de autopistas, rodeados de naves industriales y aparcamientos atestados de centenares de vehículos idénticos que se perdían en el horizonte. A la altura de las terminales de carga del aeropuerto de Newark, dejé de mirar por la ventanilla y me puse a hojear la revista sin prestar atención al contenido. De entre sus páginas resbaló un sobre pequeño, de papel tela. Lo cogí intrigado y vi un nombre escrito a pluma, seguido de un número:

Zadie (212) 719-1859

Mi primera reacción fue abrir el sobre, pero me contuve. Si hacía las cosas bien, posiblemente aquel número me llevaría hasta ella. El prefijo indicaba que vivía en Manhattan. Guardé el sobre entre las páginas de mi diario y encajé la revista en la redecilla del asiento delantero. Sólo entonces me fijé en la portada; un indio con una cicatriz en la cara y gafas de sol, cuidadosamente trajeado, a la puerta de un casino, con un portafolio de cuero en la mano derecha; en letras blancas, la cabecera del *New York Times Magazine*, y la fecha de hoy, trece de octubre de 1973.

Empecé a hacer conjeturas acerca de la desconocida. ¿Cómo se llamaría? ¿Habría cogido el autobús en Deauville o se habría subido en alguna parada intermedia? Me imaginé a mí mismo llamando a la tal Zadie, quienquiera que fuese, hablando con ella, o con un desconocido, o dejando un mensaje en un contestador anónimo, dando explicaciones incoherentes a alguien sin rostro.

No recuerdo en qué momento empecé a perder la conciencia. El vaivén del autobús empezaba a adormecerme. La última imagen que conservo antes de correr las cortinas para protegerme del sol es la de una casa de madera semioculta entre unos arces.

Cuando me desperté, habíamos llegado al final del trayecto y casi todos los pasajeros estaban ya en tierra. Me apresuré a recoger la bolsa de mano del portaequipajes y, cuando bajé, no pude evitar reírme para mis adentros, pensando que había estado a punto de sucederme lo mismo que a la desconocida. Me molestó haber roto involuntariamente el ritual de mi llegada, haberme perdido el espectáculo de los caballos, no haber hecho la visita de rigor a Sam. Los purasangres de Stewart Foster podían esperar, pero algo me decía que debía ir de inmediato al surtidor de Rick. Tenía el presentimiento de que una vez allí se resolvería por sí solo el enigma cuya sombra me perseguía desde que me asaltó la pesadilla en plena madrugada. Me asomé a la salida del apeadero. Desde el borde del camino, a simple vista, se divisaba el cartel de Texaco que anunciaba el emplazamiento de la gasolinera. Sólo que estaba apagado. No habría mucho más de media milla hasta el cruce de la comarcal con la carretera del condado. Me eché la bolsa al hombro y, con una inexplicable sensación de pesadumbre, me puse a andar, con la vista clavada en el signo de neón.

En ningún momento del trayecto detecté el menor indicio de vida. No me crucé con ningún vehículo. Nadie salió a recibirme, ni me saludó desde lejos. Cuando llegué no había un alma en la vieja estación de servicio; el lugar tenía algo de espectral sin la presencia de Sam y su fiel Lux a la puerta de la tienda. Alguien había arrancado del surtidor el letrero donde se indicaba a los automovilistas que el suministro de combustible se pagaba por adelantado en la tienda; en su lugar, colgando de una cadena oxidada que bloqueaba el camino de entrada, había un rótulo de madera que decía, sin más explicaciones:

ESTACIÓN CERRADA

La puerta y las ventanas de la tienda estaban selladas con planchas de madera. Mis presentimientos me llevaban cada vez con más fuerza a formularme una idea muy concreta. Me dirigí hacia el cobertizo de mi amigo por el sendero de grava y escuché atentamente el sonido de mis pasos, tratando de entender qué diablos lograba descifrar el viejo Sam nada más oírlos. Estaba vacío: ni un mueble, ni un utensilio, ningún rastro de su presencia. Instintivamente, me encaminé hacia el pequeño huerto que quedaba en los lindes del surtidor, junto al arroyo. No tardé en comprobar lo que sospechaba. Al otro lado de la alambrada vi una pequeña piedra gris y una escueta inscripción:

1958-1973
Et Lux Perpetua

Acaricié el epitafio, extrañado de que lo hubiera utilizado alguien como Sam. Lux. O sea que se había hecho con el animal cuando perdió la vista y su concepción bíblica de la existencia le había llevado a bautizarlo así, pensé. El perro había sido literalmente la luz de que carecían sus ojos. Si, como su ausencia me hacía sospechar, también él había muerto, lo habrían enterrado en el cementerio de la iglesia anabaptista, en Deauville. Traté de imaginarme su propio epitafio, pensando que ninguno podría superar lo que había escrito acerca de sí mismo el día que emprendió su último oficio: *Sam Evans, Memorizador de la Palabra del Señor.* Descansa en paz, dije en voz alta, contemplando el perímetro de piedrecitas blancas que marcaban el espacio en que estaba enterrado Lux.

Volví a la parte delantera de la estación de servicio. Por el camino vi acercarse una camioneta que aminoró la marcha hasta detenerse. El conductor abrió la puerta e incorporándose me empezó a hacer señales agitando un sombrero, dándome a entender que me acercara. Le devolví el saludo y eché a andar hacia él. Era un hombre de unos cincuenta años, que llevaba un mono vaquero muy sucio. Cuando estuve a su lado me explicó:

La gasolinera está cerrada.

Eso he visto. ¿Qué ha pasado? ¿Les ha ocurrido algo a Rick o a Sam? Si es de por aquí, los conocerá.

Sí, claro. Rick está bien, pero el viejo Evans murió hace un par de semanas. Me he detenido porque me he dado cuenta de que va usted sin vehículo. ¿Qué le trae por Deauville? ¿Quiere que lo acerque a algún lugar?

Le dije que era amigo de Louise Lamarque. Todo el mundo conocía a la pintora de Manhattan que se pasaba largas temporadas sola en la casa del molino.

Si quiere lo puedo llevar hasta allí; me queda de paso.

Acepté, dándole las gracias por su amabilidad y dejé la bolsa entre los dos, en el asiento delantero.

Le dije al hombre del mono que había visto la tumba de Lux.

El pobre bicho seguramente hubiera aguantado un poco más, pero antes de dejarse morir, Sam lo llevó al veterinario.

Me retumbó en la memoria la voz grave del negro:

«*Profecía contra aquellos malos pastores que sólo buscan su interés despreciando el de la grey. Promesa de un pastor que saldrá de entre ellos, el cual reunirá a sus ovejas y las conducirá a pastos saludables.*»

Buena gente Sam, le dije. No es que venga mucho por aquí, pero la verdad es que no me puedo imaginar Deauville sin su tenderete.

Lo que acabó con él fue la gasolinera que abrieron en el pueblo. De golpe la gente dejó de venir por aquí. A Rick le ofrecieron un buen retiro, pero él pidió permiso para seguir regentando el surtidor, y se lo dieron, por piedad. Lo que no podían era darle empleo en la nueva estación de servicio, ni mucho menos permitir que instalara allí su tenderete, como dice usted. La gente estaba muy ocupada, la demanda de combustible había aumentado mucho y no se podía incordiar a los usuarios con aquellas exhibiciones fuera de lugar. Todo el mundo sabía que la única razón por la que Rick seguía viniendo a trabajar aquí era que si se iba él, privaría a su viejo amigo de la única manera que tenía de ganarse la vida, pero la situación era absurda. De vez en cuando, algún viejo conocido se paraba un momento a saludar, yo mismo sin ir más lejos, pero la mayor parte del tiempo, Rick y Sam eran dos sombras solitarias, perdidas en la estación desierta. Al cabo de un par de semanas, Sam tomó la decisión de llevar a Lux al veterinario, diciendo que ya estaba demasiado viejo. Él se empeñó en seguir viviendo en el cobertizo y no hubo manera de hacerle cambiar de idea. Por fin, Rick dejó de trabajar, aunque siguió viniendo a la gasolinera una vez al día. Le traía la comida que le preparaba Kim y, de vez en cuando ropa limpia. Siempre se quedaba un buen rato haciéndole compañía, pero eso no podía durar. Se ofreció a pagarle un cuarto en el pueblo, pero Sam era demasiado orgulloso para consentir una cosa así.

Un domingo por la mañana, cuando Rick vino a recogerlo para que pudiera asistir al servicio religioso, no estaba en la puerta de la tienda. Se lo encontró muerto en el jergón. El médico no encontró ninguna causa concreta. Murió de muerte natural, fue lo que dijo. Bueno, pues si eso es lo que pasó, que se murió de viejo, sin sufrir, no le fue tan mal. Ojalá nos vaya a todos así, cuando nos llegue la hora.

Habíamos llegado al cruce del molino. El hombre del mono azul detuvo la camioneta y me dio la mano. No nos habíamos presentado.

Walker Martin, para lo que se le ofrezca, me dijo.

Gal Ackerman, repuse, y le di las gracias.

No hay de qué. Antes de arrancar añadió: Si quiere hablar con Rick, lo encontrará en casa de su hermana Sarah, en la calle Red Creek, justo al lado de la ferretería. Que tenga usted un buen día, amigo, y siento haber sido el portador de la mala noticia.

Descuide. No me coge tan de sorpresa como cree. De hecho fui a la gasolinera porque había tenido una premonición.

Cuando la camioneta se alejó me eché la bolsa al hombro y me adentré por el sendero del molino. La puerta estaba cerrada, pero había luz en el estudio. Pisé con rabia la tierra del camino, pensando que nunca nadie me volvería a reconocer con sólo oír el ruido de mis pasos.

Tres
ABE LEWIS

9 de marzo de 1964

Sentí el impacto del tren de aterrizaje en el estómago y me asomé a la ventanilla. Aún no había amanecido. En la oscuridad, Barajas parecía una población fantasma. Una doble hilera de puntos luminosos se alejaba hacia los confines de la pista. A ras de suelo flotaban jirones de niebla que se enroscaban alrededor de las balizas. Cuando el Boeing cambió de sentido, vislumbré las siluetas de otros aviones. Contra el perfil de los hangares parecían monstruos dormidos. Por fin el aparato se detuvo. Me levanté, aturdido, y fui hacia la puerta de salida con el resto del pasaje. Fuera, una ráfaga de aire helado me golpeó el rostro. Distinguí un letrero de neón que decía AEROPUERTO DE MADRID-BARAJAS, desdibujado por la bruma. Un leve resplandor flotaba sobre el campo abierto, al otro lado de la alambrada. Había nevado. Adormilados, los viajeros subimos al autobús que nos esperaba con el motor en marcha, al pie de la escalerilla. Me senté cerca del conductor y adelanté el reloj, ajustándolo al horario de Madrid. Faltaban unos minutos para las siete.

49

En la terminal todo el mundo fumaba. Un policía me selló el pasaporte y me lo devolvió. En el control de equipajes, al fondo de la sala, había un grupo de guardias civiles que me trajeron a la memoria las fotos que guardaba Ben en el Archivo. A la salida, vi una hilera de taxis negros que tenían una raya roja en el costado. Me dirigí al primero; el conductor cogió mi bolsa y la metió en el maletero. ¿Adónde va? me preguntó cuando estuvimos los dos dentro del vehículo. A la estación de Atocha, contesté. El taxista, un tipo delgado, de bigote ralo, mirada hosca y tez cetrina, asintió en silencio, desempañó el cristal del parabrisas con la manga de la chaqueta y bajó la palanca del taxímetro. Imitándole, limpié el cristal de mi ventanilla y al desaparecer el vaho vi que empezaba a clarear sobre el paisaje nevado. A intervalos regulares surgían a ambos lados de la carretera naves industriales, chalets, viejos edificios de ladrillo, viviendas y arboledas separadas entre sí por amplios tramos de terreno baldío. Alcanzamos los límites de la ciudad cuando la mancha jabonosa del sol empezaba a despuntar por detrás de una hilera de casas bajas.

Entramos en un barrio residencial elegante. Me llamaban la atención los palacetes, los edificios, de no más de cinco o seis pisos de altura, los balcones y terrazas. Los comercios estaban aún cerrados, pero empezaba a haber movimiento de gente por la calle. Me di cuenta de que para los madrileños la nieve era una presencia insólita, que entorpecía el ritmo de la vida cotidiana. A fuerza de haberlos visto infinidad de veces en las fotos y documentales que guardaba Ben en el Archivo, muchos lugares me resultaban familiares, pero no me vino a la cabeza ningún nombre hasta que el taxi se detuvo en un semáforo, a unos metros de Cibeles. La visión de la fuente de piedra despertó en mí un vívido recuerdo visual. Yo tenía quince años y estaba en el Archivo de Brooklyn, con Ben. Mi padre me enseñaba fotos del Madrid republicano. En una de ellas se veía a un grupo de milicianos, posando sonrientes delante de unos sacos de tierra que habían colocado alrededor del monumento, con el fin de protegerlo de los bombardeos del ejército fascista. El semáforo cambió a verde y la imagen se desvaneció como cuando se quema una cinta de celuloide. El taxi bordeaba la isleta central de la plaza cuando se apagó de golpe el alumbrado público, dejando la ciudad sumida en una luz incierta. Avanzábamos dando tumbos por una calzada adoquinada que llegaba hasta una segunda glorieta, donde había una fuente presidida por la estatua de Neptuno, que también reconocí, así como el perfil del Museo del Prado, al otro lado del bulevar. El paseo desembocaba en una explanada gigantesca, ocupada por una especie de montaña rusa que ocultaba a la vista los edificios aledaños. Tras remontar uno de sus ramales, el taxi descendió por una cuesta que iba a dar a un costado de la estación. Atocha, hemos llegado, dijo el tipo del bigote accionando la palanca del taxímetro, y se bajó a por la bolsa del equipaje. Le dije que se quedara con el cambio y me dio las gracias sin dignarse sonreír. Me eché la bolsa al hombro y me perdí entre la muchedumbre que transitaba por los alrededores del apeadero. Hacía una mañana desapacible y soplaba un viento frío que arrastraba escamas de nieve sucia. Subí los peldaños de una escalinata que llegaba hasta la plaza. Así, a pie de tierra, la glorieta me pareció aún más extraña y gigantesca que vista desde el taxi. Los tentáculos del gigantesco pulpo de metal que acaparaba toda la superficie de la plaza se adentraban por todas las vías circundantes, atestados de vehículos humeantes. Dando un gran rodeo, crucé al otro lado y me perdí en un laberinto de callejuelas en cuesta, sin preocuparme mucho de por dónde me llevaban mis pasos. Leía distraídamente los letreros de las fondas y pensiones que jalonaban las aceras, sin decidirme a entrar en ninguna. No tenía prisa, y me sentía a gusto callejeando por aquel barrio, pese a lo desapacible del tiempo. Después de caminar un buen rato, al doblar una esquina me fijé en una placa que decía: Pensión Moratín: Pisos 3 y 4, y sin mayor motivo, decidí probar suerte allí. La pensión daba a una plaza minúscula, de forma triangular. Empujé un portón entreabierto que daba a un zaguán a oscuras y subí hasta el tercer piso por una escalera de madera. Vi una puerta con un cartel que decía *Pase sin llamar,* la empujé y me vi en un recibidor donde había una mujer de unos cuarenta años leyendo un periódico cuyo nombre me llamó la atención: *Ya.* Al verme, dejó de leer y puso el periódico doblado encima de un mostrador. Después de anotar mis datos en el libro de registro, la mujer me acompañó a mi habitación, que quedaba una planta más arriba. Era amplia y tenía un balcón que daba a la plazoleta triangular. Al ver el cuarto se me ocurrió que tal vez no fuera muy distinto del que Ben le había buscado a mi madre cuando se la llevó a la pensión de Cuatro Caminos, donde se había alojado durante su convalecencia hacía casi treinta años. Debajo de la cama había un orinal de loza y en un rincón, junto a una alfombra enrollada y atada con cuerda, descubrí un artilugio que tras un somero examen resultó ser una estufa eléctrica. La enchufé con cierta aprensión, asegurándome de que quedara lo suficientemente apartada de la cama, me quité los zapatos y me tumbé vestido encima de una colcha blanca y deshilachada, que tenía unos bordados de color verde desvaído. Cerré los ojos, dejándome anegar por imágenes del viaje, puntuadas por el eco entrecortado de las palabras de Ben, diciéndome qué lugares de Madrid no podía dejar de ver bajo ningún concepto. Cuando sucumbí al cansancio, soñé que estaba en el Archivo de Brooklyn. La luz del atardecer entraba a raudales por la ventana del jardín, envolviendo la silueta de mi padre. En pie, de espaldas a la luz, Ben me hablaba de un bar que se llamaba Aurora Roja.

Quedaba cerca de la glorieta de Cuatro Caminos. El propietario le puso ese nombre porque era un lector apasionado de Baroja. Digo que quedaba porque supongo que ya no existirá, pero de no ser así, seguro que ha cambiado de dueño, y por supuesto de nombre.

Ben se me acercó y me enseñó una foto muy antigua.

Ahí fue donde conocí a tu madre.

Cogí la foto con sumo cuidado, pero cuando me disponía a mirarla bien, las imágenes se habían esfumado. El rectángulo de papel se había transformado en una ventanilla de avión. El sol resbalaba a lo lejos sobre una alfombra de nubes resplandecientes. Escruté el horizonte, pero era imposible distinguir nada en medio de aquel paisaje acuchillado por una luz que nunca se acababa.

Cuando me desperté, tardé unos momentos en comprender dónde estaba. Me incorporé, abrí de par en par las contraventanas del balcón y me asomé a la plaza. A mi alrededor se extendía un panorama de tejados cubiertos de nieve. Muy cerca, empezaron a repicar las campanas de una iglesia y se apoderó de mí una intensa sensación de irrealidad. No conseguía hacerme a la idea de que había nacido allí. Entré en la habitación, cogí del equipaje una muda y la bolsa de aseo y me fui a duchar al baño del pasillo. Cuando volví, todavía era demasiado temprano para llamar por teléfono al hombre con quien me había citado en Madrid. Tratando de encontrarle algún sentido a la situación en que me había metido me senté en una butaca que tenía el tapiz levantado por mil sitios y me dispuse a leer, una vez más, la carta de Abraham Lewis. Nominalmente, iba dirigida a Ben y Lucía Ackerman, pero el verdadero destinatario era yo.

Sarzana, 6 de octubre de 1963

Salud, camaradas:

Me llamo Abraham Lewis, Abe para los amigos, y soy de Florence, Alabama. Como vosotros, en su día me alisté en las Brigadas Internacionales. Llegué a Albacete en octubre de 1937, y después del período de instrucción me destinaron en calidad de ambulanciero, primero a la retaguardia del Ebro y luego ya a un hospital cerca de Gerona. Me repatriaron forzoso a finales del 1938, con el grueso de los brigadistas. Andando el tiempo, me volví a alistar otra vez voluntario en 1940. Me tocó Italia, circunstancia que tuvo consecuencias importantes, como en seguida comprobaréis. Desde que acabó la guerra pasamos la mitad del año o cosa así en Sarzana, porque mi mujer es de aquí, y el resto en los Estados Unidos. Ojalá las cosas hubieran discurrido por otros derroteros, porque de haber sido así, no tendría que apurar este trago, pero el maldito azar o lo que sea, me tuvo que elegir a mí. Está bien. Basta de preámbulos. Cuando se da la palabra, lo mejor es cumplirla cuanto antes, así es mejor para todos. Voy al grano: la razón de que os escriba es que hace cosa de tres meses se cruzó en mi camino, o yo en el suyo, Umberto Pietri.

Aparté la vista del papel. Daba igual que hubiera leído aquella carta infinidad de veces. Me hacía daño ver el nombre. Cada vez que llegaba al punto donde Lewis mencionaba el nombre de Pietri, sentía que me clavaban un puñal en las entrañas y lo revolvían. Evité la cuartilla como si estuviera impregnada de veneno y en la siguiente leí:

A mediados del pasado mes de julio, mi mujer y yo estábamos de viaje por la Toscana. Una noche, después de cenar, estábamos en un pueblecito que se llama Certaldo, Patrizia (mi mujer) decidió volver al hotel, pero yo, después de acompañarla, fui a dar un paseo. En la plaza principal había mucha gente sentada en las terrazas. Yo iba caminando sin rumbo, pero al pasar junto a una mesa ocurrió algo que me hizo pararme en seco. Fue cosa de un momento, unos segundos, el tipo de la mesa estaba silbando una balada de los brigadistas. No podía ser. Sentí que se me helaba la sangre en las venas. Lo miré e inmediatamente dejó de silbar. Era un hombre más o menos de mi edad que estaba solo, en mangas de camisa. Fue un reconocimiento mutuo, lo que quiero decir es que él sabía perfectamente lo que me pasaba. No era la primera vez que me tropezaba con un ex brigadista, seguro que alguna vez también vosotros os habéis visto en una situación parecida. Después lo he pensado y lo más probable es que ni él mismo fuera consciente de lo que estaba silbando. Tendiéndole la mano, le dije cómo me llamaba y el nombre de mi unidad. Abraham Lewis, Brigada Lincoln. Sin hacer ademán de levantarse, cosa que me extrañó un poco, me dijo cómo se llamaba: Umberto Pietri.

Con eso ya sabéis por qué os escribo.

Como no identificaba su unidad, que sería lo lógico, no me quedó más remedio que preguntárselo. Aun así vaciló antes de contestar. Por fin lo soltó, Escuadrón de la Muerte, también conocido como Batallón Malatesta, y se quedó mirándome, esperando alguna reacción. Al ver que no decía nada, aclaró que estrictamente hablando, no se podía considerar una Brigada Internacional.

Ignoro qué sabéis de la unidad de Pietri. Quizá preferisteis no indagar. Yo sí que hice algunas averiguaciones después de aquel encuentro. Es un episodio muy oscuro. El Escuadrón de la Muerte fue idea de Diego Abad de Santillán, el cenetista, que propuso a la Generalitat la idea de fundar una unidad constituida por anarquistas italianos. He visto fotos. Tenían unos uniformes muy llamativos y al parecer hacían unos desfiles muy teatrales por Barcelona. Eran bastante aparatosos y se hicieron célebres antes de entrar en combate. Lo irónico de su historia es que sucumbieron en su primer encuentro, con unos falangistas. Perdón por el exceso de detalles, he pensado que es muy posible que no estéis al tanto de estas cosas, y son importantes para entender lo que pasó.

En cuanto a sí mismo, resumiendo mucho, Pietri me explicó que era natural de Certaldo y que después de volver, tras su experiencia como brigadista, no había salido de allí, salvo durante la segunda guerra mundial, época durante la cual, según me explicó sin dar demasiados detalles, anduvo escondido. Hablaba con crispación, era evidente que tenía prisa por comunicarme algo muy concreto. Y en efecto, buscó la billetera y abriéndola, sacó una fotografía y la puso encima de la mesa. En el momento en que hizo aquello, contrajo el rostro como si sin-

55

tiera un dolor muy agudo. Se le cerraron los ojos y se le cayó la cabeza hacia delante. Me puse en pie, alarmado, porque creí que se iba a desplomar, pero inmediatamente volvió a abrir los ojos y se quedó mirándome, medio ido. Me hizo un gesto con la mano, como diciéndome que en seguida se recuperaría, y cuando lo logró me explicó que estaba muy enfermo. Como si lo que le ocurría a él careciera de importancia, insistió en que me fijara en la foto y así lo hice.

Era una miliciana muy joven, casi adolescente, de ojos grandes. Teresa Quintana, mi compañera, dijo. Me impresionó la manera de decirlo, seca y cortante, sin ninguna solemnidad. Todavía no me había dicho lo que quería, pero ya había conseguido inquietarme.

[...]

A las doce en punto, las campanas de la iglesia repicaron con estrépito (el Ángelus, me explicó la mujer de recepción cuando le pregunté qué quería decir aquello) y pensé que era buena hora para llamar a Lewis. Guardé la carta en el sobre y bajé al tercer piso. La encargada me explicó que el teléfono era de fichas y me dio una. Tenía el tamaño y el color de una peseta, sólo que faltaba la efigie del dictador y tenía la superficie atravesada por dos hondas estrías. La mujer buscó el número del Hotel Florida en una guía a la que le faltaban las tapas y lo apuntó en un papel. Me dirigí al teléfono, introduje la ficha en la ranura y observé cómo resbalaba por un conducto hasta quedar ajustada al fondo de la caja negra, tras una lámina de cristal. El telefonista no me entendió cuando le dije que quería hablar con Abraham Lewis, y tuve que deletrear el apellido. Al cabo de unos segundos, al otro lado de la línea escuché una voz profunda, con un marcado acento sureño. Eso y la risa con que puntuaba sus palabras me hizo sentirme algo menos alejado del mundo que había dejado atrás hacía menos de veinticuatro horas. Lewis me citó en un bar que quedaba justo al lado de Cibeles.

56

Se llama Cervecería de Correos y queda a mano izquierda, al principio de la cuesta que sube hacia la Puerta de Alcalá. No te costará ningún trabajo encontrarlo, Ackerman. Desde tu pensión hay un paseo muy agradable, si no te importa el frío. ¿Te parece bien a la una y media?

Sí, pero ¿cómo nos reconoceremos?

Tengo cincuenta y cuatro años, la cabeza rapada, mido uno noventa, soy ancho de espaldas y, por si te quedara alguna duda, soy negro.

Soltó una carcajada. Una vez más su voz, su manera de hablar y de reírse me transmitieron una honda sensación de calma. Un cuarto de hora después salí de la pensión y dejando atrás el dédalo de callejuelas que la rodeaban llegué al Paseo del Prado. Al otro lado del bulevar, en lugar de edificios había una larga verja y detrás un jardín. Decidí cruzar. Soplaba un viento muy frío, pero al menos no nevaba. Caminaba despacio, como ausente, registrando lo que veía casi sin darme cuenta, mezclando las sensaciones del presente con recuerdos muy lejanos. A primera hora de la mañana —parecía que hubiera sido ayer— había visto la ciudad sin contaminarme de su realidad, como si el taxi fuera una burbuja esterilizada que me salvaguardaba del contacto directo con las cosas. Ahora, al cruzarme con la gente, al pisar los adoquines de la calle y respirar la mezcla de olores que flotaban en el aire, todo era distinto. *Madrid.* La ciudad se me metía por los poros, por los ojos, por las fosas nasales. Las fotos, las películas, los documentales que había visto tantas veces en el Archivo de Ben, las cosas que le había oído contar a mi padre parecían corresponder a otra dimensión. Era como si me hubiera despertado de un sueño muy extraño para descubrir que la realidad era más extraña todavía.

Si de pronto alguien me pellizcara, haciéndome caer en la cuenta de que estaba paseando por la luna, y me dijera que había nacido allí, no me habría parecido más desconcertante.

Unas horas antes, cuando me devolvió el pasaporte después de anotar los datos en el libro de registro, la mujer de la pensión había exclamado: ¡Pero si es usted de aquí! ¡Quién lo hubiera dicho, con ese nombre! Bajo el efecto de sus palabras, cuando me vi a solas, en la habitación, abrí el pasaporte y leí:

Place of Birth: Madrid, Spain.

Madrid. Spain. Cada una de aquellas dos palabras encerraba tras de sí un mundo. La M, con su forma de sierra, las montañas donde Ben había combatido; la S líquida que los españoles eran incapaces de pronunciar sin arroparla con una *e*, el laberinto mismo de la contienda. El perfil de las dos letras agrupadas, despertaba ecos de un sinfín de historias. Ben tardaría catorce años en decírmelo, pero yo era español. Otros catorce años después, por primera vez desde que Ben me llevó a América cuando yo tenía unas semanas de vida, me encontraba físicamente en la ciudad donde había nacido. En ningún momento de mi infancia habían dejado de desfilar por mi casa de Brooklyn multitud de ex brigadistas. Todos me mostraron siempre un afecto muy especial, porque sabían que yo era de *allí*, el único entre toda aquella gente que tenía vivamente clavada en la memoria el recuerdo de los meses o los años que habían pasado en *mi* país. Para ellos, España era un recuerdo doloroso, por cómo había acabado la guerra, pero también lleno de momentos maravillosos. En eso coincidían de manera indefectible todos. Ben y Lucía no se cansaban de repetirlo, aquella experiencia había sido la más extraordinaria de sus vidas. Y yo, con mi tez morena y mis facciones mediterráneas que me hacían tan distinto de los Ackerman, los dos de aspecto inequívocamente anglosajón, era la prueba viviente de que aquella *tragedia* (para usar la misma palabra que había empleado Lewis en su carta) no había sido un sueño.

Lancé una última mirada a través de la verja del Jardín Botánico (entonces no sabía lo que era, sólo veía un parque misterioso, en estado de semiabandono, pero impregnado de magia, como tantos rincones del paseo). La nieve cubría los parterres y los senderos sin hollar y se adhería a los troncos de los árboles, reproduciendo las siluetas de los troncos y las formas de los arbustos. Seguí hacia el Museo del Prado, imaginándome que al otro lado de las paredes jalonadas de hornacinas ocupadas por estatuas de diosas desconocidas, las salas estarían vacías, sin sus visitantes habituales, momentáneamente alejados por el frío. Conocía bien muchas de las obras que se albergaban allí. Ben tenía en gran estima un catálogo editado en tiempos de la República. De niño le gustaba enseñarme las reproducciones, acompañándolas de anécdotas y explicaciones que mi cabeza infantil transformaba en historias llenas de magia y fantasía. Más tarde, siendo adolescente, las explicaciones cobraron un cariz más técnico. La historia del arte era una de las pasiones frustradas de mi padre. Me había dicho con tanta insistencia que cuando estuviera en Madrid me acercara por *aquel lugar extraordinario*, y ahora que me sabía a unos pasos de las obras originarias, sentí una extraña emoción. Muy pronto iré a verlas, pronuncié en voz alta, como si Ben pudiera oírme.

Al llegar a la esquina del Hotel Ritz me detuve a contemplar la glorieta de Neptuno y me vino un título a la cabeza: *Piedra y cielo*. ¿De quién era? De alguno de los poetas que le gustaba leer a Ben, seguramente. Decidí escribir un cuento que se titulara así. Más de una vez me he lanzado a escribir sin tener la menor idea de adónde me podría llevar la imaginación, guiado exclusivamente por la magia que resonaba en un título.

Un tirón en el abrigo me sacó de mi ensimismamiento. Delante de mi vi a un niño de unos diez años que con gesto serio, sin decir nada, me ofrecía un periódico. Vi unos titulares de tamaño descomunal y a un lado, a tinta roja, el nombre de la publicación: Diario Pueblo. Le di la primera moneda que encontré en el bolsillo, pero no quise coger el ejemplar. El diminuto vendedor se encogió de hombros y se alejó corriendo.

Unos pasos más allá, me detuve a contemplar una llama que ardía frente a un túmulo de piedra, al pie de un monolito rodeado por una verja de hierro. Leí una inscripción que aludía a los héroes del 2 de mayo y me vino a la memoria una de las láminas favoritas del catálogo de Ben, los fusilamientos de Goya. Aquellas asociaciones tenían algo de inquietante. Me hacían sentirme partícipe de una historia en la que me negaba a integrarme. Al mismo tiempo estaba impaciente por oír de una vez por todas lo que Abe Lewis tuviera que contarme; para eso había venido. Me volví a preguntar por qué, después de tantas dudas, me había decidido a acudir a una cita con un desconocido al otro lado del Atlántico y, como siempre, se me escapaba la respuesta. Estás obligado a hacerlo, no tanto por nosotros, por Lucía y por mí, como por ti mismo, me había dicho Ben hasta el agotamiento. Yo no lo sentía así. Había vivido veintiocho años sin saber nada de aquel hombre de quien decían que era mi padre, y no tenía ninguna necesidad, ni siquiera curiosidad, por conocer su historia.

Ben otra vez:

Por más que te niegues a aceptarlo, tienes una cuenta pendiente con tu pasado. Sólo yendo a Madrid la podrás saldar como es debido. Sólo si lo haces, podrás decir que tu vida te pertenece plenamente. Y el lugar también es importante. Por supuesto que podrías esperar a que Lewis volviera por aquí, pero no sería lo mismo. Tienes que volver, pisar el suelo de Madrid, oír el idioma que Lucía y yo nos hemos empeñado en que mantuvieras vivo. Pero sobre todo estar entre tu gente, a fin de cuentas es allí donde viniste al mundo.

Después de meses de dudas me resigné a viajar a España, y la cara de alivio que puso Ben cuando se lo dije me hizo sentirme justificado. Pero ahora que estaba allí, solo, había muchos momentos en que el gesto me volvía a parecer completamente absurdo.

Desde el extremo de la isleta central del bulevar, observé con detenimiento la estatua de Cibeles. Subida en un carroza tirada por leones, la diosa de la tierra, madre de Neptuno (de repente caí en la cuenta de la relación que había entre las dos estatuas) miraba hacia la lejanía. En su estela, dos niños de granito jugaban a volcar una jarra de la que caía un chorro de agua. Alrededor de la fuente, palacios y jardines trazaban un círculo que parecía destinado a proteger la imagen de piedra, magnífica en su soledad. Eché a andar en dirección al Palacio de Comunicaciones y llegué a una calle ancha, en cuesta. Arriba, a mi derecha, vi los arcos de la Puerta de Alcalá y, de frente, al otro lado de un paso de cebra, la Cervecería de Correos.

El local estaba atestado y olía a serrín. Una triple hilera de gente hacía imposible acercarse a la barra. Un camarero me preguntó de lejos qué quería. Le pedí una cerveza y al instante me vi delante de una jarra de cinc que tenía el fondo de cristal, encima de un grueso posavasos de corcho, en un espacio minúsculo que el camarero había despejado milagrosamente para mí. Lo vi antes de dar el primer sorbo, sentado en una de las mesas de mármol, en el primer salón, hacia la izquierda. Aunque cuando hablé por teléfono con él no le había descrito mi físico, también él me había reconocido. Con la cabeza erguida seguía atentamente mis movimientos. Sin quitarme la vista de encima, se levantó y me hizo señas de que me acercara. Cuando llegué junto a su mesa me estrechó la mano con fuerza.

Por fin nos vemos las caras, dijo, escrutándome el rostro con extraña vehemencia. ¿Qué tal el viaje?

La verdad es que no sé qué hago aquí, contesté con brusquedad. Lo he hecho por Ben, pero llevo toda la mañana pensando que venir ha sido un inmenso error. Me siento como si estuviera flotando en el espacio, no sé dónde poner los pies.

Es normal. Date un poco de tiempo.

¿Tiempo para qué? Me costaba trabajo hablar. ¿Qué me importa a mí ese individuo, Pietri? logré preguntar. Jamás tuve noticia alguna de él hasta el día que Ben me dio tu carta. ¿Otra vez tengo que cambiar las coordenadas de mi vida, como cuando cumplí catorce años? ¿Y tú, que de repente sales con esto, quién cojones eres? ¿Era verdaderamente necesario que escribieras esto? Me había llevado la mano al bolsillo de la chaqueta y blandía la carta ante él. ¿Por qué estáis todos tan seguros de lo que hacéis?

¿A quiénes te refieres?

A los brigadistas y vuestro sentido infalible de la justicia.

Lewis aguantó el chaparrón como si contara de antemano con que las cosas pudieran ocurrir así. Cuando terminé de hacer reproches y me hube guardado la carta en el bolsillo, me miró a los ojos y apoyando la mano en mi hombro lo oprimió con sus dedos fuertes.

¿Has comido?

¿Comer? pregunté, como si desconociera el significado de la palabra.

Voy a pedir algo, dijo, haciéndole una seña al camarero.

Aunque no te guste oírlo, comentó cuando se hubo ido el camarero después de tomar nota, Ben tiene razón. Por eso me he atrevido a insistir. Efectivamente, es un hombre muy especial, tienes mucha suerte.

¿Qué quieres decir?

Es una impresión, sólo lo conozco por un par de cartas. Me gustaría saber más cosas de él.

¿Qué cosas?

Su historia.

El camarero dejó unos platos en la mesa y se fue. Abe Lewis soltó una carcajada.

¿De qué te ríes?

Cruzas el Atlántico porque se supone que te tengo que contar algo decisivo, y lo primero que hago nada más verte es sugerirte que me entretengas contándome historias tú a mí.

No importa. Tienes razón en cuanto a Ben. Es un hombre muy especial. Y perdona lo que he dicho antes de los brigadistas, estaba fuera de mí.

Lewis se volvió a reír.

Bueno, vamos a picar algo, a ver si nos ponemos de mejor humor.

En aquel momento se abrió de golpe la puerta de la calle, y entró un grupo de gente que venía dando voces y riéndose. Traían los abrigos y las bufandas salpicados de nieve. Con ellos se coló una ráfaga de aire helado que llegó hasta nuestra mesa. Los recién llegados se mezclaron con la gente que se agolpaba alrededor de la barra; durante unos instantes la tormenta quedó enmarcada por el vano de la puerta. La nieve había arreciado; arrastrados por la fuerte ventisca, se veían pasar remolinos de copos que reflejaban el resplandor de los faroles. Un individuo corpulento llenó con su figura el umbral antes de cerrar la puerta.

Aquí hay demasiado ruido, dijo Lewis. Cuando terminemos, nos cambiamos aquí al lado. Puerta con puerta hay un lugar perfecto para hablar. ¿Te parece?

Me encogí de hombros, lo cual, en el código que habíamos empezado a elaborar, quería decir que sí.

La nieve se estrellaba con violencia contra la fachada de mármol rojizo. Alcé la vista, vislumbrando apenas unas letras de metal dorado que decían Lion D'Or. Una doble puerta de cristal creaba una recámara de aire que preservaba el calor del local. En el interior flotaba una nube de humo espeso, casi irrespirable, de olor acre, que se adhería a las paredes y empañaba los espejos. Las cortinas y el tapiz de los asientos eran de terciopelo rojo y las mesas de mármol, con el pie de hierro. La luz de las lámparas flotaba irrealmente en la penumbra.

Nos sentamos en un rincón, junto a una ventana y estuvimos un buen rato sin hablar, acostumbrándonos el uno al otro. Un camarero de tez rojiza y bigotes descomunales, que arrastraba la voz al hablar y tenía el pelo engominado, nos preguntó con aire de suficiencia si queríamos algo.

> […]
> Viendo nevar. Atrapado en una extraña red de intersecciones geométricas. Los faros de los coches que subían y bajaban por Alcalá proyectaban conos de luz que cortaban en bisel la cortina de nieve. Así el borde de la mesa; el plano de la acera formaba un ángulo agudo con el del suelo del café. El cabio [sic] inferior de la ventana rozaba casi el suelo.
> […]

¿De dónde viene el apellido Ackerman? ¿Es judío?

Me lo pregunta mucha gente, igual ocurre con mi nombre, Gal. Ni uno ni otro lo son necesariamente. Ackerman es un apellido germánico. La familia de mi bisabuelo era de origen alsaciano, aunque nació en Brooklyn, en 1858. Abrió una panadería en Bensonhurst. Mi abuelo, David Ackerman, trabajó toda la vida para el *Brooklyn Eagle*, un gran periódico, el mejor que ha tenido Brooklyn en su historia. Walt Whitman fue uno de sus colaboradores más egregios, pero hubo otros más. Lo cerraron en 1955, después de ciento veintitrés años de vida. La muerte de un periódico es algo muy triste, ¿no crees? Mi abuelo entró como aprendiz a los diecisiete años y acabó siendo corrector de pruebas. No pasó de ahí, pero andando el tiempo le permitieron escribir alguna que otra cosa, y al final, cuando estaba a punto de jubilarse, llegó a tener su propia columna, que publicaba semanalmente.

¿Qué escribía?

Comentarios políticos, anécdotas, columnas de opinión, notas sueltas y, sobre todo, historias acerca de los barrios de Brooklyn. Conocía Brooklyn como la palma de la mano.

¿Conservas sus artículos?

Por supuesto que sí, además de cientos y cientos de fichas sobre la historia de Brooklyn. Tenía la vaga idea de escribir un libro sobre el barrio.

¿Era comunista?

Anarquista, aunque nunca hablaba de eso. Sentía un rechazo visceral a toda forma de proselitismo, aparte de que era un hombre más bien reservado y solitario.

¿Y tu abuela?

Su apellido de soltera era Gallagher, *May* Gallagher. Mi abuelo y ella no podían ser más distintos. Su familia procedía de Pensilvania. Emigraron a Brooklyn a principios de siglo, cuando ella tenía dieciséis o diecisiete años. Todo el mundo la llamaba Sister May, porque tenía algo de monjil. Era una mujer muy devota y generosa, pero fuerte de carácter. Conoció a David en un baile callejero, no mucho después de su llegada a Bensonhurst, y al cabo de unos cuantos meses se casaron. Tuvieron dos hijos, una niña que murió a los pocos días de nacer y Ben.

¿Cuándo fue todo eso?

Vamos a ver. Ben nació en 1907 y May, no lo sé muy bien. En torno a 1910, calculo, eran casi de la misma edad.

¿Te llevabas bien con él?

¿Con el abuelo David? De maravilla. Lo quería con locura. Mi abuelo y yo teníamos una relación muy especial. Le encantaba venir a verme los domingos y llevarme a conocer Brooklyn. Sobre todo le gustaba ir a sitios donde además de pasarlo bien, aprendíamos algo. Era un fanático de la historia de Brooklyn. Tengo recuerdos muy vívidos de las visitas que hacíamos al Astillero, al Jardín Botánico, a Prospect Park, al Museo de Bellas Artes, a la Biblioteca Pública, a Red Hook, a muchísimos sitios. Una de mis excursiones favoritas era cuando me llevaba a pasear por Brooklyn Heights. Se conocía al dedillo la historia de cada edificio. Era miembro de la Historical Society of Brooklyn. Allí era donde recopilaba el material que luego empleaba en las crónicas que escribía para el *Eagle*. Pero la maravilla de las maravillas era cuando me llevaba a Coney Island. Me nombró su «ayudante de investigación» y nos pasamos dos veranos yendo allí, varias veces a la semana. La verdad, es una lástima que nunca llegara a escribir aquel libro, después de toda la información que había llegado a reunir. ¿Has estado alguna vez en Brooklyn, Abe?

Negó con la cabeza, sonriendo:

No, pero después de hoy, ya no tengo excusa.

La verdad es que es un universo inabarcable.

¿Y dices que nunca te hablaba de política?

Ni por asomo. Yo sabía que era anarquista, porque se lo oía decir a todo el mundo, aunque no tenía una idea muy clara de lo que quería decir aquella palabra. Estaba obsesionado con la cultura y el progreso. Le gustaba llevarme a todo tipo de actos culturales: conciertos, conferencias, de vez en cuando, al cine o al teatro. Tan sólo en una ocasión me llevó con él a un mitin.

¿Qué años tendrías tú?

Quince, pero lo recuerdo vivamente. Mi abuelo y yo hablábamos de muchas cosas, pero por extraño que parezca lo que más nos unía eran los largos momentos de silencio que compartíamos. Nos entendíamos perfectamente sin necesidad de hablar. Muchas veces, yendo en metro o en tranvía, cuando el ruido era excesivo, en lugar de alzar la voz para hacerse oír, mi abuelo interrumpía lo que me estuviera contando y se quedaba callado. En seguida me acostumbré a sus silencios. Aquel día, al salir de la estación de metro, en lugar de ir hacia el mercado de Fulton, me llevó a Boerum Hill, sin darme la menor explicación. A mitad de manzana, vimos una aglomeración de gente que aguardaba delante de las puertas de un teatro. Si no me equivoco, aún sigue en pie. El caso es que nos sumamos a la multitud e hicimos cola para entrar. Recuerdo que dentro del vestíbulo había tres puertas muy altas, pero mi abuelo me llevó de la mano hacia una escalera lateral, y al llegar al primer piso entramos en un palco donde había cinco o seis personas, ya sentadas, esperando a que comenzara el acto. Miré hacia abajo. En el patio de butacas se veía un inmenso mar de cabezas, pero también había gente en los pasillos y en los demás pisos del teatro. De pronto se apagaron las lámparas del techo y un susurro recorrió a la multitud. Unos focos iluminaban el estrado, en el que se veían una mesa alargada y unas cuantas sillas. Un grupo de personas subió en fila al escenario y fue ocupando los asientos, mientras la multitud prorrumpía en un aplauso atronador. Una mujer de unos cincuenta años se acercó al podio y se dirigió al público. Apenas me fijé en lo que decía. Me llamaban más la atención otros detalles. Por todo el teatro se veían banderitas rojinegras, y en el estrado había una pancarta. No reparé en lo que decía porque me sentía incapaz de apartar la vista de lo que había en los extremos del escenario. Eran los retratos de dos hombres cuya estatura era el doble de la de una persona normal, pintados con trazos gruesos de colores estridentes. Parecían monigotes sacados de una cartelera de cine. Iban sin chaqueta, con la camisa desabrochada. Uno llevaba pantalón marrón y el otro azul oscuro. Las cabezas eran desproporcionadamente grandes con relación al cuerpo. Lo que más miedo me daba eran los ojos que, a pesar de lo chillón de los colores, a mí me resultaban de lo más real e inquietante. Me daba la sensación de que me miraban exclusivamente a mí, como si me conocieran y me estuvieran acusando de algo inconcreto. Sólo cuando me acostumbré a aquellas miradas conseguí fijarme en lo que decía la pancarta. Ahora no me resulta posible oír aquellos nombres con indiferencia, pero cuando los leí entonces, carecían por completo de sentido:

Sacco y Vanzetti (1927-1952)

Los oradores subían al podio a intervalos regulares. Todos hablaban exaltadamente, profiriendo grandes voces. De vez en cuando, la multitud interrumpía los discursos, lanzando vítores y aplaudiendo. Aunque estaba pegado a él, mi abuelo no parecía percatarse de mi presencia. Ni una sola vez en todo el acto me dirigió la palabra ni me miró. Lo que más me asombraba de su actitud era que, de toda la gente que estaba en el palco, y seguramente en todo el teatro, él era el único que jamás daba una voz ni aplaudía, aunque yo me daba perfecta cuenta de sus cambios de ánimo, porque le veía apretar los puños y fruncir el ceño. El acto fue bastante largo y a grandes ratos aburrido, aunque también es cierto que el apasionamiento de la gente era contagioso, y al cabo de un tiempo, aunque no entendía por qué, cada vez que la multitud aplaudía o gritaba proclamas, yo sentía una extraña mezcla de emoción y miedo.

A la salida, mi abuelo se despidió con prisa de sus amigos y echamos a andar a buen paso, camino por fin del mercadillo de Fulton. En ningún momento hizo la menor alusión al mitin. Al cabo de unos minutos reanudó la historia que había dejado a medio contar, cuando el estrépito del metro ahogó sus palabras, como si en vez de horas, tan sólo hubiesen transcurrido unos minutos. En Fulton me llevó directamente a los puestos de calzado y me ayudó a elegir un par de zapatos. Bueno, en realidad los eligió él, viendo que yo no me decidía por ninguno. Cuando llegamos a casa, se empeñó en que me los pusiera, para que todo el mundo viera lo bien que me quedaban. Luego se fue a la cocina, a tomar café con los mayores, y a media tarde vino a darme un beso y se despidió.

Ben y yo lo acompañamos hasta el porche. Antes de doblar la esquina, mi abuelo se volvió y nos dijo adiós con la mano. El sol estaba muy bajo y daba de lleno en la fachada de casa.

¿Quiénes eran Sacco y Vanzetti? le pregunté a Ben.

De repente me di cuenta de lo mucho que me apretaban los zapatos y me arrodillé para aflojar los cordones.

Quítatelos antes de que te salgan ampollas, recuerdo que me dijo Ben.

Entré en casa con los zapatos en la mano y fui derecho a mi cuarto, seguido por mi padre. Nos sentamos en el borde de la cama.

¿Dónde has oído hablar de Sacco y Vanzetti? me preguntó, y le hablé del mitin al que había acudido en Boerum Hill.

Es su manera de darte a entender que ya te considera un hombre, dijo cuando terminé. Conmigo hizo algo parecido.

Cuatro
BROOKLYN HEIGHTS

19 de junio de 1990

Las 11:29 en el reloj de la gasolinera. El cierre metálico del
Oakland, echado. Mi maleta, en medio de la acera, donde la
dejó el sikh. La mancha del Chrysler se aleja, una nube amarilla que dobla la esquina como si la succionara una fuerza invisible. El tiempo parece haber encogido desde que puse un
pie en Queens. El trayecto entre los aeropuertos de O'Hare y
La Guardia se me ha antojado considerablemente más corto
que al ir de Nueva York a Chicago. Tiempo interno, mío, sub-
jetivo. Sensación de que las cosas empiezan a transcurrir más
deprisa de la cuenta. Tiempo externo, del mundo, inasible.
Procuro que no se desengarcen. 9:43. Aparece mi maleta en la
cinta de equipajes, la primera y, durante casi un minuto, la única. Vestíbulo de llegadas. 9:45, según el anuncio de Marlboro.
En la parada del autobús, un tipo que lleva un turbante de color azafrán prácticamente me arranca la maleta de la mano y
me obliga a entrar en su taxi. Las 10:07, según los dígitos rojos del salpicadero, al otro lado de la pantalla de metacrilato. El
sikh sonríe, esperando mis indicaciones. Hicks, esquina con

Atlantic, Brooklyn Heights, le digo y arranca de una embestida. Las llantas chirrían violentamente al rozar contra el asfalto. Vamos dando volantazos, sorteando camiones, furgonetas de reparto, autobuses escolares. Todo el tráfico de la mañana en la autopista BQE. Me cae bien el taxista. Por alguna razón, su forma violenta de conducir no me inquieta. Me arrellano en el asiento trasero. Leo en la licencia de cartulina amarilla que se llama Manjit Singh. Como si hubiera seguido la dirección de mi mirada, el sikh se lleva la mano derecha al turbante y me sonríe a través del espejo retrovisor. Unos veintidós años, barba negra, los dientes y las encías rojos de betel. Fuera ya de la autopista se relaja. La pérdida de velocidad le da ganas de hablar. Descorre la portezuela de seguridad. Señala con el dedo las mansiones de piedra, edificios señoriales que flanquean calles con nombres de árboles frutales. Quiere saber si vivo en Brooklyn Heights. Voy a ver a un amigo, explico. Asiente. Buen barrio, muy elegante, dice. En la esquina con Atlantic Avenue, Manjit Singh levanta el pie del acelerador y deja que el Chrysler se deslice hasta quedar perfectamente alineado con el bordillo, justo frente al letrero del Oakland. Se baja solícito; con gran economía de movimientos, abre y cierra el capó y deja la maleta en medio de la acera. Se despide con una inclinación de cabeza, juntando las manos a la altura del corazón antes de volver al taxi. Arranca de una sacudida, como hizo en el aeropuerto. Sale de escena dejando atrás una estela de humo que huele a gasolina y a goma quemada.

Hay luz al fondo. Introduzco el puño por entre los rombos de metal y golpeo el cristal con los nudillos. Oigo el tintineo de las llaves que cuelgan de la cerradura, por dentro, y unos instantes después vislumbro una silueta que avanza con paso vacilante. No es Ernie, ni tampoco Frank… Reconozco a Gal Ackerman, no se me había ocurrido pensar en él. Acerca el rostro al cristal, cae en la cuenta de quién soy, hace girar la llave y entreabre la puerta.

No hay nadie, se ha largado todo el mundo a Teaneck, a ver la nueva casa de Raúl. Ernie no abrirá hasta media tarde.

Le da una calada al cigarrillo que tiene en la mano y, a pesar de que está prácticamente entero lo arroja al suelo y lo pisa. Es evidente que le pasa algo. Se encoge de hombros y se da la vuelta, sin despedirse. Me da tiempo a meter precipitadamente la mano por entre los barrotes y agarrarlo por la manga de la chaqueta.

Por favor, Gal, déjame entrar. Vengo directamente del aeropuerto.

Se vuelve a encoger de hombros, arranca el manojo de llaves de la cerradura y me lo pasa por entre los hierros.

Me han dejado preso, sin darse cuenta. Esboza una especie de sonrisa y explica: Puedo abrir la puerta, pero a la verja no alcanzo. Sólo se puede abrir desde fuera. Toma, es una de las llaves pequeñas, mira a ver.

¿Qué tal por Chicago? me dice, una vez dentro del Oakland.

Me sorprende que esté al tanto de mis desplazamientos.

Bien, le contesto… De veras que siento molestarte, pero es que… Estoy en un tris de decirle por qué he ido directamente al Oakland desde el aeropuerto, en lugar de a mi casa, pero me contengo a tiempo. No, es que es temprano para ir a la redacción, digo, de modo absurdo.

Gal señala hacia la barra, donde veo una melita humeante.

Acabo de hacer café, dice.

Dejo la maleta en el suelo, me sirvo una taza y me siento con él. Encima de la mesa hay una página del *New York Times* doblada en dos.

Mira esto, dice, señalando los titulares. Le da la vuelta al periódico para que los vea bien. La noticia es del 21 de febrero.

ABSUELVEN A UN HOMBRE ACUSADO DE ASESINAR A SU COMPAÑERA DE PISO Y HERVIR EL CADÁVER

Se le escapa una risa nerviosa.

¿Qué es lo que te hace gracia? le pregunto.

Se lleva el índice a los labios, apoya los codos en el borde de madera que rodea el rectángulo de mármol, le vuelve a dar la vuelta al periódico y sigue leyendo en silencio. Al cabo de un rato dice:

Daniel Rakowitz. El caso es que yo a este tipo lo conozco. Lo vi muchas veces por los alrededores de Tompkins Square Park, cuando Louise vivía en la calle 12. Coño, ahora que lo pienso, creo que Louise le llegó a comprar hierba alguna vez. ¿Te acuerdas de los conciertos que se hacían en el parque el primero de mayo?

Sí.

Sigue leyendo. Cuando termina dice:

Me acuerdo perfectamente de él. Tú también has tenido que verlo. ¿No te suena la noticia? ¿O es que no estabas en Nueva York en febrero?

Gal…

¿No te acuerdas de un tipo que se paseaba por el East Village con un pollo atado de una cuerda, como si fuera un chihuahua? El pobre bicharraco correteaba detrás de él como si tal cosa, mientras su amo vendía bolsas de marihuana por los alrededores del parque, a cinco dólares.

Me suena vagamente.

Era de Texas; se vino a vivir a Nueva York en 1985. Uno de los testigos, un tal Nicolaus Mills, un *homeless* que vivía en Tompkins Square Park, declaró que muchas veces Daniel Rakowitz se presentaba en el parque con un perolo y un cucharón y les ofrecía a los muertos de hambre que había tirados por allí un cuenco de estofado, un guiso de patatas con carne, o algo así. Pues el caso es que según las declaraciones de Mills, un día que estaban él y otros cuantos colgados zampándose el estofado que les había dado Rakowitz, uno de ellos se encontró un dedo humano en el cuenco, con su uña y todo. Eso pone aquí.

Escupo el trago de café que tengo en la boca.

Tengo su ficha lista para el *Cuaderno de la Muerte*, con foto y todo. Nombre: Daniel Rakowitz. Edad: treinta años. Acusado de asesinato en primer grado. Siguen el número de causa, y ahora, en este recorte, la sentencia. Y ya ves; lo acaban de absolver. ¿Qué te parece? La verdad es que al tipo no le faltaba sentido del humor. Cuando compareció ante el juez, después de que lo examinara un equipo de psiquiatras, dijo que prefería la cárcel al manicomio, porque había comprendido lo dañinas que eran las drogas y, por lo menos, en la cárcel no lo agilipollan a uno con pastillas. Léelo tú si no me crees.

Gal sostiene el *New York Times* en alto unos momentos, luego lo baja despacio hasta la mesa, lo alisa y lee la noticia en silencio hasta el final. Cuando termina me hace un rápido resumen.

Vivía en el número 614 Este de la calle 9, en pleno Alphabet Town y de vez en cuando trabajaba de pinche en el Sahak, un restaurante armenio del East Village… Oye, Ness, ¿son ya las doce?

A modo de respuesta, señalo hacia el reloj de la pared. El minutero está a punto de alcanzar lo más alto de la esfera. Cuando Gal mira hacia allí, las dos agujas se funden en una.

Perfecto. Es la hora. Mi cronómetro biológico nunca falla.

¿La hora de qué?

De dar de beber a los demonios. Alguien se tiene que ocupar de ellos.

Saca una botella de vodka de una bolsa de papel marrón que tiene oculta debajo de la mesa y echa un chorro largo en el café.

Se cargó a una chica suiza que estudiaba danza contemporánea en la academia de Martha Graham, una tal Monika Beerle. ¿Cómo lo ves?

Beerle. El apellido parece holandés.

Posiblemente. Según el articulista, Rakowitz se había autoproclamado «El dios de la marihuana».

Se queda un rato pensando.

Bueno, sigue.

Resulta que unos detectives de la división de estupefacientes que andaban vigilando la zona oyeron rumores acerca de que el tal Rakowitz había hervido un cadáver. No me digas que no es para descojonarse. Tú que eres periodista, explícame qué quiere decir eso. *¿Rumores de que había hervido un cadáver?* ¿Te imaginas a un yonqui diciéndole a otro en el parque: Oye, hace tiempo que no veo a la suiza, yo creo que el del pollo se la ha cargado y ha hervido el cadáver?

Ya.

Vuelve a estallar en carcajadas, pero al ver que no me hago eco se interrumpe.

Gal…

Bueno, está bien, no te pongas así. Es que tiene cojones la forma de contarlo. El caso es que una pareja de agentes de paisano se presentó en casa de Rakowitz con una orden de detención. Se lo llevaron a la comisaría para interrogarlo, y él negó rotundamente ser el autor del crimen. Dijo que se había encontrado el cadáver, y eso sí, confesó que lo había desmembrado y lo había metido en lejía antes de hervirlo. ¡Ji, ji, ji! Hay que estar loco. Dice que quería desinfectar los huesos. A pesar de lo incongruente de sus declaraciones, lo siguieron interrogando a fondo. Fue entonces cuando dijo que el cráneo se encontraba en la estación de autobuses de Port Authority. Cuando lo llevaron allí, los condujo directamente a un bidón, donde efectivamente había una calavera de mujer, envuelta en papel de periódico, en un estado muy avanzado de putrefacción. Parece que la lejía no sirvió de mucho.

Vuelve a reírse sin control.

Espera, que no es todo, dice cuando se recupera. Lo mejor de la noticia es el final. ¿Sabes lo que dijo Rakowitz cuando el juez le preguntó si tenía algo que declarar antes de dictar sentencia? Te lo voy a leer, porque si no, vas a creer que exagero: *El acusado afirmó que el jurado estaba predispuesto contra él, pero que no le preocupaba, porque sabía que lo iban a declarar inocente, e iba a salir libre en seguida. Cuando recuperara la libertad, afirmó, pensaba dedicarse a vender marihuana y, con el dinero que lograra reunir, iniciaría una investigación privada, a fin de llevar a los tribunales a los verdaderos autores del crimen.* ¡Ji, ji, ji, ji! Pero no has oído lo mejor: el juez escuchó la declaración sin pestañear y cuando terminó, les largó un discurso en toda regla a los miembros del jurado y los mandó a deliberar el caso. La corte se volvió a reunir dos días después; el jurado declaró inocente a Rakowitz, y el juez lo absolvió, por falta de pruebas. ¿Qué te parece?

No sé, Gal.

¿Qué cojones quieres decir? Te lo he leído de cabo a rabo y ahora, ¿no puedes opinar?

Si no había pruebas suficientes, no lo podían condenar. Sería otro.

Peor me lo pones: en ese caso el verdadero culpable anda impunemente por ahí.

Gal, no deberías empezar a beber tan temprano.

No sabía que te preocupara tanto mi salud.

Subraya sus palabras bebiendo un trago directamente de la botella antes de añadir:

A mí la piedrecilla que se me queda bailando en el zapato es la suerte de esa chica, Monika Beerle. Me molesta que en el artículo prácticamente no se diga nada de ella. Ni un detalle sobre su historia familiar. Ni siquiera se menciona su edad. Es casi como si fuera un accesorio del caso.

Perdona, Gal, lo que bebas o dejes de beber no es asunto mío. De todos modos, para quien sí ya va siendo hora es para mí. Gracias por dejarme pasar, y por la conversación. Ahora tengo que ir al periódico. Si no te importa, voy a dejar la maleta en el despacho de Frank. Si lo ves antes que yo, dile que volveré a recogerla por la tarde.

Por toda respuesta, Gal saca un bolígrafo del bolsillo de la camisa y se enfrasca en sus papeles.

A media tarde, un viento pegajoso recorre la avenida. Sé que Frank aún no ha llegado porque el Plymouth no está delante del Oakland. Ernie lee el *New York Post* en la barra, con la pipa entre los dientes. Echo en falta a Gal. Quizá no estuve demasiado atento con él por la mañana.

Ernie, ¿dónde se ha metido Gal?

Aparta el tabloide y quitándose la pipa de la boca contesta:

Ni puta idea. Cuando llegué a eso de las tres, aquí no había ni dios. ¿Y tú dónde te has metido? Hace días que no te veo.

En Chicago. ¿Entonces no sabes nada de Gal?

Ya te he dicho que no. Esta mañana lo dejamos aquí, con un juego de llaves, pero cuando vine a abrir el bar, había ahuecado el ala. Como comprenderás, no llevo la cuenta de lo que hace el personal; bastante tengo con lo mío.

¿Qué tal andaba Gal estos días?

No me he fijado. La verdad, no sé a qué viene tanta preocupación por él.

¿Y si le ha pasado algo?

¿Algo como qué?

No seas cínico. Sabes perfectamente a qué me refiero.

Olvídate de Gal, se sabe cuidar solito.

¿Hablaba mucho de Nadia últimamente?

Ernie suelta un bufido.

Ya empezamos. Ni lo sé ni me interesa. Por cierto, ya que

hablas de mujeres, se acaba de instalar en el piso de arriba una preciosidad. No tendrá ni veinte años.

Me sorprende el comentario. El motel es tema tabú en el Oakland, y si alguien sabe que es así, es Ernie Johnson. De haber estado Frank delante no se habría atrevido a hacer un comentario como aquél.

Ten cuidado con lo que dices, Ernie.

Me pregunta si quiero beber algo, riéndose para sus adentros. Le pido una heineken. Pone una botella helada delante de mí, mascula algo ininteligible y desaparece detrás del *Post*. Me dirijo a la mesa donde estuve sentado con Gal por la mañana, la mesa del capitán. Al apoyar la cerveza en el mármol, me viene a la cabeza su imagen, leyéndome la noticia del juicio de Rakowitz, pero en seguida se superpone un recuerdo mucho más remoto.

(Voy bien, ¿verdad, Gal? Los diálogos sin entrecomillar, entrelazados con la acción, como a ti te gustaba. Y ahora voy a hacer algo que también he aprendido de ti: intercalar fragmentos de mi diario. Nunca tuve ocasión de decírtelo, pero fue así como te conocí.)

Dylan Taylor me dijo que en la antigua iglesia de Saint Anne, en Montague Street, daban *El parque de los ciervos*, de Norman Mailer.

¿Te apetece cubrirlo? Igual se presenta Mailer, vive allí mismo. ¿Por qué no te pasas?

¿Mailer vive en Brooklyn Heights?

Así es. En plena Promenade. El último de una larga estirpe. No tiene perdón que todavía no conozcas el barrio. Espera un momento.

Sale de mi cubículo y a los treinta segundos vuelve del suyo con un libro. Lo tira encima de la mesa. Es *Los perros ladran*, de Truman Capote.

¿Y esto?

Échale una ojeada al capítulo titulado «Una casa en Brooklyn Heights». Volviendo a lo de Mailer, con algo escueto basta. Digamos que con unas 300 palabras vale. Lo podemos sacar el sábado.

El texto de Capote se lee en menos de veinte minutos. Tiene razón Dylan: Thomas Wolfe, W. H. Auden, Hart Crane, Mariane Moore, Richard Wright, los Bowles, el propio Truman Capote, entre otros que ahora no recuerdo, habían vivido en los Heights. Mailer no figura porque era un desconocido cuando Capote compiló la lista.

Le dije a Dylan que me daría una vuelta por las calles del barrio después de la función.

Algunas estampas de mi cosecha: los faroles de gas de Hicks Street; el marco de una ventana a través de la que se veía la imagen silenciosa de una chica tocando el violín, como un fotograma de película muda; el callejón de Grace Court, como un lienzo de Vermeer, con el suelo irregularmente adoquinado, los enormes portones de las antiguas caleseras y los garfios de donde se colgaba el heno que servía de alimento a las caballerías; los bajorrelieves de las enormes puertas de metal de la iglesia maronita de Nuestra Señora del Líbano, procedentes de la fundición del *Normandie*.

Al doblar la esquina de Hicks con Atlantic, vi el rótulo. *Oakland, Bar & Grill*, decían las letras de neón rojo y blanco, encima de un ventanal hecho con bloques de cristal esmerilado. La puerta era de hierro y estaba pintada de negro. La empujé, con cierto esfuerzo. Al otro lado, un pasillo estrecho, de techo alto y al fondo, unas cortinas de terciopelo rojo. Al apartarlas tuve una sensación opuesta a la que se experimenta al despertar. Me había adormecido y, dejando atrás el mundo de la vigilia, penetraba en un sueño. Había llegado a un local que estaba hasta los topes de gente disfrazada. Me pareció un baile de máscaras que se estuviera celebrando en un cabaret antiguo, o el salón de baile de un crucero. La pared de la derecha estaba cubierta por una red de pescar, entre cuyos pliegues sobresalía una escotilla.

La barra quedaba a la izquierda. Siguiendo su trayectoria, un panel de madera caía en picado del techo, ostentando toda suerte de utensilios relacionados con el mundo de la marinería: cordajes, boyas, salvavidas, fanales, un timón... En el centro, un espejo en cuya superficie habían pintado las banderas de Dinamarca, Estados Unidos y España, formando una aspa. Contra la pared, hileras de botellas, flanqueadas por más objetos de tema marítimo: un faro en miniatura, los bustos de una sirena y un capitán de barco, un juego de luces, enroscado alrededor de unos mástiles. Al fondo, a la derecha, había dos cabinas de teléfonos, junto a una máquina de discos. El techo y las columnas estaban adornadas con guirnaldas de papel, de colores estridentes. Dos de ellas formaban un arco por el que se accedía a la pista de baile. En las paredes había fotos y carteles (recuerdo uno que anunciaba una novillada en la Plaza de Toros de Sada, con fecha de 1910), así como repisas situadas a alturas diferentes, en las que se acumulaban maquetas de navíos, algunas de gran tamaño, metidas en urnas de cristal.

Entonces lo vi. Era un hombre de unos cincuenta o cincuenta y cinco años, el único en todo el local (aparte de mí) que no llevaba máscara ni disfraz. Estaba sentado en un rincón, incomprensiblemente ajeno a lo que acontecía a su alrededor, escribiendo en un cuaderno. En torno a él había una nube de humo que parecía más espeso que el que flotaba en el resto del local, como si una campana de cristal lo mantuviera aislado de los demás. De cuando en cuando se interrumpía para darle una calada al cigarrillo o para beber.

De pronto, alguien que llevaba una capa de plumas y una máscara de búho me agarró con fuerza del brazo y me arrastró hacia la barra. Introduciendo un vaso de plástico en un bol donde había un líquido de color rojo, me dijo en español que me lo bebiera de un trago. Hice lo que me decía. Era un brebaje fortísimo, que me llenó los ojos de lágrimas y me hizo toser. El tipo soltó una carcajada, me dio una máscara de aspecto tan monstruoso como la que llevaba él y hasta que no consiguió que me la pusiera no me dejó en paz.

Cuando me lo quité de encima, volví a la parte del bar donde había visto al tipo que escribía en solitario, pero había desaparecido. Encima de la mesa todavía humeaba una colilla en el cenicero, junto a un vaso vacío. Escruté todos los rincones del lugar, quitándome a cada paso de encima a gente empeñada en hacerme bailar, pero no di con él. Quizá alguien le hubiera obligado a ponerse una careta, como a mí. Me sentía aturdido por la pócima que me habían obligado a beber y la tumultuosa mezcla de impresiones, y me costó bastante irme de allí. Por fin di con las cortinas rojas y el pasillo de salida. Cuando la puerta de hierro negro se cerró detrás de mí, el silencio de la noche me pareció un prodigio.

Eché a andar, vacilante, y al pasar por delante de un escaparate vi una figura que me hizo dar un respingo. Era mi propio reflejo. Me quité la careta y seguí hacia los muelles, como había sido mi intención desde un principio. No sé cuánto tiempo estuve deambulando por el puerto. Se había adueñado de mí una extraña desazón cuya raíz no conseguía entender.

Tardé meses en volver por el Oakland, aunque en numerosas ocasiones me volvía su recuerdo, mezclado con las demás cosas que había visto durante mi primera visita a Brooklyn Heights. Había sido todo bastante especial, desde la obra de teatro hasta el paseo por algunos de los rincones más singulares del barrio. A todas las impresiones se sobreponía la que dejó en mí el baile de disfraces que se celebraba en aquel extraño bar de marineros, y siempre que pensaba en él me venía a la cabeza la imagen de aquel individuo que escribía en un cuaderno, ajeno a los enmascarados que atestaban el local.

Me dispongo a pedir otra cerveza cuando veo llegar a Frank y Víctor.

Hombre, si está aquí nuestro amigo el periodista, dice Frank, quitándose la gorra de golf y ocupando su sitio en la Mesa del Capitán. Víctor me dirige una sonrisa a modo de saludo y se acerca a la barra, a charlar con Ernie.

¡Ernie! ¡Ponme una cerveza helada, haz el favor! reclama

Frank, dando una voz. ¿Tú qué quieres, Ness? Por cierto, te hacía en Chicago.

He vuelto esta mañana y no sé por qué me dio la ventolera de venir directamente del aeropuerto aquí, con la mala suerte de que me lo encontré cerrado.

Ernie deja dos heinekens perladas de un sudor helado encima de la mesa.

Es que hoy le entregaban la casa a Raúl.

Eso me dijo Gal. Menos mal que estaba aquí. A propósito, me he tomado la libertad de dejar la maleta en tu despacho, espero que no te moleste.

El Oakland es tu casa, muchacho, ya lo sabes.

Gracias, Frank. Por cierto, que esta mañana me pareció que Gal estaba de un humor muy raro. ¿Tú lo llegaste a ver?

Andaba merodeando por el local, pero como íbamos con prisa no le hice mucho caso. Ernie le dejó unas llaves. ¿Qué es lo que te inquieta?

Empezó a beber muy pronto, a las doce, cosa que no hacía desde hace tiempo. Y también me extraña no verle ahora, porque últimamente era la hora que más le gustaba para escribir. A no ser que dejara de hacerlo mientras yo estaba en Chicago.

Tienes razón. Es la primera vez que no lo veo a esta hora en mucho tiempo. No sé, quizá haya alguna pelea interesante en el Luna Bowl, aunque me extraña. Víctor me habría pedido permiso para ir. ¡Víctor!, dice, dando una voz. Hazme un favor, llama desde mi despacho a donde Jimmy Castellano y pregunta si saben algo de Gal.

Fue en el Luna Bowl, el gimnasio que tiene Jimmy Castellano cerca de los muelles, donde Gal descubrió a su *edecán* (como le llama a veces), poco después de que el puertorriqueño, recién llegado a Brooklyn, empezara a entrenar allí. Una tarde, el preparador de un tal Ricky Murcia, un mastodonte del circuito profesional que pesaba más de 120 kilos y había venido a Nueva York para tomar parte en un torneo de exhibición en el Madison Square Garden, le ofreció 50 dólares por hacer de monigote en una pelea a ocho rounds contra su pupilo. Murcia se dedicó a golpearlo sin piedad hasta que le hizo perder el sentido al final del quinto asalto. A Gal le extrañó que se hubiera prestado a recibir una paliza semejante, porque en cuanto a peso Víctor estaba al menos dos categorías por debajo de Murcia. Cletus le explicó que necesitaba el dinero y además no tenía manager. Intrigado, Gal decidió hablar con él. La conversación terminó de convencerle de que el puertorriqueño no valía para el boxeo. No era cuestión de aptitud física, sino de personalidad. Aquel muchacho era un idealista. Tenía demasiada sensibilidad para dedicarse a un oficio así. Gal le dijo que un amigo suyo andaba buscando un ayudante y le dio una tarjeta del Oakland.

Se apellidaba Báez. Era alto y delgado, tenía veinticinco años, el pelo ensortijado y los ojos de color verdoso. A pesar de que llevaba tiempo boxeando, conservaba el rostro intacto, a excepción de una leve cicatriz en el pómulo derecho. Es rápido, tiene buena pegada, su juego de piernas no puede ser más ágil y es buen fajador, me dijo Gal. Técnicamente, no le falta nada, el problema es que no es competitivo. Carece por completo de malicia. Cuando se lo presentó, Frank le entendió a la perfección. Tiene alma de artista, fue lo que le dijo, sólo que ha nacido pobre y negro. Pero no te apures, que yo me encargo de él. En cuestión de semanas, se había hecho imprescindible. Les costó mucho, pero al final, entre Gal y Frank Otero lograron quitarle de la cabeza la idea de dedicarse al boxeo profesional. Lo que no hubo manera de impedir es que de vez en cuando siguiera apuntándose a combates de aficionados.

Gal no está en el Luna Bowl, jefe. Según el viejo Cletus, hace semanas que no se le ve el pelo por allí.

¿No estará en el Astillero? se me ocurre preguntar.

Frank y Víctor cruzan una mirada de alarma. Gal sólo va por el Astillero en los momentos más oscuros. La última vez que desapareció lo encontraron inconsciente entre los escombros de un solar.

Esperemos que no, dice Frank.

Voy a darme una vuelta por allí, por si las moscas, digo. Si no doy con él, lo más seguro es que me vaya directamente a Manhattan, sin pasar por aquí. ¿Te importa que deje la maleta en tu despacho hasta mañana?

Frank está tan ensimismado que no oye la pregunta.

Camino del Astillero, pienso en la primera vez que Gal me llevó al Luna Bowl. Recuerdo perfectamente que cuando los púgiles saltaban al ring, se le iluminaba la mirada. Desconcertado, me pregunté qué buscaba yendo a un lugar así. Era evidente que el espectáculo le fascinaba, pero ¿por qué? ¿Qué sentido tenía para él contemplar aquel derroche de violencia? Fue justo antes de una pelea de Víctor, y cuando sonó la campana del primer asalto, dejé de existir para él. Lo que más me sorprendió fue la cantidad de gente que se acercó a saludarle al final del combate. Principiantes, viejos sonados, los empleados, todo el mundo le tenía afecto. Ya en la entrada, nada más llegar, me había llamado la atención que Cletus Wilson, el portero, un negro de casi ochenta años, se negara a cobrarle la entrada. Cuando se lo conté a Frank me dijo que eso es algo que sólo hacía con Gal. Tal vez sean imaginaciones mías, pero creo que hay algo en él que hace sentir a los demás algo así como que está a merced de algún peligro indefinible. Es lo que sentí la primera vez que lo vi: un ser vulnerable, extrañamente separado de su entorno por una campana de cristal. Quizá lo que detectan quienes se acercan a él es su sensibilidad para captar el sufrimiento ajeno. Jamás he conocido a nadie que ponga tanto cuidado en no hacer daño a los demás. Gal sólo es capaz de hacerse daño a sí mismo. Nunca le he oído decir nada hiriente ni ofensivo, ni siquiera cuando está borracho. Nunca pierde la dignidad. Resulta asombrosa su capacidad para mantenerla hasta los últimos estadios de la embriaguez. Incluso físicamente. Para mí es una especie de milagro cómo logra coordinar sus movimientos, aunque esté al borde de perder la conciencia.

Está empezando a anochecer. Venus destella en solitario sobre las grúas del puerto. El cielo se va oscureciendo tan despacio que veo saltar uno a uno los puntos luminosos de las estrellas. Paso revista a los acontecimientos del día: la carrera en taxi desde el aeropuerto de La Guardia hasta el Oakland; Gal contándome la historia de Rakowitz; seis horas en la redacción; la conversación con Frank. No es sólo que me preocupe Gal. También voy al Astillero porque me hace falta verlo. Una frase suya me persigue desde por la mañana. Alguien se tiene que ocupar de los demonios. Hablaba de los suyos, pero si doy con él, también se hará cargo de los míos.

Cletus Wilson sale de detrás de la taquilla y se acerca a saludarme. Antes de que abra la boca, me dice que hace semanas que no sabe nada de Gal. Le digo que lo sé, que estaba con Frank cuando Víctor le llamó desde el Oakland. Entonces qué haces aquí, me pregunta, y le contesto que voy a echar un vistazo por el Astillero. Cletus abre mucho los ojos al oírme decir aquello. Sólo para quedarme tranquilo, aclaro. Antes de bajar, estoy un rato charlando con él, debajo del toldo verde de la entrada.

Ha terminado de caer la oscuridad. Junto al Depósito de Agua, hay una cabina de teléfono, sin techo ni puerta. A unos pasos, veo un amasijo de hierros con el letrero intacto, como si lo hubieran arrancado procurando no dañarlo. Extrañado, compruebo que el teléfono funciona. Decido llamar a casa, por más que sé que no tiene ningún sentido hacerlo. Sé que Diana no va a estar. Tengo la certeza de que se fue el mismo día que volé a Chicago. No tengo nada que reprocharle. Sé que lo ha hecho así para facilitar las cosas. Buscaré una nota, pero no la encontraré, porque no hace falta ninguna nota, como tampoco hace falta llamar por teléfono. Está todo hablado. Aun así, en Chicago lo primero que hice nada más instalarme en el hotel fue llamarla. Tal y como esperaba, saltó el contestador. Repetí aquel gesto inútil cada noche, al terminar la jornada de trabajo. Lo único que cambia hoy es que he vuelto a Nueva York. Estoy a media hora de nuestro apartamento, a unas cuantas estaciones de metro, después de cruzar por debajo del río que separa Brooklyn de Manhattan.

Estoy a punto de marcar cuando una extraña melodía desgarra el aire de la noche. Es la voz de una mujer. Tardo unos segundos en darme cuenta de que no es un sonido natural. Alguien ha debido de poner un disco, pero dónde, si lo único que hay en los alrededores del Astillero son solares en ruinas. La voz, muy dulce, entona un lamento triste, de aire oriental. Tratando de localizar su origen, llego a la conclusión de que el sonido tiene que venir de un callejón cuya boca apenas puedo ver desde donde me encuentro. Hay allí un bar de emigrantes albaneses. Decido ir, subyugado por la música. Contemplo cómo avanza mi sombra a lo largo de la tapia del callejón. Casi al fondo, hay un abertura que proyecta un cuadrado de luz amarillenta sobre la acera. Al llegar, aparto las tiras de plástico de colores que tapan la entrada. Dentro hay un

viejo que lleva un gorro de lana roja, sentado en una mecedora. Lo recuerdo de las veces que he ido allí con Gal, como
también a la mujer que atiende la barra, una mujer de unos
sesenta años, que se cubre la cabeza con una pañoleta y tiene
una raya vertical, de color azul, tatuada en la barbilla. En una
mesa hay unos tipos de mi edad jugando a las cartas, que se
vuelven un instante a mirarme. El viejo me hace señas de que
entre. Lo saludo y me acerco a la máquina de discos, todavía
hipnotizado por la canción. Cuando termina dejo un par de
dólares encima de la barra y regreso a la cabina telefónica.

Descuelgo el auricular, viendo temblar las estrellas a través
del rectángulo que se recorta por encima de mi cabeza. Resulta extraño estar así, entre cuatro paredes de cristal, mirando al cielo. Una gasa de luz pulverizada desdibuja el contorno de las constelaciones. Siento el frío de la baquelita en el
oído, el hormigueo quejumbroso de la línea telefónica. Marco, imaginándome la señal acústica viajando por debajo del
cauce del East River, a lo largo de un tubo en el que se aprietan haces de cables: un tubo de silencio por el que se desplaza mi angustia. La señal llega a Manhattan en una fracción de
segundo; después de dos timbrazos se oye un pitido largo e
inmediatamente mi propia voz, desfigurada, invitándome a
dejar un mensaje, y luego nada. En el momento de colgar veo
destellar fugazmente la cola de un cometa.

No sé en qué momento se ha empezado a poblar de siluetas el descampado. Apostado en una esquina, un tipo delgado
que lleva una cazadora negra, vigila atentamente los movimientos de la manzana. De vez en cuando alguien se le acerca y tiene lugar un rápido intercambio. Heroína, supongo.
Atraviesan el solar las sombras de una prostituta y su cliente.

Las sigo con la mirada, hasta que se pierden por detrás de una nave abandonada. Sigo sin decidirme a alejarme de la cabina. No sé cuánto tiempo ha pasado cuando se escucha un silbido muy agudo, que remeda el grito de un pájaro salvaje, y la calle se vuelve a vaciar. Al cabo de unos instantes, atisbo unos destellos rojos y azules. Poco despúes los haces de unos faros que iluminan el asfalto. El coche patrulla avanza a lo largo de la calzada en dirección a mí. Los cristales de la cabina devuelven el reflejo de los destellos multicolores. Se escucha un crujido estático, el fragor de unas voces que proceden de un transmisor de radio. Siento en mí la fijeza de unos ojos. El vehículo aminora aún más la velocidad al pasar junto a la cabina, pero no llega a detenerse. En el Dique Seco gira hacia la derecha y desaparece tan sigilosamente como había surgido.

Gal no está. No tiene ningún sentido que yo siga aquí por más tiempo. Atravieso varios descampados, dejando atrás el mundo del Astillero. Trepo por una ladera cubierta de una vegetación rala, que da a una calle desierta que va bordeando el río. Al doblar una esquina surge ante mí el esplendor violento de los rascacielos que jalonan la punta sur de Manhattan, una cordillera negra, de cimas desiguales, acuchillada de infinitos cuadriláteros de luz. Me saca de mi ensimismamiento un camión cisterna del ayuntamiento. Echo a andar tras él, por en medio de la calzada, pisando la estela salpicada de luces que va dejando tras de sí, hasta que veo de lejos los números iluminados de un taxi y le hago señas. Subo, vacilante, y le doy la dirección de mi casa. Entramos en el puente de Brooklyn por un lateral. La 1:06 a.m., según el reloj de la Watch Tower.

Cinco
ZADIE

Hell's Kitchen, 23 de octubre de 1973

Dentro del sueño, se repetía insistentemente un sonido, el ulular de una sirena o unos chillidos de gaviota, pero cuando me desperté, los ruidos procedentes de la realidad que al filtrarse en el sueño habían provocado aquel efecto habían desaparecido. Lo único que se escuchaba ahora era un rumor confuso, como de un motor eléctrico, procedente del patio. La esfera del despertador brillaba en la oscuridad. Las seis y diez, pero ¿de qué día? Salí al descansillo de la escalera, aún medio dormido, a recoger el *New York Times* y vi que era domingo. Volví a entrar y encendí un cigarro. La llama iluminó mi rostro ojeroso, sin afeitar, en el espejo, trayéndome imágenes de anoche, con Marc y Claudia en el Chamberpot. En la cocina, con la luz apagada, recalenté café del día anterior. Tiré el periódico a la mesa. Ante mis ojos bailó un instante una foto de Nixon, junto a unos titulares que no llegué a registrar. Así que, recordé con extrañeza, después del Chamberpot, me había ido a casa de Claudia. El primer sorbo de café me ayudó a recomponer los hechos. Vi su cuerpo desnudo, sus labios descendiendo hacia mi sexo, yo penetrando en ella. Ahora otra vez aquí, solo en mi piso de Hell's Kitchen. La primera claridad de la mañana, una luz de segunda mano, sucia y pálida, entró por la ventana del patio. Corrí la cortina, para no ver la pared de ladrillo y encendí una lámpara. Centré la Underwood en la mesa de la cocina, el mejor sitio que hay en la casa para escribir.

Encajé una hoja de papel carbón entre dos folios y giré el rodillo. Contemplé la página en blanco, hacía falta un sortilegio para propiciar el milagro. Sólo que tenía la mente tan en blanco como el papel. La Underwood a merced de un torbellino de posibilidades, nubes de tormenta sobre un horizonte escalonado de teclas redondas, cada una con su letra o signo diacrítico, protegidos por un nítido reborde de metal. Una idea, una frase, una palabra, bastan para destruir la magia latente. O para provocarla. Marc dice que escribe mucho mejor con resaca, con las antenas limpias y la sensibilidad a flor de piel, pero yo no llegué a empezar. Acaricié el armazón de hierro de la Underwood, frío, negro, y entonces vi el vértice de la carta, asomando por el lateral de una torre de papeles. La había metido entre las páginas del cuaderno que me había comprado en Deauville cuando fui a ver a Louise. Asomando entre sus páginas, un triangulito de papel reclamando mi atención. El cuaderno estaba aún sin estrenar y las tapas no cedían con facilidad. Tiré de la esquina que sobresalía. Desde el día que lo abrí, la mañana después de encontrármelo en el dominical del *New York Times*, en Port Authority, hacía más de una semana, no había vuelto a cerrarlo. Había examinado el contenido del sobre innumerables veces. De tanto posar la vista en la polaroid, la imagen corría peligro de borrarse. La contemplé por última vez antes de encolar las pestañas del sobre y cerrarlo definitivamente. Me gustaba el tacto, rugoso a la vez que suave, de gramaje grueso. Pasé muy despacio la yema del dedo por encima de los trazos de tinta, recorriendo el nombre y el número de teléfono, letra a letra, dígito a dígito. Caligrafía grande, redondeada, algo infantil. Leí en voz alta, como si así pudiera dar con alguna información adicional:

Zadie (212) 719-1859

Mejor llamo mañana, lunes. No sé por qué, he llegado a la conclusión de que es el teléfono del trabajo, aunque la verdad es que no hay ningún indicio que justifique tal suposición. Es algo irracional, como la reacción que tuve cuando el sobre resbaló de entre las páginas de la revista en el autobús y de manera instintiva lo oculté, como si lo hubiera acabado de robar y tuviera miedo de que alguien se diera cuenta. En Deauville, la noticia de la muerte de Sam Evans me hizo olvidarme de la carta por espacio de unas horas, pero por la noche, a solas en mi cuarto, cuando me disponía a escribir en el diario me volví a tropezar con el sobre y me vino a la cabeza todo lo que había ocurrido en Port Authority. Pensé que lo mejor sería abrirlo con sumo cuidado y quizás, según lo que encontrara, volverlo a cerrar. Decidí esperar al día siguiente y abrirlo al vapor, en la cocina mientras Louise pintaba arriba, en el estudio. Otra reacción irracional: ¿Por qué ocultarle algo así a Louise? La operación de abrir el sobre al vapor también tenía sus ribetes de absurdo. Creo que había visto hacer algo semejante una vez en una película en blanco y negro. Cuando me puse a ello, me quedé hipnotizado, viendo cómo se ondulaba la solapa del sobre y empezaba a despegarse, milímetro a milímetro, como una herida a la que se le fueran saltando los puntos de sutura. Lo que no había previsto era el desasosiego que se adueñaría de mí al vaciar el contenido. Primero extraje una cuartilla de un papel tela idéntico al del sobre y, al ir a desdoblarla, de entre sus pliegues resbaló una polaroid, que dio de canto contra la madera de la mesa y cayó boca abajo. Le di la vuelta. Era una foto borrosa, de mala calidad, pero era ella, la chica de Port Authority. Al reconocerla, se me hizo un nudo en la boca del estómago, igual que cuando la vi en persona. Estaba distinta en la polaroid, vestida más formalmente, con el pelo corto; el rostro y los ojos, tan vivos cuando los tuve cerca, carecían de expresión. Estaban tan desdibujados que casi había que adivinarlos. Estaban en un puerto de mar, en invierno. El individuo que aparecía con ella en la foto era el mismo que había ido a recogerla a Port Authority. La tenía cogida por encima del hombro, y los dos sonreían. Se veían puntos luminosos por toda la superficie de la instantánea, por eso era tan difícil apreciar bien la imagen. La nota decía así:

Querido Sasha: Me alegra tanto lo de tu nuevo trabajo, aunque ahora tardarás aún más en venir a ver a tu Nadia: ¿me equivoco o no? Espero que sí y que pases por Nueva York muy pronto. Para vigilarte te mando esta foto mía, como tú no escribes ni nada. Estoy muy contenta con las clases de violín, me mato preparando tres conciertos, para clase sólo. También he empezado a trabajar. Bueno, tres días por semana, en un archivo de la Biblioteca Pública, en el Lincoln Center. Lo bueno es que está al lado mismo de Juilliard. Más céntrico imposible. Con eso y con la beca, me las arreglaré por lo menos este semestre, seguramente más. Desde que tiene novio, Zadie casi ni viene por Brooklyn. Prácticamente tengo el apartamento para mí sola. El viaje en metro se me hace demasiado largo, sobre todo por las noches, pero el barrio en sí me gusta mucho. En Brighton Beach casi todo el mundo es ruso, y casi no hace falta hablar inglés, eso me hace gracia. El edificio es gigantesco y no me gusta, menos una cosa: figúrate que vivo en un piso treinta. La vista al mar es fantástica y se ve muy bien la costa, todo Coney Island y más lejos. Por la mañana, en el comedor es que te come la luz. Cualquiera te pide que escribas, pero por lo menos podías llamar de vez en cuando por teléfono, por favor no dejes que pase tanto tiempo sin que hablemos, y no me hagas llamar todas las veces a mí. Cuéntame cómo te va. Aunque sea, llama sólo para decir que estás bien. ¿Está muy cambiado Boston? No sé para qué te pregunto nada, para el caso que me vas a hacer. Me tienes harta, pero al menos que sepas que te echa mucho de menos y te quiere tu hermana,

Nadj

24 de octubre

10 a.m.

Leichliter Associates. Buenos días. ¿En qué puedo servirle?

Buenos días, ¿podría hablar con Zadie?

¿Zadie Stewart?

(Voz profesional. Tomo nota del apellido.)

Sí, por favor.

¿Me podría decir en relación con qué?

Es una llamada personal.

(Un segundo de silencio.)

¿Puedo preguntar quién llama?

Gal Ackerman.

Un momento, por favor.

(Dos pitidos breves, seguidos de un clic. Otra voz.)

Dígame.

¿Señorita Stewart?

Al habla. ¿En qué puedo sevirle, señor Ackerman?

Bueno, en realidad no es una llamada profesional..., aunque supongo que tampoco sería exacto decir que es personal.

¿Podría ser un poco más explícito?

(Leve tono de impaciencia.)

Disculpe. Iré directamente al grano. El propósito de mi llamada es devolverle algo que le pertenece, a usted o alguien que la conoce. Hace diez días... once para ser exactos, el 13, en Port Authority cogí una revista que alguien había dejado en un banco. Cuando mi autobús ya había salido de Nueva York, me puse a hojearla y dentro me encontré un sobre, en el que sólo había un nombre, Zadie, y el número que acabo de marcar. No sabía adónde llamaba, ni tampoco cuál era su apellido, ahora lo sé por la operadora: Zadie Stewart, ¿no es así?

¿Y?

Regresé a Nueva York el sábado y decidí esperar hasta hoy para llamar. No tengo la menor idea de qué puede haber en el sobre, pero pensé que podía tratarse de algo importante. Eso es todo.

Perdone, pero no sé si le sigo. ¿Un sobre con mi nombre y mi número de teléfono?

Así es. Estaba dentro de un dominical del *New York Times* que encontré en un banco.

Entiendo. En fin, se lo agradezco, es usted muy amable. ¿Le he oído bien cuando me ha dicho que no ha tenido curiosidad por abrir el sobre?

Naturalmente que he sentido curiosidad. Muchísima.

Pero no lo ha abierto.

(Dudo un instante antes de responder.)

No.

(Silencio: Miss Stewart se ha dado cuenta de que le mienten.)

Ya veo. En ese caso no me puede dar más información de la que ya me ha dado.

(Escollo salvado. Alivio por mi parte.)

En efecto. Si le parece bien, señorita Stewart… Zadie, ¿la puedo llamar así? estoy dispuesto a llevarle el sobre en persona. (Silencio.) De hecho vivo en el centro de Manhattan. Soy free lance, de modo que tengo un horario muy flexible… (Excusa pésima, subrayada por una risita nerviosa.)

Es usted muy amable, señor… Ackerman, pero la verdad no hace falta que se tome la molestia. Bastante ha hecho con llamarme. Le quedaría muy agradecida si enviara el sobre a Leichliter Associates, a mi nombre. La dirección, si no la sabe, es el 252 E de la calle 61. El distrito postal es el 10028.

96

¿Está segura que no quiere que se lo lleve…?

Segurísima. De veras, no hace falta. Gracias de nuevo, señor Ackerman. Que tenga usted un buen día.

(Cuelga. Zumbido de la línea telefónica.)

1 p.m.

Extraños, intensos estos últimos diez días, como un largo túnel entre dos pesadillas, literalmente, una antes de ir a Deauville y la otra después de la primera noche en Hell's Kitchen. Necesito pensar, recapitular lo que ha ocurrido, casi no he tenido tiempo de asimilarlo. Me sentó bien ir a Deauville, como siempre, a pesar del golpe inesperado de la muerte de Sam. Apenas escribí, ni siquiera en el diario; me dediqué a pasear, a leer, a pensar, a charlar con Louise. Está muy bien. Me entiende como nadie y me deja la mayor parte del día a mi aire. Trabaja sin parar. Está con el agua al cuello, preparando la exposición. Al final del día —siempre deja de trabajar en el momento en que no hay luz natural— le gusta que suba al estudio. Se sirve un whisky —para mí vodka— y me enseña lo que ha hecho, fumando, sin decir gran cosa. Luego, bajamos a la cocina, y durante la cena sí que hablamos sin parar. Me preguntó por los cuentos. Le conté lo de *Atlantic Monthly*, y le di a leer el último que he escrito. Lo acabé el día antes de ir a Deauville. Se titula *Las luces de la sinagoga*. Es la historia de un sefardita de Granada que un día decide regresar a un barrio judío de Brooklyn, en busca de su ex mujer. No es exactamente cierto que durante mi estancia en Deauville no escribiera nada. Escribí una semblanza de Sam, un recuerdo, a modo de despedida, ni siquiera un homenaje. Me costó hacerlo. Mientras estuve en su territorio, su ausencia era algo muy real. Una mañana fui a ver a Rick, y dio la casualidad de que estando yo allí apareció Kim, la mujer que se ocupaba de lavarle la ropa y hacerle la comida. Después me acerqué a pie hasta el rancho de Stewart Foster. Me llevó a los establos, dándome detalles sobre las nuevas adquisiciones y los nacimientos más recientes. Insistió en que me quedara a almorzar, y naturalmente, Sam estuvo presente en la conversación. Esa tarde, mientras Louise pintaba, escribí sobre Sam. Pero desde que he vuelto a Hell's Kitchen, su recuerdo se ha vuelto vaporoso. Todo lo tiñe el encuentro de Port Authority, la carta, la foto. No sé por qué me afecta tanto esto, es absurdo tratándose de alguien que no conozco, pero lo cierto es que no me puedo quitar a esa mujer, Nadia, de la cabeza.

2:30 p.m.

A la llegada, el sábado, tenía un mensaje de Marc en el contestador, diciéndome que me pasara por el Chamberpot, a eso de las ocho. Estaba con su gente, tomando copas y jugando al billar. Me sentó bien volver a verlo. Lo de Claudia, no me explico bien cómo pasó. Me pidió que la acompañara hasta su casa y al llegar al portal me preguntó si quería subir a tomar una copa. Le dije que estaba cansado, pero insistió. Me desperté de madrugada, desconcertado, creyendo que todavía estaba en Deauville. Estuve mucho rato desvelado, fumando y hojeando libros, y cuando comprendí que no podría volver a dormir, le dejé una nota y me vine aquí.

9:30 p.m.

Marc, por fin te encuentro, te he llamado un par de veces.

Estaba en Long Island, acabo de volver. ¿En qué lío te has metido ahora? Ándate con cuidado, ya viste lo que pasó ayer en Midtown.

¿Qué pasó?

¿No has visto los periódicos? La banda de los Westties ha ejecutado a un tipo en plena calle. Cuando vi la foto reconocí a la víctima. Tú también lo conocías. Iba bastante por el McCourt's. Es el tercero que cae esta semana. No se andan con bromas.

No sabía nada. Hace días que ni me molesto en leer el periódico.

Haces mal. Lo de los Westties es mejor que una novela.

Cambiando de tema, tenemos que hablar.

¿De la chica de la foto?

¿Cómo lo sabes?

Porque es lo único que tienes en la cabeza. Lo demás no te interesa, como acabas de demostrar. Ayer no hablaste de otra cosa en toda la noche.

Hay novedades, por eso te llamo.

¿Ah, sí? Cuenta, cuenta.

Hace un rato por fin llamé al número del sobre y hablé con la tal Zadie. Trabaja para una empresa que se llama Leichliter, no pregunté qué tipo de empresa era, pero tiene toda la pinta de ser una inmobiliaria o algo así. Tengo la dirección. No queda lejos de mi casa, pero por más que le he insistido, Zadie se niega a que vaya a darle el sobre en persona. Necesito que me eches una mano.

¿Yo? ¿Y qué quieres que haga?

Que vengas conmigo a su oficina. No tengo la menor intención de mandarle la carta por correo. He pensado que se la entregues tú en mano, haciéndote pasar por mí. Yo te esperaré en el café más cercano. Tú te ves con ella y a la salida me cuentas cómo es; de ese modo yo podré seguirla sin que sospeche nada… y dar con su amiga.

Con la chica del autobús.

¿Con quién si no? Se llama Nadia.

Ya, ya, no se me ha olvidado. Me lo has dicho como veinte veces. ¿Y cuándo quieres que vayamos?

Cuanto antes. Hoy ya no puede ser. ¿Te puedes escapar mañana? Por favor. Es importante para mí.

Ya me había dado cuenta de eso. Estás de suerte. Puedo ir un poco antes del almuerzo, a eso de las once y media, ¿te va bien?

25 de octubre

Las cosas resultaron más o menos como me las había imaginado. Casi enfrente de Leichliter había un café-bar, el Next Door Lounge. Me senté en la mesa que daba a la ventana y, levemente intranquilo, seguí los movimientos de Marc. Había mucha gente por Midtown a aquella hora. Andando con una solemnidad exagerada, cruzó a la otra acera y me empezó a hacer señales con el sobre en alto. Algunos transeúntes se volvían a mirarlo. Por fin, efectuó una profunda reverencia y, acercándose a un buzón, hizo ademán de ir a echarlo allí. Se llevó la palma derecha a la altura de las cejas, simulando otear el horizonte. Por fin, me volvió a enseñar la carta y pasándose el índice por el cuello, como si se lo estuviera jugando, se dirigió a la puerta de Leichliter Associates. Ahora el que aguzó la vista tratando de ver lo que ocurría al otro lado de la calle fui yo. Desde lejos, pude ver que hablaba con una recepcionista y se quedaba en actitud de espera. Al cabo de unos instantes se acercó a él un botones, y Marc desapareció en las interioridades de la oficina. Menos de cinco minutos después regresaba con cara de circunstancias al Next Door Lounge.

¿Qué tal?

¿Quién? ¿Zadie? Una preciosidad. Hemos quedado a cenar esta noche. Lástima que no me gusten las chicas.

En serio, Marc.

Pues… la recepcionista me dijo que podía dejarle la carta a ella, pero yo le aclaré que tenía instrucciones de entregarle el sobre en mano, así que llamó al botones, quien me acompañó hasta el despacho de la señorita Stewart, en el tercer piso. Es aquél, si no me equivoco.

Señaló hacia una ventana donde se veía el nombre de la firma, formando un arco. Desde abajo, lo único que se distinguía del interior era el reflejo de unos tubos fluorescentes.

¿Y?

Miss Zadie Stewart es una ejecutiva normal y corriente, aunque si me la imagino vestida de otra forma, no carece de atractivo. Es todo, Gal, por más vueltas que le des, no hay más. Parecía estar muy ocupada y, a pesar de tus temores, no le molestó en exceso que el señor Ackerman se presentara en persona a entregar la carta, por más que ello fuera en contra de sus indicaciones expresas.

¿Qué le dijiste?

Que vivía a menos de un cuarto de hora a pie, que llevaba toda la mañana escribiendo sin parar y necesitaba estirar las piernas, y que después de haber oído su voz no podía resistir la tentación de querer verla en persona. No te rías, es lo que le dije.

¿Y ella qué te dijo?

Me dio las gracias, llamó al botones y le indicó que tuviera la amabilidad de acompañar al señor Ackerman a la puerta. Antes de irme le di la mano, y entonces sonrió. Levemente.

¿Cómo es?

Parece una mujer inteligente.

¿Y físicamente? Se supone que la tengo que seguir.

Pelo negro, piel bronceada, podría ser italiana o algo así. Alta, con gafas de pasta negra, falda y chaqueta gris.

¿A qué hora sale?

Fíjate por dónde, no se me ocurrió preguntárselo. Si quieres vuelvo y se lo digo. Mucho me temo que tendrás que esperar. Con un poco de suerte saldrá a la hora del almuerzo y, estando tan cerca, a lo mejor se presenta aquí mismo. En ese caso conviene que me largue, no sea que me vea contigo. Va en serio, Gal, me las piro. No tengo todo el día para estar jugando a detectives.

Muchas gracias, Marc. ¿Irás por el Chamberpot esta noche?

No. Tengo una cita con Zadie en la Côte Basque. El sueño de toda mi vida, cenar en el restaurante favorito de Truman Capote. Ahora me puedo permitir esos lujos, me han subido el sueldo, se me olvidó decírtelo. En fin, suerte con tu Nadia. Au revoire.

Muchas gracias, Marc, de veras que te lo agradezco.

Por ti, lo que haga falta, baby.

Zadie Stewart no salió de la oficina a la hora del almuerzo. A eso de las doce y media cayó un fuerte chaparrón y apenas vinieron clientes a la cafetería. Pedí algo de comer. Después, para hacer tiempo, un café detrás de otro. Cuando le pedí el cuarto, la camarera se apiadó de mí y en los ratos libres me venía a dar conversación. A eso de las tres estuve a punto de abandonar. Pedí la cuenta y a modo de explicación le dije a la camarera que tenía una cita, pero que al parecer la otra persona se había olvidado de mí. A veces pasa, dijo sonriendo. Le di una buena propina y me despedí. Estaba decidido a irme, pero cuando llegué a la puerta cambié de idea. Al ver que me sentaba en la misma mesa, la camarera se acercó riéndose y me trajo un capuccino. Invita la casa, me dijo. A las cinco, cuando todas las oficinas empezaron a vomitar simultáneamente a sus empleados, decidí continuar la espera en la calle. Me aposté justo frente a la fachada de Leichliter Associates. A las cinco y veinte puse un coto al tiempo de espera, y luego otro, y otro más. Tuve que hacer un esfuerzo considerable para convencerme de que era absurdo tirar la toalla después de tantas horas de acecho, sobre todo teniendo la certeza de que Zadie Stewart todavía se encontraba en el interior del edificio. Poco después de las seis, la vi salir acompañada de un tipo bien trajeado. Tal y como había dicho Marc, era esbelta y de tez morena. Iba vestida a su vez con traje de chaqueta y llevaba gafas de montura negra. Zadie Stewart y su acompañante estuvieron charlando unos minutos delante de la fachada de Leichliter Associates. Crucé la calle y, consciente de que no podían sospechar nada de mí, me puse a observar un escaparate, peligrosamente cerca de ellos. No tardaron mucho en despedirse.

Sentí alivio al ver que Zadie Stewart echaba a andar. Si le hubiera dado por coger un taxi, con toda seguridad la habría perdido en medio del tráfico, eso sin contar con el pequeño detalle de que no llevaba demasiado dinero encima. ¿Y adónde iría? ¿A Brighton Beach? ¿Y si no iba allí, cómo haría para dar con Nadia? ¿No sería mejor abordarla directamente? Después de mucho pensarlo, decidí esperar a ver cómo se desarrollaban los acontecimientos.

En la esquina de la calle 60 se quitó los tacones y se puso unas zapatillas de deporte. Al llegar a Lexington entró en la estación de metro. Había mucha gente en el andén, de modo que no se percató de mi presencia. La seguí, perdido entre el gentío. Hizo dos transbordos, uno en la 51 y otro en el Rockefeller Center. Sí, iba a Brooklyn. Me acomodé en la otra punta del vagón, con el periódico en la mano. Leí la historia del asesinato perpetrado por los Westties de que me había hablado Marc por la mañana. Un transbordo más. Por fin, a eso de las siete y media llegamos a Brighton Beach. Antes de ir a su casa, entró en un supermercado y recogió un traje de la tintorería. Su destino final era un enorme bloque de apartamentos, sin portero, en Neptune Avenue. Abrió el portal con llave y desapareció por un pasillo. Memoricé el número del edificio y miré la hora. Las siete y media, casi. Sentí que me volvía a desfallecer el ánimo. ¿Así terminaba la persecución? Crucé a la otra acera y desde allí contemplé la inmensa mole del edificio, sin saber cuál de entre todas las celdas de aquella colmena podría ser la suya. Había oscurecido. Me pregunté si Nadia estaría en el apartamento con ella. De ser así, tal vez les diera por salir a cenar. Al cabo de unos cinco o diez minutos, apareció una pareja de ancianos por el fondo del pasillo y me acerqué al portal, haciendo que mi llegada coincidiera con el momento justo en que abrían la puerta. La mujer me increpó, en ruso, y yo le di las gracias y sonreí. Haciendo caso omiso de las protestas de la pareja, me encogí de hombros y entré en el edificio. Me metí por el pasillo de la derecha, como le había visto hacer a Zadie Stewart y al final me encontré con una pared ocupada de arriba abajo por buzones metálicos. No todos tenían nombre. Fui leyendo las etiquetas metódicamente. Empezaba a desesperar cuando por fin di con lo que buscaba: en una cartulina amarillenta leí Zadie Stewart, a máquina, y debajo, escrito a mano, Nadia Orlov. El número de apartamento era el 30-N.

Dejé atrás los buzones y llegué a un amplio espacio rectangular. Había tres puertas de ascensores y un solo timbre de llamada. Lo pulsé. Se abrió la puerta central, entré en la caja y oprimí el botón del piso 30. El ascensor se puso en marcha, renqueando levemente. Al cabo de un minuto interminable salí a un descansillo que daba a un corredor estrecho, flanqueado por puertas de un color indefinido, entre gris y azul, ocho a cada lado. Al principio mismo del corredor, a la derecha, había un ventanal enorme, desde donde se dominaba un amplio panorama. Me detuve a contemplarlo, siguiendo con la mirada la línea de la playa, que desembocaba en el estallido de luces de Coney Island. Avancé despacio por el pasillo hasta encontrarme delante del apartamento N. A mis pies, una rendija de luz. Agucé el oído. Al cabo de unos instantes, distinguí el murmullo amortiguado de un televisor, eso fue todo.

Merodeé unos instantes por el pasillo y decidí que lo mejor era volver a la calle. Me aposté otra vez frente a la fachada, sin saber bien cómo continuar mis pesquisas. Probé a llamar al 411. Información telefónica, en qué puedo ayudarle, dijo una voz femenina. Le di el nombre y la dirección de Zadie Stewart y crucé los dedos. Lo siento, señor, pero en esa dirección no figura nadie con ese nombre, me dijo la operadora. Le di las gracias y colgué. Hubiera sido demasiado fácil. O algo peor: jugárselo todo a una llamada telefónica podría haber dado al traste con la búsqueda. Enderecé mis pasos hacia Brighton Avenue, que está llena de restaurantes y garitos rusos. Entré en uno al azar. En un escenario había un cantante gordo, encorbatado, con chaqueta de lentejuelas, acompañándose de un órgano eléctrico y unas cuantas parejas de gente de mediana edad, bailando en una pista. No había barra, sólo una serie de mesas comunales que le daban al local un cierto aire de merendero soviético. El camarero se presentó, dándome la mano. No era ruso, era polaco, se llamaba Metodi, y no hablaba prácticamente ni una palabra de inglés. Pedí unos *blintzies* y una medida de vodka. Así es cómo se pide, por volumen, logró hacerme entender Metodi, y la idea me gustó. El alcohol me ayudó a poner las cosas en perspectiva. Cuando terminé de cenar me fui a dar una vuelta por el *boardwalk*, el tablado de madera que sigue el trazado de la costa. Sentí una emoción muy profunda, recordando los paseos por Coney Island, en compañía de mi abuelo David, cuando yo era niño. Había mucha gente paseando, grupos de viejos y niños. Luces de embarcaciones en el mar, a lo lejos. En efecto, como decía Nadia en su nota, había mucha gente que no hablaba inglés. Pasé de largo por delante del parque de atracciones, hasta que llegué a la estación de metro. Asomado a la última ventana del vagón de cola, contemplé Coney Island. Presidiéndolo todo, la rueda de la noria gigantesca, junto al Cyclone, la montaña rusa de mi infancia. En la distancia, el esqueleto del Salto del Paracaídas, como un hongo atómico abriéndose en el aire. Llegué a Manhattan a las once. En casa tenía dos recados en el contestador, uno de Louise y otro de Claudia.

Nadia Orlov, dije en voz alta. Me senté en la mesa de la cocina. En la Underwood estaban los dos folios con el papel carbón en medio, se me había olvidado quitarlos. Tecleé el nombre y me quedé mirando las letras. O bien le escribía una carta a Nadia Orlov, con cualquier excusa, provocando el encuentro… O bien contrataba los servicios de un detective privado. Solté una carcajada, pensando en mi breve intrusión en aquel oficio. ¿Te puedes permitir los gastos, Gal Ackerman, o es una de tus fantasías? me pregunté. La respuesta estaba en el bolsillo. Instintivamente, llevé la mano allí y acaricié el cheque de 500 dólares. Era el primer cuento que vendía. Y ni siquiera había sido idea mía. Fue Marc quien lo envió, haciéndose pasar por mí, porque sabe que yo jamás hubiera hecho nada semejante. Lo importante es que, gracias a él, podría hacer frente a los primeros gastos.

Lo mejor, buscar en las páginas amarillas. La única guía que tengo es de hace tres años, pero decido que valdrá. No todo el mundo va a cambiar de dirección y teléfono a la vez. Dejo pasar varias letras hasta llegar a la que busco. Ocupa unas cuantas páginas. Me salto varios oficios y actividades y empiezo a estrechar el cerco: Dentistas, Diamantes, Diseños. Pero no Detectives. Salto al índice alfabético abreviado, al final de la guía. Allí encuentro: Detectives, Servicio de… Ver: … Y entre varias referencias, por fin: Investigadores.

Es como consultar un diccionario enciclopédico… Hay una lista muy extensa, entre Hoteles y Joyerías. Me detengo en algunos nombres, sin mayor motivo. De repente, al toparse con Meyerson Associates, Inc., pienso en Leichliter, y se me ocurre buscar el nombre, por si fuera una agencia de investigación. Tendría gracia, pero, por supuesto, allí no figura ningún Leichliter. El nombre más cercano es Lincoln... Lincoln Controls, Inc. No teniendo criterio para elegir ninguna firma específica, empiezo a jugar con las posibilidades que se me presentan al azar. Algunos de los hallazgos son de lo más chusco. Por ejemplo éste, en letra grande, marcada en negrita:

PINKERTON CONSULTING & INVESTIGATION SERVICES.

Una firma con prestigio histórico y literario. Arrastro el dedo índice para ver bien la dirección: número 30 de Wall Street. Podría ser, no está mal ubicada. Y en otra columna, más discretamente anunciada, leo:

HOLMES DETECTIVE BUREAU, INC. FUNDADA EN 1928.

Hablando de prestigio literario... pero decido seguir buscando. En un recuadro, en la esquina derecha, en el vértice superior de la página leo CLARK. El nombre no despierta ninguna asociación, pero de repente veo algo que me hace decidirme por ellos: el dibujo publicitario. Es una lupa, y en el centro de la lente de aumento, como atrapada in fraganti, la letra C. Pero lo que me hace soltar la carcajada es la sombra que proyecta la lupa. En el centro del círculo hay una mancha que puede sugerir cualquier cosa. La observo atentamente, tratando de decidir qué es. Pudiera tratarse de una mosca, pero a lo que más se asemeja es a una mata de vello púbico. Sigo leyendo: 20 años de experiencia demostrada. Especialistas en vigilancia. Agentes armados o desarmados. Discreción y profesionalidad. Tarifas razonables. Viene un número de teléfono, pero ninguna dirección. Vuelvo a la búsqueda alfabética y doy con ella en la columna correspondiente. El dibujo me hace tanta gracia que lo arranco y lo guardo entre las páginas del diario, después de anotar todos los datos que necesito:

Clark Investigation & Security Services, Ltd.
34-10, 56 Woodride, Manhattan (212) 5148741
Ver nuestro anuncio en página contigua.

26 de octubre
Era una oficina destartalada, que me hizo pensar en el despacho de un abogado de inmigración, o el consultorio de un dentista de barrio. Había varios clientes en la sala de espera. Dos mujeres que parecían madre e hija, y un blanco de unos cuarenta y cinco años de edad, trajeado, con pajarita de lunares, y que llevaba consigo un estuche de violín. En el revistero había varios ejemplares atrasados de *National Geographic* y *Sports Illustrated*. La recepcionista me hizo rellenar un cuestionario de cuatro páginas. Algunas preguntas eran tan peregrinas que me hicieron reírme, pero lo cumplimenté dócilmente y se lo entregué a la chica del mostrador.

Son cincuenta dólares por la consulta, me indicó. ¿Necesita un detective armado?

Me reí.

No creo que sea necesario.

El detective Bob Carberry le atenderá en seguida. Tome asiento, por favor.

Eché un vistazo a la sala. El tipo del violín había desaparecido; la madre y la hija (suponiendo que lo fueran) se disponían en ese momento a entrar en un despacho. Unos diez minutos después vi salir a una mujer rubia de una oficina. La recepcionista la acompañó a la puerta y acercándose a mí, me pidió que la siguiera hasta la oficina de la que había salido la mujer. Me cedió el paso, entró inmediatamente después de mí y le entregó al detective el formulario que me habían hecho rellenar.

Señor Ackerman, el agente especial Robert Carberry se encargará de atenderlo, dijo y salió del despacho, cerrando la puerta sin hacer ruido.

El tal Carberry se levantó, me dio la mano y me pidió que tomara asiento.

Con una atención exagerada, moviendo los labios de un modo que tenía algo de grotesco, Carberry empezó a leer en voz baja las respuestas que había escrito en el formulario. Mientras lo hacía, iba subrayando los renglones con el índice, profiriendo unos sonidos perfectamente ininteligibles, como si estuviera canturreando, aunque tal vez fuera una manera de hablar consigo mismo. Hasta que comprendí que se trataba de una técnica que le ayudaba a pensar. De vez en cuando interrumpía la lectura, se quedaba abstraído unos instantes y a continuación me estudiaba con la mirada. Lo observé a mi vez con atención, mientras leía el cuestionario. Teniendo en cuenta la profesión que había elegido, el aspecto físico del agente Bob Carberry no era de lo más discreto. Tenía cara de sapo, y su figura al completo me sugería a un personaje de cómics que no lograba identificar. Gordo, de un metro setenta y cinco de estatura, de piel blanquísima, salpicada de pecas. Tenía una enorme papada y los mofletes hinchados, y el pelo cortado al cepillo, casi a ras de cráneo. Llevaba camisa blanca, de manga corta, y una corbata de flores, con el nudo corrido hacia un lado. Era obvio que le oprimía el cuello. Rondaría los treinta y ocho años y su peso el centenar de kilos. Tras los vidrios de las gafas se adivinaba un par de ojillos porcinos, de color azulado. Por si fuera poco, el agente especial Carberry era estrábico. Se levantó para servirse un cucurucho de agua de un botellón que había en una esquina, junto a la ventana. Pese a su corpulencia, se movía con notable agilidad.

Tardó casi diez minutos en terminar de leer el cuestionario. Cuando lo hizo, se apoyó de codos en el escritorio y dijo: ¿Qué le parece si entramos en materia, señor Ackerman?

Tenía la voz pastosa, y apenas vocalizaba. Saqué una cajetilla de tabaco y le ofrecí un cigarrillo, pero declinó, extrayendo a su vez del bolsillo de la camisa una boquilla de plástico, visiblemente mordisqueada, que en seguida se llevó a la boca.

Gracias. Estoy intentando dejar de fumar.

Le expuse mi caso. Los dedos gordezuelos de Carberry se adherían como ventosas a una libreta pequeña en la que tomaba notas a gran velocidad. Le pregunté si quería que le hablara más despacio.

En todo caso más deprisa, señor Ackerman, contestó. Así salimos los dos ganando. Tiempo y dinero.

Cuando terminé de hablar, dejó la libreta en la mesa y dijo.

Así que escritor. ¿Y qué es lo que escribe, Ackerman?

Un poco de todo.

El modo en que me miró me permitió ver su juego. Se sentía más cómodo haciéndose pasar por idiota. Al cabo de un instante volvió a ser el mismo de antes.

Nadia Orlov, dijo, paladeando las sílabas. Mordió la boquilla mentolada con fuerza. Es un caso fácil, casi ridículo. No es que quiera boicotear a la empresa para la que trabajo, a fin de cuentas vivo de esto, pero ¿está seguro de que se quiere gastar el dinero en una cosa así? En fin, si está aquí, supongo que sí. Yo lo digo porque tengo entendido que los escritores son unos muertos de hambre, dicho sea sin ánimo de ofender, pero en fin, a veces las apariencias engañan. Vamos a ver. Digamos que le puedo dar un informe definitivo el mismo lunes por la mañana. Me gustaría observarla también durante el fin de semana, así le sacará un poco más de partido a su dinero.

¿A cuánto ascienden sus honorarios?

A quinientos dólares. Los cincuenta dólares de consulta están incluidos en el monto total. El resto lo puede pagar cuando se le haga entrega del informe.

Pensé con alivio en el cheque de *Atlantic Monthly*.

Seis
EL ARCHIVO DE BEN

Genio y figura, siguió diciendo Ben. Se quedó un rato pensando y añadió: Vamos al Archivo. Así es como se le llamaba en casa a su despacho. Era una habitación secreta, que siempre estaba cerrada con llave, un lugar mágico, sagrado, un santuario cuyo acceso me estaba vedado únicamente en razón de mi edad. Por un momento, pensé que no había oído bien. Allí era donde mi padre guardaba sus papeles, allí estaba el tesoro de sus libros. Dentro se acumulaban los ficheros, atestados de cartas, fotos y toda clase de documentos. Y allí también se reunía él en secreto con sus amigos. A lo largo de los años, yo había vislumbrado en muchas ocasiones el interior del Archivo; incluso había estado alguna vez dentro, pero siempre por poco tiempo, y nunca solo. Aquello era diferente; por primera vez se abría el Archivo expresamente para mí. Recuerdo la emoción que sentí cuando mi padre empujó la puerta y se hizo a un lado para dejarme pasar. La habitación estaba a oscuras y olía a cerrado. Ben encendió una bombilla que colgaba de una viga. Las paredes no se podían ver porque estaban cubiertas de estanterías que lo ocupaban todo, desde el zócalo hasta las molduras del techo. Los anaqueles estaban abarrotados de libros y papeles. Había una sola ventana, que daba al jardín. Ben corrió la cortina, subió la persiana y abrió las hojas acristaladas de par en par. El aire y la luz del sol entraron de golpe en el espacio clausurado del Archivo, cegándome por un momento. Cuando volví a abrir los ojos, miles de puntitos dorados brillaban suspendidos en las nubes de polvo. Ben se sentó en el alféizar de la ventana y, envuelto en la luz del crepúsculo, me dijo, repitiendo lo que me había dicho unos minutos antes en mi cuarto, cuando me cambié de zapatos:

Eso quiere decir que te considera un adulto, sólo que cuando me tocó la vez a mí, fue un episodio mucho más violento. Sacco y Vanzetti todavía estaban vivos. Tu abuelo llegó a casa bastante agitado y me anunció: Nos vamos a Manhattan, hijo mío, prepárate. ¿A Manhattan, para qué? quise saber. A una manifestación. Date prisa, no tenemos mucho tiempo. Te lo explicaré por el camino. Ponte ropa ligera, habrá que correr.

A su manera, se tomó la molestia de intentar explicarme qué sucedía. También en ese sentido se puede decir que tuve más suerte que tú. Tu abuelo nunca dice nada, espera a que todo el mundo saque sus propias conclusiones. Pero ese día habló algo más de lo usual en él. Sucintamente, me explicó quiénes eran Sacco y Vanzetti, la causa que se había instruido contra ellos, los complicados vericuetos del proceso judicial y, por último, su sentencia de muerte, que se había dictado días atrás. Una oleada de indignación recorre el mundo, me dijo. Se han convocado manifestaciones en un sinfín de ciudades, en un intento por impedir que se lleve a cabo una ejecución tan injusta. Yo voy a ir y quiero que vengas conmigo, al fin y al cabo eres casi un hombre.

Salimos del metro en Rector Street. Muchas de las callejuelas que desembocan en Broadway estaban tomadas por patrullas de policías, tanto a pie como a caballo. La muchedum-

114

bre de manifestantes se había congregado sobre todo en los jardines de Bowling Green, cerca de Wall Street. Hacía un día nublado, y se respiraba una gran tensión en el ambiente. Sorteamos los grupos uniformados y nos sumamos a la multitud, expectantes. Era difícil moverse en medio de tanta gente. Tu abuelo me dijo que me agarrara bien a su chaqueta y no me soltara de él en ningún momento.

De repente, no sé cómo, la muchedumbre empezó a avanzar en dirección a Broadway como un solo hombre. Primero se escucharon unos gritos aislados y al cabo de unos segundos tu abuelo y yo nos vimos sumergidos en un ensordecedor rugido colectivo. El corazón me latía con muchísima fuerza y el pulso de la sangre me retumbaba en las sienes. Los policías montados azuzaron a sus animales. Al principio, no nos embistieron directamente, sino que pasaban velozmente a nuestro lado, sin llegar a tocarnos, como si sólo quisieran que nos dispersáramos. A partir de ahí, se apoderó de mí tal sentimiento de terror que sólo recuerdo escenas sueltas. Hubo un momento en que vi volar verdaderas nubes de piedras, lanzadas por los manifestantes. En seguida cundió el pánico también entre los caballos, y a la voz de un oficial, la policía por fin cargó resueltamente contra la multitud, que echó a correr en todas direcciones. Se oían gritos, golpes sordos, chocar de herraduras contra los adoquines, gente que caía derribada al suelo. Vi escaparates hechos añicos, vehículos volcados. En algún lugar saltaron llamas que espantaban a los caballos, haciéndoles correr despavoridos, apenas controlados por sus jinetes. Vi gente con el rostro ensangrentado, mujeres que golpeaban a los policías caídos. No entiendo cómo no nos ocurrió nada. Al cabo de no sé cuánto tiempo, corríamos por entre las tumbas del pequeño cementerio que rodea a la iglesia de Saint Paul. Tu abuelo me levantó en vilo y me lanzó por encima de un seto como si fuera un fardo. Saltó inmediatamente tras de mí y seguimos corriendo juntos, mezclados entre la gente que huía. Hasta que no llegamos a los confines de Chinatown, pasado Little Italy, no desapareció del todo el rastro de la violencia callejera.

La manifestación no sirvió de nada, por supuesto. Ni aquélla ni todas las que hubo en otras ciudades de Estados Unidos y el resto del mundo. Jamás se me olvidará la fecha de la ejecución. Hasta el último momento mantuvimos la esperanza de que las protestas lograrían impedirla, pero cuando llegó el día fijado, el 17 de mayo de 1927, los dos anarquistas fueron ejecutados pese a la falta de pruebas concluyentes. Unos días antes, el abuelo David había publicado un artículo incendiario en el *Brooklyn Eagle*. Muchas veces le he oído decir que es lo mejor que ha escrito. Puede ser, lo cierto es que el artículo tuvo mucho eco, y se citaron algunos párrafos en otros periódicos, incluido el *New York Times*. A la redacción del *Eagle* llegaron numerosas cartas de adhesión que contribuyeron a caldear aún más el ambiente de repulsa a la decisión judicial. Cuando a pesar de los comunicados de protesta que llegaban de todos los rincones del planeta, pidiendo que se revisara la causa, tuvo lugar la ejecución, se desencadenó una serie imparable de acciones violentas. En Nueva York hubo varios atentados. Como consecuencia del artículo, que estaba plagado de invectivas contra el sistema judicial de nuestro país, la policía se presentó en casa con una orden de arresto contra David Ackerman, acusándolo de incitación a la violencia. Lo sometieron a todo tipo de interrogatorios, sin ahorrar ninguna forma de coerción, pero al cabo de setenta y dos horas, cuando se cumplió el plazo del hábeas corpus, viendo que no podían sacarle nada y ante la carencia total de pruebas, lo soltaron. Siguió siendo anarquista hasta el final de sus días, pero fiel al sentimiento de repugnancia que inspiraba en él toda forma de proselitismo, jamás trató de inculcar a nadie sus ideas.

Quizá ésa fuera la razón, continué, por la que Ben no heredó la ideología de su padre. Era un intelectual bienintencionado, de izquierdas, eso sí, pero sin filiación política concreta. Se le podría caracterizar como filocomunista o, más bien, como una especie de adepto rezagado del socialismo utópico. En cuanto a mí, a pesar de los antecedentes familiares, la política nunca me ha interesado gran cosa.

Lewis asintió.

Tampoco a mis hijos. Cada generación responde al mundo conforme a códigos imprevisibles.

La conexión entre la manifestación que tuvo lugar en Manhattan Sur y el mitin de Boerum Hill es importante: cada uno de esos hechos representa el momento en que David Ackerman consideró que su hijo y su nieto habían alcanzado respectivamente la mayoría de edad. El mitin al que asistí con mi abuelo era un homenaje a los dos anarquistas que habían sido asesinados legalmente veinticinco años antes.

Pensándolo después, comprendí que el acto público al que me hizo asistir en Boerum Hill tuvo dos consecuencias simbólicas: en primer lugar, David me daba la bienvenida al mundo de los adultos, cosa en la que se adelantó a mi propio padre; en segundo lugar, y para mí eso fue más importante, como consecuencia de aquel gesto, se me franqueó la entrada al Archivo. Fue un acontecimiento decisivo: cambiaba un territorio mágico por otro; dejaba el paraíso de la infancia, que nunca había abandonado del todo, para acceder al de los libros, del que ya no habría de salir.

Ben me dio permiso para entrar más o menos libremente al Archivo unos dos años después, en 1954. Por aquel entonces, también yo empezaba a amontonar mis propios papeles, a datarlo y a documentarlo todo, con la diferencia de que, en tanto que él no escribía nada propio, yo sentía necesidad de dejar constancia por escrito de cuanto me pasaba. Por otra parte empecé a entender el lado más profundo de mi padre.

Los años cincuenta, no hace falta recordártelo precisamente a ti, fueron muy difíciles para la gente como él. McCarthy estaba en el poder, haciendo de las suyas, y los exbrigadistas lo pasaron bastante mal. Lo peor fue que se vieron obligados a ocultar su experiencia. De la noche a la mañana un ideal noble, del que se sentían legítimamente orgullosos y por el que se habían jugado la vida, se había convertido en algo semejante a un acto delictivo y vergonzante, que no había más remedio que ocultar.

Los acontecimientos de 1927 —la manifestación de Bowling Green, la ejecución de Sacco y Vanzetti, la angustiosa detención de mi abuelo— supusieron una revelación para mi padre. Dejaron plantada una semilla en su conciencia. De momento, las aguas volvieron a su cauce y Ben pudo llevar una vida normal, como los demás chicos y chicas de su edad. Cuando terminó la escuela secundaria, pasó el verano trabajando de guardabosques, en Vermont, y en otoño lo admitieron en la Facultad de Ingeniería de la Universidad de Pittsburg. Siempre fue muy buen estudiante. Cuando estalló la guerra civil española, había terminado segundo de carrera con excelentes calificaciones. La noticia de la sublevación fascista lo sorprendió en pleno verano, mientras hacía unas prácticas en el Brooklyn Yard. Lo que ocurrió entonces en España —esto tampoco hace falta recordártelo— causó una tremenda conmoción en los círculos liberales de Estados Unidos. Hubo una reacción abrumadora de apoyo a la causa republicana, tanto entre los trabajadores concienciados como entre la clase intelectual. Ben no se lo pensó dos veces. Tenía 23 años y llevaba una vida bastante tranquila. Hasta entonces sus estudios habían consumido casi todo su tiempo y energía. Ben me ha contado muchas veces que lo que estaba ocurriendo en España fue el catalizador que despertó su conciencia política, que llevaba tanto tiempo en estado latente. Durante los primeros meses siguió los acontecimientos por la prensa, con enorme angustia e inquietud. Un año largo después de rotas las hostilidades, las cosas empezaron a tomar mal cariz para el bando republicano. En octubre de 1937, leyendo el *Brooklyn Eagle*, vio la convocatoria de un mitin que iba a tener lugar en un hotel de Manhattan, y decidió acudir, solo. Tenía una razón para actuar así: había tomado la determinación de alistarse en las Brigadas Internacionales y pensaba llevarla a cabo sin consultar con su familia. El principal orador era el novelista británico Ralph Bates, sabes de quien hablo, por supuesto.

Lewis se dio una palmada en el muslo y soltó una carcajada:

¿Que si sé quién es Bates? ¡Pues claro! ¿Quién no ha oído hablar de el Fantástico? Un tipo genial.

Entonces recordarás que el gobierno de la República le encargó que efectuara una gira por varias ciudades norteamericanas, con el fin de reclutar hombres y recaudar fondos para combatir a los rebeldes. Ben acudió a uno de sus mítines, en octubre del 37, en un hotel de Manhattan. Claro que por lo que se refería a mi padre, Bates le predicaba a un converso. Llevaba tiempo dándole vueltas en la cabeza a la idea de alistarse en las Brigadas, pero su decisión estaba tomada antes de oír la arenga del inglés.

Es curioso cómo se engarzan nuestras trayectorias, dijo Abe. Yo conocí a Ralph mucho después de acabada la guerra, en un encuentro de las Brigadas Internacionales, celebrado en Nueva York, en la sede de Broadway, en 1951. En Estados Unidos, Bates era bastante conocido como novelista antes del 36. Había publicado varias libros de cuentos y novelas de tema español, aunque la literatura no era más que uno de sus intereses. ¿Has leído algo de él?

Yo no, pero me consta que a Ben le gusta mucho. Hay gente que dice que sus escritos sobre España son mejores que los de Malraux o Hemingway. En el Archivo hay varios libros suyos: *Sierra*; *Lean Men*; *The Olive Field*… y alguno más que ahora se me olvida ¿Tú lo has leído?

No leo novelas. Eso mismo le dije a Bates cuando me lo presentaron, para justificar que no había leído ninguno de sus libros. Al cabo de unos días me llegó por correo un ejemplar de *The Dolphin in the Wood*, dedicado. No es ficción, decía en la dedicatoria, y en efecto, se trataba de su autobiografía. Fue un gesto hermoso, y tengo que decir que su lectura me impresionó. La vida de ese hombre es fascinante.

¿Qué ha sido de él?

Ha caído en el olvido. Creo que pasa parte del año en la isla de Naxos con su mujer y el resto en Manhattan. Algo parecido a lo que hago yo. Según tengo entendido da clases en la Universidad de Nueva York.

¿Ha dejado de escribir?

Cuando coincidí con él, hacía ya tiempo que había tomado la decisión de no volver a publicar. Me dio una explicación muy curiosa de lo que le ocurría: a medida que aumentaba su desencanto político, decrecía su interés por la creación literaria. Antes de la guerra había sido muy prolífico. Después de la victoria de Franco, buscó refugio en México, como tantos otros. Lo que no sabía es que le esperaba un golpe terrible: la noticia de que Stalin había pactado con Hitler. Cuando se enteró, perdió casi por completo la fe en sus semejantes. Hizo trizas el carnet del partido, al que pertenecía desde que tenía veinticuatro años. Con todo, aún le quedaba un rescoldo de ánimo que le permitió acabar *The Fields of Paradise*. Eso fue en el 40; después siguió un silencio de diez años. En el encuentro de Broadway me dijo que *Un delfín en el bosque* era su adiós definitivo a la escritura. Y eso que aún le faltaba el tiro de gracia: la época del macarthismo. Y ahí se acaba la historia pública de Ralph Bates. Su rastro se pierde a principio de los cincuenta.

No puede ser.

Pero es. Punto final. Se desencantó del mundo, de la política, de los seres humanos, de la literatura y desapareció del mapa. Es la pura verdad. De lo contrario, puedes estar seguro de que habríamos oído hablar de él.

Pero ¿y antes del desencanto? ¿Cómo era el Ralph Bates de antes de la caída? Has empezado por el final.

Me temo que es una historia demasiado larga.

Cuéntame sólo los detalles esenciales, aunque sea por encima.

¿Ahora?

Ahora.

Demonios, Ackerman, eres imposible.

Recuerda que soy escritor y, cuando se trata de una buena historia, no puedo soportar que me dejen sobre ascuas. Que no sepamos el final, sea, no podemos hacer nada al respecto. Pero falta la primera mitad, y ésa sí que te la sabes.

Abe Lewis no pudo evitar reírse.

Está bien, está bien; tú ganas. Tomó aliento. Vamos a ver: *Vida, obra y milagros de Ralph Bates, escritor, idealista impenitente y... perdedor.* En fin, trataré de ser sucinto. Bates nació... Abe hizo un cálculo mental. Debió de ser en 1899. Lo que no consigo recordar es dónde. En un pueblo a unas 100 millas de Londres. Su bisabuelo era capitán y propietario de un *tramp steamer*, un vapor volante con el que se dedicaba a hacer transacciones comerciales por todo el Mediterráneo, sobre todo en puertos españoles. Para entender bien la fascinación de Bates por el país que te vio nacer es preciso remontarse a los buenos tiempos del vapor volante que estaba bajo el mando de su antepasado. Me explico: resulta que Bates, capitán de la marina mercante y bisabuelo de Ralph, murió durante una escala que efectuó su buque en Cádiz, y lo enterraron en el cementerio local. Desde que le contaron la historia siendo niño, Ralph acarició el sueño de visitar algún día la lejana tumba de su antepasado. Las empresas financieras del bisabuelo se fueron a pique con él, de modo que cuando le tocó ganarse el pan, Bates hizo honor a la tradición familiar y entró como aprendiz en la fábrica del Great Western Railway, que se dedicaba a la manufactura de vagones y locomotoras. Se sentía particularmente orgulloso de haber formado parte del equipo que restauró en su día la legendaria *Dama de Lyon*, una de las locomotoras diseñadas por el célebre ingeniero George Jackson Churchward. A los diecisiete años se alistó como voluntario en el ejército de Su Majestad Británica y durante la primera guerra mundial sirvió como cabo de lanceros en el Royal West Surrey Regiment. Sus superiores le asignaron la tarea de instruir a los combatientes en el uso de máscaras antigás. Acabada la guerra regresó a su lugar natal, a trabajar en la fábrica de locomotoras, pero era un culo inquieto, y con veinte años recién cumplidos se largó a París, donde entre otras cosas trabajó de barrendero. Poco después lo encontramos enrolado en un barco que iba rumbo a España. Por fin podría satisfacer el anhelo infantil de visitar la tumba de su bisabuelo. En Cádiz puso fin a sus andanzas como marinero, dando comienzo a un periplo por toda la geografía española, muchas veces a pie. Desempeñó toda suerte de oficios, entre ellos electricista y hojalatero, alcanzando particular éxito como afinador de órganos de iglesia, destreza que había adquirido siendo adolescente, cuando tocaba el órgano de su parroquia. Aprendió castellano y catalán. En fin, que era un tipo infatigable, una fuerza desatada de la naturaleza. Le bastaba con dormir tres o cuatro horas al día, y durante el tiempo restante desplegaba una actividad portentosa. Los españoles le pusieron de mote el Fantástico. Cuando estalló la guerra civil, Bates se encontraba acampado en los Pirineos, y lo primero que hizo nada más enterarse fue organizar partidas de montañeros. Durante la contienda alcanzó el rango de comisario, equivalente al de coronel, y desempeñó un papel muy activo ayudando a organizar las Brigadas Internacionales. Como bien dijiste tú, el gobierno de la República lo envió a los Estados Unidos con el encargo de que efectuara una gira, denunciando lo que estaba pasando en España y buscando promover la solidaridad con el gobierno de la República. Además de cumplir el encargo con el celo y la eficacia que le caracterizaban, tuvo tiempo de enamorarse y de casarse. Conoció a quien sería su esposa, Eve Salzman, en un hotel de Nueva York, después de un mitin, quién sabe si pudo ser el mismo al que acudiste tú con Ben. Y eso es, en apretadísimo resumen, algo de lo que viene a contar en *The Dolphin in the Wood*. ¿Qué? ¿Satisfecha tu curiosidad?

Había dejado de nevar y estaba empezado a oscurecer. Los salones del Lion D'Or seguían abarrotados, aunque algunos grupos de contertulios eran diferentes de los que había cuando llegamos nosotros.

Antes de cambiar de historia, cambiemos también de escenario, dijo Lewis. Te propongo continuar la conversación en un lugar un tanto curioso, ya verás por qué. Seguramente no sabrás quién es Chicote.

No.

Pues no te pierdes nada. Un personajillo de poca monta, afecto al régimen. No hay tiempo para hilvanar todas las historias que nos salen al paso. Baste decir que, diferencias ideológicas aparte, casi todo el mundo está de acuerdo en que en su bar se sirven los mejores cócteles de Madrid. Queda en la Gran Vía, a dos pasos del Hotel Florida, adonde quisiera que fuéramos después. Claro que si no te parece bien, vamos a otro sitio.

La verdad, me da un poco igual.

En ese caso, si aceptas la sugerencia, lo que pega es echarse al coleto un carajillo. No sé cómo no se me ha ocurrido antes. ¿Sabes lo que es?

La calle estaba prácticamente desierta. Cruzábamos la glorieta de Cibeles desde el lado opuesto a cuando acudí al encuentro con Abe Lewis, sólo que ahora se cernía sobre nosotros la oscuridad. No nevaba, el aire estaba limpio y soplaba un viento que cortaba la piel. Justo en el momento en que atravesamos Recoletos se encendieron las luces que iluminaban las fachadas de los edificios que rodeaban la plaza. Pensé que aquella misma mañana, cuando pasé por allí en taxi, había presenciado el ritual contrario, cuando se apagaron los faroles de la calle. Mi paso por el corazón de Madrid marcaba, pues, con toda exactitud, los límites de un ciclo, el tiempo que había durado la luz diurna. Iluminada artificialmente, la ciudad me pareció si cabe más hermosa, aunque de otro modo. La ancha avenida por la que íbamos subiendo se bifurcaba en dos arterias que partían de la base de un edificio rematado por la figura de un dios alado, dos ríos de luz que se perdían en la distancia. Por el cielo viajaban velozmente rachas de nubes. A lo lejos, reverberaba espasmódicamente el fulgor de algún relámpago rezagado. Caminábamos despacio, sin apenas cruzar palabra, dejándonos empapar por el misterio que impregnaba el aire de la ciudad.

En Chicote, el camarero trajo dos vasos humeantes en una bandeja y los depositó encima de la mesa, no sin advertirnos que no tocáramos el cristal.

A no ser que por algún motivo les apetezca quemarse, añadió.

Busqué en su mirada un atisbo de burla, sin encontrarlo. El camarero dejó junto a los vasos una segunda bandejita, de alpaca, con la cuenta.

Ben se embarcó con uno de los primeros contingentes de

brigadistas que zarparon de Nueva York en el treinta y siete, seguí diciendo. De Albacete lo enviaron al frente de Guadalajara y resultó herido en una de las primeras confrontaciones. Recibió tratamiento en un hospital madrileño, donde se hizo amigo de un médico americano, un tal Bernard Maxwell. Durante el período de convalecencia conoció a una compatriota que estaba pasando unos días en Madrid, Lucía Hollander. Lucía sabía catalán, además de castellano, motivo por el que la destinaron a Barcelona, donde trabajaba para los servicios de inteligencia de las Brigadas. Conoció a mi padre en una fiesta que dio en su casa un tal Mirko Stauer, un aristócrata montenegrino que militaba en el partido. Ben y Lucía se enamoraron nada más conocerse y contrajeron matrimonio en plena guerra.

De la misma manera que la palabra padre sólo puedo asociarla con la figura de Ben Ackerman, para mí no ha existido más figura materna que la de Lucía Hollander. Y sin embargo, desde que mi padre me habló por primera vez de Teresa Quintana y me enseñó su foto, cuando yo tenía 14 años, no ha habido un sólo día que no haya pensado en ella. Al principio, cuando mi imaginación regresaba constantemente a la miliciana de la foto, sentía el martilleo de mil preguntas en la cabeza: ¿Qué carácter tendría? ¿Cómo sería su voz? ¿Quedaría con vida alguien de su familia? ¿Cómo habría sido su existencia en aquel pueblo de Valladolid, del que Ben ni siquiera recordaba el nombre? ¿Y cómo sería el chico que aparecía a su lado? Por las noches, antes de dormirme, repetía su nombre en voz alta una y otra vez, como si así pudiera conjurar su aparición, o provocar algún recuerdo. Tan imposible era una cosa como otra. De algún modo, mi angustia lograba abrirse paso hasta Lucía, que aparecía en mi habitación y se sentaba al borde de la cama, tratando de consolarme. Pero era Ben el que la había tratado en vida, y era él a quien le insistía, cuando estábamos a solas en su estudio, en que me volviera a contar la historia de cómo se habían conocido. Mil veces le pedí que me la repitiera, y él siempre accedía, aunque no hubiera mucho que añadir a lo que me dijo la primera vez. A la hora de hacer balance, Abe, es poco lo que sé de ella y se resume en pocas palabras.

Ben y Teresa se conocieron en Madrid. Lucía, como te he dicho, estaba en Barcelona; todavía no se habían casado, y la comunicación entre ellos se reducía a las llamadas telefónicas que de cuando en cuando le resultaba posible hacer a ella desde el trabajo, con un poco de suerte una vez a la semana. A pesar de la guerra, en Madrid la vida cotidiana discurría con enorme vitalidad. Siempre le he oído decir a Ben que Madrid es la ciudad más divertida del mundo. Se alojaba en una pensión cerca de Cuatro Caminos. Una mañana que estaba tomando café en el Aurora Roja vio entrar a una chica que le llamó la atención por su palidez y por la mezcla de tristeza y determinación que le pareció detectar en su mirada. La chica se sentó unas mesas más allá de donde estaba él y pidió un tazón de leche y unas madalenas. Ben es así: unas veces no se da cuenta de lo obvio, y otras se fija en los detalles más nimios. Eso fue todo. Al cabo de un rato, la chica se fue, pero por algún motivo, su imagen se le quedó grabada. Eso es algo que nos pasa a todos alguna vez y, cuando ocurre, siempre tendemos a pensar, sobre todo cuando se trata de alguien que nos atrae de una manera especial, no necesariamente sexual, que jamás volveremos a ver a esa persona. Algo así debió de pensar Ben, por eso se quedó de una pieza cuando ese mismo día, unas horas más tarde, la volvió a ver en la sede del cuartel general de las Brigadas Internacionales. La chica estaba hablando con alguien que tenía un fuerte acento británico. Se la veía muy nerviosa y el brigadista trataba de calmarla. Los ojos negros de la chica se posaron un momento en Ben, sin llegar a

126

verlo. Aunque estaba algo alejado, captó en parte su conversación. El inglés le decía a la miliciana que la unidad donde militaba su compañero había caído en su totalidad en la ermita de Santa Quiteria, y que no se tenía noticia de que hubiera supervivientes. De eso sabes tú más que yo.

Ben vio que la muchacha se alejaba del inglés, aturdida, y salía sola a la calle. Sintió el impulso de ir detrás de ella, pero no se atrevió a hacerlo. Esta vez tenía la sensación contraria a la que había experimentado en el café: estaba seguro de que volvería a verla.

Lo que había entendido de la conversación le había dejado intrigado y cuando unas noches después Lucía lo llamó por teléfono a la pensión, Ben le habló de la miliciana de los ojos negros. Le preguntó si había oído hablar del Escuadrón de la Muerte, y Lucía le dijo que era una unidad de anarquistas italianos. Le prometió que haría averiguaciones entre sus compañeros del Servicio de Inteligencia, y que le contaría el resultado de sus pesquisas la siguiente vez que tuviera ocasión de llamarlo por teléfono. Cuando lo hizo le confirmó todo lo que él había oído de refilón: que la expedición había sido una catástrofe, que los componentes del escuadrón habían caído como moscas, exterminados en una ermita de las montañas de Huesca, que no se tenía constancia de que hubiera supervivientes.

La premonición de Ben resultó cierta. Días después, volvió a ver a la chica en el Aurora Roja. En esta ocasión, nada más entrar, Ben se dio cuenta de que estaba embarazada. Su estado era tan evidente que no entendió cómo no se había percatado las otras veces. Teresa pidió un café con leche y se sentó. De vez en cuando miraba con impaciencia hacia el reloj de la pared, como si estuviera esperando a alguien que se retrasaba. Al cabo de un rato llegó el mismo italiano que había estado con ella unos días antes. Esta vez, Ben no tuvo que esforzarse para oír la conversación. El recién llegado era un tanto amanerado, seguramente homosexual; al menos ésa es la impresión que le dio a mi padre. La chica se dirigió a él varias veces por su nombre: Alberto. Cogiéndola de la mano, el tal Alberto le dijo que lo sentía en el alma, pero que seguía sin poder darle noticias. La catástrofe del Batallón Malatesta había despertado iras y polémicas en círculos republicanos. Conforme a sus fuentes de información, dos cosas parecían claras: uno, lo ocurrido sólo se podía explicar porque se había cometido algún tipo de traición; y dos, además se sospechaba que había supervivientes. En la conversación surgió reiteradamente un nombre: Umberto. Así se llamaría, pues, el compañero de la miliciana, aunque el italiano no mencionó en ningún momento su apellido. Haciendo grandes aspavientos, el tal Alberto le decía que no se sabía nada de él, e insistía en que lo mejor era no hacer conjeturas y esperar a tener noticias fehacientes. En cuanto a él mismo, le acababan de comunicar el traslado a la unidad de Luigi Longo. Al oír la noticia, la chica se echó a llorar. El italiano trató de calmarla como pudo y, en buena medida lo consiguió. Al cabo de más de media hora, por fin se despidió. Quedaron en volver a verse sin falta al día siguiente. Cuando vio que se quedaba sola, Ben se acercó a su mesa y le pidió permiso para sentarse. Ella lo miró con aire desolado y no rechazó su compañía, seguramente porque aparte de que se sentía desvalida, Ben iba vestido con uniforme de brigadista y, además, tenía acento extranjero.

Siempre que llega a esta parte de la historia, Ben se ríe.

Lo primero que le preguntó fue si era italiano.

Americano, dijo Ben, dándole un sorbo al café que había traído de la otra mesa. ¿Y tú cómo te llamas?

Teresa.

¿Cuántos años tienes?

Diecinueve.

¿Eres de Madrid?

No, soy de un pueblo de Valladolid.

En el dedo anular derecho, Ben lucía una gruesa alianza de oro.

¿Estás casado? dijo ella.

Prometido, contestó él, siguiendo la dirección de su mirada.

¿Y tu novia es española?

No, americana, como yo.

¿Cómo se llama?

Lucía.

¿Y tú?

Ben. Benjamín en español. ¿Y tú, estás casada?

No, dijo Teresa, sonriendo. Pero voy a tener un hijo. Mi compañero se llama Umberto. Es italiano.

¿Del Escuadrón de la Muerte?

La chica dio un respingo. Ben percibió un destello de pánico en su mirada.

¿Cómo puedes saber una cosa así? ¿No serás ningún espía?

No, no, dijo él, divertido. Es que ayer estaba en el cuartel general cuando le pedías información al oficial inglés. También te he oído hablar con tu amigo italiano hace un momento. Sé por lo que estás pasando, y por eso te he preguntado si me podía sentar contigo. Me gustaría ayudarte.

¿Y por qué? No me conoces de nada. ¿Y cómo crees que me puedes ayudar?

Lucía, mi prometida, sí que es espía. Pero de los nuestros. Lo digo en tono de broma, pero es verdad. Trabaja para los servicios de inteligencia, en Barcelona. Allí tendrán algo más de información.

Teresa bajó la mirada. Estaba a punto de llorar, pero en seguida se repuso.

Pero si no se sabe nada. Mi amigo Alberto Fermi, el italiano que se acaba de ir, dice que el escuadrón ha sido exterminado. Según él, no se descarta la hipótesis de que haya habido traición. Eso me ha dicho.

Yo también he oído algo así, pero las noticias son confusas y sería precipitado llegar a ninguna conclusión. Según otros, parece que hay supervivientes y que no todos ellos han caído prisioneros; de modo que no es imposible que tu Umberto haya escapado con vida. No lo digo por consolarte, créeme.

No hace falta que te esfuerces en tratar de convencerme. Yo sé que está vivo, dijo Teresa.

Ben la miró un tanto extrañado:

Es posible.

No es que sea posible, es que lo sé.

¿Por qué estás tan segura?

No te lo puedo explicar, simplemente lo sé.

Entonces tienes motivo para estar contenta.

Hay algo más, Benjamín, algo extraño.

¿Algo extraño? ¿Qué quieres decir?

No tengo ni idea, es un presentimiento.

Se había puesto muy pálida.

¿Te encuentras bien?

Estoy mareada y me siento muy débil.

¿Dónde vives?

En una pensión de la calle Luchana.

¿Quieres que te acompañe?

No; lo último que quiero hacer es ir allí. Ya iré por la noche, cuando no me quede otro remedio. No te preocupes. Ya se me pasará. Prefiero estar callejeando.

Pero ¿por qué? En tu estado lo que te conviene es descansar.

No me entiendes. Es que allí no estoy bien. Me siento rechazada; no me pueden ver porque estoy sin blanca. Ni se sabe cuántos días debo. Sólo me aguantan porque el dueño es del partido y porque estoy embarazada, pero su mujer se dedica a hacerme la vida imposible. Me ha hecho cambiarme a un cuarto sin ventanas, donde apenas cabe algo más que el catre, a cambio de lo cual tengo que ayudar a cocinar y a hacer la limpieza. Aunque no haya nada que hacer, se lo inventa. Lo hace para jorobarme. No soporta verme por allí.

Ben se ofreció a pagarle un cuarto en su pensión, pero ella se negó tajantemente. Claro que lo que es a testarudo, a mi padre no le ganaba nadie. Le costó mucho convencerla, pero al final lo consiguió. La acompañó a recoger las pocas cosas que tenía y la instaló en una habitación contigua a la suya. Viéndola tan débil y en tan avanzado estado de gestación, al cabo de unos días la llevó a que la viera un médico amigo suyo. Cuando la examinó le diagnosticó una anemia bastante avanzada, y le prescribió reposo absoluto y una nutrición más adecuada.

En días sucesivos, Ben estuvo todo el tiempo pendiente de Teresa, ocupándose de ella como si fuera su hermana pequeña. Hablaban, leían, salían de paseo, iban al cine. Lo preocupante era que a medida que se acercaba el parto, mi madre tenía un aspecto cada vez más desmejorado. Uno de los primeros días le preguntó cómo pensaba llamar a su hijo, y ella contestó, sin pensárselo dos veces: Gal.

¿Y si es niña?

Es niño, contestó, totalmente convencida.

¿Cómo lo sabes?

Y dale, hay cosas que no se pueden explicar. Lo sé y basta.

Los rumores no tardaron en confirmarse. El Escuadrón de la Muerte había sucumbido y se desconocía si había habido prisioneros o fugitivos, aunque se sospechaba de las dos cosas. Como operación militar había sido una acción tan desastrosa que se había abierto una investigación a fin de exigir responsabilidades. No obstante sus esfuerzos, a Lucía le había resultado imposible recabar ninguna noticia fidedigna respecto a Umberto Pietri.

Entonces Ben le preguntó de dónde había sacado un nombre así.

A ti lo mismo te parece una bobada, pero para mí es importante, replicó Teresa, y se rió. Un segundo después se puso muy seria y le refirió la historia de mi nombre.

Poco después de mi llegada a Madrid, acudí al sepelio de un brigadista de alta graduación. Presidía la ceremonia el jefe de su unidad, el general polaco Josef Galicz, alias Gal. Sería un gran guerrero, pero aquel día, en el entierro de su camarada, le vi llorar.

Alguien había depositado un ramo de claveles rojos en la tumba. El general Galicz estuvo mucho rato en silencio, pensativo, de espaldas a los asistentes. Por fin, se agachó a tocar la tierra, cogió uno de los claveles y se dio la vuelta. Yo me encontraba justo detrás de él. Nuestras miradas se cruzaron un instante. Fue entonces cuando comprendí por qué había tardado tanto en volverse: había estado llorando. Todavía tenía lágrimas en los ojos, pero no se molestó en enjugarlas. Sostuvo mi mirada unos instantes y, dándome el clavel que llevaba en la mano, echó a andar, con la frente alta. Me fijé que en la guerrera llevaba una tira de tela con el nombre *GAL* cosido en hilo negro.

A Ben le vinieron a la cabeza las historias que se contaban acerca de la crueldad del general polaco. Tardó un poco en decidirse a preguntar:

¿Pero tú sabes cómo es él en realidad?

Teresa dijo que no y Ben le contó que el general Galicz tenía fama de sanguinario.

Aunque puede que no sean más que habladurías. Ya sabes cómo son estas cosas.

Ni lo sé ni me interesa. No lo había visto nunca antes ni lo he vuelto a ver después. Con lo que vi aquel día me llega y me sobra.

Cuando rompió aguas estaba embarazada de ocho meses. La llevaron al Hospital de Maudes, en Cuatro Caminos. El parto fue largo y complicado. Ben estaba dormido en un sofá de la sala de espera cuando lo despertó una comadrona con cara de circunstancias. A su lado estaba el médico que la había atendido. Por la manera en que se dirigió a él, Ben se dio cuenta de que lo tomaba por el esposo de Teresa.

Algunas veces, le dijo el médico, se da la opción de elegir entre la vida de la madre y la del recién nacido, pero en este caso no ha sido así.

Nervioso, Ben le pidió que le explicara con toda exactitud la situación.

Es niño y está bien, pero la madre ha muerto, dijo el médico, sin andarse con rodeos. Créame que lo siento.

En aquellos días de mortandad constante, la pérdida de una vida no era una cuestión que revistiera excesiva importancia. Ben se hizo una rápida composición de lugar. Sabía que nadie acudiría a reclamar el cuerpo. Teresa se había escapado por su cuenta para unirse a las milicias, y cuando Ben le preguntaba por sus familiares, siempre se mostraba evasiva. Se le pasó por la cabeza la idea de ponerse en contacto con su mejor amigo, Alberto Fermi, el italiano del Aurora Roja, a quien habían trasladado a la Brigada de Longo, y de hecho le envió una carta que jamás supo si le llegó, pero ¿qué podía esperar de él? La suerte del recién nacido estaba en sus manos. No necesitaba consultar nada con Lucía; lo que hizo es lo que ella habría esperado de él. Dadas las circunstancias, sólo había una manera de actuar. Declaró que Teresa era su compañera y que el niño a quien había dado a luz era hijo suyo.

Le hicieron pasar a un despacho donde había un funcionario de la UGT. Ben le entregó sus papeles y los de Teresa. Cuando le dijo que no estaban casados, el tipo lo miró con aire de complicidad y dijo, sonriendo torvamente:

No habiendo vínculo matrimonial, no estás obligado a reconocer al niño, compañero. Tú verás.

No vengo a declarar sólo un nacimiento. La madre ha muerto contestó. ¿Qué quiere que haga, que deje al niño aquí y me largue?

El tipo se echó hacia atrás y se atusó el bigote.

Tienes acento extranjero. ¿De dónde eres, eres inglés?

De la puta madre que te parió, le dijo Ben, ¿te parece suficientemente bueno mi español?

El funcionario le pidió perdón, le hizo firmar en varios libros de registro y le dio sendas copias de los certificados de defunción y nacimiento. Los restos de Teresa Quintana fueron trasladados al cementerio de Fuencarral, al día siguiente. En la pensión estaba su maleta. Ben examinó su contenido y se quedó con apenas un par de recuerdos, muy poca cosa.

Para Benjamin Ackerman la verdad era una religión, y en todo momento tuvo claro que no tenía derecho a ocultársela al hijo de Teresa Quintana. Lo que nunca me dijo es qué motivo le llevó a tomar la decisión de contarme la historia de mis orígenes precisamente el día que cumplía catorce años. Estábamos en el Archivo, y nos acompañaba Lucía. Como puedes suponer, yo no estaba preparado para lo que me esperaba. Quizá no haya manera de preparar a nadie para oír una revelación así. No recuerdo qué palabras empleó, tan sólo el efecto que causaron en mí.

Sufrí una conmoción indescriptible. El mundo se tambaleó y se hizo incomprensible. Sentí como si alguien hubiera cortado las amarras que me mantenían atado a la realidad, y que empezaba a flotar en el espacio. Mi vínculo con ellos cobró un significado aún mayor cuando averigüé la razón por la que no habían tenido otros hijos: Lucía era estéril.

Se lo dijo a mi padre cuando éste le propuso matrimonio, y aunque a Ben le encantaban los niños, no quiso renunciar a ella. Naturalmente, los límites de mi vida trascendían lo que ocurría en la casa. Mi mundo era Brooklyn y sus calles. Alguna vez, al rellenar los papeles del colegio, consignaba con extrañeza el dato de que había nacido en España. Bueno, aquello no era tan raro, a fin de cuentas. En clase había compañeros de todas partes, de estados muy lejanos, incluso de otros países, hijos de inmigrantes italianos, irlandeses, polacos. No creas, Abe, en realidad no me puedo quejar de nada, sería injusto. Ben y Lucía me dieron todo el afecto del que eran capaces; se esmeraron en que tuviera una educación digna. Cuando terminé la escuela secundaria, me matriculé en el Brooklyn College. Al menos en el recuerdo, fueron unos años felices. Y al contarte esto, vaya uno a saber por qué, se abre paso en mi memoria la figura de mi abuelo. No estaba en el Archivo aquella tarde, ni lo que te estoy contando en este momento tiene nada que ver con él. Pero por alguna razón que se me escapa, relaciono, no ahora, sino desde siempre, aquella tarde en el Archivo con algo que ocurrió mucho después, cuando terminé la universidad. Quizá la relación estribe en que entonces comprendí que tenía que enfrentarme solo al mundo. La verdad es que no tenía ni la más remota idea de lo que quería hacer con mi vida, pero el día de la ceremonia de graduación, cuando mi abuelo me preguntó si sabía qué quería hacer el resto de mi vida, le contesté resueltamente que quería ser escritor. No sé qué demonios me impulsó a darle aquella respuesta. Lo hice sin pensarlo, pero cuando aquella misma noche lo medité a fondo, me di cuenta de que le había dicho la verdad.

Volviendo al hilo de mi historia. No sé adónde me llevaron mis sentimientos. En algún momento volví a ser consciente de la voz de Ben, pero la oía como si me llegara desde muy lejos. Y de pronto entendí lo que estaba tratando de decirme: quería mostrarme una foto de mis padres. La había guardado durante todos aquellos años y for fin había llegado el día de enseñármela. Dudé antes de decirle que me daba miedo verla. No quería que se abriera ante mí aquel abismo, pero Ben insistió en que tenía que hacerlo. Son tus padres, dijo. Lucía me cogió con fuerza de la mano. La verdad existe, independientemente de que tú quieras aceptarla o no. De nada sirve negarse a reconocerla. Por fin acepté, entre asustado y curioso. Tenía ganas de llorar, pero no podía. Al cabo de una eternidad me decidí a alargar la mano.

En la foto se ve a una pareja. Los dos son muy jóvenes. Ella tiene diecinueve años, le oigo decir a Ben. Él algo más, tal vez veinte, veintiuno como mucho. Contemplo la imagen desde una distancia infinita. Me parecen los dos muy atractivos y llenos de vida. Él está vestido de miliciano, muy sonriente, y ella lo tiene cogido del brazo. Es un chico muy delgado, moreno, de rostro afilado y nariz recta, bastante apuesto. Tal vez sea mi imaginación, pero se les ve muy enamorados, sobre todo a ella. Está visiblemente embarazada. De mí. Tiene los ojos grandes, muy negros, algo tristes, y una de las manos apoyada en el vientre. Él tiene un pie encima del poyete de una fuente de piedra en la que se puede leer: República Española, 1934.

No son mis padres, eso fue lo que dije, mirando a Ben y a Lucía. Mis padres sois vosotros. Me sentí muy tranquilo después de decir aquello y se me quitaron las ganas de llorar. Seguramente ellos estaban pasándolo peor que yo. Le devolví la foto a Ben, porque no sabía qué hacer con ella. Era evidente que me la había dado para que me la quedara, pero no se atrevía a decirlo. Por fin afirmó:

Es tuya. Llevo años esperando el momento de dártela. Te ruego que la aceptes.

Me resultaba sencillamente imposible. Me daba miedo tocar la fotografía. Me quedé como estaba, sin decir palabra.

Está bien, como quieras, dijo Ben. Para él también era un trago muy amargo. La volveré a dejar en el Archivo, en depósito, como hasta ahora. Su sentido del deber le hizo añadir: Con foto o sin ella, tu madre es Teresa Quintana, eso no lo puede cambiar nadie. Apoyó la yema del índice en la superficie de papel mate. Por encima de la forma semiovalada de la uña se destacaba el rostro aniñado de la miliciana. Ben desplazó levemente el dedo hacia la derecha y por un momento creí que iba a añadir: Y tu padre, Umberto Pietri, pero no dijo nada. Volví a sentir vivos deseos de llorar, pero seguía siendo incapaz de hacerlo. Tenía la garganta muy seca y me raspaba como si la tuviera taponada con arena.

En el fondo del vaso quedaba un resto de carajillo. Lo fui a apurar, pero estaba frío. Abe Lewis cogió la cajetilla de tabaco de la mesa, me ofreció un Lucky Strike y eligió otro para sí. Tras prender los dos cigarrillos con cierta parsimonia, le dio al suyo una calada tan honda que su cabeza desapareció un momento, arropada por el humo.

Lo cierto es que les había hecho repetir tantas veces la historia de Teresa Quintana a Ben y a Lucía que se me quedó grabada a fuego en la memoria, pero de tu Umberto Pietri, Abe, nunca supe apenas nada, ni siquiera logré retener el nombre. Lo único que sabía era que se había esfumado con el grueso del Escuadrón de la Muerte. Eso era todo: su rastro se borraba en Santa Quiteria. No es que me importara mucho, simplemente di por hecho que estaría muerto.

Siete
CUADERNO DE LA MUERTE

Si eres la Muerte, ¿por qué
lloras?

Anna Ajmátova

Enero de 1993

Me senté donde te había visto tantas veces escribiendo, en la Mesa del Capitán (el puente de mando del Oakland, solía decir Frank). Barrí el local con la vista. Teníais razón. Desde allí se dominan perfectamente todos los ángulos del bar. Álida, la camarera puertorriqueña, hablaba por teléfono sentada en un taburete al principio de la barra. La larguísima espiral del cable describía una línea recta que iba desde donde se encontraba ella hasta la base del teléfono, en el extremo más alejado del mostrador. La pista de baile estaba a oscuras, salvo el débil resplandor del pasillo interior del edificio, al otro lado de las puertas giratorias. A su izquierda, la sala de billar parecía un acuario gigantesco. Boy y Orlando, los pupilos del Luna Bowl amigos de Víctor, estaban echando una partida. Sus siluetas evolucionaban silenciosamente, sumergidas en una neblina de neón a la que la pintura de la pared daba una coloración verdosa. Agazapado detrás de la caja registradora estaba Raúl, el hijo adoptivo de Frank y Carolyn. (Sus padres, me contaste en su día, murieron en un accidente de tráfico siendo él niño. Tiene treinta y cinco años, y apenas mide 1,40. Todo el mundo le llama Raúl el Enano, cosa que a él no parece importarle. Es contable y los miércoles se pasa por el Oakland, a revisar los libros de su padre.) Al único que no había visto nunca era al viejo albino que estaba sentado en un taburete al fondo de la barra, con la espalda apoyada en la vidriera de cristal esmerilado, escuchando algo que le decía Manuel el Cubano (después hablaré de él). A medida que me vieron, me fueron saludando todos, hasta los boxeadores, a pesar de que estaban muy lejos. Manolito dejó solo al viejo de la barra, puso un bolero en la Wurlitzer y se fue al baño. Raúl alzó la mano derecha, en un gesto característico, que quería decir que me invitaba a lo que quisiera. Álida tapó el auricular, me lanzó un beso y se dirigió hacia la trampilla del sótano. El cable del teléfono la siguió como si estuviera enchufada a la pared. Tiró de la argolla de hierro, alzando la trampilla, y desapareció en el sótano. Al ver aquello, el anciano se levantó y se dirigió con pasos rápidos hacia la máquina de discos.

Un estruendo infernal sacudió repentinamente los cimientos del bar, como si alguien hubiera activado un artefacto explosivo. El albino había subido el volumen al máximo, accionando el botón oculto en la parte trasera de la Wurlitzer. Excitado por el ruido atronador, se retorcía a carcajadas sujetándose el vientre, como si se le fueran a salir los intestinos. Álida subió precipitadamente del sótano y cortó el estrépito de golpe. En medio del silencio súbito, el anciano se puso a gesticular espasmódicamente, remedando el movimiento de brazos de un director de orquesta, cada vez con menos fuerza, hasta quedar completamente inmóvil, como un muñeco mecánico al que se le hubiera acabado la cuerda. Con cara de resignación, Manuel *el Cubano* se acercó a él, le ayudó a ocupar el mismo taburete de antes y se quedó a su lado, vigilándolo. Raúl me hizo una señal, indicándome que se iba al despacho de su padre a trabajar.

En ese momento, una luz destelló fugazmente en la pista de baile. Alguien entró en el Oakland a través de las puertas giratorias que hay al fondo, atravesó la sala a oscuras y al llegar al arco que la separa del resto del bar se detuvo. Eras tú. Intercambiaste un saludo silencioso con Manuel *el Cubano*, y te acercaste hacia donde estaba yo. Dejaste un cuaderno encima de la mesa. Álida trajo una botella de vodka y un vaso sin que se los pidieras.

¿Lo conoces? me preguntaste, señalando al albino.

No.

Viéndolo así nadie lo sospecharía, pero antes de cumplir los veinticinco años era primer oficial de un mercante danés, dijiste. Hiciste un mohín y sirviéndote un vodka, lo vaciaste de un trago. Tengo una extraña deuda con él. Su historia fue el origen del Cuaderno de la Muerte. Acariciaste la libreta. Claussen llegó al Oakland mucho antes que yo. Me fijé en él desde el principio; siempre estaba en el mismo sitio, en esa esquina, como si fuera parte del mobiliario, pero nunca llegué a cruzar una sola palabra con él a lo largo de los años. Todo lo más, un leve gesto con la cabeza. Una tarde, de manera inopinada, se acercó a mi mesa. Con una voz que no parecía salir de dentro de él, me pidió permiso para sentarse. Mi sorpresa fue mayúscula: la historia oficial era que había perdido la razón. Para mí siempre había sido un ser sin vida. Fue como ver a alguien renacer de entre sus cenizas.

Tú eres escritor, ¿verdad? me dijo.

Lo miré, incapaz de creer lo que ocurría. Era la primera vez que veía en él a un ser humano, la primera vez que reparaba en sus rasgos, en su mirada, en el timbre de su voz; la primera vez que comprobaba que tenía rostro, ojos, voz propia.

Supongo que le contestaría que sí, la verdad es que no lo recuerdo. Lo que sí conservo en la memoria es lo que hizo él a continuación. Se metió la mano en el bolsillo interior del chaquetón azul y sacó un recorte de periódico. Me debí de quedar un rato largo contemplando sus uñas sucias, el papel arrugado y grasiento, hasta que por fin lo cogí. Me volvió a pedir permiso para sentarme, sin que yo lograra acostumbrarme a su presencia, a ver que era capaz de expresarse casi con normalidad. Leí lo que me había dado. Aquel recorte y lo que me contó durante los escasos minutos en los que volvió a tener uso de razón me llevaron a empezar esto.

Volviste a acariciar el cuaderno. Era negro, de gran formato, con las tapas duras y los cantos coloreados de amarillo. Una goma elástica lo cerraba longitudinalmente. Te serviste un segundo vodka y lo vaciaste con la misma ansiedad que el primero. Me daba miedo cómo me mirabas, me hacías sentir un vértigo indefinible, como si me estuvieras franqueando el paso a una zona inaccesible de tu mundo.

Puedo entender que alguien lo deje todo por una mujer a la que acaba de conocer. Lo que no comprendo es que haya que pagar un precio por ello. Siempre. Hay algo ahí que se me escapa, Chapman...

(¿Estabas pensando en Nadia?)

Respiraste hondo, alejaste de ti el vaso vacío y dijiste:

Después te enseñaré lo que me dio, pero antes déjame que te cuente la historia.

Unos diez o quince años antes de abrir el Oakland, Otero tenía una taberna en los muelles. Se llamaba Frankie's y quedaba en una zona donde solían fondear buques de bandera danesa. (Por casualidad, supongo, que yo sepa no existe ninguna reglamentación que diga que los barcos tienen que atracar por nacionalidades.) El caso es que cuando cerró la taberna para inaugurar un local nuevo aquí en Atlantic Avenue, los daneses hicieron piña en torno a él y le siguieron como un solo hombre. Eso fue en 1957. Uno de aquellos daneses era un tal Knut Jansson, capitán de un carguero de medio tonelaje. Su primer oficial, Niels Claussen, es el viejo que acaba de montar el número con la máquina de discos. Ven, te quiero mostrar algo.

En uno de los salvavidas que había en la pared se podía leer AALVAND. En el hueco que formaba el cerco de color blanco, Frank había hecho colocar una foto donde se veía a la tripulación del buque posando de uniforme en cubierta. El capitán Jansson, dijiste, señalando una figura con el dedo índice, aunque era perfectamente reconocible por sus distintivos. No te hizo falta decir quién era Niels Claussen. Su cabeza albina resaltaba como si en la superficie de la foto hubiera caído una gota de ácido. Guardaste unos instantes de silencio contemplando la fotografía antes de volver a la mesa.

El *Aalvand* atracaba en Brooklyn un promedio de dos veces al año. La foto se sacó recién inaugurado el bar. Jansson y su gente llegaron a puerto la víspera de Labor Day, que como sabes cae el primer lunes de setiembre. El barrio estaba de fiesta. Los caribeños celebraban un festival de música. Por Eastern Parkway bajaban las carrozas atestadas de bandas que tocaban reggae y calypso. La juerga seguía por los alrededores y los marineros lo estuvieron celebrando a su manera. No me preguntes adónde llevaron a Claussen. En teoría se fue a ver el desfile con unos cuantos marineros; pero cuando se reunieron todos en el Oakland, antes de batirse en retirada, se supo que el primer oficial había conocido a una trigueña de ojos verdes que le había sorbido el seso.

Algo más le sorbería, le oímos decir a Frank. Estábamos tan enfrascados en la conversación que ninguno de los dos nos habíamos dado cuenta de cuándo había llegado. Buenas tardes, caballeros. Tú te serviste otro vodka. Álida se acercó a decirle a su jefe que su hijo Raúl estaba en el despacho repasando la contabilidad. Perdón, dijo Frank, consciente de lo brusco de su interrupción. Ninguno de los dos fuimos capaces de decir nada.

Así que la historia del albino y la mulata, dijo, ligeramente azorado. Se le escapó una mirada hacia el anciano danés, que en ese momento se dirigía hacia la sala de billar, acompañado de Manuel el Cubano. ¿Y eso?

Desde la barra, Álida le hizo un gesto apremiante a Frank, dándole a entender que su hijo preguntaba por él.

Disculpadme un momento, en seguida vuelvo.

A Frankie se le cruzan un poco los cables cuando sale a relucir la historia de Niels. De hecho, no me contó nada hasta el día que el danés se acercó a mí. Después, él mismo me proporcionó nuevos datos. Entiendo sus reservas iniciales, la historia de ese pobre marinero hace daño a quien la oye.

No sé, comentó Frank al volver, rascándose una oreja, sin decidirse a sentarse. Os veo tan metidos en faena, que me da no sé qué entrometerme.

Sus palabras te hicieron reaccionar. Apartaste una silla, ofreciéndosela para que se sentara, y dijiste:

Estás en tu mesa, capitán.

Frank tomó asiento.

¿Y cómo es que estáis hablando de Niels?

Porque Néstor no lo había visto nunca hasta hoy.

Es verdad; es que ha estado un tiempo enfermo. Cuando se recuperó, Manolito se lo llevó a pasar unos meses con él y con su madre a Florida. Lo cuida como si fuera hijo suyo, a pesar de que el danés le lleva más de veinte años. A Manuel el Cubano sí lo conocías, ¿verdad?

Sí, por encima.

(Otro de los fijos. Homosexual, parlanchín, siempre va hecho un pincel, con sus guayaberas, sus pantalones de lino, los zapatos blancos y las gafas de sol, que lleva puestas a todas horas para que nadie se dé cuenta de que tiene un ojo de cristal).

Te costó volver a coger el hilo. Pese a sus disculpas, Frank estaba de un humor ligero, mientras que contada por ti la historia revestía tintes mucho más sombríos. Por fin, hiciste un gesto de asentimiento y continuaste diciendo:

Se llamaba Jaclyn Fox y era jamaicana. No he visto ninguna foto suya, de manera que no te puedo describir su físico…

Yo la vi en persona y no te pierdes nada, Ness, interrumpió Frank. No me refiero a su físico, eso es cuestión de cada cual. No me gustaba su manera de mirar, ni la imagen de hembra sumisa con que se presentaba al mundo. No me fiaba de ella y ella se daba cuenta. Me miraba con odio, consciente de que a mí no me la daba. Sentía lástima de Niels. Apenas tenía experiencia en cosa de mujeres y cayó en sus garras como un corderillo.

Lo importante, a efectos de lo que estamos contando, puntualizaste, es que después de haber estado con ella, Claussen no se la podía quitar de la cabeza. Era como si le hubiera contagiado una enfermedad, como si lo hubiera envenenado y tuviera dependencia física de un veneno que sólo ella le podía inocular. Estaba obsesionado. La idea de estar lejos de ella le angustiaba. Sus compañeros del *Aalvand* le tomaban el pelo. Se reían descaradamente de él, diciéndole que lo que tenía la jamaicana lo tenían todas las mujeres. Claussen no se sentía dolido por sus comentarios. Para él, lo único que contaba era saber que después de que el *Aalvand* zarpara, tardaría seis meses en volver a verla, y seis meses es demasiado tiempo para pedirle a una mujer así que te espere, sobre todo sabiendo que si lo hiciera, el dilema se volvería a repetir periódicamente.

Lo siento Gal, era Frank el que hablaba, pero todo ese romanticismo sobra. Las historias de amor de los marineros, además de ser repetitivas, son falsas. La realidad es que se casan como Dios manda y que sus legítimas les guardan la ausencia o no, cuestión de suerte. En cuanto a ellos, la inmensa mayoría se va de putas en cuanto ponen un pie en tierra. Tú lo sabes perfectamente, no tienes más que darte una vuelta por los garitos del puerto. O por los alrededores del Oakland. Y eso es lo que hizo Claussen, que se enganchó de una ramera.

No era ninguna ramera, protestaste, tenía un trabajo decente y…

Si no lo era profesionalmente, se portó como tal, pero en fin, sigue.

El *Aalvand* volvió a atracar en Brooklyn en marzo…

Febrero, perdona. Lo sé porque hacía un frío de cojones. En las calles había nieve acumulada de varias semanas. Verdaderas montañas de hielo sucio.

De acuerdo, febrero. Cinco meses, entonces, no seis. Cinco meses es mucho tiempo, pero en este caso no bastaron para borrar de la memoria el deseo tóxico que Jaclyn Fox le inspiraba. El *Aalvand* volvió y con él, Claussen. La escala, como siempre, duraría una semana. Cada noche, los daneses vinieron al Oakland, a pagarle a Frankie sus respetos. La víspera de la partida, Niels acudió en compañía de su capitán. Su barco zarpaba a primera hora de la mañana.

Por eso, dijo Frank quitándote abruptamente la palabra, casi me quedo sin respiración cuando al día siguiente, a media tarde, vi que Niels Claussen entraba en mi bar.

Se calló, esperando a que continuaras tú.

Traía un petate a la espalda e iba vestido de paisano; su barco había zarpado hacía varias horas. No hacía falta ser ningún lince para darse cuenta de lo que había ocurrido. El primer oficial del *Aalvand* había desertado. Lo primero que le preguntó Frank fue dónde había dejado a la jamaicana. Claussen le contestó que estaba esperando fuera. Dejó en una silla la bolsa de lona donde llevaba sus pertenencias y le preguntó a Frank si estaba libre alguno de los cuartos que alquilaba en el piso de arriba.

La pregunta me jodió como no os podéis imaginar. Le dije que no sabía de qué cojones hablaba, que quién le había dicho que yo tuviera nada que ver con ningún motel de mierda. Extrañado de mi propia acritud, cambié de tono y añadí que la cosa no iba con él, que por el Oakland sería siempre bienvenido. Pero no volvió a aparecer. Salvo que apenas tuvieron tiempo de disfrutarla, nunca se supo mucho de la vida en común de la pareja. Niels siempre fue poco comunicativo. Lo único que se sabía a ciencia cierta es que se habían casado y vivían por Fort Green.

Por el contrario, seguiste diciendo tú, Jansson continuó fiel a su costumbre de venir a ver a su amigo Frankie Otero cada vez que su barco fondeaba en el puerto, y cuando el *Aalvand* recaló en Brooklyn unos meses después, su capitán no tardó en presentarse en el Oakland. No venía a comprobar nada. No le hacía falta que Frank ni nadie le dijera lo que había ocurrido. Sabía que Claussen lo había dejado todo por una mujer.

La mezcla de rabia, dolor y desprecio con que me habló de quien había sido su mejor amigo me soprendió, dijo Frank. Claro que aquella vehemencia indicaba hasta qué punto le había afectado la traición. Según él, la jamaicana lo había arrastrado tras su estela sexual, como una perra en celo. Por su propio bien, dijo refiriéndose a Niels, espero no verlo por el Oakland.

Pasaron unos meses, seis o siete, ¿no es así, Frankie? Lo siguiente que se supo de Niels fue que ya no vivía con la jamaicana.

Se aburría como una ostra con el albino y se largó con otro. Eso contaban mis clientes. Según los rumores, estaba viviendo con un irlandés. Se ve que le gustaban los blancos, aunque éste no lo era tanto como el danés. Pobre diablo. La empezó a perder el mismo día que se despojó del uniforme.

¿Y qué hizo él entonces? pregunté.

Jaclyn y su irlandés, repuso Frank, vivían cerca de Prospect Park. Con ánimo de poner distancia, Niels se fue a vivir nada menos que a Bedford-Stuyvessant. Como dice Manolito, debía de ser el único blanco del barrio.

Un día, de manera totalmente inesperada, Niels dio señales de vida, empezaste a decir, pero Frank se apresuró a quitarte la palabra:

Yo estaba en el despacho cuando entró mi mujer, Carolyn, con cara de circunstancias y me dijo que un tipo con un aspecto muy extraño preguntaba por mí. No supo explicarme quién era. Salí intrigado y me encontré al albino. Estaba más flaco y macilento que nunca. Quería saber si Jansson seguía viniendo por el bar cuando recalaba en Brooklyn. Sí, ¿por qué? ¿Qué quieres de él? le pregunté. Debía de pesarle cada vez más en la conciencia el hecho de haber desertado. Al fallarle a Jansson no sólo había traicionado a su capitán, sino también a su mejor amigo. Sin embargo, tengo que decir que mi actitud hacia el albino había cambiado a raíz de lo que le había ocurrido.

Todavía no hemos llegado a eso, Frank.

¿Se puede saber de qué habláis? os pregunté.

Del recorte de periódico que me mostró Niels Claussen el día de su resurrección. Ahora que conoces el trasfondo de la historia te lo puedo mostrar, contestaste.

Apartando el elástico que cerraba el cuaderno negro, lo abriste por la primera página, demorándote lo suficiente para que yo pudiera leer:

CUADERNO
DE LA MUERTE

Buscando entre sus hojas, extrajiste un recorte de periódico que parecía viejísimo y me lo diste.

HALLADO EN PROSPECT PARK EL CADÁVER
DE UNA MUJER BRUTALMENTE ASESINADA

The Brooklyn Eagle, 23 de setiembre de 1958

A las 5.27 de la madrugada del viernes una llamada telefónica alertó al 911 de la presencia de un cadáver en Prospect Park. En el lugar de los hechos, la policía encontró los restos de una mujer de unos 20 años de edad. El cuerpo presentaba…

Me lo arrancaste de las manos sin dejarme llegar al final.

Esto es, dijiste, lo que Claussen se empeñó en darme el día que se acercó a hablar conmigo. Como puedes suponer, lo leí con la misma perplejidad que tú ahora. Sentí que se me iba la cabeza cuando le oí decir, con una voz que no parecía de este mundo:

La víctima era mi ex mujer.

Miré primero a Frank y a continuación a ti.

¿Me estáis dando a entender que…?

Que la mujer que apareció brutalmente asesinada en el parque, se adelantó a contestar Frank, era Jaclyn Fox…

¿Pero y quién…?

El irlandés. Le quiso hacer la misma jugarreta que a Niels, pero esta vez calculó mal. Con el irlandés no se jugaba. La noticia corrió como un reguero de pólvora por todas las tabernas del puerto y por todos los bares de mala muerte que frecuentaban los marineros. Los barcos que zarpaban de aquí se llevaron la noticia a otros lugares. Cuando Jansson volvió a Brooklyn, estaba al tanto de la suerte que había corrido la mujer por la que Claussen había puesto su vida patas arriba.

Para seguir, te hizo falta otro vodka. Nos preguntaste a Frank y a mí si te queríamos acompañar, y te volviste hacia Álida para pedirle unos vasos, pero los dos declinamos la invitación.

Aturdido por la revelación que me había hecho el anciano, seguiste diciendo después de vaciar limpiamente el vaso, me quedé mirándole como un idiota. Su rostro me hacía pensar en una superficie de cal cuarteada. Los pelos, incoloros, se le pegaban a la frente y a los pómulos. Tenía los ojos traslúcidos, vacíos. La pupila era casi una raya vertical. Fui a devolverle el recorte, pero él levantó la mano y repitió la pregunta que me había hecho al principio:

¿Tú eres escritor, verdad?

Esta vez tengo la certeza de que no contesté. La pregunta no buscaba respuesta.

Vi claramente cómo se le volvía a nublar la razón. Antes de levantarse para ocupar su asiento en el rincón de siempre, había vuelto a ser el cadáver viviente que llevaba siendo desde que Frank lo rescató y lo trajo aquí. Sólo fue persona durante los quince o veinte minutos que habló conmigo. Me llevé el recorte arriba y lo guardé en una carpeta, sin saber qué hacer con él.

Hiciste una pausa y cogiendo con crispación la botella, llenaste un vaso hasta los bordes y lo vaciaste de un trago. Cuando volviste a hablar empujabas la voz, como si te faltara el aire:

Sigue tú, Frank.

Allí tenía a aquel pobre desgraciado, dijo el gallego, delante de mí, en mi territorio, desvalido, sin acabar de explicarme a qué había venido. Le invité a sentarse, le pregunté si quería algo, si necesitaba ayuda. Por toda respuesta, sacó el recorte de periódico. Iba con él a todas partes, enseñándoselo a la gente, como quien enseña una foto de sus hijos, hasta que se lo entregó a Gal. Sin duda eran los primeros síntomas de la locura.

¿Has visto esto, Frankie? me preguntó.

Procurando no herir sus sentimientos, le dije que no hacía falta que lo fuera aireando por ahí como si fuera un trofeo. Con aire contrito, se guardó el recorte y me dijo que fue así como se había enterado él, por el periódico. La situación empezaba a cobrar tintes absurdos. Le volví a preguntar a qué había venido, diciéndole que estaría encantado de ayudarle si estaba en mis manos. Entonces me dijo que le había escrito una carta a Jansson y quería pedirme el favor de que se la entregara cuando el *Aalvand* volviera a atracar en Brooklyn, cosa que conforme a sus cálculos sucedería pronto. Le dije que no tenía el menor inconveniente, que en cuanto Jansson viniera por el bar le daría la carta. Me la entregó, me dio las gracias efusivamente y se largó. Y yo también os tengo que dejar, dijo Frank bruscamente, como si estuviera buscando una excusa para quitarse de en medio. Mi hijo Raúl me reclama.

Tardaste mucho en volver a tomar la palabra. Necesitabas tiempo para volver a adquirir el grado de intimidad que habíamos alcanzado al principio de la conversación, antes de que llegara Frank. Cuando te sentiste preparado, te volviste a llevar el vaso a los labios.

Qué esperaba Claussen de la carta, nunca se sabrá. No me habló de eso. Lo único que consiguió fue una humillación adicional. Visto desde fuera, puede parecer que Jansson actuó con crueldad, pero la verdad es que si me pongo en su lugar, le entiendo.

Cogiendo la goma negra con los dedos, volviste a asegurar la libreta.

Cumpliendo su palabra, cuando se presentó la ocasión, Frank le dijo a Jansson que Niels Claussen había dejado una carta para él. El capitán del *Aalvand* sacudió la cabeza y se limitó a decir que no quería saber nada de su antiguo oficial. Otero asintió. No hizo una sola pregunta. No se volvió a mencionar el asunto entre ellos dos. Claussen no tardó en llamar por teléfono a Frank para preguntarle si le había dado la carta a Jansson. El gallego le contó que se había negado a cogerla.

Al llegar a este punto de la historia, empezaste a beber más despacio. Te dabas cuenta de que habías alcanzado un estado de conciencia insostenible. En vez de vaciar el vaso de un trago, dabas sorbos cortos con los que parecías ir apuntalando las frases.

Jansson llevaba tres noches en Brooklyn cuando Niels apareció en el Oakland. No debería haberlo hecho. La actitud de Jansson no dejaba lugar a dudas. Pero la estupidez del ser humano es ilimitada, y Claussen hizo lo peor que pudo hacer. Se presentó en el Oakland de uniforme. Fue una escena surrealista, que a Frank jamás se le podrá borrar de la memoria. Era de noche y había mucha gente. El bar de Frank es un mundo cerrado. Todos sabían quién era el albino y estaban perfectamente al tanto de lo sucedido, por eso cuando lo vieron aparecer vestido de uniforme se hizo un silencio sobrecogedor en el local. Niels buscó a su antiguo capitán con la mirada y se dirigió hacia su mesa y cuando estuvo a unos pasos de él se detuvo, sin saber qué hacer. Jansson endureció el gesto, se puso en pie y le pidió a Otero que fuera a buscar la carta. Cuando la tuvo en la mano, se acercó a su antiguo subordinado e hizo ademán de devolverle el sobre. En lugar de cogerlo, Claussen se cuadró militarmente.

Frank recuerda lo que ocurrió a continuación como si lo hubiera soñado. A Jansson le temblaba la mano derecha y, al cabo de un momento interminable, dejó caer la carta al suelo. Sabe dios qué le pasaría por la cabeza. Lo más probable es que se sintiera afrentado por el hecho de que Claussen hubiera tenido la osadía de presentarse ante él vistiendo el uniforme que había desechado. La mano le temblaba cada vez más. Por un momento, Frank pensó que se disponía a devolverle el saludo, pero, en lugar de ello, Jansson cogió impulso y le propinó una bofetada que resonó en medio del silencio como un latigazo. Niels trastabilló y, recuperando la posición inicial, mantuvo el saludo. Resultaba patético verlo allí, rodeado de gente que era incapaz de apartar la vista de él. Parecía una marioneta abandonada por la persona que maneja los hilos. Tenía el rostro tenso. En la comisura de los labios apareció una gota de sangre. Jansson le dio la espalda y siguió hablando con Frank como si no hubiera ocurrido nada. Niels siguió inmóvil un buen rato, tratando de contener las lágrimas, hasta que, incapaz de soportar más la humillación, dejó caer el brazo y en medio de un silencio intolerable, se agachó a recoger la carta, giró sobre sus talones y se largó por donde había venido. A una señal de Frank, Ernie Johnson se apresuró a poner música. El fragor de la Wurlitzer fue como una tormenta cuyos truenos ocultaban el recuerdo de lo que había sucedido.

Recorrías el borde del vaso con la yema del dedo, lentamente, retrasando el momento de beber, como si supieras que te encontrabas en un punto equidistante entre la lucidez y la borrachera. El nivel de vodka parecía marcar la frontera entre los dos estados.

¿Alguna vez le llegó a explicar Jansson a Frank sus motivos?

No hubo ocasión. Se quitó de en medio. Desapareció. Pidió que lo relevaran de la ruta del Atlántico Norte, y jamás se volvieron a ver. En años sucesivos se tuvo alguna noticia suya a través de los marineros daneses, que jamás dejaron de venir asiduamente por el bar. Se retiró en 1964. A finales de los setenta, después de muchos años de no saber nada de él, llegó al Oakland un telegrama con la noticia de que el antiguo capitán del *Aalvand* había muerto. Era un telegrama oficial, firmado por alguien que nadie conocía.

¿Y Niels?

Todos pensaron que se habría vuelto a Dinamarca, pero no fue así. Lo último que se había sabido de él era que andaba por Bedford Stuyvessant, pero eso fue antes del asesinato. Un día, un conocido de Frank le dijo que lo había visto por Red Hook, pidiendo limosna y completamente ido. Noticias subsiguientes confirmaron que en efecto vivía en un recodo de un parque colindante con un vertedero de basura, en compañía de un puñado de mendigos. Frank fue a buscarlo en persona e inmediatamente lo reconoció. Lo que vio fue a un *homeless* hediondo, que iba recogiendo latas, botellas y recipientes de plástico, que luego canjeaba por una cantidad ínfima de dinero en los supermercados. Pero su estatura, su pelo y el color de la piel eran inconfundibles. Era el albino.

¿Y Niels lo reconoció a él?

Para entonces ya había perdido la razón. Estaba como lo ves ahí. Sólo que ahora se ocupa de él Manuel el Cubano. No recuerda nada. Le puedes decir lo que quieras de su pasado, que no reacciona. Una vez lo pusimos delante de la foto en la que aparece con todos en la cubierta del *Aalvand*, y se rió como un imbécil, de una manera no muy distinta a si le hubiéramos enseñado la foto de unos monos copulando, por poner un ejemplo. Por eso, el día que le dije que Niels se había acercado a hablar conmigo, Frank no daba crédito. Sólo me creyó cuando le mostré la noticia. Y hablando de eso, dijiste apoyando el dedo índice en el cuaderno, el de Jaclyn Fox fue el primer recorte. A partir de entonces, cada vez que me encuentro una noticia de ese tipo en el *New York Times*, la recorto. Lo estuve haciendo durante años, sin saber para qué, hasta que un día se me ocurrió transformar una de las noticias en un cuento. Pensé que si lo hacía, tal vez le encontrara algún sentido. Y empecé a tomar notas en un cuaderno que estaba destinado a ser distinto de los demás. No tuve que pensar mucho para buscarle un nombre. Estaba claro que el denominador común de todas aquellas historias era la muerte. Pero todavía no había decidido que forma podría darle. Poco a poco he ido escribiendo algunas historias basadas en las noticias que iba recogiendo, pero la de Niels no, porque todavía está ahí.

Nos miramos a los ojos, seguramente para evitar buscarlo a él, aunque entonces estaba lejos, viendo jugar a Boy y Orlando, en la sala de billar. Empujaste el cuaderno y me invitaste a abrirlo. Me llamó la atención lo cuidadosamente organizado que estaba. Era un verdadero catálogo de los horrores que es capaz de cometer el ser humano, algo con lo que convivimos sin apenas darnos cuenta, pues está tomado del periódico, día a día. Las monstruosidades se repetían con una monotonía que tenía algo de hipnótico. Era extraño, muy extraño, hacer aquello. Había demasiado dolor acumulado en aquellos recortes. Fui pasando las hojas sin apenas atreverme a leer, limitándome a mirar los titulares por encima. Parecían ventanas abiertas al mal. La frase no es mía, fuiste tú quien la dijo, aunque no en aquel momento.

Te interrumpiste para echar un trago interminable. El fuego del alcohol te asomaba a los ojos. A partir de ahí, te empezó a temblar la voz. Más que hablar, parecía que escupías las palabras.

Entender, sólo entender cómo es posible que se cometan semejantes atrocidades, dijiste, arrastrando las sílabas.

Percibí algo en tu interior que sólo volvería a ver las veces que estuve contigo en el Astillero, un fuego que no sabía cómo definir, pero cuando lo veía, procuraba mantenerme lejos. Raúl había salido del despacho, pero no se acercó, y yo estaba seguro de que Frank se había quedado dentro para evitar verte en aquel estado. Raúl se fue a sentar con Niels, que estaba dormitando pacíficamente en la sala de billar. Parecía una gárgola, encaramado en el brazo del sillón. Manuel el Cubano estaba sentado junto a él, con la mano apoyada en su espalda.

De todos modos, no me hagas mucho caso, Ness.

Fue la última frase que pronunciaste y te costó un enorme esfuerzo hacerlo. Lograste ponerte en pie. Trataste de hacerte con el Cuaderno de la Muerte, pero no acertabas a cogerlo y te lo tuve que dar yo. Intentaste servirte otro vodka, pero lo único que conseguiste fue derramar sobre la mesa el poco líquido que quedaba en la botella. Los ojos de toda la gente que había en el local estaban pendientes de tus movimientos. Con paso extrañamente firme, te dirigiste hacia la pista de baile y, al tropezar con la oscuridad, te detuviste. Me acerqué a encender el interruptor y esperé a que atravesaras la sala vacía. Llegaste a las puertas giratorias y desapareciste en el vestíbulo del edificio. Los cristales siguieron girando unos segundos, y cuando por fin se detuvieron, vi cómo se concretaba en ellos el reflejo de una silueta. Tardé en darme cuenta de que aquella mancha perdida entre la fantasmagoría de luces de la pista de baile era yo y, de no ser porque en aquel preciso instante oí la voz de Álida, que me llamaba por mi nombre, me habría resultado imposible saber en qué encrucijada del espacio-tiempo me encontraba exactamente.

Ocho
DO YOU KNOW WHO
YOU ARE DATING?

Clark Investigation & Security Services, Ltd.
34-10, 56 Woodride, Manhattan. Tel. (212) 514-8741
CASO # 233-NH (CLAVE DE CLASIFICACION 08-I)
FECHA DE CONTRATACIÓN: 25 de octubre de 1973
NOMBRE DEL CLIENTE: Gal Ackerman
Informe preparado por el agente especial Robert C. Carberry, Jr.

SUJETO OBSERVADO: Nadia Orlov. Edad: 23 años. Nacida en
Laryat, Siberia, el 17 de mayo de 1950. Hija de Mikhail y Olga,
físicos nucleares. El matrimonio Orlov solicitó y obtuvo asilo político
en los Estados Unidos en 1957. Profesores asociados del Instituto
de Tecnología de Massachusetts. Mikhail Orlov falleció de cáncer de
páncreas en 1965; su viuda sigue ejerciendo la docencia y ocupando
el domicilio familiar de Boston. Un hijo, hermano de la investigada:
Alexander Orlov, alias Sasha, ingeniero industrial, de 26 años de
edad, asimismo residente en Boston. Después de graduarse en Smith
College, Nadia Orlov fue admitida en la Juilliard School of Music
de Manhattan, donde cursa estudios de tercer año. Domicilio actual:

16-62 Ocean Avenue # 30-N, Brighton Beach, Brooklyn. Comparte piso con Zadie Stewart, subdirectora ejecutiva de promoción publicitaria de Leichliter Associates.

DATOS ADICIONALES: La sujeto observada trabaja tres días a la semana (lunes, martes y jueves) en los archivos de música de la Biblioteca Pública sita en el Lincoln Center, de 3 a 6 de la tarde (de 5 a 8 los martes). Los sábados y domingos trabaja de camarera en el New Bedford Bistro, en el número 764 de la Avenida N, en Brooklyn. Carece de antecedentes policiales. Durante los días de observación no se hallaron indicios de que mantenga ninguna relación sentimental. Actividades del fin de semana: llegó al restaurante a las cinco de la tarde y se fue pasada la medianoche. Regresó a Brighton Beach en taxi. Nada relevante en su rutina: compras, una visita a la oficina de correos local; un concierto en el Carnegie Hall, el sábado por la tarde; un paseo por Coney Island, el domingo por la mañana, sola. Su compañera de piso, Zadie Stewart, no apareció por el apartamento en todo el fin de semana...

Buenos días, Ackerman. Carberry entra en su despacho y cierra la puerta. Disculpe que le haya hecho esperar. Bueno, al menos así le ha dado tiempo a echar un vistazo al informe.

Hago ademán de levantarme, pero Carberry me pide que no me mueva y a continuación me da la mano. Lleva el cigarrillo de plástico en la boca, lo que le impide vocalizar con claridad.

No se lo tome a mal, dice, acodado en el escritorio, pero probablemente éste sea el caso más anodino que he tenido entre manos en todo lo que va de año. Ya se lo había advertido, pero en fin, cada uno hace lo que le da la gana con su dinero. La única circunstancia levemente atípica es la edad de la observada. Es un tipo de encargo que se da con mayor frecuencia en matrimonios de cierta edad, cuando uno de los cónyuges, de puro aburrimiento, tiene celos infundados. Es una manera de tirar el dinero como otra cualquiera, ya le digo, aunque por lo general funciona: cuando los clientes leen el informe se suelen quedar tranquilos, cosa que no siempre sucede cuando optan por ir al psiquiatra. En fin, como ha podido comprobar, no hay nada oculto en la vida de esa chica.

Guardo el escueto informe preparado por Carberry en un sobre de color gris.

También saqué unas cuantas fotos, sigue diciendo, dejando de mordisquear la boquilla mentolada. Por entretenerme, más que nada. Desde el punto de vista profesional, son completamente irrelevantes, aunque si me puedo permitir un comentario frívolo, no se puede negar que la observada es una mujer atractiva.

Me pasa otro sobre, del mismo color que el primero. En ese momento suena el interfono. Carberry pulsa un botón. Se escucha una voz femenina, levemente distorsionada.

Gracias, Tracy. Ponlo en espera por la línea dos, por favor. Disculpe, pero tengo que coger esta llamada. En fin, caso cerrado. Le deseo suerte, Ackerman, me alegro de haberle podido ser de alguna utilidad. Ha sido un placer.

El agente especial Robert C. Carberry, Jr. se pone de pie y me da la mano.

Igualmente, acierto a decir, pero desde el momento en que el detective coge el auricular del teléfono he dejado de existir para él. Antes de asir el pomo de bronce leo en el cristal de la puerta:

ᔕƎƆIVᴙƎƧ YTIᴙUƆƎƧ ᗡИA ИOITAℲITƧƎVИI ᴙᴙAᒪƆ

Al cerrar, el nombre de la agencia, escrito en letras doradas, recupera su sentido natural. La recepcionista que me atendió el primer día deja de escribir a máquina y se acerca al mostrador, sonriendo. En la pechera de la blusa lleva una etiqueta de plástico con su nombre, Tracy Morris. Le doy un

159

cheque debidamente cumplimentado y firmado. Lo estudia unos instantes, antes de entregarme un recibo y me acompaña hasta la puerta.

Gracias por recurrir a nuestros servicios, señor Ackerman. Que tenga usted un buen día.

No hay nadie en el rellano. Mientras espero el ascensor, examino el exterior de los sobres. Uno lleva el logo de CLARK, junto a la lupa y la mancha que no se sabe si es un insecto o un manojo de vello púbico. El otro, más rígido al tacto, sin ningún distintivo, es el de las fotos. En los dos aparece una pegatina blanca con el nombre de Robert C. Carberry, Jr. mecanografiado. Cuando escribí su semblanza en el cuaderno, lo llamé *Sapo*. Así, con mayúscula, como si fuera el apodo de un boxeador: el Sapo. Lo siento, Carberry, pienso, mientras saco las fotos del sobre, intenté buscarte otro mote, pero mucho me temo que naciste con él puesto.

El sol de la mañana cae plácidamente sobre Manhattan Sur. Las calles están llenas de vida; la gente lleva ropa ligera y busca estar al aire libre. Me gustaría volver a casa andando, pero tengo que terminar un trabajo para McGraw-Hill, así que decido coger el autobús. Pienso en Marc, tengo verdadera necesidad de hablar con él, de contarle con pelos y señales los detalles del informe, de mostrarle las fotos de Carberry, para que vea cómo es Nadia. Nadia. Vuelvo a pasar el juego de fotos, estudiándolas con detenimiento, una por una. Son ampliaciones de gran tamaño, en blanco y negro, que se arquean levemente cuando las despliego. Como imágenes dejan bastante que desear, aunque son mejores que la polaroid, desde luego. En realidad sólo hay una que tiene fuerza. Cuando termino de examinar la serie, vuelvo a ella. Carberry sorprendió a Nadia justo en el momento en que salía de la biblioteca del Lincoln Center. El brazo izquierdo está movido, en la mano lleva un objeto que no logro identificar inmediatamente, pero al fijarme bien veo que son unas gafas de sol. Las esgrime como si fueran un revólver. Ocurre a veces, incluso con fotos de mala calidad. De manera fortuita, la cámara capta un instante lleno de misterio y lo congela en el tiempo. Nadia mira a la cámara con una fijeza que tiene algo de inquietante. Me viene a la cabeza la imagen de un cervatillo que de pronto detecta la presencia de un cazador en medio del silencio. Los músculos en tensión, pero aún perfectamente quieto, un animal suspendido de un vértice del tiempo, apenas unas décimas de segundo antes de emprender la huida. También Nadia acaba de detectar un peligro inconcreto. Me detengo en el dibujo de los labios, en la mirada, de una profundidad que me desasosiega. Se puede percibir su agitación, el momento en que la sorpresa se transforma en ira. Mi reacción instintiva es protegerla, pero no necesita protección, hay un aura de fortaleza alrededor de ella. Su expresión me resulta familiar: es la misma que sorprendí justo antes de que me arrojara la bolsa de viaje a la cara, en Port Authority. Estoy tan absorto estudiando los detalles de la instantánea que no veo llegar el autobús. Cuando se detiene junto a mí, el chirrido del freno hidráulico me hacer dar un respingo. Aunque he llegado el primero, me hago a un lado y espero a que termine de subir la gente que hace cola. Guardo las fotos y subo, inquieto porque no sé bien qué paso me conviene dar ahora que estoy al tanto de las circunstancias de la rutina de Nadia Orlov. Dejo caer un puñado de monedas en la bandejita de acero, mientras oigo el ruido sordo que hace el reborde de goma negra al cerrarse la puerta neumática tras de mí, dejando el mundo fuera.

Después del sol radiante de la calle, mi casa me parece un agujero negro, pero no enciendo la luz. Prefiero esperar a que mis ojos se acostumbren a la penumbra. Dejo los sobres en la mesa y llamo a Marc al trabajo. Contesta al primer timbrazo. Me hace bien oír su voz y empiezo a hablar atropelladamente, abrumándole con detalles del informe de Carberry.

¡Gal!

Sigo hablando.

¡Gal! ¿Qué te pasa?

Caigo en la cuenta de que me he puesto a contarle mis cuitas sin siquiera tomarme la molestia de saludarlo.

Perdona, Marc. Estoy un poco alterado.

Silencio al otro lado de la línea y luego el murmullo de una voz lejana. Alguien ha debido de entrar en su despacho.

Necesito hablar contigo.

Lo siento, pero ahora no puedo. Tengo que salir a un almuerzo de trabajo. La voz de Marc suena distinta, mecánica, profesional. Ya no volveré por la oficina en todo lo que queda de día. ¿Por qué no te pasas esta noche por el Chamberpot y hablamos?

¿A qué hora?

A partir de las ocho. Lo siento, Gal, pero te tengo que dejar.

Un rayo de luz se cuela por el cristal de la ventana. El sol del mediodía empieza a despuntar por detrás de uno de los rascacielos que mantienen mi casa en penumbra las veinticuatro horas del día. Salvo quince minutos. Eso es todo. En esta época del año, en mi casa sólo hay quince minutos de luz natural al día, justo ahora. Quince minutos durante los cuales, si el cielo está despejado, el sol brilla con fuerza, mientras recorre la distancia que media entre los dos rascacielos que encajonan el patio interior de mi edificio. En el suelo de la cocina se dibuja un recuadro de luz. Me acerco a la ventana, cierro los ojos y espero a que el sol me dé de lleno en la cara, antes de que se desvanezca. Cuando vuelvo a sentir la sombra a través de los párpados, dejo caer la cortina y me siento a la mesa.

162

No me hago a la idea de que la búsqueda ha terminado. Después de tanta expectación todo ha ocurrido muy de prisa. He localizado a la chica de la foto, sé dónde vive, dónde trabaja, qué hace cada día. Conozco los detalles externos de su rutina y, si quiero, puedo irrumpir en su vida, pero algo me dice que no debo hacerlo aún. Es como si hubiera llegado a los confines de una zona de niebla. Siento que me he burlado del azar y estoy a punto de desencadenar un juego peligroso. Pero no. Desdeño las dudas y hago un rápido cálculo mental. Me da tiempo a corregir lo que me queda de las galeradas y entregarlas en McGraw-Hill antes de que ella termine su turno en la biblioteca.

Hace una tarde calurosa. Desde mediados de setiembre el tiempo se ha mantenido casi constantemente así, como una prolongación anómala, cancerosa, del verano. Después de pasar por McGraw-Hill, subo a pie por la Sexta Avenida y, al llegar al flanco sur de Central Park, giro hacia la izquierda, en dirección a Columbus Circle. Me gusta este camino, porque en la acera que linda con el parque hay siempre una hilera de coches de punto, con los caballos enganchados. Me encanta pasar cerca de ellos, sentir el misterio de su presencia, ni siquiera me molesta el olor acre que desprende su excremento. Sigo por Broadway hasta llegar a los alrededores del Lincoln Center. Hace mucho que no voy por allí. Poco después de que lo inauguraran solía hacerlo con cierta frecuencia. Cuando aparece ante mí, a la altura de la calle 62, la sobria audacia de su arquitectura de cristal y cemento me sorprende como si lo estuviera viendo por primera vez. Subo los peldaños que dan a la plataforma de piedra donde se alza la fuente, en la plaza principal. El ruido de la ciudad parece haber quedado atrás, amortiguado. Me detengo a contemplar el juego de las nubes en el cielo, una procesión de manchas alargadas, que viajan con parsimonia hacia el oeste. La luz ha adquirido una coloración intensa, de un azul metálico, que se adhiere con precisión al contorno de los edificios. En el vestíbulo del MET, de frente, a lo lejos, colgados de las paredes, reconozco los Chagall, dos telas gigantescas pobladas de seres irreales que flotan ingrávidos en un espacio imposible. Un portero uniformado sale de entre las columnas del Philarmonic Hall. Me ha debido de ver fumando y se acerca a pedirme fuego. Es un hispano joven, con barbita recortada. Me habla en inglés y yo le contesto en español. Sonríe al oír su idioma y se inclina hacia delante, estirando mucho el cuello. Acerca su cigarrillo al mío e inhala con fuerza, arrastrando el fuego al suyo.

Gracias. It's a beautiful day, ¿no le parece? dice, después de tragarse el humo, y llevándose la mano a la visera de la gorra, se pierde entre las columnas del edificio.

Sigo hacia la segunda plaza, la plaza norte, a mi derecha. Los dos espacios rectangulares comparten un flanco imaginario. Cuando paso de uno a otro, siento que atravieso una barrera invisible y que al otro lado todo, incluso el aire es diferente. En la zona contigua al estanque hay una arboleda. De la retícula del suelo se elevan unos cubos de mármol, dentro de cada uno de los cuales crece un árbol joven. Las hojas están cambiando de color, pero aún no han empezado a caer. En las copas brillan con fuerza los colores del otoño, una llamarada que recorre toda una gama de matices ocre, rojo, amarillo. La fachada de la Biblioteca Pública queda al fondo, encajonada entre un lateral del MET y los soportales del teatro Vivian Beaumont. Hacia el norte, en un plano elevado, se ve el edificio de la Juilliard School of Music. Me imagino un hilo invisible que une los dos lugares donde Nadia Orlov pasa buena parte de su tiempo. Avanzo con paso deliberadamente lento a lo largo del estanque. La superficie es una lámina de color gris, perfectamente lisa, que absorbe el reflejo de los árboles, de los edificios, de las nubes, que clavan sus figuras invertidas en la profundidad del agua. En el centro, parcialmente sumergidos, están los dos volúmenes que constituyen la colosal Figura Reclinada, de Henry Moore, a la vez serena e inquietante. Subo por la escalinata de piedra que lleva al Conservatorio y lo primero que veo al llegar arriba es la librería. Por los alrededores de la Juilliard se ven grupos de estudiantes. Me pierdo entre ellos, observando con especial interés a las chicas de la edad de Nadia, tratando de imaginarme cómo serán sus vidas, qué secretos descubriría si me diera por contratar a un ejército de Carberrys para que indagaran en sus trayectorias cotidianas.

Cuando apenas faltan diez minutos para las seis decido volver a bajar. En lo alto de la escalera me cruzo con una estudiante que va abrazada a un estuche en forma de violonchelo y me sonríe. El sol ha empezado a declinar, y va llenando de sombras el cuenco de la plaza norte. Cuando llego al borde del estanque levanto la vista y veo flotar en el aire los últimos rescoldos de luz diurna. Me sitúo en un banco, junto a un árbol. Desde allí se domina la entrada de la biblioteca, pero he apurado demasiado el tiempo. Apenas me siento cuando la veo aparecer. Instintivamente, me pongo de pie y me refugio detrás del árbol, como si el tronco, apenas algo más grueso que mi brazo, pudiera ocultarme. Ella echa a andar de prisa. La sigo. A la altura de la plaza principal, la pierdo de vista unos instantes. Cuando llego allí, veo que han encendido las luces de la fuente. Al otro lado del penacho de agua distingo su silueta. Aguardo a que desaparezca. Decido que por hoy con esto basta.

Vuelvo a la biblioteca, a fin de familiarizarme con el lugar donde trabaja. El vestíbulo es muy amplio. Al fondo, hay un grupo de gente esperando el ascensor. Me uno a ellos. Recorro con detenimiento las tres plantas del edificio, bajando de una a otra por las escaleras. En el entresuelo busco la sala de archivos, donde, según el informe de Carberry, trabaja ella.

Hay un mostrador, unas cuantas sillas vacías y una puerta con un cartel que dice: *Sólo Empleados*. Me paseo por entre los estantes y llego a una sala de lectura. Observo a los usuarios que ocupan los pupitres, pensando que regresaré allí al día siguiente y me siento en uno al azar. Por hoy con esto basta, repito para mis adentros. Éste era el tiempo que necesitaba: justo el suficiente para volver a verla. Ahora que lo he conseguido, compruebo que la inexplicable inquietud que se adueñó de mí cuando me salió al paso en Port Authority, persiste. Mañana se puede cerrar la espiral que llevo clavada dentro desde entonces. Ya no tiene sentido dejar la herida abierta por más tiempo.

Por la noche, en el Chamberpot, le muestro el juego de fotos a Marc. Las va pasando, estudiándolas con interés.

¡Nadia, Nadia, Nadia! exclama. ¿Y mi amiga Zadie Stewart qué? ¡No aparece en una sola foto!

Me mira un instante, riéndose, y sigue pasando fotos. Después de verlas todas, entresaca la misma que me había llamado la atención a mí y la observa detenidamente.

¿Qué te parece? le pregunto.

Apaga el cigarrillo en un cenicero metálico, de forma triangular.

¿La verdad?

La verdad.

La vuelve hacia mí y dice:

Es como si la hubieran diseñado para ti.

Nos pasamos un par de horas bebiendo y charlando. A mí, el billar no me interesa, pero a Marc le entusiasma. De cuando en cuando, si ve que hay alguien dispuesto, le reta a una partida, sólo que hoy no encuentra muchos rivales. Ninguno de los dos nos damos cuenta de cuándo ha podido llegar Claudia. Tiene un whisky en la mano y está apuntando su nombre en la pizarra, cosa innecesaria porque no hay nadie esperando turno para jugar. La saludamos a la vez, de lejos. Nos hace un guiño y se acerca a la barra. No queda apenas gente en el local, sólo nosotros y un par de figuras borrosas, cerca de la puerta. Marc propone que vayamos al Keyboard, un antro que acaban de abrir en la calle 46.

Apuro mi bebida y digo.

Yo no. Mañana tengo mucho trabajo.

Como todos, dice Marc. Claudia se ríe.

Es un encargo urgente para McGraw-Hill. Lo necesitan a medio día, no puedo fallar, y además está muy bien pagado.

Como quieras, dice Marc, encogiéndose de hombros.

Bueno, ¿qué? ¿No vas a jugar conmigo? le pregunta Claudia.

De acuerdo, pero sólo una partida, después vamos al Keyboard, a ver qué tal.

Marc me mira de frente, hace una reverencia versallesca, agitando un sombrero imaginario, y se aleja hacia la mesa de billar. Claudia se queda un momento a solas conmigo.

¿Todo bien? pregunta, acariciándome levemente la mejilla.

Sonrío, sin decir nada. Ella vuelve junto a la mesa de billar y desde allí me lanza un beso. Observo los preliminares de la partida. Marc tira de la palanca. Oigo rodar las bolas de marfil por los conductos interiores de la mesa. Las recoge y, cuando termina de acotarlas con el cerco de madera, le hace un gesto a Claudia, que se inclina sobre el tapete y da un fuerte golpe con el taco. El triángulo multicolor se rompe con un estallido seco que se fragmenta en múltiples ecos.

Fuera, la luz de los faroles se refleja en el asfalto como si acabara de llover. Diviso a lo lejos las luces traseras de un camión de la basura. No se ve a nadie por la calle. En la esquina de la Novena Avenida hay un viejo tapado con una manta, metido dentro de una caja de cartón. Está despierto, hablando solo, en voz muy baja. Cuando paso por su lado, percibo un olor nauseabundo y sigo adelante, sin dirigirle la mirada. Hay bastante tráfico en dirección al Lincoln Tunnel. Hace una noche clara, sin luna, y sopla un viento frío, procedente del Hudson.

Paso la mañana del martes ultimando el encargo urgente de la editorial. A mediodía voy a McGraw-Hill, entrego el trabajo y de allí me voy directamente al Lincoln Center, efectuando el mismo recorrido que ayer. Cruzo las calles por los mismos sitios, doblando las mismas esquinas, como si me persiguiera a mí mismo con un día de retraso. Me gusta el ritual de volver con exactitud sobre mis propios pasos, aunque hoy todo transcurre más deprisa, porque a diferencia de ayer, sé que al final se producirá el encuentro. Cuando termino de recorrer los distintos recovecos del Lincoln Center, antes de entrar en la biblioteca, me siento en el mismo banco de ayer, al borde del estanque y trato de imaginarme qué pasará. Imposible. No veo nada. Sacudo la cabeza y entro con decisión en la biblioteca. Voy directamente a los archivos. En el mostrador de atención al público está el mismo empleado de ayer. Mi pupitre, sin embargo, está ocupado. Me siento en otro, al fondo de la sala, junto a los ventanales que dan a la Décima Avenida. Pasa más de media hora sin que aparezca ella, tal vez hoy no haya ido a trabajar, pienso, pero la idea no ha llegado a concretarse cuando la veo aparecer entre dos filas de anaqueles. Lleva un cartapacio repleto de papeles. Lo deja encima de un escritorio y empieza a separar los legajos, amontonándolos en varios grupos. Durante un largo período de tiempo, nadie se acerca a consultar con ella. Desde que la vislumbré, al fondo del pasillo, no he apartado la vista de ella un solo instante.

Estoy tan pendiente de sus movimientos, que no me doy cuenta de que tengo todo el cuerpo en tensión, en una postura absurda, ni sentado ni de pie. La miro con tanta fijeza que es un milagro que nadie repare en lo extraño de mi actitud. Tampoco ella, Nadia, se da cuenta. Está tan absorta en lo que

168

hace que en ningún momento llega a tener conciencia de que al fondo de la sala de lectura hay alguien que la escruta como si le fuera la vida en ello. Un usuario, un hombre de unos cincuenta años que lleva una cazadora vaquera, se acerca al mostrador, impidiéndome que la pueda seguir viendo. Sólo entonces noto la tensión de mis propios músculos y por fin me dejo caer en la silla, tratando de relajarme. Encima de la puerta de salida, un reloj marca las cinco y veinte. Hoy la biblioteca cierra dos horas antes que ayer, a las seis, justo cuando sale ella. Decido hacer tiempo, hojeando un volumen que he cogido al azar de uno de los estantes. Ni siquiera he registrado el título, en el que reparo ahora. *El silencio*, de John Cage. Lo hojeo distraídamente y cuando termino cierro las tapas, lo dejo a un lado de la mesa y saco el libro y el cuaderno que llevo en la carpeta. Es un gesto mecánico, sé que me resultaría imposible leer ni escribir nada. El tipo de la cazadora regresa a su pupitre y Nadia se pone de pie. Vuelvo a clavar en ella la mirada. Se dirige a la pared del fondo y se sube a una escalerilla para coger un libro de una de las estanterías más altas. Al verla de cuerpo entero, reparo en que lleva la misma falda que en Port Authority. Se baja, deja el libro entre los papeles del escritorio y vuelve a desaparecer en las profundidades del archivo. La imagen de sus muslos desnudos me asalta con la misma fuerza que cuando la vi en el autobús de Deauville el primer día. Al cabo de unos instantes regresa con un fajo de documentos atados con una cinta de color rojo entre las manos y se sienta en un escritorio.

El sonido de una campanita advierte a los lectores de que ha llegado la hora de cierre. He conseguido leer un poco. Como saliendo de un sueño, miro hacia el mostrador y me doy cuenta de que ella, Nadia, me está observando. Me siento fuera de lugar, indefenso, absurdo, como un niño sorprendido en falta. Las agujas del reloj están perfectamente alineadas, marcando las seis en punto. Se oye el segundo aviso de cierre. Los celadores se pasean por entre las mesas, haciendo tintinear la campanilla, apremiando a los lectores rezagados. Por un instante, nos quedamos los dos solos en la sala, observándonos de lejos. No soy capaz de apartar los ojos de ella, ni tampoco ella de mí, hasta que, efectuando un giro brusco, recoge sus cosas y se aleja hacia la puerta de salida. Guardo el libro y el cuaderno en la carpeta y me levanto del pupitre. Soy el último en abandonar el archivo y probablemente también el edificio. En la puerta, un celador uniformado de azul me pide que abra la carpeta. Le muestro el contenido y, cuando me da la venia, me apresuro a salir. No la quiero perder, me da miedo que le dé por coger una dirección distinta a la de ayer. Recorro con la vista la plaza Norte y no la veo. Sigo, casi a la carrera, pero nada más doblar la esquina del MET, me detengo en seco. Está allí, de pie junto a la fuente, con las piernas levemente separadas, esperándome.

Brooklyn, 24 de octubre de 1973

Imposible ordenar mis pensamientos ni mis sentimientos. Estaba muy nervioso y me sentía absurdo. Mis acciones eran ridículas, teniendo en cuenta mi edad. Iba a echar a correr cuando la vi delante de la fuente. Era la única figura que se encontraba en aquel sector de la plaza, sola, firme. Detrás de ella, al otro lado de la cortina de agua, se movían algunas siluetas diminutas. Me acordé del verso de la elegía que había estado leyendo: había un dios haciendo remolinos en el río turbio de la sangre. Ahora, el dios de la elegía me ordenaba avanzar hacia ella en línea recta. Contemplé con fruición su imagen. Estaba de pie, con las piernas separadas, el pelo corto, los ojos verdes, la cara ladeada, mirándome fijamente, con un gesto que no era exactamente una sonrisa. Fue ella quien habló primero.

¿Me estás siguiendo?

No. Sí.

Fue lo único que logré articular.

¿Y se puede saber desde cuándo? Quiero decir aparte de la biblioteca.

Desde hace quince días.

Torció levemente la boca. Seguía inmóvil, sin dejar de mirarme.

No es lo que piensas, dije.

¿Y qué es lo que pienso?

Creo que me estoy portando como un adolescente, pero en realidad…

Te conozco, dijo, rompiendo a reír de repente.

No supe qué decir.

De Port Authority, hace dos semanas. Me quedé dormida en el autobús, y cuando se abrieron las puertas, me desperté. Cuando me disponía a bajar me topé con toda la cola de viajeros. Nunca he visto una expresión más asustada que la tuya cuando te tiré la bolsa a la cara. Un poco como la que tienes ahora.

Instintivamente, me llevé la mano al lugar donde el broche me había hecho un corte en la mejilla.

¿Eres tú quien fue a ver a Zadie?

¿Zadie Stewart? ¿Tu *roommate*? Sí, o sea, no.

¿Eres tú Gal Ackerman?

Sí. ¿Te lo dijo tu amiga?

¿Quién si no? Sólo que la persona que me describió era diferente.

Por un momento quise estar lejos de allí, para poder pensar con claridad, dar con las palabras adecuadas, parecer mínimamente inteligente. Alcé la vista hacia los edificios que nos rodeaban, hacia las nubes, y luego la volví a mirar a ella. Me seguía escrutando, sin decir nada. Lo único que se me ocurrió fue preguntar:

¿Qué hacemos?

Lo que tú digas, contestó.

Me sorprendió el tono decidido, casi cortante de su respuesta. Le propuse que fuésemos al Café Europa. No sé por qué. Nunca voy allí. Echamos a andar juntos. A partir de ese momento, las palabras y los sentimientos se fueron ordenando, poco a poco.

¿Qué sabes de mí? me preguntó.

Muchas cosas.

¿Como qué?

No te lo tomes a mal…

¿El qué? dijo con brusquedad, y matizó: Creo que tengo derecho a preguntarlo.

Sé que naciste en Siberia, en Laryat, que tus padres vinieron aquí cuando eras muy pequeña, que estudias en Juilliard…

Se detuvo, alarmada.

Pero ¿cómo es posible…?

Hizo un gesto que interpreté como un indicio de que iba a huir, e instintivamente la sujeté por la muñeca,

Lo siento… Si no te enfadas, te confesaré algo. Me di cuenta de que no tenía intención de echar a correr. Prométeme que no te enfadarás.

Se zafó de mí. Tenía fuerza. Saqué el sobre de las fotos. Algo imposible de definir flotaba entre nosotros. Le pedí que siguiéramos andando. Un poso de gravedad subrayaba nuestras palabras, nuestros pasos. Era una especie de borrachera inesperada de los sentidos, al menos para mí. Como si llevara siglos esperando a que sucediera algo, y de repente ese algo estaba ahí, a mi lado, desbordándome, de modo que no me resultaba posible controlar mis emociones. Pensé que no era sólo yo, que estábamos los dos en la misma situación, el uno a merced del otro. Metí las fotos en el sobre.

Tendrás que empezar a contarme algo de ti. Hablaba sin acento, pero en su dicción había algo peculiar, cortante, como si le impacientara tener que terminar de pronunciar las frases.

¿Por dónde empiezo? pregunté

No sé. ¿A qué te dedicas?

Hago trabajos sueltos, encargos editoriales, corrección de pruebas, traducciones. También escribo.

¿Qué escribes?

De todo, artículos, algún ensayo, relatos, cosas personales.

¿Has publicado algo?

Me acordé del cuento que Marc había enviado sin consultarme a *The Atlantic Monthly*.

Todavía no.

Nunca llegamos al Café Europa. No creo que ninguno de los dos supiéramos muy bien qué queríamos hacer. Al pasar por delante de Coliseum Books, no pude evitar pararme a mirar los libros. Era un ritual mecánico. Guardamos unos instantes de silencio, luego bajamos por Broadway, hasta llegar a la catarata de luces de Times Square, justo en el momento en que el sol empezaba a declinar. Estábamos en los confines de mi territorio, en la frontera de Hell's Kitchen.

Tengo sed, me dijo.

Le propuse ir hacia la Octava Avenida. Volví a evocar el verso que me hacía pensar en ella. Por allí discurría otro río turbio, el de los antros a los que le gustaba ir a Marc. Casi todos me los había descubierto él, las noches que bajábamos a tumba abierta por las cavernas de Manhattan, como decía él. Pero no la llevé a ninguno de aquellos lugares, sino a un café griego en el que jamás había entrado. Pidió un té helado. Ahora sí que me resulta casi imposible cerrar los círculos concéntricos que describían nuestras palabras. Ella me hablaba de música, de las obras que estaba preparando, del ensayo que estaba escribiendo, sobre las sonatas de violín de Bach. De sus padres, de su hermano Sasha, que vivía en Boston. De pequeños eran inseparables, y cuando llegaron a los Estados Unidos, de repente el mundo se había vuelto completamente ininteligible, él era su único asidero, sobre todo en el colegio. No le resultaba posible expresar con palabras lo mucho que lo echaba de menos. Le pregunté si conservaba recuerdos de Siberia. Me dijo que sí, pero que eran remotísimos, casi como si en lugar de haberlos vivido ella, se los hubiera contado otra persona o hubiera leído acerca de ellos en un libro.

Nos quedamos callados un momento. Tenía las manos blanquísimas, los dedos finos, delicados, las uñas muy pequeñas, cubiertas de una capa de esmalte transparente, que reflejaba las luces del café. Cuando volvió a hablar me dijo que vivía por la música y para la música, para interpretarla, para estudiarla. Sólo eso le había dado fuerza para separarse de su madre y de su hermano. Oyéndola, me la imaginé interpretando una pieza de

173

violín. Pensé que me encantaría oírle tocar, pero no le dije nada.

¿Qué estabas leyendo en la biblioteca? dijo de repente.

Ah, eso. No es el tipo de libro que suelo leer normalmente.

Déjamelo ver.

Se lo di. Lo abrió tirando del cordón de seda verde que marcaba la página y leyó unos momentos, en silencio, para sí, y luego recitó en voz alta el verso que había subrayado.

... y otra la deidad que habita en el turbio río de la sangre.

Cerró el libro, contempló unos momentos la portada y me lo devolvió, sin decir nada. Dejó la mano encima de la mesa, con los dedos levemente separados. Acerqué la mía, de piel mucho más oscura, un animal tembloroso que se acerca lentamente a otro. Se la oprimí suavemente. Le volví a hacer la misma pregunta que cuando estábamos de pie, delante de la fuente.

¿Qué hacemos?

Lo que tú digas, volvió a contestar con la misma rapidez, sonriendo con los ojos.

Subimos por las escaleras de madera, muy despacio, hipnotizados por la fuerza de nuestro propio deseo. Apenas hablábamos, como si hubiéramos entrado en una zona de turbulencias donde las palabras resonaran con excesiva estridencia.

La barandilla estaba pintada de azul, igual que las puertas. Cuando llegábamos al tercer piso, se oyó un ladrido solitario. Era *Theo*, el perro de una anciana armenia a la que solía ayudar a subir la compra. El animal se calló al reconocer mi olor y se acercó a la puerta, gimoteando.

Entramos. Vislumbré mi silueta por detrás de la suya en el azogue borroso del espejo. No le prestó demasiada atención al apartamento. La ventana del salón estaba abierta, y se veía la pared de ladrillo del edificio de enfrente. Se acercó hasta allí.

Me encanta la vista, dijo, riéndose.

Corrí las cortinas. Sólo estaba encendida la luz del recibidor. Le pregunté si quería beber algo. Me dijo que no. Antes de besarla, de pie frente a ella, le dije que desde el día que la había visto en la estación de autobuses, no me había podido librar de la imagen de sus piernas. Dejó caer la falda, la misma de entonces, y se fue desprendiendo de la ropa interior muy despacio. La sangre me palpitaba con violencia en las sienes, la boca me sabía a tierra. Ella misma me desabrochó el cinturón y me llevó hasta el dormitorio, sin soltarme de la mano.

Hay una imagen que se me ha quedado para siempre enquistada en el recuerdo y que ninguna otra ha podido borrar jamás. Ocurría rarísimas veces. La habitación estaba a oscuras y por la ventana se colaba un reflejo indirecto de luz de luna, una luz helada que dibujaba con extraordinaria precisión la forma de su cuerpo. Se inclinó hacia atrás, muy lentamente, invitándome a que la besara en el cuello. Me tenía sujeto de la mano, con fuerza. Sus ojos brillaban en la semioscuridad. Me arrastró hacia sí, muy despacio, dulcemente, sin dejar un solo momento de mirarme. Todavía no la había penetrado, todavía no había acercado ella su boca hacia mis genitales. Después los rozaría apenas con la lengua y ajustaría la piel viva de su boca a la de mi glande, pero no sería ése el recuerdo táctil que dejó para siempre en mi memoria, el momento en que el líquido vaginal me invitaba a deslizarme dentro de ella. Fue un momento antes. La forma de sus pechos se destacaba con perfecta nitidez, como una figura trazada con un lápiz de grafito. Soltando de la mía la mano con que dirigía todos los movimientos de mi cuerpo, la llevó al tallo de mi pene, y lo rodeó con una delicadeza infinita. En ese momento flotaba yo en el aire, camino de su cuerpo. El calor de su piel se ajustó al de la mía. Fue esa diferencia de temperatura lo que pasó, célula a célula, de su epitelio al mío. Fue entonces, lo he entendido después, cuando mi destino quedó atado al de ella para siempre.

Nueve
UMBERTO PIETRI

Pero Umberto Pietri no había muerto, sino que había vuelto a su lugar de origen. Y tuve que ser yo quien se tropezara con él. Yo no lo elegí, pero son pocas las cosas que uno elige que le pasen. Cuando me tuvo delante, vio el cielo abierto y descargó sobre mí todo el peso de su historia. Llevaba décadas aguardando una oportunidad semejante y al final había perdido la esperanza de poder hacerlo. Pero vuelvo a lo dicho: las cosas no suceden como uno quiere. Me contó cosas que no había dicho nunca a nadie, en dos partes, porque había tanto que contar que nos vimos dos veces. Cuando lo consulté con Patrizia, mi mujer, ella lo vio todo con la misma claridad que yo: tenía que ponerme en contacto con Ben Ackerman, decirle que Pietri estaba vivo, y sugerirle que tú y yo nos encontráramos en Madrid. Tú y yo, porque a fin de cuentas, el destinatario de la historia eras tú. Tiene sentido que sea aquí, porque aquí es donde se conocieron tus padres (Umberto y Teresa; Ben y Lucía), porque aquí fue donde naciste tú. Porque aquí fue donde se perdieron para siempre los sueños de libertad de tanta gente. Y porque fue aquí donde…

Levanté la mano, a fin de impedir que terminara la frase.

Sabía lo que iba a decir y no quería oírlo, pero era inevitable.
…donde murió tu madre.

Me resultaba muy difícil dominar el vértigo que sentía. Nacía en la base del estómago y me subía por el pecho, y estallaba en la cabeza.

[Sigue un largo espacio en blanco. En la parte donde se prosigue el recuento de su conversación con Abraham Lewis, Gal parece guiarse por la carta que éste le escribió a Ben Ackerman. No he encontrado el original en el Archivo. Tan sólo conozco los fragmentos transcritos por el propio Gal en los cuadernos.]

Cuando salimos de Chicote era ya bastante tarde. Me sentía a gusto paseando por aquella avenida elegante, de escaparates vivamente iluminados. Al cabo de unos minutos llegábamos a la Red de San Luis. Otra cosa que me encantaba de Madrid: la magia de los nombres. Un portero uniformado nos abrió la puerta. Cediéndome el paso, Lewis me contó que el Hotel Florida había sido muy concurrido por los periodistas extranjeros durante la guerra.

Aquí tenía su cuartel el general Hemingway, dijo. Me lo imagino a todas horas en el bar. Claro que si es por bares, no hay ciudad mejor en todo el mundo, ¿no te parece, Gal? Piensa en todos los sitios donde hemos estado hoy. En ningún momento nos ha hecho falta pararnos a pensar para elegir.

Cogimos el ascensor hasta el último piso. Al otro lado de unas puertas de cristal se abría un local amplio, alfombrado, con una barra tenuemente iluminada y numerosas mesas con veladores, considerablemente espaciadas entre sí. En la pared del fondo se abrían unos ventanales que daban a la Gran Vía. Al ver a Lewis, un camarero que parecía estar sobre aviso nos condujo a un rincón donde había dos butacones de cuero, delante de una chimenea en la que ardía discretamente un leño, de espaldas al bullicio del bar. Sin mayor dilación, Abe retomó la conversación en el punto exacto donde la habíamos dejado en Chicote.

Cada vez que me viene el recuerdo de aquella noche, dijo, lo primero que veo es la luna, redonda y enorme, sobre la plaza de Certaldo. Umberto Pietri guardó la foto de la miliciana entre las páginas del libro que llevaba en el bolsillo y siguió hablando. Cuando recibió la orden de incorporarse al Escuadrón de la Muerte, Teresa Quintana estaba embarazada de seis meses. Un amigo común, Alberto Fermi, le prometió cuidar de ella, sólo que también él estaba pendiente de que lo trasladaran en cualquier momento a su unidad. Pietri no se lo dijo a Fermi, pero tenía la certeza absoluta de que una vez que se separara de ella, jamás volvería a saber nada de su compañera, y efectivamente así fue.

Encima de la mesa, había una botella de agua mineral. Pietri se la llevó a los labios. Bebió con gran esfuerzo, mientras la nuez le subía y bajaba frenéticamente a lo largo del cuello. Le pregunté si se encontraba bien. Evitando mirarme a los ojos, me dijo que le habían detectado un tumor en el hígado y quizá le quedaran un par de meses de vida. Guardó unos momentos de silencio antes de decir que desde que le habían dado la noticia le empezó a rondar por la cabeza la idea de ponerse en contacto con su hijo.

[Gruesa anotación a lápiz azul, tachada pero perfectamente legible: Conmigo]

Por lo menos, que sepa lo que pasó, dijo, con un hilo de voz, aunque a estas alturas puede que no tenga sentido. No es sólo por él. Antes de reventar tengo necesidad de contarlo todo, aunque sea una sola vez.

[. . .]

Después de acabada la guerra, siguió diciendo Pietri, no volví a saber nada ni de Teresa ni de Alberto ni de nadie, de lo cual me alegré, como entenderás en su debido momento. Es decir, no supe nada hasta el día que Alberto Fermi se presentó inopinadamente aquí en Certaldo.

¿Cuándo fue eso?

En octubre del 46, el día exacto no lo sé.

[Hay un hiato en el texto.]

Cuando le llegó la orden de incorporarse a la Brigada de Luigi Longo, Alberto Fermi, Ben Ackerman y Teresa Quintana se reunieron en el Aurora Roja. En el momento de despedirse, Ben y Alberto intercambiaron direcciones. Estos gestos resultan casi siempre inútiles en tiempos de guerra, sin embargo en cuanto puso un pie en Brooklyn, Ackerman le escribió a Fermi, dándole cuenta de todo lo que había ocurrido desde que se separaron. Quería que supiera que Teresa había muerto al dar a luz, pero que el niño se había salvado, que en el hospital todos pensaron que Ben Ackerman era el padre y que él no hizo nada por aclarar que no era así. Y, en efecto, figura como tal en el Registro Civil. En su poder obra una partida de nacimiento, perfectamente legítima. Poco después, contrajo matrimonio con Lucía Hollander. Cuando repatriaron a las Brigadas, Lucía y él se llevaron al bebé a Estados Unidos y lo criaron como si fuera su hijo.

Pietri sacaba fuerzas de flaqueza, desgranando datos que a mí me resultaban cada cual más sorprendente que el anterior. Me dijo que se alegraba de que el hijo que había tenido con Teresa hubiera encontrado una familia. Durante muchos años, prácticamente nunca le dio por pensar en él. Andando el tiempo, alguna vez recordaba que existía y se preguntaba cómo podría ser, pero todo quedaba en la esfera de lo imaginario, no es que tuviera interés por conocerle. Sólo ahora que se sabía tan próximo a morir sentía… No era sólo por su hijo, volvió a insistir. Más bien tenía necesidad de contar lo que le había pasado al Escuadrón. Por eso, mi aparición le parecía una señal.

No estoy seguro de estar reproduciendo con exactitud las palabras de Abraham Lewis. Si hay alguna incoherencia aquí, la culpa es mía, porque él me refirió los hechos con absoluta claridad y orden. Es posible que las emociones que despertaba en mí lo que decía tiendan a desdibujar su narración. Lo cierto es que estando con él en el bar de aquel hotel, de cuando en cuando se me perdía su voz, igual que me ocurre también ahora que trato de transcribirla en el Cuaderno. En muchos momentos no sólo dejaba de oírle sino incluso de verle. Pero mis sentimientos no cuentan, lo único que importa es dejar constancia de todo por escrito.

Mientras le oía hablar, una cosa me llamaba cada vez más la atención, dijo Lewis: ¿Por qué se turbaba tanto Pietri cada vez que mencionaba el Escuadrón de la Muerte? Por fin, decidí preguntarle a quemarropa qué había ocurrido exactamente en la ermita de Santa Quiteria. Pietri agitó la mano derecha como si estuviera apartando una telaraña, y clavando en mí unos ojos detrás de los que se asomaban los de la Muerte, escupió estas palabras:

Los traicioné, Lewis. Se perdió la unidad. Murieron todos… Conservé el pellejo a cambio de que los sacrificaran como a conejos. Soy un cobarde y un traidor. Por eso estoy vivo.

Me engañaba a mí mismo. Mis sentimientos sí contaban. Cuando Abe me hizo aquella confesión, algo se tambaleó dentro de mí. Sentí que se me nublaba la vista. Miré a mi alrededor, escrutando las tinieblas del bar. Volvió a adueñarse de mí aquella sensación que me asaltaba cada poco, desde que puse un pie en Madrid. No quería estar allí. Me sentía mortalmente agotado.

¿Qué... qué hora es, Abe?

El brigadista se inclinó hacia mí.

Todavía no he terminado, Ackerman, dijo con voz casi sibilante, pero si quieres lo dejo.

Me rendí ante la evidencia y dije:

Ahora ya es tarde. Sigue hasta el final.

Pietri rompió a sudar copiosamente. Parecía librar una batalla terrible consigo mismo. Por fin, movió la cabeza y me pidió disculpas, diciéndome que lo mejor era dejar las cosas como estaban. Había en su mirada un fondo de desamparo que me impulsó a decirle que me contara lo que quisiera, que yo estaba perfectamente dispuesto a escucharle.

Se levantó y dejando un billete encima de la mesa murmuró, más bien para sí:

Lo mejor que puedo hacer es largarme. De todos modos me alegro de que se haya cruzado en mi camino, sargento Lewis.

Pero no se iba, seguía allí de pie, con la mirada ausente. Estaba tenso y me contagiaba su tensión.

Lo que he confesado hace un momento, dijo por fin, no se lo había contado nunca a nadie. No es que me arrepienta, sólo que no he hecho más que destapar algo muy oculto. Y ahora que he empezado, me doy cuenta de que me gustaría que me escuchara hasta el final. Por otra parte, soy perfectamente consciente de que no tengo derecho a pedirle una cosa así. El hecho de que los dos hayamos sido brigadistas no me otorga ningún privilegio.

Pietri se apoyó en la mesa y me preguntó si al pasar por Castelfiorentino con mi mujer habíamos subido hasta las inmediaciones del monasterio de San Vivaldo. Hice un gesto negativo con la cabeza y me explicó que quedaba al suroeste del pueblo, pasada la antigua villa de Montaione, en una zona de bosques.

Como si diera por hecho que nos volveríamos a ver allí al día siguiente, me indicó cómo llegar en coche y precisó que él llegaría en torno a las ocho de la mañana, antes de que el calor empezara a caer a plomo. Era mucho lo que le pesaba en la conciencia, dijo, pero recalcó que si decidía no acudir a la cita lo entendería. No me dio la mano antes de irse. Se limitó a alejarse hacia el otro extremo de la plaza, caminando con paso inseguro.

En el hotel no me podía dormir. Lo que me había empezado a contar Pietri despertaba en mí un profundo sentimiento de rechazo, y sin embargo estaba seguro de que al final acudiría a la cita. Leí lo que decía la guía acerca de las villas de Certaldo, Montaione y Castelfiorentino. A ti, que eres escritor, te hará gracia saber que Boccaccio pasó en Certaldo los últimos trece años de su vida, en un lugar conocido como Castello, que según dicen, es el escenario del *Decamerón*. La historia de Castelfiorentino también tenía su cosa, pero lo que más me llamó la atención fue la descripción de un laberinto de capillas erigido en las inmediaciones del monasterio de San Vivaldo.

Por la mañana temprano le conté a Patrizia a grandes rasgos mi encuentro de la víspera, y le confesé que había decidido llegar hasta el fondo de la historia de Pietri. Quedé en volver por el hotel hacia la hora del almuerzo. El viaje en coche fue muy corto. Llegué al jardín de cipreses centenarios donde Pietri me dijo que me esperaría. Lo encontré sentado en un banco de piedra, junto a un muro semiderruido en el que se abría una ventana ojival desde donde se dominaba todo el valle. Llevaba una camisa blanca, remangada, pantalón negro y sandalias.

No sabe lo que le agradezco que haya venido, Lewis, dijo cuando llegué a su lado. No las tenía todas conmigo.

Fue todo lo que le dio tiempo a decir. De repente el rostro se le contrajo en una violenta mueca de dolor y le sobrevino un ataque de náuseas. Apoyado en el alféizar de la ventana, daba grandes arcadas, intentando vomitar, pero lo único que logró fue escupir un hilo de saliva rojiza. Hice ademán de ir a ayudarlo, pero me lo impidió con gesto resuelto. Al cabo de unos minutos se limpió los labios con un pañuelo y apoyándose en la columna que partía en dos la ventana, señaló hacia un punto del valle.

Vivo en Certaldo, dijo pero el trabajo lo tengo en Castelfiorentino. ¿Ve aquella nave de tejado rojo, junto al puente, donde hay un puñado de coches aparcados? Es mi taller.

Cuando se sintió con fuerzas, me propuso efectuar un recorrido por las capillas. Me las iba señalando, contándome anécdotas, sin entrar en ninguna. Por fin llegamos hasta una tapia cubierta de hiedra y apartó unas matas, dejando un boquete al descubierto.

Todo el lugar está lleno de escondrijos así. De pequeños veníamos mucho a jugar aquí. Figúrese, para un niño no puede haber nada más fascinante y misterioso. Me atrevería a decir que en cada rincón del bosque he dejado algún recuerdo. Es un lugar simbólico. Son muchas las cosas que hice por primera vez aquí. Entonces todas las capillas estaban intactas. Cuando volví al bosque de San Vivaldo, después de la guerra, la mitad se encontraba en ruinas. En cierto modo me alegré. El pasado no se puede cambiar y las heridas de las piedras me hacían pensar en las mías. Sígame.

El interior estaba en tinieblas, apenas horadadas por algún rayo de luz que se filtraba entre las grietas. Umberto Pietri extrajo una linterna del bolsillo y la encendió. Echó a andar

184

despacio, proyectando la luz sobre las paredes. Entre grandes desconchados, se distinguían vestigios de lo que parecía ser un antiguo fresco. Estábamos frente al muro más alejado de la entrada, al fondo de la capilla. Pietri lo barrió con la luz de la linterna.

El Tabernáculo de los Condenados, dijo. ¿Lo ve bien, Lewis?

Grandes manchas de colores desvaídos se disolvían en el espacio, confundiéndose con la penumbra.

¿De quién es?

Es una copia de Benozzo Gozzoli. Por toda la región hay cuadros del maestro. El original está en la Iglesia de Santo Tomasso e Prospero, en Certaldo. Si puede, vaya a verlo con su mujer, está muy deteriorado, pero sigue siendo asombroso.

Acercó un poco más la luz.

Lo he hecho yo, dijo. Tardé años. No tiene mayor mérito artístico. Siempre se me ha dado bien esto. En casa tengo muchas copias de obras maestras, pero el Tabernáculo es distinto. Normalmente procuro restaurar la perfección que tuvieron las obras cuando fueron creadas. Mi intención aquí era preservar con toda fidelidad la decrepitud del original.

Pietri recorrió por partes la superficie del fresco.

Los rostros de los condenados, casi intactos, reflejaban con intensidad su sufrimiento. A medio cuerpo, algunas figuras del Tabernáculo empezaban a perder el color. La parte inferior, de tonos entre grises y rosáceos, hacía pensar en una piel devorada por el cáncer. Tenía razón Pietri, el extraño atractivo de la pintura era el resultado de su descomposición.

Cuando volvimos al jardín, me contó por encima la historia del lugar donde nos encontrábamos.

Vivaldo era un ermitaño oriundo de San Gimignano. Según la leyenda, vivía en el tronco de un castaño hueco. Un día lo encontraron muerto en actitud de orar. Los franciscanos fundaron aquí un monasterio en su honor. Unos doscientos años después de su muerte, un fraile tuvo la ocurrencia de erigir una Nueva Jerusalén en estas colinas. Se construyó un total de 34 capillas que replicaban los lugares de la Pasión. A fin de que el viaje simbólico les resultara más real a los peregrinos, los interiores se adornaron con frescos de terracota policromada y otros materiales. Hoy sólo quedan en pie la mitad de las capillas.

Siguió un largo silencio. Con la mirada perdida en el valle, Pietri dijo:

Ya sé que es un parecido imaginario, pero la vista que se domina desde aquí me hace pensar en Santa Quiteria. Muchas veces, cuando soy incapaz de conciliar el sueño, subo en la camioneta y es como si volviera a vivir aquella noche.

[...]

Llevábamos cosa de tres o cuatro días en la ermita, cuando detectamos movimientos de tropas en los alrededores. Organizamos una batida al amanecer e hicimos prisioneros a cinco fascistas. Antes de que los fusiláramos, confesaron pertenecer a un contingente que se dirigía hacia Huesca. Esa noche me tocó guardia con un tal Salerno, un napolitano que según me confesó había falseado la fecha de nacimiento para poder alistarse. Tenía diecisiete años, dos menos que yo. Estábamos los dos solos en un altozano cubierto de arbustos desde donde se detectaba inmediatamente cualquier movimiento que se pudiera producir en varios centenares de metros a la redonda. Salerno era muy nervioso. Veía enemigos por todas partes; cualquier ruido, el murmullo del río, las hojas de los árboles, una ráfaga de viento, le hacía pensar que se acercaba el enemigo. Al final, consiguió ponerme nervioso también a mí. Cuando salió la luna y se empezó a extender un brillo plateado sobre la arboleda, Salerno se inquietó si cabe más. Le parecía que los arbustos tenían vida. Al cabo de varias horas distinguimos por fin un ruido real. Agazapados detrás de una roca vimos avanzar una columna rebelde entre los matorrales.

Teníamos que dar la señal de alarma, comunicándonos con el puesto inmediato, situado a unos doscientos metros más abajo del nuestro, para que éste alertara a su vez al retén siguiente, hasta llegar al grueso de la guarnición. Se desbarataría así el elemento sorpresa, y de tratarse de una fuerza numerosa, se hubiera podido avisar por radio a otras unidades, pidiendo refuerzos. Por señas, Salerno me apremió a que me dirigiera a la siguiente posición mientras él trataba de atajar desde la retaguardia, pero en mi cabeza sólo había espacio para una idea: salvar el pellejo. Me acerqué a Salerno por la espalda y tapándole la boca, lo degollé con un solo tajo de la bayoneta. Se revolvió un buen rato, pero yo lo sujeté con firmeza, hasta que noté que le había abandonado el último soplo de vida, entonces lo dejé caer. Yo estaba bañado en sangre. Apenas perceptibles, los rumores de la noche formaban un estruendo mil veces superior a las imaginaciones de Salerno. Logré controlarme. Los leves resplandores que habíamos detectado hacía unos minutos seguían allí, destellando entre los arbustos, cada vez más cerca: una hebilla, un casco, un correaje. La columna fascista avanzaba sigilosamente por un sendero que le permitiría llegar a la parte posterior de la ermita sin ser detectada. Era evidente que conocían bien el terreno. Quizá una patrulla como la que habíamos sorprendido por la mañana hubiera logrado explorar las inmediaciones de Santa Quiteria y regresar sin ser vista. Todo debió de ocurrir en cuestión de minutos. Esperé a que pasaran y cuando estuvieron lo suficientemente lejos, cogí un atajo que bajaba directamente hasta el río. No tardó en escucharse el estallido de granadas y el trepidar de las ametralladoras. Debieron de caer como conejos, pero yo me alejaba de allí, libre de peligro…

Pietri me hablaba desde el otro lado de la muerte, dijo Lewis. Me contó que llevaba treinta años con aquel pus corroyéndole el alma. Es algo más poderoso y repugnante que las pinzas del cáncer que me está devorando las entrañas, dijo. No es que tenga buena memoria, Ackerman, es que son palabras difíciles de olvidar. Me di cuenta de que aquel momento encerraba una paradoja monstruosa: por primera vez, ahora que no tenía manera de esquivar la muerte, Umberto Pietri lograba reunir algo de valor.

Apenas distinguía las facciones de Abraham Lewis, sólo el brillo de sus ojos, un fulgor febril, enfermo, que le daba fuerzas para seguir hablando. Esto era lo más inquietante: que aunque para mí Umberto Pietri no tenía rostro, su voz estaba allí, envuelta por la del brigadista Lewis, monocorde, repetitiva, contándome atrocidades, como quien recita una letanía agónica e incesante. Las palabras que oía me hacían daño, pero me aferraba a ellas. En cierto modo, me daba miedo que Abe Lewis dejara de hablar. Que el mundo se acabara, pero que su voz siguiera, monótona, desgarrándome. Eso sí, sólo una vez, aquélla, a fin de que después yo pudiera transcribir sus palabras, como lo estoy haciendo ahora. Sé que jamás volveré sobre esto que ahora escribo. Aquí se quedará, atrapado en el papel, después mi memoria quedará limpia. Lo que escuché en el bar del Hotel Florida no habrá sido más que una alucinación, un sueño maligno que siento necesidad de fijar en su integridad, ahora que todavía está fresco. Buscando anclarme en la realidad, lancé una mirada a través de los grandes ventanales que se asomaban a la noche de Madrid. Fuera flotaban las luces gaseosas de la Gran Vía, invitándome a huir, pero aparté la vista de ellas, para volver a lo que Abe me estaba diciendo:

No le costará ningún esfuerzo imaginar el infierno en que he vivido, Lewis, me dijo el italiano. En mi vida no ha habido lugar para otra cosa. Es algo que no se puede pagar. Cuando se comete una acción tan atroz, no hay suficiente castigo. Pero no es momento de andarse con retóricas. Usted es inteligente y sabe que no espero su compasión ni la de nadie. Me basta con que me haya escuchado. Es la única vez que le he contado la verdad a nadie. Me volvió a dar las gracias por acudir a la cita. Ahora sí que no tengo nada que añadir, será mejor que se vaya. Pietri dejó de hablar. Estaba muy pálido. De repente le sobrevino otro ataque de náuseas y esta vez por fin logró vomitar.

No duró los meses que él creía que iba a durar. Apenas tres semanas después, llegó a Sarzana el telegrama que me había anunciado. El texto, en italiano, con letras mayúsculas a tinta azul, desvaídas sobre una tira de papel blanco, decía escuetamente: UMBERTO PIETRI FALLECIDO 3 AGOSTO. RIP. La firma eran las iniciales C.P., que supuse serían de su mujer. Aquella misma noche le empecé a escribir a Ben Ackerman la carta que llevas en el bolsillo.

[El texto continúa en varias hojas dobladas en dos que parecen arrancadas de otro cuaderno. Una mancha de tinta hace ininteligible buena parte de la primera página y algunas frases de las demás. La recomposición del primer párrafo es mía]

Abe Lewis estaba empeñado en pedirme un taxi por teléfono, pero le dije que prefería volver a la pensión a pie. Era tarde y hacía mucho frío, pero me apetecía respirar el aire helado, sentir el frescor que flotaba en la noche después de la nevada. Me gustaba aquella ciudad a la que, ahora estaba seguro de ello, nunca volvería.

[A partir de aquí el texto es perfectamente legible.]

Nos levantamos a la vez. Lewis era mucho más alto y fuerte que yo. Desplegando al máximo su envergadura, me estrechó con fuerza entre sus brazos. Sentí intensamente el olor de su cuerpo. No rechacé el afecto que me ofrecía. Posando sus manos en mis hombros, dijo con su profunda voz de bajo:

Ya está. Misión cumplida. El trago que tenías que apurar lo has apurado.

Le dije que necesitaba quedarme un momento a solas y salí por una puerta a uno de los balcones que daban a la Gran Vía. Necesitaba no oír ninguna voz, ninguna historia más, perderme dentro de mí mismo, olvidarme unos instantes de quién era, de por qué estaba allí. A la altura de mis ojos, se desplegaba una arquitectura de cornisas caprichosas en las que se alzaban estatuas de diosas, guerreros montados en carruajes tirados por animales mitológicos. El velo de las nubes se empezó a rasgar, abriéndose a la vez multitud de claros. Levanté la vista al cielo que había estado encapotado desde que llegué y entonces presencié un hermoso fenómeno atmosférico. Un halo gigantesco se asomó por detrás de la Torre de la Telefónica. Al cabo de unos minutos no quedaba ni rastro de la tormenta, sólo un frío seco y el viento que silbaba en las tinieblas madrileñas, por encima de un incomparable paisaje de tejados y azoteas. El globo de la luna, limpio y redondo, se empezó a elevar por detrás de una cúpula de aspecto oriental, al otro lado de la Gran Vía, lanzando sus rayos contra las claraboyas, contra las tejas, agujas y esculturas que remataban los edificios de aquella ciudad extrañamente hermosa. Cerré los ojos, para llegar más lejos, y vi con la imaginación la sierra, bajo el palio de la noche, y más allá los campos de Castilla. Me vinieron a la memoria lo que decían los libros de Ben acerca de aquella ciudad que habían fundado los árabes, Magerit. Vi pasar ante mí episodios que hablaban de conspiraciones palaciegas y revueltas populares. No podría explicar mis sentimientos. Todo, no sólo el paisaje de las buhardillas fantasmagóricas y señoriales, tenía un aire de irrealidad.

Esperé a sentirme más calmado antes de volver al interior. Lewis me esperaba de pie junto a la chimenea apagada.

¿Estás bien? me preguntó cuando llegué junto a él.

Asentí.

Ahora que hemos dejado todo eso atrás, le oí decir en algún momento, podemos centrar nuestra atención en cosas más livianas. Mañana me pasaré a recogerte e iremos juntos al Museo del Prado. La idea es de Ben. Me has dicho que tu pensión queda por Atocha. Dame la dirección exacta y me paso a recogerte a eso de las once, ¿te parece bien?

Fuimos al ascensor y bajamos al vestíbulo. Abe Lewis salió conmigo hasta la puerta del hotel y me dio la mano, sin decir nada. Crucé al otro lado de Montera y me volví. La silueta imponente del brigadista negro se recortaba contra la marquesina del hotel. Lo devoré con los ojos, tratando de grabar su imagen para siempre.

[En el avión, inmediatamente después de despegar.]

En la terraza del Hotel Florida me había sentido fuera de lugar, expulsado de las coordenadas de mi propia historia, como si nada de lo que había escuchado tuviera que ver conmigo. Había estado en Madrid, como hubiera podido hacerlo en la Bagdad de *Las mil y una noches*. Había venido en un vuelo regular de la TWA, pero podría haberlo hecho en una alfombra mágica. ¿Quién demonios era Umberto Pietri? ¿Qué tenía que ver conmigo? Las personas y lugares del relato desgranado por Abraham Lewis desfilaban ante mí, tan irreales como la visión nocturna de la ciudad, como el reflejo de las luces que flanqueaban aquella avenida mundana y elegante del sur de Europa. No, no me sentía vinculado a la historia de aquel hombre que necesitaba perderse en un laberinto de capillas tratando de expiar una acción ignominiosa. En cuanto a Abraham Lewis, no sabía bien qué pensar de él. Ben lo había definido como «un hombre bueno, fiel sólo a la voz de su conciencia». Pero había algo extraño, casi turbio en él. ¿Era verdaderamente necesario que me transmitiera todo lo que Pietri le había contado a él? La pregunta era ociosa, ya no había vuelta de hoja. Lo que me había dicho aquel hombre jamás lo podré borrar de mi memoria.

[Tras una docena de renglones tachados, se puede leer con trazo grueso y firme.]

Me desperté muy temprano, por la diferencia de horario. Tenía una cita con Abraham Lewis, pero desde el primer momento supe que no acudiría. Recogí el equipaje, pagué la cuenta y salí a la calle. En los alrededores de la estación de Atocha detuve un taxi y le pedí que me llevara al aeropuerto de Barajas, sin siquiera saber cuándo salía el siguiente vuelo con destino a Nueva York.

[...]

¿Qué contarle a Ben?

Lo mismo que si Teresa estuviera viva y se lo tuviera que contar a ella. Es decir, cualquier cosa, menos la verdad. Me inventaré un pasado heroico para Umberto Pietri.

O tal vez le cuente la verdad.

Diez
DIÁLOGO DE LOS MUERTOS

1 de junio de 1992

Mi primer encuentro a solas con las páginas vivas de *Brooklyn* tuvo lugar un primero de junio, la fecha de mayor carga simbólica en el calendario secreto de Gal. Estaba viendo libros usados en el mercadillo de Court Street cuando sentí un golpecito en el hombro.

Era él.

Le saludé efusivamente, pero lo sombrío de su expresión me hizo cambiar instantáneamente de actitud.

¿Ocurre algo, Gal?

Quería hablar contigo, y como es miércoles pensé que a lo mejor te pasarías por el puesto de Fuad.

Efectivamente, los días de mercadillo suelo ir por allí. Fuad es un beirutí de unos sesenta años que ha vivido mucho tiempo en Panamá y chapurrea español. En su tenderete, perdido entre los objetos más dispares que quepa imaginar, hay siempre un cajón lleno de libros viejos, y si se toma uno la molestia de examinarlos, no es raro que se lleve una sorpresa, empezando por el hecho de que muchos de los títulos están en castellano. Gal me habló de los libros de Fuad al poco de conocernos, y no era raro que coincidiéramos los miércoles en el puesto del libanés. Aquel día acababa de toparme con una edición mejicana de *La lámpara maravillosa*, de Valle-Inclán, tan vieja que las páginas, de color ocre, parecía que se cuartearían con sólo pasarlas. Iba a mostrarle a Gal mi hallazgo, cuando agarrándome de la manga dijo con vehemencia:

¿Sabes que día es hoy, verdad?

Tuve que pensarlo un momento.

Uno de junio. ¿Por qué?

¿No caes en la cuenta?

¿De qué?

De que es el cumpleaños de Nadia.

¿El cumpleaños de Nadia?

Claro que tú no tienes por qué saberlo; el caso es que he decidido felicitarla por sorpresa.

No dije nada. Hacía cuatro años que Nadia no daba señales de vida. Había desaparecido sin dejar rastro.

Hablo en serio. La voy a llamar.

¿Adónde?

A Las Vegas.

A Las Vegas, repetí.

No sabiendo qué decir, le pasé el libro y me di media vuelta, fingiendo interés por seguir buscando en el cajón. Después de su desaparición, Nadia mantuvo un silencio que duró varios meses. Al cabo de aquel tiempo llegó una carta suya al Oakland. Gal pensó que se trataba de un gesto aislado, pero varias semanas después llegó una segunda carta, a la que siguieron otras. Al principio escribía de manera esporádica, pero al cabo de un año lo empezó a hacer con regularidad, una, incluso dos veces al mes. Eran cartas sin remite, que Gal no tenía posibilidad de contestar ni devolver, pero al menos le servían para saber que Nadia seguía con vida y que pensaba en él, que lo necesitaba, como me llegó a confesar en una ocasión. Hacia el final del segundo año las cartas empezaron a espaciarse, hasta que dejaron de llegar. La última vez que le escribió fue a principios del 87, una postal, precisamente desde Las Vegas. Desde entonces no se habían vuelto a tener noticias de ella.

¿Cómo sabes que está en Las Vegas? pregunté, aún de espaldas. Como tardaba en contestar, me volví.

Estaba hojeando el ejemplar de Valle-Inclán. Comprendí que no quería hablar y no insistí. Pensé en lo que me había dicho Frank. El silencio de Nadia llegó a ser un enigma que impregnó el ambiente de todo el Oakland. El gallego me confesó que se decidió a contratar los servicios de una agencia de detectives, no sólo porque nunca había visto a Gal tan apagado, sino porque él mismo no podía estar más intrigado. Fue un gesto inútil, por el que le soplaron tres mil dólares. Recordé el informe que había escrito Bob Carberry, por encargo del propio Gal, cuando se empeñó en dar con ella nada más conocerla. De habérselo pedido ahora, para completar el informe sobre Nadia Orlov a Carberry le habrían bastado tres palabras: *borrada del mapa*. Una incluso, si se prescindía de toda retórica: *desaparecida*. No es que me pareciera completamente imposible que Nadia hubiera dado señales de vida de repente, tras una ausencia de tantos años. Al revés, una salida así habría encajado con su carácter. Si estaba seguro de que lo que decía Gal no había ocurrido, era sencillamente porque si Nadia se hubiese puesto en contacto con él, su reacción habría sido muy distinta. No sabía de dónde podía proceder semejante ocurrencia, sólo que era producto de su fantasía.

Cerró con cuidado el ejemplar de la *Lámpara maravillosa* y contempló la portada.

No está mal.

¿Te gusta? Te lo regalo.

¿No me crees, verdad? Piensas que estoy desvariando. Devolvió el libro al cajón. Pues te equivocas. Os equivocáis todos. Pensáis que hace mucho que no sé nada de ella, pero no es así. No lo podéis saber, ni tú ni nadie, pero tengo un modo infalible de comunicarme con Nadia. Así es, con Nadia y con… los otros, con todos los demás. Eso es lo que nunca habéis sabido ninguno de vosotros.

Vislumbré una expresión dura, nueva para mí, en lo más hondo de su mirada, que no supe cómo interpretar.

Gal, si pudiera me quedaría más tiempo charlando contigo, pero precisamente hoy Dylan se quiere reunir con toda la sección. No puedo llegar tarde, pero si vas a estar luego por el Oakland, nos podemos ver allí.

De eso te quería hablar. Esta tarde no puedo, pero si tienes pensado ir tú me gustaría pedirte un favor.

Sí, claro, ¿de qué se trata?

Me mostró una carpeta de cartulina verde.

Déjasela a Frank, o a cualquiera que esté trabajando hoy allí. Yo la recogeré a la vuelta.

De acuerdo.

Ness…

¿Sí?

Si quieres… Bueno, todo esto que hay aquí son escritos míos… Ya me entiendes, tú también eres escritor.

No te preocupes, están a buen recaudo.

Seguía en pie delante de mí, sin moverse. No había terminado de hablar.

No es eso. Lo que quiero decir es que… En fin, si quieres, puedes echarle un vistazo a lo que hay dentro. Tal vez así me entiendas mejor.

Le miré a los ojos, tratando de descubrir en ellos alguna intención oculta, pero si la había no la vi.

Cuando tuve la carpeta en mis manos, me dio las gracias y se perdió, camino de Montague Street.

196

Sentí un vértigo indefinible. ¿Qué significaba aquel gesto? ¿Qué pretendía Gal Ackerman confiándome sus escritos? ¿Quería ponerme a prueba? ¿O tal vez…? Me daba la sensación de que me acababa de pasar algo más que un puñado de papeles. Alejé de mí aquellos pensamientos y metiendo la mano en el cajón de los libros, rescaté la captura del día. Cuando me tuvo delante, Fuad se llevó la mano al corazón y me saludó calurosamente, en español.

¡Cuánto bueno, habibi! dijo, lanzando una fugacísima mirada hacia el libro. ¿Y el amigo Gal? ¿Para dónde va con tanta prisa?

Me encogí de hombros y le pregunté cuánto quería por *La lámpara maravillosa*.

Buena cosa, muy antiguo, dijo acariciando la portada. Por ser para ti, nada más que un dólar, habibi.

No volví a pensar en los papeles de Gal hasta al cabo de un par de horas. La reunión que había convocado Taylor fue bastante breve. Regresé a mi cubículo y empecé a picar un reportaje bastante largo. Cuando hago ese tipo de trabajo, pongo el piloto automático y dejo que mi imaginación vaya por donde le dé la gana. Estaba a punto de acabar cuando por la claraboya que queda justo encima del escritorio entró con toda su fuerza la luz del mediodía, anegando mi cubículo. Leí los párrafos que me quedaban a gran velocidad y di el artículo por terminado. Como si fuera capaz de seguir mi trabajo desde su despacho, Dylan abrió la puerta de cristal y asomó la cabeza:

¿Qué? ¿Nos vamos a comer?

Mi mirada recayó sobre la carpeta verde.

Hoy no me viene bien salir. Quiero echarle un vistazo a algo. ¿Te importa traerme un sándwich de cualquier cosa?

Le di un billete de cinco dólares.

OK, doc, dijo Dylan, cogiendo el dinero, y desapareció.

La luz que entraba por la claraboya empezó a mitigarse. Aparté las gomas de la carpeta, y levantando las solapas, exclamé:

¡De acuerdo, Gal, veamos si te entiendo mejor!

En el interior había tres cuadernillos de plástico, de distintos colores. Sonreí. Aunque lo más probable es que no hubiera ninguna lógica tras ello, Gal parecía servirse de los colores conforme a un sistema muy personal de variaciones, utilizando lápices y tintas diferentes para hacer correcciones, subrayados y tachaduras. De manera parecida, había considerable variedad en los cuadernos y carpetas, que solía bautizar en función del color (*Cuaderno Negro, Carpeta Gris...*), aunque había otros criterios de nomenclatura, sobre todo en lo tocante a los cuadernos. Desplegué los tres cartapacios en abanico: uno era azul, otro amarillo y el tercero de plástico transparente. En el primero había una etiqueta que decía:

CUADERNO DE LA MUERTE

Empecé a leer.

29 de abril de 1991,
Grand Army Plaza

Suceden tantas cosas en un solo día de la vida de Nueva York que es imposible registrar siquiera una parte infinitesimal en los cuadernos. ¿Hacer de Todd Andrews y convertir la ópera flotante de la existencia en un ramillete de páginas a la deriva? No hace falta forzar la imaginación, basta con fijarse al azar en lo que recogen los periódicos. Me he pasado la mañana en la Biblioteca Pública de Grand Army Plaza, echando un vistazo a la prensa del día. La noticia me la topé primero en el *Post*, luego la he leído en los demás diarios. Todos se ciñen con parecido rigor a los hechos, lo único que varía es el tono. Al final me he decidido por la escalofriante sobriedad del *New York Times*.

A renglón seguido, viene una anotación a lápiz que dice: *Transcripción Verbatim,* seguida de un texto a bolígrafo que es copia de una noticia de periódico.

EN LA BASURA: UNA VIDA BREVE Y UNA NOTA DE AMOR

A las 13:30 horas del pasado lunes 29 de abril, se recibió en el precinto 83 de Brooklyn una llamada telefónica anónima denunciando el hallazgo del cuerpo de un recién nacido junto a un contenedor de basura ubicado en Bushwick, una de las barriadas más pobres de Brooklyn. La llamada procedía de una cabina telefónica situada frente al número 12 de la calle Cornelia, una casa de tres pisos. Inmediatamente, el teniente Nicholas J. Deluise, detective jefe del precinto, despachó a los agentes Kenneth Payumo y Maureen Smith al lugar de los hechos. Dentro del contenedor había una bolsa de plástico amarillo. Al abrirla, los agentes encontraron el cadáver de una niña recién nacida. «Habían envuelto el cuerpo con sumo cuidado», declaró la agente Smith, quien afirmó que el responsable había hecho un trabajo «inmaculado». La niña iba vestida con un pijama de flores y llevaba puesto un pañal. Estaba envuelta en una manta blanca, donde habían dejado una nota, atravesada con un alfiler. «Lamentablemente, recibimos muchos avisos de este tipo», comentó el teniente Deluise. «Son cosas que pasan.»

(R. Miller, NYT).

Lo que Gal llamaba *transcripción verbatim* era su propia traducción, a todas luces literal, de la noticia que había leído en el *Times*. Ésta no figuraba en el cuadernillo, pero sí un recorte con una foto de la nota que había aparecido prendida con un alfiler a la manta que envolvía el cadáver de la niña. Gal había pegado el recorte con papel celo justo debajo de su versión manuscrita de la noticia, dejando dos frases en inglés y realzando algunas mayúsculas, exactamente igual que en la fotografía:

> *«Por favor, Háganse cargo de mi Hija.*
> *Nació el 26 de abril de 1991,*
> *a las 12:42 p.m. Se llama April Olivia».*

> *I Love Her very much*
> *Thank You*

> *Murió a las 10:30 a.m.*
> *El 29 de abril de 1991*
> *Lo siento»*

En el segundo cuadernillo había una especie de croquis de la zona que Gal llamaba *El Astillero*, en los antiguos muelles de Brooklyn Heights. Contemplándolo, una vaga neblina se agitó en el fondo de mis recuerdos, trayéndome a la memoria la vez que estuve en aquel lugar con él. En los márgenes del papel, fuera de los límites del plano, había algunos nombres reconocibles: *Atlantic Avenue, Luna Bowl, Oakland*. Del primero partía una flecha cuya punta se clavaba en el centro de la avenida; los otros dos, también marcados con flechas, venían señalados con sendas aspas de color azul. Reparé en los lugares que aparecían singularizados dentro de los límites de lo que era propiamente el *Astillero*. Me sonaban vagamente, de habérselos oído mentar a Gal, sin que supiera bien qué significado tenían para él. Leí detenidamente las palabras, como si pudieran encerrar algún significado: *Dique Seco, Torre Circular, Depósito de Agua*. En otros puntos del plano Gal había anotado *templo* y *altar*. Había cinco o seis de éstos dispersos por toda la superficie del Astillero. No supe a qué podía obedecer la inclusión de varias líneas de trazo discontinuo, algunas de las cuales unían entre sí distintos puntos del mapa, mientras que otras parecían flotar en zonas donde no había nada señalado. En la parte inferior del papel en cuarto figuraba la fecha del 1 de junio de 1989. El «mapa» del Astillero tenía, pues, dos años. Antes de guardarlo, contemplé largamente el croquis, y mientras lo hacía, empecé a recordar cada vez con más claridad la ocasión en que había recorrido los muelles en compañía de Gal. Aquella geografía visionaria no me era totalmente ajena. Los templos, los altares… Yo había estado allí con Gal. Él me había mostrado aquellos lugares, explicándome su sentido. Yo había estado delante de los túmulos, que él adornaba a su manera, así como también había subido las escaleras del decrépito edificio de ladrillo amarillento que él llamaba *El Templo del Tiempo…*

El tercer cuadernillo contenía una copia en papel carbón de una carta de Nadia, cuidadosamente traducida y mecanografiada por Gal. Exactamente igual que con la carta que le había escrito Abe Lewis a Ben Ackerman dándole cuenta de su encuentro con Pietri, tampoco en este caso he podido dar con el original ni con la versión a máquina «en limpio».

20 de enero de 1980

Querido Gal:

Estoy en Coney Island y te escribo porque no sé qué me pasa. Tengo ganas de llorar pero no puedo. ¿Te acuerdas cuando te decía que a veces, cuando me sentía así, me venían imágenes del mar, como si quisieran rescatarme? Tú te reías, pero es lo que me acaba de pasar. Hace un rato, escuché una vocecilla muy débil, costaba trabajo oírla. No, no es una de mis locuras, déjame que te lo cuente a mi manera. Era yo, era mi voz, de niña, en Laryat. Me tienes que creer. He hecho la prueba. He cerrado los ojos y lo he vuelto a ver todo, el cielo de color ópalo, y un lago. No, no es en Laryat y no es un lago, es el mar y tengo cuatro años, porque en la carretera de la playa está el mustang azul de papá, y cuando vinimos a América yo tenía cuatro años, eso nunca se me olvidará. Es en Nantucket, porque allí pasamos el primer verano, en la playa. Estoy sola con mis padres, no sé por qué falta mi hermano Sasha. Mis padres son muy jóvenes, tienen menos años de los que tengo yo ahora. Esa idea me llena de inquietud, pero sigo con el recuerdo. Veo el cuerpo de mi padre, atlético, viril; lleva un bañador ceñido, de color negro con una raya blanca a cada lado. Se me acerca sonriendo, me levanta en vilo, y me da un beso. Mi madre está sentada. Lleva gafas de sol y se embadurna las piernas con un potingue blanco. ¿Tú crees, Gal, que es posible recordar con tanta nitidez cosas que viví cuando tenía cuatro años?

Mi padre me sienta en mi toallita y se aleja corriendo hacia la orilla. Cuando el agua le llega a las caderas se zambulle limpiamente y mi madre vuelve a su libro. Las crestas de las olas avanzan en filas ordenadas, formando hondonadas entre las que desaparece por momentos la figura de mi padre. Yo no puedo apartar la vista de su cabecita, cada vez más pequeña, hasta que llega un punto en que dejo de verla por completo. Me da pánico que no regrese, que se lo haya tragado el mar. Miro a mi madre, pero en ella no hay la menor señal de alarma, y eso me calma, aunque algo ha debido de notar, porque se ha quitado las gafas de sol y me sonríe, como diciéndome que no pasa nada. Tengo una foto suya en aquella misma playa, mirando a la cámara con las gafas en la mano, con el mismo bañador, estampado de flores y anémonas que contrastan con su piel. Y las uñas de los pies, pintadas de un rojo muy vivo, un rojo que veo con toda claridad, aunque la foto es en blanco y negro.

Papá no se ha ahogado, su cabeza ha vuelto a aparecer; distingo el destello rítmico de los brazos al entrar y salir del agua, la estela de espuma que deja tras de sí al avanzar. Cuando veo que vuelve, que cada vez está más cerca, doy gritos de alegría. Incapaz de controlarme, corro a su encuentro, para que me coja en brazos. El agua está helada, y siento escalofríos, pero es algo que me encanta. Nos acercamos a mi madre, que deja el libro en la cestita y se levanta. Ahora es ella la única que existe. Se pone el gorro de baño, recoge la masa de pelo, con un gesto rápido, dejando fuera sólo el vello de la nuca, y se abrocha la tira de goma por debajo de la barbilla.

Ella lo hace todo de otra manera. No se mete en el agua de repente; cuando el agua le cubre las rodillas, se agacha, se salpica los hombros y el pecho con cuidado y luego sigue hasta dejar de hacer pie. Su forma de nadar es elegante y delicada, y no se aleja mar adentro, sino que se desplaza paralelamente a la orilla. No me da miedo que se vaya a ahogar, primero porque siempre está a la vista y sobre todo porque, como sabe que estoy pendiente de ella, de vez en cuando saluda desde lejos levantando el brazo.

A papá no le gusta leer, siempre se inventa algo que hacer. Me lleva de la mano y me cuenta cosas acerca de todo lo que se nos cruza en el camino. Me gustaban tanto sus explicaciones, tan precisas, oírle pronunciar aquellas palabras que sólo conocía él. Me hacía repetirlas hasta que me las aprendía de memoria. Había muchas. ¿Te acuerdas de que te las decía yo a ti? Las piedras del espigón eran tetrápodos. Una que no había manera de pronunciar porque me daba risa era celentéreo. Me gustaban mucho aquellos paseos que mi padre decía que eran para buscar palabras. El juego se terminaba cuando mi madre empezaba a nadar hacia la orilla, y los dos íbamos a esperarla.

Algo más tarde, estando los tres en la arena, vimos que a lo lejos se ponía a hervir el agua. Mi padre me explicó que era una bandada de delfines, otra palabra nueva. Unos días después, en el *ferry*, se puso a hervir el mar justo al costado de la nave. Estábamos asomados a la borda y le pregunté a mi madre si eran tiburones, y ella se rió y me dijo que no. No, Nadj, cariño, son delfines, los mismos que vimos de lejos en la playa, ¿no te acuerdas? Lo decía de una manera que se notaba que les tenía mucho cariño. ¿Te gustan, verdad, mamá? Y cuando le pregunté el por qué me dijo algo que nunca se me olvidará. Porque son como tú, son niños, Nadj. Los delfines tienen alma de niño. Papá nos explicó que además nos transmitían aquella sensación de alegría porque se reían, aunque el oído humano no lo puede detectar. Nos acompañaron durante mucho rato, como si les interesara lo que estábamos diciendo.

Un día vi uno de cerca, en el puerto de Boston. Era muy pequeñito y estaba muerto, con la boca muy abierta. Me dio mucha pena, porque era una cría. Le pregunté a mi madre que por qué los mataban, y ella me explicó que era sin querer, que es que se enganchaban en las redes, pero yo, no sé por qué, seguí pensando que los pescaban a propósito.

Qué raro estar en Brighton Beach sin ti. Al entrar, me han asaltado muchos recuerdos, como si me estuvieran esperando, la mayoría tuyos. No venía hacía años. El piso está medio vacío. Zadie se ha casado y lo va a poner en venta. No sabes la pena que me da. Me gustaría tanto verte, tenerte aquí conmigo, pero todavía no. Necesito estar un tiempo sola, asimilar el dolor de la pérdida. Sí que sé lo que me pasa. Lo irónico es que tenga necesidad de contártelo precisamente a ti. Es injusto, pero no puedo evitarlo: Gal, he vuelto a tener un aborto espontáneo. Otra vez no, por favor, dije cuando la ginecóloga me explicó lo que pasaba. La posibilidad de llevar un embarazo hasta el final es cada vez más limitada. Al principio sentí que me quería morir, tan hondo era el dolor. Se me antoja que morir ahogada no debe de ser tan angustioso, al contrario, me imagino que debe ser una muerte muy dulce, irse adormeciendo hasta desaparecer, perdona Gal, estoy diciendo tonterías, pero es que no sé qué hacer para quitarme de encima esta angustia. Pero es una angustia justificada. Lo más probable es que nunca pueda tener hijos.

Hay coincidencias que no sé cómo interpretar. Supongo que no tienen ningún significado. Son casualidades, eso es todo. El día que fui a la clínica cumplí veintinueve años. Me parece imposible. ¿Por dónde se me ha escapado el tiempo? Doblas una esquina y has llegado a la vejez. Mira mi madre, sesenta y un años ya; me resulta inconcebible que haya perdido la belleza deslumbrante que hacía que la gente se volviera. Por las mañanas, cuando salgo de la ducha, miro mi cuerpo, compruebo los estragos del tiempo en mi rostro, tengo arrugas en los ojos, en los labios, no las ve nadie, no se ven, sólo las veo yo. Pero no lo digo como quien se lamenta, no es eso. La verdad es que no me importa tanto ir envejeciendo. Es algo tan redondo que carece de sentido tratar de disimularlo. Pero sobre todo, Gal, sobre todo no me importa envejecer porque no me da miedo lo que me aguarda. He perdido toda esperanza, y esto lo digo sin cansancio. Procuro no engañarme. Me acerco al futuro como quien se asoma a un precipicio. No se distingue nada al fondo del abismo. Me conformo con lo que pueda hallar a mi alrededor. A veces encuentro belleza en los momentos, en los lugares, en alguna gente que conozco. Pero no soy capaz de llegar al fondo de las cosas, de abandonarme a nadie, Gal, tú eso lo sabes muy bien. Nadie me conoce como tú. Algo en mí me lleva a seguir buscando, sin saber muy bien qué es lo que busco. ¿Será por eso que hubiese querido tener un hijo, mejor dicho, una hija? ¿O será un anhelo irracional, que no sé por qué está ahí? A lo mejor lo ha puesto la naturaleza, aunque conozco a muchas mujeres que no quieren ni oír hablar de eso. Un hijo, Gal, una hija. Me tendré que resignar. Por eso, me conformo con la pequeñez de ciertos instantes. La belleza es casi lo único que me reconforta, aunque tantas veces, de hecho casi siempre, sea una belleza triste. Hay gente que sabe lo que quiere, y está dispuesta a todo con tal de conseguirlo. Yo no lo sé, no lo he sabido nunca. No procuro que mi voluntad influya en nada: acepto las cosas como me las encuentro. Y al apartar el velo que las cubre es cuando a veces surge un pequeño milagro, de paz o de belleza. Deberíamos conformarnos con eso. Ese es, tal vez, el sentido que tiene envejecer. Es como el otoño, que preludia la muerte de las cosas. Como la nieve, como el fuego. Cosas que son sencillamente hermosas. Pero yo no puedo evitar que para mí también sean tristes. Escribo todo esto pensando en que algún día lo vas a leer tú; a medida que escribo, siento que se me aclaran las ideas, al hacerlo entiendo mejor algunas cosas. Estando contigo, jamás te pude hablar así: no es posible cuando se tiene a alguien tan cerca. Cuando la distancia es tan pequeña, sólo es posible entenderse con el cuerpo. Eso lo decías también tú. Si te tuviera aquí, me gustaría tocarte, morderte, dulcemente, o con rabia, pero en cuanto sucede eso, el deseo nos envuelve. Así, tan lejos, mientras cae la noche, escribo para decirte las palabras que entonces no supieron nacer solas. Aquí vienen ahora, aquí las dejo para ti, sólo para que tú las leas.

Gal, he dejado de escribir por un instante y me he acercado hasta el teléfono, y sin descolgarlo, he marcado varias veces el número del Oakland. Y cada vez que lo he hecho, me he dicho: y si lo llamo, pero no puede ser. He dejado que el dial girara hacia atrás, y cuando se detuvo, inmediatamente he vuelto a esta carta, si es que lo es, porque seguramente nunca te la enviaré. Sabes, en la clínica, cuando recuperé la conciencia, estuve hablando un momento en ruso con la enfermera que me había atendido. Era ucraniana, de Kiev y se llamaba Inna. Le pregunté si el sexo del feto estaba ya determinado. Me dirigió una mirada de reproche por preguntarle algo que sabía. Estaba embarazada de siete semanas. Pero cuando vio que me echaba a llorar, me dijo que era niña. ¿Y qué han hecho con el feto? Se dio la vuelta, y me dejó plantada. ¿Pero qué hacen, Gal, qué hacen con los niños que se pierden? Me vino a la cabeza algo terrible: los usan para hacer cosméticos. Tienen los tejidos tan delicados, que sirven para ayudar a los que no quieren envejecer. Era niña, y me acordé de lo que tú decías de que algún día tendríamos una hija, y le pondríamos de nombre Brooklyn. Brooklyn, qué ocurrencia. Perdona. Qué extraña esta necesidad de hablarte, sabiendo que no me puedes oír. Qué extraño que la única manera en la que te puedo hablar sea ésta. Me doy cuenta de que lo mejor es que no llegue a mandarte esta carta, en la que lo único que hago es anotar pensamientos sin rumbo. Seguramente no lo haré, ya sé que para ti no es igual. Te la mande o no, ya me has hecho bien. Me basta con saber que existes. Creo que si pongo mis pensamientos en papel, llegan hasta ti. Hasta puedo oír tu voz, tranquilizándome, diciéndome que todo está bien, que me vaya ya a dormir. Siempre me decías que yo era muy frágil, pero en eso te equivocabas. En realidad soy fuerte. Tú siempre has sido mucho más débil que yo. Ahora te dejo porque estoy muy cansada, me he tomado una pastilla y ya no sé lo que estoy poniendo.

Un beso del alma de tu
Nadj

Tras la lectura de la carta de Nadia, tenía un tumulto de imágenes acumuladas en la cabeza. Como si así pudiera alejarlas, cerré la carpeta, presa de un estado de ánimo casi febril. Todo, la historia de April Olivia, los recuerdos que evocó en mí el mapa del Astillero, la recurrencia de la fecha de hoy, y ahora las palabras de Nadia, que la presentaban por primera vez ante mí como alguien real, y no como una proyección fantasmagórica de la imaginación de Gal, me llenaban de desasosiego. Tuve una premonición inconcreta, pero que no presagiaba nada bueno.

Logré volver a la realidad gracias a que Dylan asomó la cabeza por la puerta de mi cubículo.

Te he traído el especial del día. Aquí tienes la vuelta.

Gracias, Dylan. Oye, ha surgido un imprevisto y me tengo que largar.

¿Y el sándwich?

Se me ha quitado el hambre.

¿Y el artículo?

Está acabado, bueno, el final lo he hecho algo de prisa.

Non ti preoccupare de niente… Le echaré un último vistazo, oye, te veo muy alterado, ¿qué ha pasado? ¿Estás bien?

Yo sí. Es por Gal.

¿Le ha pasado algo?

No creo, no lo sé. No me agobies con preguntas, Dylan. Mañana te lo explico.

A la orden, jefe. Usted perdone…

Quería decirme algo más, pero lo aparté de mi camino y bajé al vestíbulo como una exhalación. En la calle, prácticamente me lancé al paso de un taxi y soltando una especie de ladrido, le pedí al conductor que me llevara a Brooklyn Heights.

Frank estaba en la barra, charlando tranquilamente con Víctor Báez.

Le referí atropelladamente el encuentro que había tenido con Gal por la mañana en el puesto de Fuad. Me escuchó atentamente y en cuanto terminé alzó la mano derecha, conminándome a calmarme y le dijo a su ayudante que llamara por teléfono al Luna Bowl. Contagiado de mi nerviosismo, Víctor se metió apresuradamente en la cabina que hay junto a la máquina de discos.

Se ha puesto el propio Jimmy, jefe, dijo nada más colgar. También él tiene la mosca tras la oreja. Parece ser que el viejo Cletus le comentó que había visto a Gal a eso de las dos, merodeando por los alrededores del gimnasio, pero que no llegó a acercarse a la puerta. Según Cletus, estaba muy alterado. Se acercó a preguntarle si estaba bien, pero Gal lo rechazó, y se alejó hacia los muelles. Gesticulaba de manera muy extraña. Dice que le vio tropezarse un par de veces, y casi se cae al suelo.

Otero se quitó la gorra de golf y se rascó la cabeza.

¿Qué día es hoy, Ness?

Uno de junio.

Claro, coño, eso es. ¿Cómo no he caído en la cuenta?

Esta es la carpeta que me pidió que te entregara, dije yo. Insistió en que le echara un vistazo a los papeles que hay dentro. Todo gira en torno a Nadia, la fecha de hoy y los muelles.

Le di la carpeta. Frank se la pasó a Víctor, pensativo.

Llévate esto a mi despacho, haz el favor.

[Copiado de mi diario; 6 de agosto del 89. Notas para un pastiche remedando el estilo de Gal.]

«De cómo Néstor Oliver-Chapman oyó hablar por primera vez del lugar llamado El Astillero»
(Brevísima relación)

Una mañana la policía se presentó inopinadamente en el Oakland. Al parecer unos adolescentes que habían ido a divertirse disparando perdigones a las ratas de las escombreras del Dique Seco habían encontrado a un hombre inconsciente cerca de uno de los muelles. Lo más parecido a una forma de identificación que había entre sus ropas era una tarjeta del bar con el nombre de Frank, por eso fueron a verle.

Voz de Frank:

Eran dos tipos altos, uno moreno, de aspecto italiano, y el otro un grandullón con un bigote que parecía un manillar de bicicleta, rubio, de ojos azules, irlandés, por la plaquita de metal donde venía su apellido: Kerrigan. Se llevó la mano al cinturón de cuero, que llevaba demasiado ladeado, y ajustándolo me dijo que había estado en el puerto. Una ambulancia había recogido al desconocido y lo había traslado al hospital de Long Island College. La tarjeta que habían encontrado…

Frank le interrumpió, para decirle que estaba seguro de quién era, y le dio la información pertinente: cómo se llamaba, que le había subalquilado un estudio en el que vivía… (El irlandés tomaba nota de todo en su libreta) …desde el 85. Largas temporadas fuera. Escritor, corrector de pruebas, traductor, toda esa vaina. Le dije que sí, por supuesto que me hacía cargo de él.

El agente Kerrigan se ofreció a llevarme en el coche patrulla al hospital.

Sí, claro que fui.

Coma etílico agudo.

No, Ness. No era la única vez que lo habían encontrado inconsciente, aunque sí la primera que aparecía en el Astillero.

Lo mejor es que me vaya a dar una vuelta por los alrededores del muelle. Tiene que estar allí, ¿no te parece, Frank?

Eso seguro, la cuestión es en qué estado. No sé si dejar que vayas solo. Le dio una calada al puro y lo volvió a dejar en el cenicero. Si ha vuelto a las andadas, vas a necesitar ayuda. Pero no nos precipitemos, no hay razón para pensar que le ha ocurrido nada malo. Hagamos una cosa. Como aún es temprano, vete adelantándote tú. Te doy de margen hasta que empiece a oscurecer. Si para entonces no has dado señales de vida, te mando a los muchachos.

¿A quiénes?

A Boy y a Orlando. Los conoces. Son los boxeadores que vienen a jugar al billar casi cada tarde.

Ah, sí, claro. Perfecto, Frankie.

Diez minutos después me encontraba delante del gimnasio de Jimmy Castellano. Cletus, el portero, no estaba en la taquilla, pero tampoco lo necesitaba para nada. Con lo que le había dicho Jimmy a Víctor me bastaba. Antes de bajar, contemplé un momento el Astillero, del que hay una buena perspectiva si se sitúa uno delante de la puerta del Luna Bowl. En realidad, no es más que una serie de descampados atestados de inmundicias, transfigurados por su imaginación. Por la posición del sol, calculé que me quedarían quizá dos horas de luz. No sabía exactamente por dónde iniciar la búsqueda. Cuando me llevó con él a sus dominios, también habíamos salido de la puerta del gimnasio. Traté de reconstruir el mismo camino, pero es difícil, porque la geografía de los muelles es indistinta, las parcelas vacías se repiten, y no hay senderos, salvo los que el propio Gal decía ver. Y también cambia la fisonomía de las escombreras, según viertan los residuos o los recojan. De nuestra incursión, recordaba que el lugar de mayor relieve era una construcción de ladrillo amarillento, elevada sobre una plataforma de piedra y rodeada de una verja de hierro. Parecía un almacén abandonado; no era demasiado grande. La parte delantera era un porche que se alzaba sobre una plataforma de cemento. La fachada daba al mar y tenía un frontón que le daba un aire vagamente helénico. Gal siempre se refería a aquella casa como *El Templo del Tiempo*.

El resto del Astillero no es más que una sucesión de vertederos. Busqué los lugares que Gal había señalado con nombre propio en el mapa. De los muelles bajan rampas de cemento que se hunden en el agua sucia. Hace años que no hay en ellos el menor movimiento. En el Dique Seco no hay quillas que reparar, sólo una vegetación rala que crece entre los restos de una valla de metal. El Depósito de Agua es un aljibe inmenso, de paredes agrietadas, en cuyo borde se alinean las gaviotas. La Torre Circular es una construcción de madera gris, que tiene las ventanas selladas con planchas de madera podrida.

El límite exterior del Astillero lo marcaba una alambrada derribada a lo largo de toda su extensión, a ras de tierra. Tan sólo quedaban en pie los postes de cemento que alguna vez la habían sujetado. Pasé al otro lado, abriéndome paso por entre unos matojos que habían brotado al borde de la acera y empecé a bajar por una pendiente de tierra. Sentí que había algo flotando en el aire, no sabría decir qué, como si fuera verdad que me había adentrado en un espacio análogo, en un territorio, que de una manera que no sabría bien cómo explicar, era distinto. A medida que me acercaba al centro de una hondonada ocupada por un montón de bidones oxidados, me vino con claridad el recuerdo de la tarde que estuve allí con Gal. En aquel momento pisé algo que crujió, y al apartar el zapato vi que era un cráneo de gaviota. Otras dos, de gran tamaño y plumaje blanco y sucio pasaron cerca de mí, se posaron en uno de los bidones y remontaron el vuelo, emitiendo chillidos desacompasados. Cuando se alejaron, me pareció estar oyendo la voz de Gal, sus gritos de borracho, como si fuera verdad lo que decía de que en aquel lugar pasaban cosas algo extrañas, cosas que normalmente no suceden en el mundo:

Aquí está todo, Ness, todo, me había dicho entonces. Toda la mierda y algunas cosas que no lo son. Lo bueno y lo malo, y sobre todo, mi gente. Estamos rodeados de presencias, ¿no las sientes? Aquí, a veces, no siempre, no depende enteramente de mí, he llegado a comunicarme con Teresa, pero es difícil, no creas, muchas veces su voz no me llega con suficiente claridad. Da igual. Sé que es ella y que me habla y con eso me basta. Y con Nadia también. Aunque a ella se la oye mucho mejor, seguramente porque no se ha ido. Aún está aquí, mientras que Teresa, Teresa murió al darme a luz. ¿Sabes? Siempre nos llevamos un pedazo de las cosas, de los lugares, de la gente. Son fragmentos, jirones de seres que se nos quedan incrustados dentro, como esquirlas. Y a veces duele, a veces duele mucho, como me pasa a mí ahora. Pero eso no es lo más importante, lo que importa es que ahora mismo están aquí. Oigo sus voces, las oigo todo el rato, oigo cómo hablan, lo que dicen, si chillan o no. ¿Tú no oyes nada? Es importante, así sé lo que les pasa, lo que sienten, cómo se lamentan de que las cosas no hayan ocurrido de otro modo. ¿Sabes que a veces también cantan? Cuervos, gaviotas, sirenas. Aquí están, aquí tengo sus gritos. Míralas, míralas bien, ¿las ves o no? No falta nadie, están todos y todas. También hay gente que no conozco. Veo rostros, siluetas, pero no puedo decirte los nombres, porque nos están escuchando y podrían molestarse. Muchas veces se acumulan detrás de ese muro. Necesitan un soporte material. No te vuelvas, sigue hablando como si tal cosa. Justo enfrente está Nadia. Me mira fijamente y me pide perdón. Está muy cambiada, pero eso es normal, después de tanto tiempo. Incluso me cuesta reconocer su voz, no es ésa la voz que recuerdo. Luego están las arañas, las iguanas que corretean a mi alrededor y se ríen… ¡Mira eso, Gal! ¡Gal!

Las últimas frases las dijo gritando. Luego dejó de hablar

abruptamente. Tenía la frente bañada en sudor, y temblaba. Viéndole desvariar tanto, le dije, procurando no herir sus sentimientos:

Vámonos, Gal, ¿no ves que aquí no hay nada? Sólo llantas podridas, condones usados, cápsulas de crack vacías, malas hierbas y huesos de gaviota. ¿O es que no lo ves? Por favor, Gal, vámonos de aquí.

¡No me vuelvas a decir una cosa así! ¡Nunca! ¿Me oyes, joder? ¿Que no lo entiendes? De acuerdo. Nadie tiene por qué entenderlo. ¡Pero no te atrevas a decir que aquí no hay nada, porque eso no es verdad! Lo que pasa es que tú no lo ves, no puedes verlo, porque no tienes fe. No debería haberte invitado. No tendrías que estar aquí, no tienes ningún derecho. ¡Esto no es asunto tuyo! Estamos llegando al Templo del Tiempo, ahí lo tienes. ¿Me crees ahora? Un templo que mira al mar, ese mar sucio, oleaginoso, el único que nos queda después del vinoso ponto. Ellos y ellas lo saben y por eso vienen; ¿cómo es posible que no te des cuenta de que están aquí? ¿Y sabes por qué vienen? Para hablar conmigo. Yo he erigido estos túmulos y altares para todos ellos, para llamarlos, y ellos lo han oído, lo supieron, y vinieron todos, Ness. Todos. Los muertos y los que todavía no lo están, como ella. Éste es un buen lugar. Me gusta. Pronto moriré, pero antes de que eso ocurra… Es igual. Lo importante es que puedo convocar a quien me dé la gana, a Teresa Quintana, a mi abuelo David, incluso a Umberto Pietri, a quien nunca llegué a ver. ¿Sabes quiénes son, verdad? ¿Lo sabes o no? ¿Todavía no te he hablado de ellos? Pronto lo haré. Ahora son mis fantasmas, pero pronto serán los tuyos. Incluso la pequeña Brooklyn, la hija que quiso tener Nadia sin conseguirlo. ¿Sabes que le iba a poner de nombre Brooklyn? Brooklyn. Fue idea mía. ¿No te gusta ese nombre para una mujer, Ness? Ness…

Por un instante me sentí totalmente confundido. Tuve una intensa sensación de desplazamiento, como si me hubiera trasladado efectivamente a aquella tarde lejana. Llegué a oír las palabras de Gal, o eso me pareció, como si las estuviera profiriendo en aquel mismo instante. Tuve que hacer un esfuerzo para no perder del todo las coordenandas del momento. Flotaba aún en mi cabeza el eco de los gritos desquiciados de Gal, cuando de pronto lo divisé. Tal y como había sospechado, estaba en el Templo del Tiempo, delante del altar mayor, donde había colocado un sinfín de botellas vacías, de todos los tamaños y formas imaginables. A medida que las iba poniendo en orden, las iba enumerando, pronunciando los dígitos con solemnidad. A cada poco perdía la cuenta y volvía a empezar por cualquier otro número, como hacen los niños cuando aún no han aprendido a contar. Había algo que inspiraba respeto en aquel ceremonial absurdo. Algo le hizo percatarse de mi presencia y dándose la vuelta, me saludó. Estaba tranquilo. Cuando llegué al pie de la escalera, se dirigió a mí como si hubiéramos estado juntos toda la tarde y me hubiera mandado a hacer algún recado del que acababa de regresar. Contempló las hileras de botellas con aire reconcentrado, como si estuviera efectuando un cálculo mental muy complicado, o tratando de decidir si podía dar el visto bueno a los preparativos que había estado haciendo. En algunas botellas había embutido ramas y manojos de hierbajos que remedaban arreglos florales. Le debió de parecer que todo respondía al orden por él deseado y sentándose en un escalón, dio unos golpecitos con la palma de la mano en el suelo de cemento, invitándome a que me acomodara junto a él.

Un día, empezó a decir, Nadia vino al estudio muy contenta y me dijo que me había traído un regalo. Se suponía que era una sorpresa, aunque no hacía falta ser ningún lince para darse cuenta de qué era lo que me traía. El envoltorio de papel plateado se ajustaba con precisión a la forma de una botella. Venía atada con un cordón azul. Cuando lo descorrí, vi que era una botella pequeña de un brebaje de color violeta.

Parfait Amour, decía la etiqueta. La he elegido por el nombre, me dijo, porque una cosa así no puede existir, pero si existiera, estaría reservada para nosotros. Muy de ella. Al margen del juego de palabras, tengo que decir que no creo que sea posible pensar en un licor más repugnante; pero la ocurrencia me hizo gracia y me lo bebí con ella. A Nadia aquel brebaje le encantó, porque como apenas probaba el alcohol, prefería los licores dulzones, pero yo casi vomito. No es que fuera un problema grave, hice de tripas corazón y me liquidé la botella. Ella también bebió, no creas. Nos entró la risa floja. No tengo ni puta idea de si el nombre tiene algo que ver. Nunca se me ocurrió que fuera un afrodisíaco, pero lo cierto es que nos pusimos a hacer el amor como adolescentes. ¿Te imaginas beberse medio litro de *Parfait Amour*, a palo seco, sin hielo ni nada? Eso sí, no lo he vuelto a probar. Pero lo cierto es que sigue habiendo gente a quien le gusta. La prueba es que me he encontrado un casco vacío por ahí y lo he puesto en el altar. ¿Lo ves? Está en el centro.

Se llevó la mano al bolsillo de la chaqueta y sacó una botella de un cuarto de litro del vodka barato que le gustaba beber. Estaba prácticamente entera, pero él la vació de un solo trago, largo y lento. Cuando terminó se puso en pie de un salto, cogió aire y lo expulsó violentamente. Casi inmediatamente, le dio un espasmo. Fui a ayudarle, pero me apartó de su lado, se llevó las dos manos al estómago y arrojó violentamente el líquido que acababa de ingerir. Cuando tuvo el estómago vacío se dirigió hacia el altar, dando traspiés mientras lanzaba dentelladas al vacío, tragando aire a grandes bocanadas. De repente se puso muy rígido, y perdiendo el equilibrio, se desplomó encima del altar de botellas, como si le hubieran dado un tiro desde lejos.

En aquel momento se empezó a poner el sol. Sentí una intensa desazón que no podía ser sólo mía, sino la que me había transmitido él y de la que estaba impregnado el ambiente de todo el lugar. Por unos instantes, no supe qué hacer. Apoyé la mano en la espalda de mi amigo caído, como si pudiera así paliar su sufrimiento, y en la parálisis de la tarde, no pude evitar quedarme contemplando la belleza extraordinaria del crepúsculo, que arrojaba una cortina de fuego, roja y amarilla, sobre las nubes que flotaban sobre New Jersey y el Hudson. Miré luego el túmulo de botellas, la mitad de ellas derribadas por el suelo del templo y cargué el cuerpo de Gal a hombros. Pesaba mucho y al llegar a la altura de los bidones, me detuve a recuperar fuerzas. Oí voces en lo alto de la cuesta. Dos siluetas bajaban velozmente hacia nosotros. Eran Boy y Orlando, los chicos del Luna Bowl. Llegaron junto a mí, y arrebatándome el cuerpo inerte de Gal lo llevaron entre los dos, con gran facilidad, entre risas. A ellos apenas les pesaba. Les dije que había que llevarlo hasta el Oakland. De allá venimos, me dijeron. Nos ha mandado Frank. Dijo que era urgente y ni nos dejó acabar la partida de billar.

Víctor nos esperaba en la puerta. Cuando Frank vio que Orlando y Boy entraban con Gal a cuestas, hizo una mueca difícil de interpretar. Los púgiles lo saludaron entre risas, preguntando qué quería que hicieran con aquel fardo. Les pidió que lo llevaran a su oficina, donde lo soltaron en el sofá y a la salida le pidieron un refresco a Álida. Se lo sirvió el mismo Frank, que les dio un billete de veinte dólares a cada uno. Se me quedó mirando un rato, luego se metió en la trastienda y volvió con una manta. Iba a echársela a Gal por encima, cuando de repente cambió de idea.

Mejor, vamos a subirlo a su habitación. ¿Has estado arriba alguna vez?

Le dije que no.

También es territorio sagrado, contestó. De otra manera.

Víctor transportó el cuerpo de Gal sin la menor dificultad. Álida abrió la puerta con la llave maestra. Entraron todos en el estudio, pero yo no me atreví a traspasar el umbral. Había una ventana con los postigos abiertos; encima de una mesa vi acumulados libros, papeles y una máquina de escribir. Frank dejó allí la carpeta verde.

Una vez abajo, Otero insistió en que me tomara algo, pero me habría resultado imposible seguir en el Oakland un momento más.

Te lo agradezco, Frank, pero necesito descansar. Ha sido un día muy intenso. Nos vemos mañana. ¿Tú crees que Gal está bien?

El gallego se quitó la gorra de golf y se rascó la cabeza.

No te preocupes por él, Néstor. Esto no es nuevo. Mañana, cuando amanezca, dirá que no se acuerda de nada. Me dio una palmada en el hombro, a modo de despedida y añadió: Mejor dicho, no dirá nada.

Once
CONEY ISLAND

Cuando yo era niño el mundo se acababa en Coney Island. Aquel arenal situado en el límite inferior de Brooklyn
era nuestro Finisterre. Todo empezó en el verano del 47.
David le envió al director de su periódico un puñado de artículos y a éste le gustaron tanto que al día siguiente lo llamó para ofrecerle una columna semanal. No era la primera
vez que le publicaban algo, pero esto era distinto. Llevaba
más de treinta años trabajando para el *Brooklyn Eagle*, donde
había desempeñado toda clase de trabajos antes de que lo
nombraran jefe de tipografía, pero su sueño secreto siempre había sido escribir. Nos dio la noticia el día de mi cumpleaños, aprovechando que estaba toda la familia reunida. Su
idea era sacar a la luz los cientos de historias que yacían
ocultas en los distintos barrios de Brooklyn. Lo que le había
mandado al director esa sólo una muestra, tenía mucho más
oculto en la trastienda. Como había tanto que contar, le
dedicaría una serie a cada barrio, empezando por Coney
Island. Tras decir esto, me puso la mano en el hombro y mirando a mis padres añadió: Voy a necesitar un buen ayudante de campo. La abuela May se fue corriendo a la cocina y

volvió con una tarta de frambuesa con diez velas encendidas.

Los viajes empezaron en cuanto me dieron vacaciones. Mi trabajo consistía fundamentalmente en hacerle compañía, escucharle y, ocasionalmente, tomar notas en una libretita cuya única función, ahora me doy cuenta, era que yo me sintiera útil. En su casa, David guardaba una serie de ficheros donde acumulaba el material relacionado con cada barrio. Nunca los llamaba por su nombre; indefectiblemente añadía una muletilla. Las recuerdo todas perfectamente. Coney Island era la Isla de los Sueños; Brooklyn Heights, un «enclave de escritores elegante y señorial». ¿Sabes, Yaco, me preguntó un día (después explicaré el origen del nombre que me había puesto), que fue allí donde se publicó la primera edición de *Hojas de hierba*? Me mostró un ejemplar dedicado de puño y letra por el propio Whitman. «Para David Ackermann [con dos enes, por error], cordialmente, de su amigo» y debajo la pulquérrima firma del poeta. Cuando íbamos a Red Hook («atrabiliario y fantasmal, atestado de tabernas misteriosas, y acribillado de callejones de piedra negruzca»), le encantaba pasear por el puerto. Y así con cada barrio. No podía invocar el nombre de East New York sin añadir «sórdido y sangriento», ni el de Brownsville, sin repetir por enésima vez que era «el teatro de operaciones del temible Sindicato del Crimen». Le fascinaba la historia de aquella banda criminal, a la que habían pertenecido gángsters del calibre de Lucky Luciano, Meyer Lansky y Frank Costello. Más barrios. Williamsburg no era Williamsburg a secas, sino «el abigarrado Williamsburg», a lo que irremisiblemente seguía un comentario explicativo («Hay gente de tantas procedencias, que por poner un solo ejemplo, se cuentan veinte sectas distintas de judíos hasídicos»). Solía rematar sus historias con algún apotegma solemne. Mi favorito era éste: «En fin, que cada barrio es un mundo y Brooklyn el universo». No coincidíamos en todo, por supuesto, él tenía sus preferencias y yo las mías, pero había una cosa en la que estuvimos siempre de acuerdo: el mejor barrio de Brooklyn, a años luz de todos lo demás, era Coney Island.

El viaje en metro duraba alrededor de hora y media. David venía a buscarme muy temprano. El primer día, antes de salir, desplegó un mapa y poniendo el índice encima de una franja anaranjada que tenía forma de sillín de bicicleta lo arrastró lentamente por encima del nombre, dejando las letras al descubierto una a una:

C – O – N – E – Y   I – S – L – A – N – D

Después de la Séptima Avenida, el metro dejaba de circular bajo tierra. Era una maravilla ver el paisaje urbano desde los raíles elevados. A la altura de Brighton Beach, torcíamos, dejando el mar a nuestra izquierda. La vista de la playa era impresionante: miles y miles de bañistas pululando por la arena, formando un magma movedizo que se adentraba entre las olas. El momento culminante era cuando después de cruzar un puente de piedra veíamos surgir ante nosotros la arquitectura visionaria de los parques de atracciones: cúpulas, agujas, minaretes, las gigantescas ruedas de las norias, el perfil de las montañas rusas, y presidiéndolo todo, la estructura metálica del Salto del Paracaídas.

La primera sensación, nada más llegar, era de terror. Para salir del metro había que atravesar un pasadizo muy largo, casi sin iluminar, hasta donde llegaba la risa diabólica de unos autómatas. Yo apretaba con fuerza la mano de mi abuelo y él, que recurría a la mitología griega para todo, me decía que no había nada que temer. Estamos en la Boca del Hades, decía, y así daba comienzo a la primera explicación. Antes, hace muchos años, había una caverna artificial conocida como la Puerta del Infierno. La vigilaba un diablo gigantesco que desplegaba unas alas de varios metros de envergadura, mientras observaba a la gente que hacía cola para entrar. No era un comentario muy tranquilizador, pero al llegar a la superficie, nos aguardaba una explosión de vida y color que lo cambiaba todo.

Regresar a Coney Island después de tantos años me ha hecho sentir una enorme nostalgia. Le pedí a Nadia que me acompañara al Archivo de Ben, para sacar de allí las crónicas del *Brooklyn Eagle*. Leyéndolas, vuelvo a ser Yaco, el niño que exploraba un mundo de fantasía de la mano de su abuelo, a la vez que, sin dejar de ver a David con los ojos de entonces, me acerco a él de hombre a hombre. Sobre todo, he descubierto en él al escritor.

Me doy cuenta de que mi relación con Coney Island ha cambiado y no es sólo porque estoy con Nadia. Todo es distinto: la gente, las calles y, quizás más que nada, la luz. Ahora es invierno, los días son muy cortos y apenas hay bullicio. Por las mañanas la acompaño a la parada de metro, y luego recorro en solitario las calles vacías de Brighton Beach, entro en algún café y me siento a escribir y leer.

Los días que Nadia no tiene que ir a Juilliard nos levantamos tarde y si el tiempo no está muy desapacible, la llevo a los lugares que descubrí en compañía de mi abuelo. Me gusta observarla mientras lee las crónicas de David. Muchas veces, cuando termina una, la leo yo, tratando de imaginarme qué ha podido sentir ella:

> Coney Island mira al mar orlada por un paseo marítimo construido con sólidos tablones de madera. La playa es una larga franja de arena blanca y fina, la misma siempre, por más que los letreros designen con distintos nombres sus tramos sucesivos: hacia levante, Manhattan Beach; a mediodía, Brighton Beach; y por fin, hacia el poniente, Coney Island Beach. Desde tiempo inmemorial, los barcos no consideraban que habían lle-

gado a Nueva York hasta que se encontraban a la altura de Sea Gate. Coney Island se quedaba fuera de la rada, como una polis inquieta y avezada, con la mirada puesta en el océano. Sus proporciones son relativamente exiguas: media milla de ancho por dos y media de longitud. Dos salientes de tierra protegen su marina de los embates del mar. Cuando el explorador Henry Hudson, arribó a lo que habría de ser la ciudad de Nueva York a bordo del *Media Luna*, la embarcación tocó las orillas de Coney Island. Compiten dos teorías en torno al origen del nombre con que se conoce esta montaña que antaño no era más que arena y tierra marismeña, y cada una de ellas guarda relación con un tótem distinto. Los canarsis, una de las tribus de la nación algonquina, y que fueron quienes la vendieron a los colonos ingleses, dicen que el nombre originario del lugar era «Konoh», que quiere decir «oso». La segunda etimología remite a un vocablo neerlandés, «Konijn», que significa «conejo» en la lengua de los primeros pobladores europeos de la isla.

Escritas, las palabras de David me hacen revivir las mismas emociones que sentía cuando escuchaba sus historias de viva voz. Ayer me tropecé con una crónica que me remontó a uno de nuestros primeros paseos. Mi abuelo me había pedido que anotara los nombres de todas las avenidas que nos íbamos cruzando en un tramo del Bowery. Al llegar a una esquina leí:

NAUTILUS AVENUE

¡La nave del capitán Nemo! exclamé, fascinado. Mi abuelo se detuvo, sonriente, y me acarició la cabeza. Un detalle de este tipo era todo lo que necesitaba para poner en marcha sus poderes de fabulación. Así empieza la crónica que escribió como homenaje a mi pequeño descubrimiento:

Carta abierta a mi nieto

Querido Yaco: Los nautilus pertenecen a la familia de los moluscos, al igual que las almejas o las ostras, pongamos por caso, sólo que su concha tiene una forma muy elaborada, y sobre todo, Yaco, que son muy raros de ver. Su hábitat natural son los mares del sur, el Índico sobre todo y en menor medida el Pacífico. El nautilus vive en el interior de una cámara espiral que tiene las paredes interiores tapizadas de nácar. De particular interés es la variedad (o subespecie) conocida como «nautilo de papel», perteneciente al género de los Argonautas. Has de saber que se llaman así porque las hembras (no así los machos) moran en el interior de una cámara nupcial cuya textura se asemeja sobremanera a la del papel. Tal vez ignores de dónde viene el nombre de Argonautas. Pues bien: procede, como tantas cosas, de la mitología griega. No es éste el lugar para contarla, pero la historia alude a la travesía marítima que efectuó el heroico Jasón en busca del codiciado Vellocino de Oro. Algún día te la contaré. Así pues, los nautilus son unos vehículos de forma elegante que desplazan a sus ocupantes por lo más hondo del abismo marino. No es de extrañar que Julio Verne eligiera ese nombre, que además es muy hermoso, para dárselo al submarino a bordo del cual tu admirado capitán Nemo efectuó sus veinte mil leguas de viaje bajo el mar.

Uno de los lugares a los que tenía más impaciencia por volver era el Rincón de Cooper. Preferí ir sin Nadia, me daba miedo encontrarlo demasiado cambiado o incluso que hubiera dejado de existir. Mi abuelo era perfectamente consciente de la imposibilidad de ir a Coney Island sin que acudiéramos allí y la verdad es que resulta difícil imaginar un espacio donde se pueda acumular mayor cantidad y variedad de juguetes, tebeos, baratijas, golosinas y demás parafernalia pensada para excitar y saciar los deseos de una mentalidad infantil. En ningún lugar he vuelto a ver nada semejante. Como entonces, había una ruidosa aglomeración de chiquillos, todos afanados en hacer suyo alguno de los tesoros que se amontonaban allí. Santo cielo, la de emociones que se agolparon en mí en un momento al ver que el Rincón de Cooper seguía exactamente igual que siempre. Me acordé del día que, estando yo intentando decidirme por algo (sólo tenía derecho a un trofeo por visita), se me acercó David con un yo-yo luminoso que tenía forma de sirena. Mostrándomelo, me comentó que era el símbolo de la isla, y me pidió que a la salida me fijara en la cantidad de imágenes de sirenas que había por todas partes. El yo-yo no saldría de la tienda (le ganó la partida un tebeo), pero mi abuelo tenía razón, Coney Island estaba plagado de sirenas: las había dibujadas, pintadas, esculpidas, de plástico, de madera, de neón; en los bares, en los escaparates, en los anuncios, en las atracciones. El hallazgo del yo-yo le había proporcionado el tema de su siguiente crónica. Durante nuestro paseo de reconocimiento, si encontraba algún detalle llamativo, sacaba del bolsillo su cuaderno y tomaba nota de él. Cuando le pareció que teníamos suficiente material me llevó a Dalton's, el beer garden de Surf Avenue. Sentado en la terraza, delante de una cerveza, me preguntó:

¿Tú sabes de dónde vienen las sirenas?

A Dalton's sí que quise ir con Nadia. Nunca lo había visto fuera de temporada. Las ventanas estaban selladas y la terraza y el jardín desiertos. Fue aquí donde David me contó el mito de las sirenas. Desde la cervecería se domina bien el mar. Por un instante me lo imaginé poblado de sirenas. Recordando que me había dicho que los nautilus vivían en los mares del sur, le pregunté a David en qué mar vivían las sirenas. Me miró con extrañeza y saliendo de entre las telarañas de lo que estaba pensando, dijo:

Sabes de sobra que sólo existe lo que cabe comprobar de manera científica.

Sus historias estaban repletas de cíclopes, centauros, amazonas, quimeras, arpías, gorgonas y otros entes portentosos, el catálogo era inagotable. ¿Me estaba dando a entender que jamás podría ver una sirena ni un nautilus ni ninguno de aquellos otros seres de los que hablaba a todas horas?

Esbozando una sonrisa, me explicó que dependía. Los nautilus, por ejemplo, sí existían. Las amazonas en cierto modo, también… O por lo menos habían existido en un pasado remoto, tras el cual, la imaginación popular las había convertido en seres fabulosos. Las sirenas se podían considerar un caso fronterizo. Es decir, había unos animales marinos (origen de la leyenda) que se les parecían mucho (los manatíes), pero tal y como se las representaba (mujeres con cola de pez), no. En cuanto a los centauros, quimeras, y demás, eran seres puramente imaginarios. No existían.

Estábamos sentados a una de las mesas del jardín. Las camareras iban ataviadas como valquirias, cantaban en alemán e incitaban a los clientes a beber. Aquella tarde mi abuelo me puso el apodo de Yaco, que únicamente usaba cuando estábamos los dos a solas. Como siempre, pidió lo que en la jerga de Dalton's se consideraba una jarra pequeña, aunque a mí me pareció descomunal (luego supe que eran de litro). Normalmente, cuando acababa mi refresco, solía darme permiso para mojarme los labios en su cerveza, cosa que yo hacía encantado. Lo que nunca le había visto hacer, por más que insistieran las valquirias, era consentir que le trajeran una segunda jarra. Aquella tarde, no sé bien por qué, se le aflojó la voluntad. Hasta la mitad bebió con ganas, pero luego le empezó a resultar difícil mantener el ritmo. Siempre ponía límite a mis sorbos, pero en aquella ocasión me dio permiso para mojarme los labios todas las veces que quisiera. Me di cuenta de que el abuelo estaba algo mareado cuando, después de darle un buen trago a la jarra, la puso delante de mí, retándome a acabarla. Con gran regocijo por su parte, me puse de pie, la alcé en vilo

226

y di cuenta de los dos o tres dedos de cerveza que quedaban. Profiriendo un grito de alegría, me dio una palmada en el hombro y posando dos dedos en mi frente, como si la estuviera ungiendo, declamó, con voz vacilante:

Hijo del dios del vino, desde hoy te llamaré Yaco.

Entre los centenares de fichas que se acumulan en el Archivo, encontré una que dice:

> **Yaco** - Una de las epifanías de Dionisos. Era a la vez un nombre y un grito de invocación, por medio del cual se saludaba al niño dios en los misterios de Eleusis. Yaco y Baco eran avatares de la misma deidad, aunque por otra parte, se supone que Baco era diferente de Dionisos. En cuanto a Yaco, era hijo de Perséfone, y además de ser el amante de Démeter, mencionado en las historias órficas, era un niño misterioso, que se reía ominosamente en el vientre de su madre, Baubo.

Hay tanto que no sé dónde ha ido a parar. David no dejó constancia por escrito de nuestras visitas a la Biblioteca Pública de Mermaid Avenue (la Avenida de la Sirena, donde también estaba el Rincón de Cooper) ni a los archivos del *Brooklyn Daily* y del *Coney Island Times*, los dos periódicos de la isla. Tampoco hace ninguna referencia a los concursos de Miss Brooklyn, que se celebraban cada verano en el Club Atlantis, y que organizaba precisamente el *Brooklyn Eagle*. Supongo que se me habrán olvidado muchas cosas, otras apenas han dejado un poso de bruma en la memoria. Llevo a Nadia a lugares donde había algo que fue importante para mí pero que ya no existe y mirando un edificio de apartamentos, un supermercado o la sucursal de un banco le cuento qué había antes allí.

También puede ocurrir que el pasado regrese sin que yo lo busque. Anoche, paseando con Nadia, escuché una risa que no había cambiado un ápice con el paso de los años. El Túnel del Terror, le dije a Nadia, señalando la entrada de una de las pocas atracciones que abrían todo el año, y le hablé de la primera vez que entré allí con mi abuelo. Las carcajadas amplificadas de los autómatas se estrellaban contra la bóveda y las paredes del túnel. Una luz muy leve penetraba por unas claraboyas, permitiendo apenas vislumbrar las siluetas de quienes las emitían. Llevábamos unos minutos montados en un tren cuando vimos emerger de las tinieblas a un payaso que llevaba un traje de lunares negros y un sombrero cónico. Avanzaba por las vías, hacia nosotros, dando pasos espasmódicos, que hacían rechinar las articulaciones de metal. Nuestro tren llegó a su altura y el muñeco dejó escapar un alarido espeluznante. Pensé que lo habíamos atropellado, pero al cabo de unos instantes de silencio, su risa tétrica regresó con fuerza renovada, repitiendo una cadencia infinita, siempre con las mismas inflexiones. Agarré con fuerza el brazo de Nadia, electrizado por el eco de algo que hace años me había llevado al paroxismo del terror.

Aquel verano hice un descubrimiento importante. Tardó tiempo en cobrar forma. Una serie de episodios aislados fueron revelándome poco a poco de qué se trataba. Un atardecer, desde lo alto de una colina vimos que había numerosas parejas haciendo cola en el embarcadero de un lago artificial. Las parejas se subían a unos botes que los llevaban hacia una roca que había en medio del lago. Después de zarpar la última, sobre la hilera de embarcaciones se desplegaba un túnel de lona verde, que protegía a los enamorados de las miradas ajenas. El Túnel del Amor, comentó David cuando desaparecieron las parejas, y me contó que siendo él joven, había en Coney Island una réplica del Moulin Rouge, que describió como un famoso local de París dedicado a los placeres, un

Templo de la Carne, fue exactamente la expresión que utilizó. Eres muy pequeño para entender esas cosas, me dijo, y nos fuimos de nuestro puesto de observación.

No tenía tanta razón como pensaba. Yo no le había querido decir nada, pero a principios de agosto había sucedido algo que me permitió identificar aquella desazón que a veces se adueñaba de mí y tardaba luego mucho en desaparecer. Basándome en cosas que había visto, que había oído decir a los mayores, o que había leído en algún libro, un día comprendí que me había enamorado. Ocurrió de manera inopinada. Yo no dije nada a nadie, ni siquiera al abuelo, porque me daba vergüenza. Tenía apenas diez años y ninguna idea concreta acerca de qué pudiera ser el deseo sexual, aunque más de una vez había entrevisto lo que hacían algunas parejas debajo de las tablas del malecón.

Muchas tardes, mi abuelo y yo pasábamos por delante de una tómbola en la que se escenificaban carreras de caballos. La gente se agolpaba para ver el espectáculo y cruzar apuestas, pero nosotros siempre pasábamos de largo, hasta que un día David me preguntó si quería jugar y le dije que sí. Mientras el maestro de ceremonias apremiaba al público a que apostara, reparé en la presencia de una muñeca que me pareció muy especial. Era de tamaño natural, tenía el pelo rubio, los ojos azules y la piel muy blanca. Llevaba una faldita verde claro, zapatos de tacón y aparentaba unos dieciocho años de edad. Era una autómata. Sus movimientos eran leves. Se limitaba a sonreír y a mover los ojos, y de vez en cuando bajaba los brazos para ajustarse la falda. En cuanto empezaba una carrera, se quedaba inmóvil. Todo el mundo estaba pendiente de los caballos, menos yo, que no podía apartar la mirada de la autómata rubia. Apenas terminó la carrera nos fuimos, pero el resto de la tarde, me resultó imposible quitarme de la cabeza a la muñeca de la tómbola.

A instancias mías, hacer un alto allí se convirtió en un ritual. Aunque no apostáramos, yo insistía en ver al menos una carrera y David siempre accedía. Mientras él estaba pendiente de los caballitos, yo clavaba la vista en la muñeca del vestido verde, perdido en la contemplación de su figura, del contorno de los brazos y las piernas, de los ojos y los labios, de sus rasgos, probablemente esquemáticos, pero que a mí se me antojaban muy delicados. Mi abuelo nunca llegó a entender del todo mi empeño por ir a la tómbola, ni tampoco se dio cuenta de que no eran las carreras lo que me interesaba. Yo mismo no acababa de comprender muy bien qué me ocurría. Me conformaba con contemplarla, aunque sólo fuera durante los minutos que tardaba en concluir la carrera. La muñeca no tenía nombre, y una vez que nos íbamos de allí, pasaba a un segundo plano de mis inquietudes, aunque había siempre una emoción que no se llegaba a apagar del todo. Por la noche llegué a tener fantasías amorosas con la autómata, inocentes, nebulosas, pero cargadas de deseo. Mi historia de amor duró unas pocas semanas. Cuando se acabó la temporada de verano y dejamos de ir a Coney Island, aquel sentimiento se fue desdibujando hasta desaparecer del todo. Pasaron el otoño y el invierno, y durante aquel tiempo, rara vez recordé la existencia de la muñeca, y si lo hice, en poco se diferenciaba de cómo evocaba el recuerdo de otras atracciones de la isla. Sin embargo, cuando al año siguiente regresamos a Coney Island, lo primero que hice fue arrastrar a mi abuelo a la tómbola que tenía un hipódromo en miniatura.

Estaba todo igual: el maestro de ceremonias, con el bombín y los tirantes negros, cantaba las apuestas con la misma voz rasposa del verano anterior. Los caballos eran los mismos, y los graciosos jockeys de juguete que los montaban no habían envejecido. Los decorados del fondo tenían los mismos motivos, pintados con los mismos tonos. Sólo faltaba ella, la muñeca sin nombre. Encima de su antiguo pedestal (un cono truncado de color azul, tachonado de estrellas jaspeadas), habían colocado una efigie de Sherlock Holmes.

En las crónicas del segundo verano David explora el mundo de la acción, el delirio de las boleras, las casetas de tiro, los látigos, barriles y norias. Como no podía dejar de ser, le dedica un lugar muy especial, a las montañas rusas, repasando su historia. Da cuenta detallada de las que dejaron de existir, que son muchísimas. Pasadas o presentes, varían considerablemente en cuanto a sus características, origen, altura, dificultad y longitud. En una crónica las enumera con una solemnidad que tiene algo de épico. También a mí me hacía repetir los nombres: Tornado, Thunderbolt, Cyclone, Jumbo Jet, Wild Mouse, Bobsled... Su favorita era el Tornado y la mía el Cyclone. Cuando Nadia y yo nos montamos en esta última, se había integrado en Astroland, el último gran parque de Coney Island.

El Cyclone tenía un compañero natural que era el Salto del Paracaídas, la más peligrosa de todas las atracciones de Coney Island. No distan mucho una de otro, y los fotógrafos siempre buscan perspectivas en que aparezcan juntos los dos grandes símbolos de la isla.

Lo primero que avista quien se aproxima a Coney Island, sea por tierra, mar o aire, es la torre metálica del Salto del Paracaídas. Su silueta hace pensar en las estructuras de Eiffel, aunque tiene un leve aire de pozo petrolífero y a la vez, por la caída de los pétalos de acero que la rematan, recuerda a un hongo nuclear. De la ancha base de estilo art decó brota un tallo de hierro que va adelgazando a medida que se eleva hacia el cielo y al alcanzar su máxima altura se despliega en doce salientes que caen en curva. En cada uno de éstos se encaja un paracaídas de seda, cuidadosamente plegado. Diseñado en los años treinta para uso del Ejército del Aire, era la última prueba que afrontaban los reclutas antes de lanzarse en paracaídas desde un avión. Trasladado a Nueva York con motivo de la Feria Universal (1939-40), una vez desmantelada ésta, se decidió su instalación definitiva en Coney Island, donde ocupa un lugar de privilegio. He aquí cómo se opera: sentado el usuario en un arnés situado en la base de la torre con el paracaídas ajustado a la espalda, se procede a izarlo por medio de seis cables-guía. Cuando el sillín alcanza lo alto de la torre, se acciona un dispositivo que provoca la caída libre. Al cabo de unos segundos se despliega en el aire un hongo de color blanco y naranja. El descenso se amaina gracias a la contención de los cables guía. Aunque debajo de la plataforma inferior hay todo un sistema de amortiguadores, el impacto de la caída es casi tan violento como si se saltara de un aeroplano. Es una atracción peligrosa, sujeta a toda suerte de percances e imprevistos. No es infrecuente que la tela se enganche en el armazón de metal, dejando a los paracaidistas dando violentos bandazos en el aire, hasta que los encargados de seguridad trepan hasta ellos y los liberan. Son rescates peligrosos, y como tienen lugar a la vista del público, eso explica que no sean muchos los espectadores que se animen a probar suerte.

Entre los chicos de mi clase se decía que el que no montara en el Cyclone antes de los once años y en el Salto del Paracaídas antes de los doce, jamás llegaría a ser un hombre. En la taquilla había un cartel que prohibía subir a los menores de diez años, pero como la edad era un criterio difícil de comprobar, había un poste de metal marcado con una muesca, y a la hora de la verdad, ése era el único método válido para determinar si el aspirante podía subir. Aunque yo tenía la edad reglamentaria, el primer año no se planteó la cuestión de montar, por azar más bien, pero hacia el final del segundo verano, le dije a David que quería probar. El tiempo se me echaba encima, y no quería esperar más para demostrar mi hombría, aunque sólo fuera ante mí mismo. No le aclaré a mi abuelo qué razones me movían, y aunque él mismo me había dicho que lo consideraba peligroso, cuando le dije que quería subir asintió. Al llegar a la taquilla, un operario que llevaba un mono militar, se acercó sonriendo, me midió contra la viga y dio su visto bueno. Me ayudó a colocarme el paracaídas y una vez acomodado en el asiento de lona raída, me ajustó una correa de cuero que tenía un broche de latón. Tres de los cuatro asientos restantes también estaban ocupados. Cuando el operario consideró que estaba lo suficientemente seguro, tiró de una palanca e inicié el ascenso, a trompicones. Unos segundos después, vi subir a David. Sentí un hormigueo en la base del estómago mientras los cables nos izaban hacia el cielo. La gente empequeñecía a nuestros pies, al tiempo que la mezcla de músicas procedentes de las atracciones se iba amortiguando, hasta quedar totalmente acallada por los chirridos quejumbrosos de los cables. El parque de atracciones encogió, la gente se convirtió en un conglomerado de corpúsculos negros que ocupaban todo el malecón y la playa. El éxtasis se transformó en pánico cuando, casi a punto de alcanzar el extremo más alto de la torre, vi que el bulto de un paracaidista descendía en picado justo a mi lado, y luego otro y otro más, aunque en seguida me recuperé de la impresión. Cuando llegué arriba, sin darme muy bien cuenta de lo que sentía, absorbí en todo su esplendor la belleza de Coney Island. La sensación de embriaguez se interrumpió cuando de pronto, escuché un chasquido metálico debajo de mi asiento. Me pareció que todo, la vida y el universo, se detenían, y sentí que en torno a mí se adensaba el silencio. Siguieron una explosión seca y el terror indescriptible de saber que me desplomaba en el vacío. Pensé en la Muerte, y al cabo de un tiempo sin medida, me sentí envuelto por una vaharada de calor, y los gritos estridentes de la gente que había presenciado nuestra caída. El suelo, jamás lo olvidaré, subía hacia mí, y las manchas de los rostros se me acercaban, como un mar de máscaras carentes de rasgos. Choqué contra los muelles de la base, y reboté, una y otra vez, y así hasta quizá seis. El mismo operario que me había atado la correa se apresuró a rescatarme. Me acarició la cabeza, y me preguntó: ¿Estás bien, hijo? Me temblaban las piernas y casi no podía andar, pero si la experiencia había sido excesiva para mí porque era un niño, para David lo fue porque era viejo, pero así era el código viril de Coney Island. Mi abuelo estaba pálido. Sin decir nada, me pasó la mano por encima del hombro, y me llevó hacia el malecón, donde nos quedamos contemplando el mar un rato largo.

A principios de agosto el director del *Brooklyn Eagle* llamó a David para decirle que a partir de setiembre, muy a su pesar, se suspendía la publicación de la serie. Cuestiones de reestructuración, nada que ver con la calidad de lo que hacía. Dejaba la puerta abierta a la posibilidad de retomar la idea en el futuro. Mi abuelo no se lo tomó a mal, pero lo súbito de la noticia le planteaba una dificultad con la que no había contado: qué historias elegir de entre las muchas que le quedaban en el tintero. Sus crónicas salían los sábados. Sólo le dio tiempo a publicar tres más. Las tengo aquí conmigo. Las leí de un tirón, y cuando llegué al final no sentí nostalgia, como había anticipado, sino alegría por saber que podría compartir la lectura de algo tan importante para mí con Nadia.

La del día 16, «Un paseo por el West End», es una meditación acerca del destino de los grandes hoteles de antaño, de los que no queda apenas ninguno en el momento en que él escribe. En el malecón, a la altura de la calle 29, se detiene ante un edificio visiblemente deteriorado (la estructura sigue siendo aún majestuosa) reconvertido en Hospital de la Marina durante la segunda guerra mundial, y cuyo inminente destino, aprobado por la comisión municipal, dada su falta de funcionalidad, es convertirse en residencia de ancianos. ¿Sabe la gente que pasa por delante de él que este edificio albergó el hotel más grandioso de la historia de Coney Island? se pregunta el cronista antes de pasar a describir el Hotel de la Media Luna en su época de esplendor, cuando las gentes del gran mundo bajaban de Manhattan a celebrar bailes de gala en sus salones. David habla de la elegancia de las mujeres, de lo decadente de la decoración, de lo audaz del diseño arquitectónico, con su cúpula otomana, enteramente recubierta de mosaicos esmaltados de colores, y rematada por una reproducción del bajel de Henry Hudson, del que había tomado su nombre.

En «Kid Twist», publicada el 23 de agosto, David Ackerman vuelve sobre uno de sus temas favoritos, la época dorada del Sindicato del Crimen, cuando los gángsters de Brownsville campaban por sus respetos a lo largo y ancho de Brooklyn, burlando a las autoridades, que se veían impotentes ante las maquinaciones de la banda más calculadora y sanguinaria de la historia de Nueva York. La crónica termina evocando un suceso que hizo que el Hotel de la Media Luna saltara a la primera plana de todos los diarios del país.

Tan meticulosa en su planificación como una gran empresa financiera, el Sindicato del Crimen habría de caer por causa de una traición. Uno de sus cabecillas históricos, el célebre gángster Abe Reles, alias Kid Twist, se decidió a colaborar con las autoridades. Tenía tanto que contar que la policía de Nueva York copó 75 libretas llenas de notas en las que se daba cuenta de un total de 76 homicidios contratados por todo tipo de clientes y convenientemente consumados por los asesinos a sueldo del Sindicato. Los interrogatorios de Kid Twist tuvieron lugar en la tristemente célebre «suite de las ratas». Además de estar fuertemente vigilada, a fin de evitar que los inquilinos incurrieran en la tentación de suicidarse, o fueran víctimas de cualquier atentado, se tuvo buen cuidado de elegir una suite cuyas ventanas dieran al océano. Naturalmente, en el caso de Abe Reles, las precauciones no sirvieron de nada. Una mañana, Kid Twist apareció sin vida. Si se suicidó o lo mataron, es asunto que jamás se resolvió. Las sábanas con que quiso descender de su jaula de oro, se conservan en los archivos policiales del número 32 de la calle Chambers, en Manhattan, así como las 75 libretas que le costaron la vida…

Encima de la mesa tengo el último artículo, «La Isla de los Sueños», fechado el sábado, 30 de agosto de 1947. Su tema es el Dreamland, el parque de atracciones que para David resume todo lo que significa Coney Island. Es sintomático que no eligiera los legendarios Luna Park o Steeplechase, los dos parques más emblemáticos de Coney Island. David prefiere dedicar la crónica a contar la historia de un fracaso. Dreamland se había propuesto ser el parque más grandioso de todos, y al final resultó ser el más efímero.

Con suma concisión, el cronista resume los datos esenciales: Fundado en 1904, siete años después, en 1911, un incendio lo arrasó sin dejar rastro. El fuego se originó en la Puerta del Infierno, la misma de la que me hablaba siempre cuando salíamos del metro. El artículo da cuenta de cómo el fuego acabó con la inverosímil Liliput, una ciudad en miniatura, habitada por trescientos enanos, dotada de todos los avances del urbanismo de la época. Por razones que no alcanzo a comprender, mi abuelo no dice nada de la suerte que corrieron los pobladores de Liliput, así como tampoco cuenta qué fue de los innumerable bebés prematuros que se exhibían en las incubadoras del célebre doctor Courtney.

A mediados de setiembre, la Isla de los Sueños se empezaba a despoblar. En cuestión de días, la inmensa mayoría de las instalaciones quedaban desmanteladas, las casas de baño cerradas, el malecón semidesierto, la playa prácticamente abandonada. Los letreros de neón dejaban de parpadear. Las puertas y ventanas de cientos y cientos de edificios de madera desaparecían de la vista, cegadas por tablones grises, claveteados por sus propietarios. En octubre, apenas quedaba abierto un puñado de tiendas, y el factor humano se reducía a la población fija, que era muy exigua. Antes de conocer a Nadia, apenas había estado aquí fuera de temporada. Conservo alojadas en el recuerdo algunas imágenes invernales, imágenes de un Coney Island espectral, barrido por un viento helado, pero nunca antes de ahora me había sido dado contemplar el insólito espectáculo de la playa cubierta de nieve.

De todos modos, incluso en pleno invierno, se sigue viendo gente por el boardwalk. El sábado hizo sol y salimos a pasear. Vimos gente en los soláriums, bronceándose con la ayuda de unas hojas de aluminio que concentraban los rayos. Un grupo de bañistas rusos, hombres y mujeres en torno a los cincuenta años, bajó a la playa. Tras hacer unos ejercicios de calentamiento, se adentraron en el mar y estuvieron nadando, indiferentes a los témpanos de hielo que danzaban entre las crestas de las olas. Seguimos paseando hacia el Oeste. Quería que Nadia viera el Hotel Kensington (las crónicas no dicen nada de él), que había sobrevivido a tantos avatares. Su estructura se preservaba intacta, bajo los hierros del Thunderbolt. Cuando se construyó esta montaña rusa, los ingenieros pusieron especial cuidado en que nada afectara al edificio original del Kensington. Siempre bordeando la orilla, continuamos hasta llegar a Sea Gate. Frente a la Roca del Muerto, donde a lo largo de los años se han ahogado numerosos bañistas, vimos el esqueleto herrumbroso de un *ferry* encallado. Acompañé a Nadia a la parada de metro (tenía ensayo general en Juilliard) y seguí deambulando hasta las cuatro de la tarde, cuando empezaba a oscurecer.

Es medianoche y Nadia está dormida. Desde el salón contemplo el océano. Es la vista que me faltó de niño: los faros, los barcos titilando en la distancia, el mar envuelto en la oscuridad. Al oeste destella la lucecita roja del faro de Norton's Point. Más a lo lejos, hacia el sur, parpadean tres faros más que no soy capaz de identificar. Me haría falta tener a David a mi lado, diciéndome los nombres de cada cosa. Hace una noche clara, y el entrecruzarse de luces sobre el agua, con unas embarcaciones cerca de la orilla y otras en la lejanía, hace que el mar me parezca una reproducción de la cartografía del firmamento. Pienso en Nadia, dormida en la habitación de al lado, y no salgo de mi asombro cada vez que recuerdo que cuando vino a Nueva York, de entre todos los rincones perdidos en los cinco condados de la ciudad, se hubiera ido precisamente a vivir a Brighton Beach. La última vez que había puesto un pie aquí debió de ser hace más de diez años. Cuando fui a recoger el informe que Carberry había preparado sobre ella, pensé que había leído mal la dirección.

Este regreso al mundo de mis fantasías infantiles me resulta tan intenso que siento necesidad de que Nadia comparta algo semejante conmigo. Le pido que me hable de su infancia, y a veces lo hace, aunque le cuesta. Acababa de cumplir cuatro años cuando llegó a Estados Unidos y es como si entonces se hubiera cerrado una puerta que deja sumidos en la bruma los recuerdos de Siberia. Dice que a veces le viene a la memoria un puñado de imágenes inconexas: la casa de Laryat, el dormitorio de sus padres, un huerto comunal, donde las coles son de color morado y los cristales tienen una costra de florecillas de nieve. La cubierta de un barco en alta mar, donde su madre está sentada en una silla de lona, leyendo; el puerto de Boston; las calles de la ciudad, en cuesta, silenciosas y ordenadas, flanqueadas de árboles. Una tienda de té, su hermano Sasha y ella jugando en un parquecito. En cuanto puede se calla: prefiere que hable yo.

Hace unos días, paseando por Hampton Road, nos tropezamos con la tienda de ultramarinos de Chuck Walsh, un

238

anarquista amigo de mi abuelo. Siempre que entrábamos, Chuck me regalaba un puñado de caramelos de jengibre. Cuando apareció ante mí la fachada de madera azul oscuro sentí un vahído de emoción. Entramos, por supuesto. El dependiente era un hombre joven, sin ningún parecido físico con Chuck. Nos preguntó en qué podía ayudarnos y me volví hacia Nadia. Ella echó un vistazo y señalando una caja de naranjas que venían envueltas en papel de seda, le pidió una al dependiente y cuando se la dio se la guardó en el bolso como si se tratara de un objeto de gran valor. En la calle me contó que la primera vez que vio una naranja en todos los días de su vida fue en un mercado de Boston, poco después de su llegada a América y que jamás se le había olvidado la sensación que le dejó en la boca cuando su madre le dio a probar un gajo.

Doce
NÉSTOR

Se volvió loco por ella...

Frank iba a añadir algo cuando Álida colgó el teléfono y acercándose desde el fondo de la barra, le susurró unas palabras al oído. El gallego asintió y esperó a que la camarera se alejase para terminar la frase.

...literalmente. No hay manera más exacta de decir lo que le pasó, Ness. Se volvió loco por ella.

Le dio un sorbo al zumo de arándanos y añadió:

Es mejor que hablemos en el despacho. Por cierto, que tengo una sorpresa. No sé si te he dicho que Larsen está aquí. Su barco acaba de llegar de La Habana.

Entramos en su oficina y encendió una lámpara de pie. Encima del escritorio había una caja de Cohibas.

Siempre que Larsen hace escala en Cuba, se acuerda de su amigo Frankie Otero. Un detalle. Claro que yo tampoco lo trato mal a él. ¡Víctor! exclamó de repente.

Buen día, jefe, dijo su ayudante, que acababa de aparecer en el umbral.

Mira lo que nos disponíamos a probar en este mismo instante. ¡Parece que los hueles! Anda, pasa.

El puertorriqueño me saludó con una inclinación de cabeza y situándose por detrás de Otero, se apoyó contra la pared, como si fuera su guardaespaldas. Frank desgarró el precinto e hizo saltar el cierre de latón con los pulgares.

Abre la ventana, hazme el favor, dijo volviéndose hacia él. Que corra un poco el aire.

El mulato subió la persiana y empujó los postigos, dejando al descubierto una pared de ladrillo, cubierta de moho y humedad, acribillada de cables y tuberías. La luz que llegaba del patio interior era tan escasa que Frank dejó encendida la lámpara de pie. Levantó cuidadosamente la tapa de madera y entornando los ojos, aspiró el aroma que desprendía el interior del cofre. Palpó la primera capa de cigarros y comprobando su textura con satisfacción, eligió uno y me lo ofreció.

Te lo agradezco, Frankie, dije, pero sería un desperdicio. No sabría apreciarlo.

No me entra en la cabeza que nadie que perciba este olor no sucumba instantáneamente a la tentación de fumar. En fin, tú te lo pierdes.

Se oyó el chasquido de un mechero. El diente de oro de Báez destelló en la penumbra. Frank acercó el cigarro a la llama que le tendían. Arrastrado por la fuerza de sus pulmones, el fuego penetró entre los pliegues de la hoja de tabaco enrollada, formando un círculo de brasas vivas en la punta. Una nube de humo azul envolvió la silueta de Frankie Otero, deshaciéndose a continuación en láminas que la corriente arrastraba hacia al patio a través de la ventana abierta.

Víctor, ¿por qué no te acercas por Astoria y le echas un vistazo al Camaro de Raúl? No sé qué cojones le pasa que esta mañana no ha conseguido arrancarlo. Me lo acaba de decir y como por aquí no hay nada que hacer hasta media tarde, se me ha ocurrido que le podías echar una mano. Y no pongas esa cara, que Frankie no se va a olvidar de ti. Anda, toma uno de éstos y llévale otro a mi hijo.

No tenía por qué, jefe, pero se agradece el detalle.

Se guardó los dos puros en el bolsillo superior de la chaqueta y dirigiéndose a mí, añadió:

Cójalo suave, Chapman.

Y desapareció.

Frank le dio una calada de tanteo a su Cohiba.

¿Por dónde quieres que empiece? farfulló, saboreando el humo.

Me he tropezado con una laguna en los cuadernos y tengo dificultades para reconstruir la parte de la historia en la que estoy trabajando. No sé si es que se ha perdido el material o si Gal se deshizo a propósito de él, el caso es que aunque he detectado algunas pistas, me da la sensación de que he entrado en una zona nebulosa. De todos modos no te creas, aunque hay cabos sin atar, por primera vez desde que me instalé en el Archivo, tengo la impresión de que *Brooklyn*, la novela que tenía Gal en la cabeza, está empezando a cobrar forma.

¿A qué parte de la historia te refieres?

A la época en la que están los dos en Brighton Beach. La pista se pierde en seguida.

¿Y qué quieres que haga yo?

La verdad es que no lo sé. Hablar. Contarme cosas que recuerdes. Seguro que sale algo.

No creas, entonces apenas si lo conocía. En fin, haré lo que pueda.

¿Cuándo apareció exactamente por el Oakland?

Justo un año después de cuando dices. En el 74. Solía venir por las tardes. Lo recuerdo sentado en un rincón, escribiendo delante de un vodka con naranja, sin hablar con nadie. La segunda o tercera vez que lo vi, me acerqué a su mesa, le dije que era el dueño del local y le invité a una copa.

¿Solía venir con Nadia?

Casi nunca. La primera temporada, antes de que se fueran

de viaje, debí de verla tres o cuatro veces en total. Muchas noches Gal no paraba por su cuarto. Me imagino que se quedaría en Brighton Beach.

¿De qué viaje hablas? En los cuadernos no hay viaje que valga. ¿Adónde fueron?

A varios sitios. Pero en concreto aquella vez fueron a Oaxaca. Gal fue allí más de una vez. Le encantaba.

¿A Oaxaca?

Había pasado allí largas temporadas, antes de conocerla a ella. Por el idioma, más que nada. Estuvo en otras partes de América Latina, pero Oaxaca le gustaba de manera especial porque tenía muy buen clima todo el año y porque estaba lleno de apátridas, y Gal se sentía a gusto entre ellos. Solía decir que eran la única gente que le gustaba, pero sobre todo, lo hacía por el idioma. ¿Nunca te habló de eso?

¿Por el idioma?

Para él era muy importante mantener vivo el español. Era su único vínculo con el pasado. ¿En serio que nunca te habló de eso?

No.

¿Y a ti no te extrañó que hablara sin acento?

Como tantos, como tú, como Raúl, que nació aquí y después de cuarenta años en Brooklyn parece que acaba de llegar de Galicia. Algunas veces, oyéndoos hablar a los *americaniards* pienso que habéis conservado una manera de hablar que se ha perdido en España. Claro que también es verdad que el caso de Gal era distinto, sus padres adoptivos eran americanos y su primer idioma, el inglés, el único que oyó desde pequeño…

Perdona, pero el único no, y puede que tampoco el primero.

¿Qué quieres decir?

¿Entonces tampoco sabes nada de Leonor?

(A falta de una madre de carne, leche, sangre y hueso, le salieron dos, dijo Frank, pensativo. Le resultaba extrañísimo que Gal no me hubiera hablado nunca de aquella mujer. Le tuve que recordar que cualquiera que le oyera hablar así, pensaría que Gal y yo habíamos sido amigos íntimos, cuando la verdad es que lo estaba empezando a conocer cuando se murió. Aparte de que había jugado un papel crucial en la formación de Gal, Frank no sabía gran cosa de la tal Leonor. Ni siquiera cómo se apellidaba, sólo que era de Salamanca, hija de unos republicanos que recalaron en Nueva York, después de haber pasado una temporada exiliados en México, profesores, creo. Se hicieron muy amigos de Ben y Lucía e iban a su casa a todas horas. Parece ser que Gal adoraba a aquella chica.)

Fue idea de Lucía, que era la lingüista de la familia; hablaba cuatro o cinco idiomas, incluido el catalán, que había aprendido antes de alistarse en las Brigadas Internacionales. Gal me contó que fue Lucía la que puso tanto empeño en que Gal hablara perfectamente el español, y desde muy niño lo mandó a la pasantía de Leonor. Leonor había sido maestra nacional en Salamanca, en tiempos de la República, y llevaba la vocación de enseñar en la sangre. Daba clases particulares a hijos de emigrantes y exiliados españoles.

¿Vive todavía? Me gustaría hablar con ella.

Se volvió a México, no sé exactamente cuándo. Me suena que Gal incluso fue a verla alguna vez. No estoy seguro de dónde lo he sacado, pero tengo la idea de que ha muerto. Ness, lo siento, si supiera más te lo diría. Bueno, sí, la vi una vez.

Ah, pues eso es un detalle importantísimo.

Fue algo muy fugaz.

¿Y dónde la viste?

Aquí, en el Oakland.

¿En el Oakland?

Se presentó con Lucía. La única vez que la vi, por cierto. Venían a ver a Gal, que atravesaba una mala racha. Una de esas temporadas que se encerraba a cal y canto en el estudio y no quería saber nada de nadie. En un momento en que Gal se quedó a solas con su madre adoptiva, Leonor me contó anécdotas de cuando Gal iba a su pasantía. Lucía tenía tanto empeño en que hablara español que incluso retrasó su ingreso en la escuela primaria.

Háblame un poco más de todo eso.

Querían que Gal aprendiera a leer y escribir en español antes que en inglés. Por supuesto, el inglés lo hablaba a la perfección, pero gracias a Leonor su relación con el castellano nunca perdió su origen vivíparo, como le gustaba decir a Gal. Después de empezar el colegio siguió yendo a pasantía, un par de horas diarias por las tardes, de modo que nunca llegó a perder el contacto con el castellano. Y cuando a los 14 años Ben y Lucía le contaron la verdad acerca de sus orígenes, la cuestión del idioma cobró una importancia inusitada. A partir de ahí no necesitó que nadie le empujara, siguió fomentando el español por su cuenta. Aparte de que era lo único que lo mantenía unido a España, siempre decía que era el más hermoso de los idiomas naturales, y dominarlo a la perfección era para él una obligación además de un privilegio. Por eso iba tanto a México, e incluso alguna vez a Centroamérica, y por eso se hizo traductor, y por eso era tan importante para él escribir en español… Y por supuesto leer, ya has visto la colección que tiene de los clásicos castellanos…

(…Escribía en los dos idiomas, pero era evidente que se sentía más cómodo haciéndolo en inglés. Pese a ello, no he encontrado ningún escrito juvenil, ni en inglés ni en español. La única alusión a una publicación es cuando cuenta que hizo frente a los honorarios de la agencia Clark con lo que le pagaron en *Atlantic Monthly*. Aunque lo he intentado, no he conseguido localizar el cuento. Cuando hablé con la secretaria de redacción me dijo que lo más probable es que lo publicara bajo seudónimo. El relato no lo mandó él a la revista, fue su amigo Marc Capaldi. En cuanto a los cuadernos, el noventa y nueve por ciento está en castellano. Hay un puñado de anotaciones marginales en inglés, en total no suman ni quince páginas; claro que del material que hizo desaparecer, no hay manera de dar cuenta. Donde sí he encontrado cosas en inglés es en el Archivo de Ben, y luego están los escritos que le pasaba a Louise Lamarque. También hay algunos textos sueltos, como la semblanza de Lérmontov, pero eso queda fuera de la órbita de *Brooklyn*. La incógnita es cuánto material habría destruido antes de morir. Me da la sensación de que cuando supo que se le acercaba el final, aceleró el proceso de destrucción, sobre todo de los originales en inglés, aunque de esto, como de tantas otras cosas, no estoy completamente seguro…).

El rostro de Frank había vuelto a desaparecer tras una cortina de humo.

¿Dónde estábamos? pregunté.

Gal me dijo que acababa de volver de Oaxaca, donde había pasado un par de meses con Nadia y quería saber si estaba libre alguno de los cuartos de arriba.

¿Se habían separado?

No sé si se puede hablar de separación, porque eso equivaldría a decir que rompieron algo, y ellos tenían una relación muy particular. Lo que sí te puedo decir es que a diferencia de los primeros tiempos, inmediatamente después del viaje, ella empezó a venir por el Oakland con más frecuencia. Cuando digo por el Oakland me refiero al estudio, el bar prácticamente no lo pisó. La situación se mantuvo así varios meses, tres o cuatro. Un día Nadia dejó de venir y Gal no tardó mucho en volverse a ir de Nueva York. Lo hizo sin dar explicaciones. Simplemente recogió sus cosas y se largó. Desapareció durante tanto tiempo, que de hecho yo estaba plenamente convencido de que jamás le volveríamos a ver el pelo, pero me equivoqué. Al cabo de un par de años, se presentó aquí, y me preguntó si me acordaba de él. La ocurrencia me hizo soltar una carcajada. Quería alquilar un cuarto, pero yo no tenía ninguno disponible. Entonces se me ocurrió la idea de ofrecerle el estudio de Raúl. Lo tenía reservado desde siempre para mi hijo, pero él no quería irse de casa. No había manera de echarlo. Hasta que le compré un piso en New Jersey y no le quedó más remedio que independizarse. A Gal el estudio le pareció perfecto para escribir. Ya nunca se iría de allí. Lo que más me llamó la atención fue que cuando volvió estaba muy envejecido, como si hubieran pasado diez años y no dos. Cuando se fue aún tenía aspecto joven, pero la persona que volvió era distinta. Quizá por eso me preguntó si lo reconocía. Era consciente de lo mucho que había cambiado y suponía que los demás también lo notaban. Y no era sólo el físico, también le había cambiado el carácter: se había vuelto más hosco y reservado; estaba mucho más metido en sí mismo que antes. Era como si se le hubiera evaporado la juventud. El Gal que volvió era un hombre maduro, más que eso, parecía alguien derrotado por la vida. Muy extraño.

¿Hablaba mucho de Nadia?

Iba por temporadas. La tenía siempre en la cabeza, eso sí. Había veces que se mostraba más locuaz, otras sin embargo, era reservado hasta lo enfermizo. Cuando me contaba cosas de ella, yo le escuchaba con cierta prevención. No es que pensara que mentía, Gal era incapaz de eso, sólo que transformaba los recuerdos, igual que transformaba la realidad. ¿No es eso lo que hacéis todos los escritores?

Ayer me acompañó a recoger unos libros que Marc había dejado para mí en *The Mad Hatter*. Cerca de allí, justo al lado de la cárcel, en la esquina de Boerum Place con Schermerhorn, vimos una aglomeración de gente delante de un edificio de aspecto muy austero. Junto a la puerta había una placa que decía:

FRIENDS MEETING HOUSE

Así es como los cuáqueros se denominan a sí mismos: amigos. Un individuo alto reparó en nosotros y se nos acercó: Si vienen al funeral de Alice Keaton, dijo con un fuerte acento eslavo, su hermano está ahora mismo recibiendo en el vestíbulo. Nadia y yo nos miramos a los ojos. Habíamos pensando lo mismo. Entramos. El hermano de Alice Keaton era pelirrojo, de unos cuarenta años. Llevaba traje negro, sin corbata. Una pareja que acababa de hablar con él le dio la mano, y subió por la escalera. Nadia y yo los seguimos. En el primer piso, al otro lado de una puerta de doble hoja, se veía una sala muy espaciosa, de forma cuadrangular y techos muy altos. Dos de las paredes tenían grandes ventanales que daban a un jardín interior. Las otras dos, de color blanco, estaban desnudas. Unos bancos de madera descendían hacia el fondo de la sala, como las gradas de un teatro. En el centro de la estancia había un atril con una Biblia, junto a un taburete de terciopelo rojo donde reposaba un estuche abierto con un violín dentro. Los asistentes fueron ocupando las gradas, sentándose de dos en dos o tres en tres, o individualmente, dejando bastante espacio entre sí. El hombre de negro recibía a los rezagados en la entrada. Cuando dejó de llegar gente, bajó a la primera grada y se sentó. Hacía un mediodía desapacible, de luz turbia.

Siguió un silencio ininterrumpido.

Me sobrecogió la manera de rendir homenaje a la memoria de la fallecida. Cuando se lo conté a Marc, me explicó que la obligación de observar silencio no es tajante; el que quiera puede levantarse y tomar la palabra, aunque aquel día no lo hizo nadie. Era un silencio subyugante, sólido, sin fin, y me costó trabajo adaptarme a él. Al contrario que yo, Nadia estaba serena, sentada al borde del banco, con la mirada perdida más allá de los cristales. En algún momento, por fin logré dejarme envolver por el silencio y perder la noción del tiempo. Sentía que flotaba dentro de mí mismo. Mi cabeza se desplazaba a otros lugares, arrastrándome a planos temporales diferentes. De cuando en cuando volvía en mí y miraba a Nadia. Seguía ensimismada. Al cabo de no sé cuánto tiempo, noté que le cambiaba el semblante. Frunció el ceño, como si hubiera tomado alguna determinación, se levantó y descendió hasta el centro de la capilla. Se dirigió hacia el lugar donde estaba el hermano de Alice Keaton y señaló el violín. El pelirrojo asintió. Afuera, había empezado a caer una lluvia fina, que salpicaba los cristales. Nadia extrajo el violín del estuche y tocó una melodía muy dulce, que parecía una prolongación del silencio. La gente no cambió de actitud, y cuando se apagó la música, fue como si, en efecto, el silencio no se hubiera interrumpido nunca. Cuando pasó junto a él, el hermano de Alice se levantó y le dio la mano. En lugar de volver a sentarse junto a mí, Nadia se dirigió hacia la salida y me esperó.

Fuera, la lluvia caía ya sin fuerza y al cabo de unos minutos cesó del todo. Me sentía purificado, muy cercano a ella y tardé mucho en hablarle. Cuando lo hice fue para preguntarle qué había tocado. Una sonatina de Schubert, contestó con voz casi inaudible, y ninguno de los dos volvimos a decir nada en mucho tiempo. Mientras estábamos en la capilla cuáquera se había detenido el tiempo y ahora le costaba volver a arrancar. La calle olía a tierra mojada y a ese aroma acre que se desprende de la corteza de los árboles cuando la atmósfera está cargada de electricidad. Fuimos dando un largo paseo hasta Columbia Heights.

En la *promenade* nos sentamos en un banco a contemplar la línea del cielo de Manhattan. El cielo estaba parcialmente despejado tras la lluvia. La vista del mar era preciosa. Se veía todo tipo de embarcaciones, inmóviles o surcando el agua:

petroleros atracados en la lejanía, remolcadores, barcazas que cargaban toneladas de basura, ferries de pasajeros, cruceros atestados de turistas, las lanchas de la policía, yates, balandros, transatlánticos y hasta un junco chino que no paraba de dar vueltas y sabe dios cómo habría llegado hasta allí. Nadia se fijó en los mástiles altísimos de los veleros, en las viejas goletas ancladas en South Sea Port, y por último posó la vista en los buques mercantes que estaban amarrados a los muelles de Brooklyn.

En aquella zona atracan los cargueros daneses, que capitanean los amigos de Frank Otero, le dije, y le conté que allí había estado ubicado el primer Oakland, hacía muchos años. Frank se lo compró a un danés. Así empezó la historia.

Siguió un momento mágico. El sol se coló por entre dos filas de nubes, y los colores del crepúsculo tiñeron el cielo de un naranja sanguinolento. Nos quedamos en silencio, viendo cambiar los colores de la tarde. Entonces le pregunté si se quería casar conmigo.

Se quedó mirando fijamente la línea del cielo, sin cambiar de expresión. El mar, de un color azul metálico hasta entonces, empezó a teñirse de reflejos cárdenos. Cuando la esfera del sol se ocultó por detrás de las casas de New Jersey, me preguntó:

¿Nos vamos?

Le pedí que esperara un poco más, porque quería ver anochecer.

A medida que el cielo se iba oscureciendo, en los flancos de los rascacielos iban saltando de manera irregular cuadriláteros iluminados como si alguien estuviera recomponiendo un rompecabezas de luz blanca.

Ringleras de focos multicolores resaltaban el trazado de los puentes. Cuando las primeras estrellas se empezaron a destacar contra el fondo de la noche, nos levantamos y nos fuimos caminando, muy despacio, cogidos de la mano, por Montague, en dirección al metro. Durante el trayecto estuvimos en silencio. En su apartamento, me arrastró al dormitorio y cuando hicimos el amor no fue como otras veces. Pero en cuanto a la pregunta que le había hecho en la *promenade*, en ningún momento dijo nada. Era como si no se la hubiera hecho.

¿Por qué no llegaron a vivir juntos?

La verdad es que todo ocurrió muy deprisa. Fue como un disparo en la oscuridad. Según Gal, Nadia era demasiado independiente; le aterraba la menor forma de atadura. Pero eso era lo que más le atraía a Gal de ella. Lo que más le gustaba de Nadia era lo que más daño le hacía. Encarnaba en su persona la atracción del abismo, no sé cuántas veces le habré oído decir eso.

Hace unas horas, en la cafetería del Astroland se lo he vuelto a preguntar y me ha repetido que no quiere que haya ningún vínculo entre nosotros. No se quiere atar a nadie, me repite. Lo dice con una firmeza que me deja sin capacidad de reacción. Yo no me doy cuenta de lo absurdas que son las cosas que le digo hasta que las veo escritas en este diario.

[...]

Le pregunté si me quería. Se me quedó mirando y tardó mucho en decir:

Es que no entiendo lo que significan esas palabras.

No hay nada que entender. Ni que explicar. Simplemente, dilo.

Por favor, no me hagas preguntas que no sé cómo contestar.

De nuevo el silencio, sólo que ahora era diferente, porque me parecía que en su seno restallaba una afirmación. Aún era inaudible. Me imaginaba un monosílabo bajando los peldaños de una escalera que no se sabía bien adónde conducía. Posó en mí sus grandes ojos verdes, mientras me acariciaba la mano. Seguramente le repetí la pregunta, porque le oí contestar:

Ya sabes que sí.

252

Le volví a preguntar lo mismo que en la *promenade*. Apartó la mano, cerró los ojos con cansancio y empezó a decir:

Gal...

Me llevé el índice a los labios.

Entendido. No más preguntas, señoría. El interrogatorio ha terminado.

Se levantó bruscamente y cogiéndome del brazo me sacó de la cafetería y me arrastró hacia la base de la torre del Astroland. Como era martes, la cola de gente era enorme, porque todo el mundo quiere tener la oportunidad de ver los fuegos artificiales desde el ascensor de cristal, que sube hasta cien metros de altitud. Yo hubiera desistido, pero Nadia estaba empeñada en montar. Ninguno de los dos habíamos entrado nunca en Astroland. No acababa de reconocerla. Estaba muy alterada. Parecía una adolescente, lo señalaba todo con avidez, comunicándole su entusiasmo al resto de los pasajeros. Mientras ascendíamos rodeados de desconocidos, con su cuerpo apretado contra el mío eché un vistazo al parque y recordé cuando subí con mi abuelo al Salto del Paracaídas: a nuestros pies disminuía de tamaño aquel mundo de fantasía y entrábamos en una zona que parecía estar regida por otras leyes. Pensé en mi abuelo David, apartado para siempre de mí, a merced de la crueldad del tiempo. No llegó a conocer Astroland (él murió en el 58 y el parque no se inauguró hasta el 63), aunque a él aquella estética le hubiera resultado ajena. Casi todo hacía alusión a la era espacial. Subíamos en un ascensor de cristal que daba vueltas abrazado al perímetro de la torre, permitiendo que se vieran los cuatro puntos cardinales. A nuestros pies, la gente hacía cola para subirse al Mercury Capsule Ride y vivir un viaje simulado en una cápsula espacial. Sobre los espectadores se cernía un panorama de cohetes y satélites que surcaban el espacio suspendidos de cables. Por supuesto, se conservaban atracciones de los viejos tiempos. Entre todas, se destacaban las cumbres caprichosas del Cyclone. Algo más lejos, fuera de los límites del parque, como un símbolo de reconocimiento procedente del pasado, la silueta del Salto del Paracaídas. Tras ella, la superficie negra del mar, salpicada de los reflejos de los fuegos artificiales.

Consiguió lo que quería. Estuvimos un tiempo largo arriba, contemplando el clímax de los fuegos. Cuando bajamos, Nadia seguía presa de una gran agitación. Me cogió de la mano con fuerza y me dijo que quería que montáramos en el Cyclone. La seguí, aturdido, sin saber muy bien por qué lo hacía. Fue un viaje violento, absurdo, nos rodeaba gente que profería alaridos histéricos que nos taladraban los oídos. Cuando terminó el trayecto de pesadilla yo temblaba ligeramente, pero a ella aún le quedaba energía. Atravesamos el parque corriendo; ella me llevaba de la mano, y en la salida de Neptune Avenue paró un taxi y le pidió que nos llevara a Brighton Beach. En su apartamento, haciendo el amor, me sentía a su merced. Percibía su desesperación. Cuando terminaba, me obligaba a empezar de nuevo. No sé cómo conseguía volver a tener fuerzas. Sólo me ha ocurrido con ella. Por segunda vez aquel día, se había vuelto a interrumpir el tiempo. Me olvidé del mundo, de mis terrores. Por fin, se quedó dormida, inaccesible, lejísimos de mí.

Bajé a la calle y fui hasta Coney Island dando un largo paseo. Sentado en un banco del boardwalk, pensando en el intercambio de pensamientos, de sentimientos, de silencios entre Nadia y yo, me di cuenta de que era precisamente su alma lo que se me escapaba, por más que ella se apoderara de mi cuerpo y me diera el suyo tantas veces.

Su cuerpo,
      pero
           no:
                 me cuesta

254

demasiado
    poner las palabras
        los conceptos
            en el lugar que les corresponden.

    Por eso
        necesito escribir
            sobre ella /sobre ti.

Necesito escribir sobre ti en el diario, porque aquí, sólo aquí, puedo decir sin cortapisas lo que quiero expresar. Estando contigo no puedo, percibo tu tensión y al final opto por callarme. Así que espero a quedarme a solas para estampar en el papel palabras que estando contigo no me atrevo a utilizar. Reconozco que nadie sabe demasiado bien qué significan. Puede que no signifiquen nada, pero a mí me hacen falta. Las necesito para tratar de entender lo que me pasa. Contigo. Qué le pasa a mi alma cuando estoy contigo, qué me pasa cuando estoy dentro de tu cuerpo, y qué te pasa a ti, qué me transmites, qué te transmito yo. Yo, que nunca he tenido el menor atisbo de interés por nada religioso, siento que nuestros encuentros sexuales son una experiencia de ese tipo. No me dejas decirlo. Me doy cuenta de que para ti es otra cosa, o si es la misma, prefieres no verbalizarla. En eso eres distinta a mí, yo necesito manosear cada hecho, envolviéndolo en palabras, escribirlas después, y acariciarlas, una a una. Tenemos tanto miedo a llamar a ciertas cosas por su nombre. Sin embargo, todo lo que escribo ahora no es más que la verdad. Y si escribo pensando en unos ojos, es en los tuyos. Quizá algún día leas esto. No pienses que no me cuesta; aunque me atreva a llamar a las cosas por su nombre, no puedo evitar sentirme inerme al hacerlo. Algún día le daré forma a lo que escribo. Te devolveré a través de la escritura lo mucho que tú me has dado a mí. No sabía por qué iba escribiendo, pero ahora sé que tiene sentido por ti. Tengo en la cabeza la idea de escribir algo sobre Brooklyn. No sé qué clase de libro podrá ser, pero lo haré. No sé qué busco, sólo sé que es algo que se oculta tras los miles de palabras que no puedo dejar de escribir. No sé qué es, qué puede ser, pero me gustaría desenterrarlo y darle forma, sólo para ti. Para ti escribiré este libro, *Brooklyn*. *Brooklyn* nacerá gracias a ti, por culpa tuya.

Lo que más daño le hizo, dijo Frank, fue cuando supo que se había enamorado de un tal Eric… Gal me contó algunas cosas de él, más bien poco. Le hacía demasiado daño hablar de aquello. Esto, ¿cómo se apellidaba…? Rosoff, creo. Eric Rosoff, sí. Eso es. Era judío y era compañero de Nadia en la Juilliard School of Music. Era de Boston, muy frágil, casi femenino, algo más joven que ella. Pianista. Calzaba guantes blancos a todas horas, para salvaguardar la delicadeza de sus manos. Todo el mundo decía que era un genio de la interpretación y que tenía un gran futuro por delante. Era más joven que ella, tendría algo más de veinte años. Y Gal treinta y siete, a todo esto. La historia de Nadia con el pianista echó por tierra el tinglado que se había montado. Hasta entonces había conseguido mantener vivo el engaño. Había escrito mentalmente el guión de una película, y se lo creía a pie juntillas. Fiel al espíritu de su guión, había logrado convencerse a sí mismo de que Nadia no podía cambiar. Le costó trabajo, pero había conseguido aceptarla como era. No era de ningún hombre, ni su cabeza ni su corazón funcionaban así. Era rabiosa, gozosamente independiente y libre, y eso era lo que más le gustaba a Gal, aun al precio de tener que renunciar a ella. Reconozco que me gustaría que fuera mía, insistía en decir, pero no puede ser. Me ha costado trabajo, pero por fin he conseguido aceptarlo. Al principio creí enloquecer, pero ahora está bien. Me alegro de que sea así. Ya no me importa. Hablaba de ella con mucha autoridad, como si la comprendiera mejor que ella a sí misma, pero la verdad es que no sabía muy bien lo que pasaba. Eran tiempos muy confusos, en todos los sentidos. En cuanto a Nadia, era evidente que había cosas que no encajaban con la teoría de Gal, y como es lógico, él prefería no verlas. Para Gal había algo que lo justificaba todo: sucediera lo que sucediera, al final, Nadia siempre volvía a él. Sencillamente, lo necesitaba. Punto. Y en cierto modo, no le faltaba razón. Sólo que no lo hacía por los motivos que él hubiera querido atribuirle. Las cosas no tenían, cómo decirlo, la dimensión de eternidad que él tendía a asignarles. Digamos que el guión funcionaba hasta la mitad de la película, por explicarlo de alguna manera, y después fallaba. Para él era difícil, porque efectivamente Nadia, después de alejarse, tarde o temprano volvía a aparecer. Lo buscaba, se presentaba aquí y si no estaba, lo esperaba. Se quedaba a dormir en su cuarto, no se despegaba de él en varios días. Eso duraba a veces semanas enteras. Se iban de viaje, y luego el ciclo se repetía casi de manera ritual: Nadia dejaba de necesitarlo, volvía a dejarlo, a desaparecer. Cuando no la tenía cerca se volvía sombrío, desagradable, hostil. Bebía sin tasa ni medida. Durante mucho tiempo, el guión se repitió de manera cíclica, sin apenas variaciones. Pero lo del pianista fue diferente. Cuando entró en escena Eric Rosoff, cambió el guión de la película.

¿Por qué?

Digamos que Gal aceptaba que, como decía él, Nadia le diera su cuerpo a otros… Eso fue algo que aprendió relativamente pronto. Pero con el pianista la cosa fue más lejos. Del pianista se enamoró de verdad, y eso era algo con lo que Gal no había contado. Conforme al guión, Nadia era incapaz de enamorarse, estaba por encima de aquella pasión que afecta al común de los mortales. A sus ojos, aquel desapego le confería un aura de superioridad; la veía como a una especie de diosa, y siendo él mortal, no podía aspirar a su amor. Conforme a la ficción que se había montado, Nadia era un alma instintivamente libre. La realidad hizo añicos aquella ficción. Gal intentó no darse por enterado, pero era difícil mantener el engaño. Nadia no era la diosa que Gal se empeñaba en creer que era. En presencia de aquel alfeñique se anuló: se sentía con él como Gal con ella. Se fue a vivir con el pianista, cosa que jamás había hecho con él, y cuando se lo propuso se casaron, otro detalle que no estaba previsto en el guión. Se suponía que a Nadia le espantaba la idea del matrimonio. Aquella era otra de las monsergas de Gal: desde siempre Nadia había proclamado a los cuatro vientos su aversión hacia la institución matrimonial. Gal lo contaba con tanto énfasis, que rozaba el ridículo. Y un buen día, zas, se casó, así, como quien no quiere la cosa. Ella misma le comunicó la noticia. Eso fue lo que Gal nunca pudo superar. Le atormentaba todo de su relación con Nadia, incluso el terrible sentimiento de frustración que generaba en ella el saber que jamás podría tener hijos, cosa que deseaba con tanta fuerza. Sólo que… en medio de la gran farsa que se había montado Gal en torno a Nadia, siempre hubo un punto de verdad, y eso es lo que justificaba su fidelidad, su esperanza.

¿A qué te refieres?

A que a ella le resultaba imposible despegarse del todo de él. A su manera, lo siguió necesitando. Y aunque dejaron de verse, siempre le escribió. Le hablaba de sus preocupaciones más íntimas. Lo primero que hizo cuando se divorció del pianista fue escribirle a Gal.

¿Eso cuando fue?

Al cabo de poco más de un año de casados. La historia del pianista no había sido más que un espejismo, eso es lo que pensó Gal. Nadia seguía siendo la misma, por eso aquel matrimonio no podía durar. Verás como aparece por aquí, me decía, y en efecto, un buen día Nadia se presentó en el Oakland. Nos quedamos todos de una pieza, menos Gal…

Esa parte la tengo en los cuadernos.

Ha vuelto. Lo sabía. Sabía que lo haría. Ha vuelto de la misma manera que otras veces: porque necesitaba seguir siendo ella, viviendo, explorando, tratando de ver qué le aguardaba en el mundo… Ha hecho lo que tenía que hacer, ha estado en el mundo y ha vuelto. Me llamó por teléfono y me pidió permiso para venir a verme al Oakland. Le dije que no tenía que pedirme permiso para nada, que sabía perfectamente que podía presentarse aquí sin avisar, cuando quisiera. Vino, subió al estudio. Su belleza casi no me dejaba entender sus palabras, pero cuando pude concentrarme lo suficiente, me di cuenta de que repetía algo que le he oído demasiadas veces ya: que ha vuelto porque me necesita, porque se siente segura a mi lado, porque el mundo está lleno de trampas y asechanzas, y sabe que yo no le voy a fallar. Sentí un leve vértigo. Dejé de prestar atención a sus palabras para fijarme sólo en ella. Me di cuenta de que algo había cambiado. La mujer que me hablaba no era la Nadia que yo había conocido. Comprendí que había una gran distancia entre lo que decía ella y lo que oía yo. Le pedí que no dijera aquellas cosas… Ahora era yo quien no aceptaba ciertas palabras. La pureza y la autenticidad de que hablaba no existían en el mundo, eran un reflejo de su ansiedad por encontrarlas, y como no lograba dar con ellas, me las atribuía a mí. Le dije que lo que me decía carecía por completo de sentido. Le pedí que me contara cosas de ella, y a medida que lo hacía vi con claridad qué era lo que no acababa de encajar: No ha vuelto por mí. Me necesita, pero no como yo hubiera querido. Ha vuelto porque le han hecho daño. La dejé hablar, esperando a que se calmara, y entonces se lo pedí. Le pedí que se fuera, que me dejara solo, que siguiera adelante con su vida. Me miró en silencio y volviendo en sí me dijo: Hasta siempre Gal y yo cerré los ojos agradecido.

Me extrañó verla en el bar, dijo Frank. Parecía desconcertada. Le pregunté por Gal, y se limitó a decirme que estaba bien. La acompañé a la puerta y cuando ya nos despedíamos, me atreví a preguntarle cómo es que se iba, si acababa de llegar. No tenía tanta confianza como para decirle una cosa así, pero no se lo tomó a mal. Con toda naturalidad, me contestó que no se iba por su propia voluntad, sino porque se lo había pedido Gal. Lo gracioso es que esa parte, aunque ya quedaba fuera del guión, también se le olvidó, o por lo menos, no fue ésa la manera en que eligió recordar lo que había pasado. Pero esa es la verdad. Le pidió que se fuera para siempre, que no volviera, que no se dirigiera nunca más a él. Y Nadia obedeció. Cumplió sus deseos punto por punto, menos uno: aunque le había pedido por favor que no lo hiciera, le siguió escribiendo.

¿Hasta cuándo?

Hasta el 86. Lo hacía de manera más bien irregular. Al principio, trató de cumplir la voluntad de Gal. Hubo un lapso de silencio relativamente largo, de varios meses, pero luego empezaron a llegar las cartas, primero poco a poco y luego de manera más continuada. Al cabo de bastante tiempo, se inició el proceso contrario. Fue dejando de escribir, hasta que su correspondencia dejó de llegar definitivamente. Tras una temporada larguísima en la que no había habido ninguna carta, llegó la famosa postal de Las Vegas. Digo famosa porque Gal me habló muchas veces de ella. Durante un tiempo la llevó encima, y de vez en cuando me la enseñaba. Tiene que estar en los cuadernos, segurísimo. Si no lo has hecho ya, pronto darás con ella. Ésa fue la última vez que le escribió. Pero de esto hemos hablado más de una vez, ¿no?

(En la postal se ve un casino con una iluminación delirante que cae sobre una mezcla de elementos arquitectónicos imposibles de conciliar. Al fondo, sobre una cúpula que pudiera ser bizantina, se despliega un arco de neón que dice: Coney Island. Por detrás, una montaña rusa. Al dorso de la postal, una nota breve, en inglés. Es la única muestra que he encontrado de la caligrafía de Nadia. Las letras son gruesas, redondeadas, de trazo tembloroso, algo infantil. Está fechada el 12 de enero de 1986. La traducción de Gal viene en una hoja aparte).

Querido Gal: Anoche soñé contigo. Estábamos los dos en tu piso de Hell's Kitchen. Todos los detalles eran muy vívidos: la mesa de madera de la cocina, la Underwood. De repente, no sé cómo, estábamos en Astroland. Tú me perseguías. Tenías el rostro desfigurado. A veces creía que no eras tú, pero luego tenía tu cara muy cerca, y sí que lo eras. Subimos juntos al Salto del Paracaídas, que funcionaba, a pesar de que lleva tantos años cerrado. Tú me decías que saltara, pero a mí me daba miedo. Tratabas de convencerme, diciendo que lo habías hecho muchas veces. Al final me empujabas… El sueño se termina ahí. Pero sé de dónde viene. ¿Sabes? He vuelto a perder el niño. Estuve a punto de enloquecer, pero no le quise decir nada al padre. Me han dicho los médicos que soy yo… A mitad del embarazo, me quedo sin fuerza. No soy capaz de mantener con vida el feto. Me ha dicho el ginecólogo que deje de intentarlo, que tantos abortos espontáneos son peligrosos. Me cuesta aceptarlo. Es un golpe difícil de encajar, pero poco a poco vuelvo a estar bien. Estoy aquí de paso, qué sitio más absurdo, ¿verdad? Lo elegí para estar lejos de todo. Aquí no me encontrará nadie. No estaré más que unos días. De todos modos, esta ciudad tiene algo, no sé bien qué, que me gusta. ¿Qué te parece la postal que he encontrado? Tiene gracia, ¿verdad? Las Vegas me recuerda un poco a Coney Island, pero sin alma, como dirías tú. Me recuerda lo que me decías tú al salir del metro, de que estábamos en la Boca del Infierno, y eso me gusta, me gusta estar cerca del infierno, como a ti. Te echo mucho de menos, Gal, me gustaría estar contigo, que me contaras una de tus historias, hasta conseguir que me quedara dormida. Ahora estoy cansada, pero te prometo que te es-

261

cribiré una carta larga, muy pronto… ¡Queda prometido! Hasta pronto,

N. Ⓖ.

En medio del texto caligrafiado por Nadia se ve la mancha de una gota de café. Alrededor de la G. de la firma, Gal había trazado un círculo a tinta roja. Acaricié la letra con la yema del dedo. Tenía la costumbre de firmar añadiendo la inicial del apellido. Nadia O. Nadia R. ¿Pero de dónde venía la G.? Me imaginé a Gal haciendo las mismas cábalas que yo, aunque no había muchas vueltas que darle. Nadia Orlov, después Nadia Rossof, y ahora Nadia G. Poco importaba que ni Gal ni yo supiéramos quién era.

Se había vuelto a casar.

Trece
EL ÁNGEL EXTERMINADOR
(FRAGMENTOS DE *BROOKLYN*)

Mihrab

[Marzo de 1969]

Lunes. Llamada telefónica de Louise. Ha salido lo del Chelsea. Sylvie ya se ha instalado en el hotel. El miércoles se va a reunir un grupo de amigos para desearle suerte con la suite. Por fin voy a conocer a su amiga, pero antes tengo que hacerle un favor. ¿Puedo ir con ella y con Mussifiki a una tienda de antigüedades de Brooklyn Heights? Sé quien es Mussifiki, ¿verdad? Mussifiki Mwanassali, nunca habéis coincidido pero te he hablado de él. Crítico de arte, historiador, profesor de NYU, autor de un libro sobre las alfombras del Kurdistán. No caigo. Sí hombre, si le estuviste echando un vistazo en mi estudio, la última vez que viniste a Deauville. Le digo que recuerdo vagamente el libro. Louise hace una pausa durante la cual oigo el chasquido de un mechero. Pues resulta que Mussifiki ha hecho uno de sus descubrimientos. Husmeando por las tiendas de Brooklyn Heights, ha dado con una alfombra kurda y se le ha metido en la cabeza que la tengo que comprar yo. Dice que en cuanto la vea lo entenderé. Total, que mañana hemos quedado a las tres y, si puedes, me gustaría que me acompañaras, ¿te viene bien la hora, Gal? Sí, no hay ningún problema. Lo del miércoles va a estar muy bien. Va a venir Moreau, Robert Moreau, el poeta. Acaba de llegar de París. Volviendo a lo de la alfombra, a Mussifiki Mwanassali le falta un tornillo, pero estoy segura de que se trata de algo especial. La verdad, es un detalle por su parte. Le da miedo que caiga en manos de algún lerdo incapaz de apreciarla. Si pudiera, se la llevaría él, pero ni en su casa ni en el despacho queda un solo centímetro sin alfombrar, incluidas las paredes y si me apuras hasta el techo. He pensado en regalársela a Sylvie, para que le dé suerte con el Chelsea.

Martes. Llego al Bazar Esmirna a las tres en punto. Louise está hablando con un tipo alto, flaco, joven, muy moreno, de bigotito recortado. Luce un fez granate con una borla de flecos dorados que es evidente que le obligan a ponerse en el trabajo. Hola, Gal, tan puntual como siempre, ojalá todo el mundo fuera como tú. Louise parece contrariada. Te presento a Jair. Nos damos la mano. Es de Alejandría, lleva seis meses en Nueva York y habla inglés mucho mejor que yo. Claro que lo mío es incurable. Quitándole importancia al elogio, el encargado de la tienda aclara que de pequeño estudió en el Colegio Americano. Louise me explica el motivo de su contrariedad: Mussifiki acaba de llamar por teléfono para anunciar que llega con retraso. Siempre hace lo mismo. La alfombra merece la espera, se apresura a decir Jair, y se ofrece a prepararnos un té en la trastienda. Louise le dice que no se moleste. No es ninguna molestia, contesta el vendedor. Al cabo de cinco minutos estamos sentados en unos pufs de cuero rojo, delante de una mesa damasquinada, donde el egipcio deposita una bandeja de cobre con una tetera, dos vasos y un plato con unos pastelillos de pistacho. El office parece una ilustración de *Las mil y una noches*. Del techo cuelgan lámparas de vidrios coloreados, y las paredes están tapizadas con telas y brocados. Por todas partes se ven espejos, instrumentos musicales, objetos diversos de madera y bronce. Me imagino que el despacho de Mwanassali debe de tener un aspecto parecido. Jair nos deja solos. Louise enciende un Camel, me ofrece otro a mí y me cuenta la historia de su amante, Sylvie Constantine.

Llegó a Nueva York con dieciséis años. Su madre había muerto unos meses antes, en un accidente de tráfico en las afueras de Lausanne, dejándolos a ella y a su padre sumidos en un dolor desquiciado. Bernard Constantine era ingeniero industrial y cuando le acaeció aquella tragedia, su jefe, que era también su mejor amigo, le dijo que lo mejor que podía hacer era encargarse de la oficina de Nueva York, cuyo director hacía tiempo que deseaba volver a Suiza. Tendría que trabajar 60 horas por semana, lo cual le dejaría poco tiempo para pensar. Eso y el estar tan alejado de todo lo que le pudiera recordar a su mujer, le ayudaría a sobrellevar la pérdida. Monsieur Bernard y su hija se instalaron en un dúplex en el Upper West Side. Sylvie se matriculó en UNIS, la escuela internacional de Naciones Unidas, donde terminó el bachillerato. Luego ingresó en Vassar College. El último año de carrera se inscribió en el seminario de fotografía de Demetria Martin, la célebre fotógrafa de Harlem. Sylvie se enamoró perdidamente de ella, pero Demetria canalizó la pasión de su alumna hacia su verdadero objeto, la fotografía. Se pasó el año haciendo un proyecto sobre los negros de Nueva York. Fotografió cuanto tenía la menor relación con el tema. Asistió a conciertos, presentaciones de libros, exposiciones, manifestaciones, juicios. Fotografió bodas, ceremonias religiosas, escenarios de asesinatos, robos, incendios, accidentes. Retrató sus barrios, sus ferias, sus costumbres, sus tiendas, sus restaurantes, sus rostros, sus cuerpos. Hizo miles de fotografías de las que Demetria le ayudó a seleccionar una treintena, que expuso en The Tribes, una galería del Lower East Side. Después de graduarse, Demetria le propuso que trabajara como ayudante suya en un proyecto que consistía en fotografiar cadáveres en las funerarias de Harlem; muertos de todas las edades, vestidos con sus mejores galas, escrupulosamente maquillados, con expresión serena, vacía, cuerpos embutidos en ataúdes acolchados, con forros de colores; enfermeras, carteros, baloncestistas, músicos, empleados de banca, conductores de metro, policías; víctimas de cáncer, asesinados; niñas vestidas de blanco, adolescentes con corbatas de colores; rostros hieráticos, con los párpados sellados y los labios rígidos. Publicaron un libro de gran formato que tuvo mucho éxito. Debajo de cada instantánea, el nombre del difunto, su edad, profesión si la tenía, la causa de la muerte. A partir de entonces, empezaron a llamar a Sylvie de todas partes. Cuando Bernard Constantine se sintió con fuerzas para volver a Suiza, su hija decidió quedarse en Nueva York. La perspectiva de vivir en Europa la aterraba. En Manhattan estaba todo lo que daba sentido a su vida. Se le hacía insoportable la idea de trasladarse a ningún otro lugar. Las cosas le resultaban todavía más difíciles ahora que había conocido a Louise y había encontrado una suite en el Hotel Chelsea.

Por detrás de la gasa anaranjada que hacía las veces de puerta asoma la cabeza de Jair, anunciando la llegada de Mussifiki. Salimos de la jaima. Apoyado en el mostrador veo a un individuo de unos cincuenta años. Tiene la piel de un color negro mate muy intenso, con reflejos azulados, los ojos verdosos y rasgados, y los labios carnosos, de color violeta. Debe de estar acostumbrado a escrutinios como el mío, porque me dice sin venir a cuento: Mi madre es china, de Macao, y mi padre de origen zulú. Me da la mano y sin más ceremonia, se acerca a una pila de alfombras y con un movimiento certero extrae una que está casi al fondo. No gano nada con estas transacciones, dice, sosteniendo en vilo un extremo de la tela, mientras el resto cae en cascada sobre el suelo. Lo hago por el placer que me produce saber que alguien que conozco va a tener algo así en su casa. En cierto modo es como si el propietario compartiera conmigo el espíritu de la alfombra. La abarca con la mirada, satisfecho. ¿Deslumbrante, no? Todos asentimos. Os voy a contar su historia, dice, y aspira hondo. Mañana, Mussifiki, le interrumpe Louise. Cuando se la llevemos a Sylvie. Muy buena elección, comenta Jair, mientras enrolla la alfombra. La voz del alejandrino tiene un deje pesaroso, como si se reprochara a sí mismo no haber detectado el grado de interés que había suscitado aquel artículo en sus clientes. El precio está concertado desde el día que Mwanassali descubrió la alfombra y ahora es demasiado tarde para subirlo. Tienen suerte de que no le echara nadie la vista encima, comenta con resignación. Me la voy a llevar a casa para darle unos retoques, dice Mussifiki, haciéndose cargo del paquete. ¿A qué hora es la cita en el Chelsea, Louise?

Miércoles. Había pasado muchas veces por delante de la fachada, pero nunca había estado en el interior del Hotel Chelsea. La suite 1006 se encuentra en el décimo piso, el último, a la izquierda de los ascensores. Hay que atravesar unas puertas batientes, y aventurarse por un largo corredor que siempre está en penumbra y que llega hasta el fondo del ala este del edificio. Para acceder a cada uno de los áticos hay que subir por un tramo de peldaños de madera crujiente. En la suite de Sylvie no hay casi ningún mueble. En la pared del fondo, junto a una cristalera, se ve una escalerilla por la que se sube a la azotea. Echa un vistazo, te va a encantar, sugiere Louise. Me veo en medio de un paisaje surrealista, perdido en un entramado de buhardillas, gabinetes acristalados, chimeneas retorcidas, parterres y arriates donde crecen todo tipo de plantas, arbustos e incluso árboles frutales. Tienes que venir a ver la terraza de noche, dice Sylvie. Me encantó la amiga de Louise. Tiene los ojos azules y muy grandes. Es menuda, rubia, frágil, atractiva, de una feminidad que complementa perfectamente la virilidad de Louise. No mira directamente a los ojos de quien le habla. Louise se mueve en torno a su amante como un predador que vigila una pieza recién cobrada. También me cayó muy bien Robert Moreau, el poeta amigo de Louise. Se parece a Picasso, aunque está harto de que se lo digan. Tiene un sentido del humor muy especial, que despliega como una especie de arma defensiva tras la que se escuda su personalidad. Ha venido a Nueva York para la inauguración de Louise en Westways. Hay un texto suyo en el catálogo. Mwanassali repite la jugada del día anterior en el Bazar Esmirna. Al filo de la hora convenida llama por teléfono para avisar de que llega con un poco de retraso. A la media hora justa, irrumpe en la suite sin llamar a la puerta. Louise hace las presentaciones a toda prisa, porque Mwanassali está ansioso por enseñarnos la alfombra. La trae envuelta en un papel marrón, sujeta con unos bramantes finos, que desata con agilidad antes de desplegarla sobre el suelo de madera. Se arrodilla, y sonríe con satisfacción antes de empezar a hablar:

Conforme a mis cálculos tiene en torno a un siglo de antigüedad, puede que algo menos. Es originaria de la región de Gaziantep, al suroeste de Turquía, en la frontera con Siria. Los colores, el diseño y el trenzado delatan su origen nómada. Le da la vuelta. Este trenzado simétrico recibe el nombre de nudo turco. Hay entre 60 y 70 nudos por pulgada cuadrada. Sus largos dedos negroazulados acarician con delicadeza el reborde inferior de la alfombra. Alzando el índice señala hacia el cuadrado que ocupa el centro de la alfombra. Eso es el mihrab, que quiere decir nicho, explicó Mwanassali. Es el equivalente de las aberturas que hay en las paredes de las mezquitas apuntando a la Meca. Mwanassali acaricia el tejido como si fuera el lomo de un animal de carga. ¿A que parece nueva, pese a los años que tiene? Eso es porque se utilizaba exclusivamente con el fin de orar, el resto del tiempo permanecía cuidadosamente guardada. Este tipo de alfombra es relativamente raro de encontrar, porque no están destinadas a la venta. Mwanassali se incorpora. Parece apesadumbrarle la idea de separarse de la alfombra kurda. Nos quedamos todos admirando su belleza en silencio. A los antiguos se les disparaba la imaginación contemplándola, dice por fin Mwanassali. Es como si fuera una puerta que en cualquier momento se puede abrir a otra dimensión. Es un regalo muy hermoso, que la acompañará siempre, Sylvie. ¿Quién sabe por cuántos lugares habrá pasado antes de ir a parar al bazar de Brooklyn donde di con ella, cuántos propietarios habrá tenido, cómo habrán sido las vidas de quienes la han pisado? Una cosa es cierta: los artesanos que la tejieron están muertos, así como sus primeros poseedores, y quizá los siguientes. Mwanassali lanza una mirada en torno. Cuando todos los que nos encontramos ahora en esta habitación hayamos pasado a mejor vida, su belleza se habrá acendrado, y quién sabe dónde estará entonces, quién y cómo será su próximo dueño.

EL PERISCOPIO

[Fragmento sin datar. Fecha
probable de escritura: abril
de 1969.]

El grito de guerra de la Cofradía de los Incoherentes era
¡Viva don Quijote! (el mismo santo y seña que utilizaban
Hughes, Alzandúa y Moreau en sus cónclaves de París, más
adelante hablaré de ellos). Se reunían en un local del Lower
East Side llamado El Periscopio y los miembros fundadores
eran cinco: David Ackerman (mi abuelo), Felipe Alfau, Jesús
Colón, Aquilino Guerra (alias el Tuerto), y Henry Martínez,
también conocido como el profesor Ginebra. Aunque había
veces que se reunían a solas, por lo general, los Incoherentes
traían a las reuniones a uno o más acompañantes. En ciertas
ocasiones invitaban a conferenciantes, o daban ellos mismos
sus propias charlas. Asimismo organizaban cursillos de la índole más diversa. En mayor o menor medida, los Incoherentes
guardaban alguna relación con la literatura. Alfau era novelista, poeta y cuentista, aunque se ganaba la vida trabajando como
traductor en un banco; Colón era un periodista de gran talento, aunque para salir adelante no le quedaba más remedio que
ejercer una enorme variedad de oficios; por último, mi abuelo
era tipógrafo del *Brooklyn Eagle*. Aquilino Guerra y Henry

Martínez hacían sus pinitos literarios a una escala mucho más modesta. Guerra era propietario de una tienda de ultramarinos en la calle 14, donde vendía productos españoles. A quien se prestaba a oírle le contaba que sus artículos de importación eran muy apreciados, en particular las ristras de chorizo picante, para las que le llegaban pedidos de los cuatro puntos cardinales de Estados Unidos. Además era inventor (tenía varias patentes registradas, a cual más absurda), y escribía obras de teatro en verso. El profesor Ginebra era catedrático de historia en una universidad para pobres, en Long Island. Cultivaba un género narrativo de su invención, bautizado por él como Literatura de Viajes Vicarios. Consistía en refundir y retocar libros y artículos de viaje sustituyendo a los protagonistas del relato original por sí mismo y sus amigos. Tenía una lista de unos cuarenta o cincuenta lectores, amigos y conocidos a quienes enviaba por correo sus obras completas, quisieran o no. A nadie le ofendía, aunque eran pocos los que se tomaban la molestia de leer hasta el final aquellas crónicas disparatadas. En una ocasión, un contertulio le pidió que dejara de mandarle sus escritos. No tenemos tiempo de leer con la misma rapidez con que escribes, le espetó, irritado, pero Martínez no se lo tomó a mal. Por aquella época mi abuelo David escribía columnas para el *Brooklyn Eagle*. Los Incoherentes tenían una sucursal de la cofradía en París. Constaba de cuatro miembros: Alston Hughes, Robert Moreau, Chus Anzaldúa, y un socio satélite, un tal Gilgamés, de quien he logrado averiguar muy poco, salvo que se dedicaba profesionalmente al plagio. Hugues y Moreau eran poetas; el primero era panameño y el segundo, francés. Los dos eran traductores, como también Jesús Anzaldúa, un navarro afincado en Barcelona, que viajaba con mucha frecuencia a París. Anzaldúa era el negativo de Martínez: había viajado a lo largo y ancho del mundo, pero no escribía. Decía que vivía en un estado de espera poética activa, pendiente de que lo llamara la Musa. Depende de ella, decía cuando le preguntaban si pensaba leer algo en la tertulia. Si ella no tiene interés, tampoco yo, bastante tengo con lo mío. En cuanto a los Incoherentes de Nueva York, tres de los cinco socios fundadores eran *americaniards* (Alfau, Guerra y Martínez). Alfau llegó con su familia a Manhattan a bordo de un transatlántico cuando contaba catorce años de edad. Era catalán de Barcelona, pero se consideraba vasco. Colón lo hizo a bordo de un buque mercante, en calidad de polizón; era puertorriqueño. Guerra era oriundo de un pueblo de Murcia, y Martínez había nacido en Dos Hermanas, muy cerca de Sevilla. El único aborigen era mi abuelo, que era brooklyniano de tercera generación. El espectro político estaba cubierto de un extremo a otro: el puertorriqueño era miembro con carnet del Partido Comunista, mi abuelo pertenecía a un sindicato anarquista; Martínez y Guerra eran de izquierdas, aunque no sabían bien cómo definirse. Cuando Alfau se lo exigió en una tertulia, Martínez se proclamó socialista utópico; Guerra no sabía bien en qué consistía aquello, por lo que de momento no dijo nada, pero cuando terminó la tertulia le pidió a Colón que le explicara qué había querido decir Henry. Cuando consiguió entenderlo decidió declararse socialista científico, por marcar distancias, más que nada, aunque tuvo que esperar a la siguiente reunión para comunicárselo a Alfau. Alfau era de derechas, motivo por el que sus relaciones con los demás Incoherentes eran difíciles en ocasiones, aunque generalmente Jesús Colón sacaba las castañas del fuego cuando las cosas se ponían feas. Sé de las correrías de los Incoherentes por Ben y en menor medida por mi abuelo (no era demasiado proclive a hablar de la cofradía). En el Archivo hay una foto en la que se les ve a los ocho juntos, los cinco de Manhattan y los tres de la célula de París (falta el huidizo Gilgamés). Alfau es blanco, alto, flaco, desgarbado, con bigotillo de galán de cine mejicano. Colón es negro y calvo, y tiene la mirada inteligente y sonrisa franca, de buena persona. Henry Martínez luce una cabellera muy abundante, plateada, peinada hacia atrás. Tiene los ojos pequeños y la nariz afilada, y va vestido con capa negra y bufanda blanca. Guerra es bajo, gordito, calvo; en la foto lleva una especie de guardapolvos. Hughes es mulato y pequeñito, y mira a la cámara con aire insolente. Por alguna razón que Ben no me supo explicar, va disfrazado de india (no de indio) arawak, con trenzas y faldita. Anzaldúa es alto, bien plantado, y tiene cara de vasco. Moreau tiene rasgos caucásicos, porte aristocrático y una calva redonda y brillante. En la foto aparece con un traje gris, de rayas negras, y tiene los pulgares embutidos en los bolsillos del chaleco. Lo de ponerle al grupo el nombre de Los Incoherentes, parece que fue idea de Alfau, aunque siempre hubo disputas muy acaloradas en torno a la autoría.

En el Archivo de Ben se conserva algún que otro escrito de los Incoherentes, así como diversos documentos relacionados con las actividades de la cofradía. Los textos de carácter literario son de Felipe Alfau y de Jesús Colón. Los de mi abuelo David están aparte, con sus demás trabajos periodísticos. Colón escribía con una gracia infinita. Publicaba en periódicos de poca monta, hoy olvidados, y es una lástima que a nadie se le haya ocurrido aún recoger sus artículos en forma de libro, porque son magistrales. De Alfau se conservan dos libros publicados y varios manuscritos, incluida una copia a papel carbón de su primera novela y una carta original que le escribió Mary MacCarthy. Ben me contó que un día Alfau se presentó en El Periscopio y les mostró la carta a los Incoherentes. En ella, Mary MacCarthy se deshace en elogios del manuscrito que Alfau le había hecho llegar. Se titulaba *Locos* y se publicó en junio de 1936, tres semanas antes de que estallara la guerra civil. Alfau hablaba en un castellano impoluto, levemente arcaico, pero escribía en inglés y cultivaba una estética de corte vanguardista. Su tema único era España. Su primera novela, o lo que fuera, porque no está muy claro qué podía ser aquello, les gustó mucho a los Incoherentes, que la leyeron de viva voz, por entregas. Transcurre en parte en un lugar imaginario, el Café de los Locos, de Toledo. Colón es otra cosa, pero no tiene menos calidad. Es una especie de Fígaro caribeño: crítico, inteligente, y divertidísimo, y a diferencia de su modelo español, en sus escritos siempre hay una nota de optimismo. Me he tomado la molestia de comprobar las cosas que me ha contado Ben acerca de los escritos de Jesús Colón, y todos los datos son de una exactitud pasmosa, incluso los seudónimos y las fechas de publicación de los artículos. Ben asistió a unas cuantas reuniones y recuerda perfectamente la primera vez que su padre lo llevó al Periscopio. De hecho, tras la muerte de David, heredó su carnet de socio.

Lo que voy a contar aconteció a mediados de invierno. En aquella ocasión se encontraban en el local Moreau y Hugues, que habían acudido con unas artistas francesas muy jovencitas, una de las cuales era ni más ni menos que Louise Lamarque. Los Incoherentes celebraban encuentros vanguardistas y aquella tarde habían convocado un acto poético que tenía como objeto tomarse a chirigota a Vicente Blasco Ibáñez. Al novelista valenciano le iba muy bien en Hollywood, pero los Incoherentes decían que se había vendido, lo que para ellos era un pecado imperdonable. En la pared del fondo de la sala, Guerra y Martínez habían puesto un póster con una caricatura de Blasco Ibáñez. Encima, en letras grandes se podía leer TIRO AL BLASCO. Las artistas francesas le habían pintado una diana con los colores de la bandera republicana en la punta de la nariz.

La guerra civil lo cambió todo. Alfau dejó de ir por la tertulia, y tardó muchos años en decidirse a volver. Las noticias que llegaban de España eran inquietantes. Las cosas empezaban a irles mal a los republicanos. Ben acudió a un mitin que dio Ralph Bates, en un hotel de Manhattan. Salió del mitin reafirmado en su decisión inquebrantable de alistarse en la Brigada Abraham Lincoln.

MR. T., ALIAS LA SOMBRA

[Originariamente escrito a mediados de los 70, aunque la fecha exacta de escritura es desconocida. Corregido y revisado en enero de 1992.]

Alfau conoció a Mr. T. por casualidad. Estaba sentado frente a la ventana de un chiringuito que quedaba a un par de manzanas de El Periscopio, disponiéndose a darle el primer sorbo a una infusión de menta, cuando vio que la trampilla de hierro que hay en la acera de Chrystie semiesquina con Allen se alzaba lentamente. Con la taza en vilo, Alfau vio emerger de las entrañas de la tierra a una enana negra que calzaba botas de goma y llevaba un impermeable de charol amarillo. La enana echó un vistazo cautelar en torno y asomándose al hueco de la trampilla, hizo señas a alguien que aún se hallaba bajo tierra, dándole a entender que podía salir. Al cabo de unos segundos se plantaba en la acera un individuo vestido con levita y chistera. La mujer se esfumó como por ensalmo y la trampilla se cerró con la misma lentitud con que se había abierto. El recién aparecido se alisó la vestimenta, se ajustó la pajarita, consultó un reloj de bolsillo y echó a andar como quien no quiere la cosa. Alfau había oído decir que aquella era una de las entradas de una ciudad subterránea donde se decía que vivían miles de personas perfectamente organizadas, pero comprobar la veracidad de algo que en el fondo nunca le había parecido más que una leyenda le produjo una intensa conmoción. Dejando la infusión intacta, salió del chiringuito resuelto a ir en pos de aquella aparición que más que un individuo de carne y hueso parecía un personaje de sus cuentos.

El tipo de la levita no tardó en percatarse de que lo seguían y volvió la vista un par de veces. A la altura de Houston por fin se detuvo y encarándose con Alfau le preguntó si no tenía nada mejor que hacer que perseguirle. El *americaniard*, que durante todo aquel tiempo andaba buscando una excusa para entablar conversación, vio el cielo abierto y le espetó: ¿Qué tal un café? Invito yo, no irá a decir que no acepta. El otro se quitó la chistera, se rascó el pelo, que tenía crespo y rizado, y aceptó la invitación, a condición de que fuera en Veniero's, porque le encantaban los *cannoli* que daban allí, y además era su cumpleaños. *Happy Birthday*, dijo Alfau, dándole la mano efusivamente. ¿Y por qué no una tarta, con sus velas y todo? Es lo propio, tratándose de un cumpleaños. Al desconocido no le pareció mal la idea y juntos se dirigieron a Veniero's, hablando sabe dios de qué. Una vez allí, Mr. T. eligió una tarta de frutas, llamó a una camarera y le dio instrucciones a la camarera de que le pusieran tres velas. Alfau estuvo haciendo cálculos y pensó que tal vez cada vela representara diez u once años, tal vez doce, y cuando la tarta llegó a la mesa le preguntó a su invitado por qué precisamente aquel número de velas y no otro. Es que, explicó el homenajeado, tengo por costumbre celebrar los cumpleaños al revés. Alfau lo miró con expresión desconcertada y su interlocutor se sintió obligado a decir:

Todos somos conscientes de la inexorabilidad de la muerte, aunque pocos saben cuándo vendrá exactamente a por nosotros. Yo constituyo una excepción, pues sé a ciencia cierta que moriré el día que cumpla cincuenta años. Miró a Alfau con aire expectante, por si tuviera algo que objetar, pero éste seguía pendiente de sus palabras, y Mr. T. reanudó su alocución: Por este motivo, a partir de que cumplí los 35, adopté la resolución de celebrar mis cumpleaños al revés, es decir, en lugar de festejar los años que he vivido, celebro los que me quedan por vivir. Consecuentemente, en lugar de incrementar el número de velas que coronan la tarta, lo voy disminuyendo. Cuando cumplí 36 años apagué 14 velas; al año siguiente 13; luego 12 y así sucesivamente, hasta hoy. Mr. T. dijo que aquel día, 16 de marzo de 1964, cumplía 47 años, de modo que le correspondía apagar tres velas. De hecho, añadió, había encargado ya una tarta para aquella misma tarde, aunque dos mejor que una, sí señor.

Alfau asintió y le preguntó si la tarta estaba buena. Buenísima, muchas gracias, contestó Mr. T. De nada, dijo Alfau y carraspeó antes de comentar que ahora que caía en la cuenta todavía no se habían presentado. Eso tiene fácil arreglo, dijo Mr. T. ¿Usted cómo se llama? Felipe Alfau, dijo Felipe Alfau, ¿y usted? Mr. T. contestó que en la ciudad subterránea se le conocía como Míster T. y la poca gente con la que se había tratado en la superficie (el mundo superficial fue exactamente lo que dijo) lo llamaba la Sombra, pero que él le podía llamar de cualquiera de las dos maneras. Mucho gusto, Mr. T., dijo Alfau. El gusto es mío, señor Alfau, le contestó la Sombra. ¿Vive usted en los túneles del Lower East Side con carácter permanente? quiso saber Alfau. Míster T. le contestó que en efecto así era, pero que el día de su cumpleaños se registraba en el Hotel Chelsea, donde pasaba la noche. ¿Una sola noche al año? preguntó Alfau, tratando de asegurarse de que le había entendido bien. Correcto, confirmó la Sombra, sí señor.

Alfau le preguntó adónde pensaba ir entonces, y Mr. T. le dijo que al Hotel Chelsea, naturalmente, pues tenía la habitación pagada a partir del mediodía. Dicho esto, consultó el reloj de bolsillo y se puso en pie de un salto. Alfau le imitó y le pidió permiso para acompañarlo. Mr. T. no tuvo inconveniente en que lo hiciera. Durante el trayecto, que efectuaron a pie, la Sombra explicó someramente qué clase de vida llevaba en las profundidades de Manhattan y Alfau le explicó, también por encima, quiénes eran los Incoherentes y qué hacían. Muy interesante, comentó Mr. T. frente a la puerta del hotel. Pues da la casualidad de que esta misma tarde, replicó Alfau, hay tertulia. Nos reunimos en El Periscopio, tal vez lo conozca, queda muy cerca de la entrada de la ciudad subterránea que ha utilizado hoy. Para los Incoherentes será un placer recibirlo. A no ser que tenga otros planes, añadió, recordando que la Sombra le había dicho que había encargado una tarta. ¿Piensa usted celebrar su cumpleaños con alguien? No estoy seguro, dijo Mr. T.; con las mujeres nunca se sabe. Entiendo, dijo Alfau dándole una palmadita en el hombro, y sacando un papel del bolsillo, apuntó en él la dirección de El Periscopio y se lo dio. En fin, si al final resulta que está solo y se anima, ya sabe dónde estamos. Nos reunimos en el piso que queda encima del bar, es una puerta gris. El santo y seña, añadió Alfau antes de irse, es ¡Viva don Quijote! Míster T. leyó la dirección, asintió, dijo que ya vería, le dio la mano a Alfau y atravesó el vestíbulo con aire taciturno.

Alfau les comunicó a los Incoherentes que quizás aquella tarde se presentara alguien muy especial en El Periscopio, y procedió a referirles el singular encuentro que había protagonizado unas horas antes. La tertulia dio comienzo conforme al orden del día, que en aquella ocasión versaba sobre las ventajas y desventajas del comunismo soviético. En el fragor de la discusión, a los Incoherentes (en particular a Alfau, que era un anticomunista furibundo y estaba en minoría) se les olvidó que cabía la posibilidad de que el extraño que había hecho migas con el presidente en funciones de la cofradía (el cargo era rotativo) pudiera aparecer. Estaban a punto de llegar a las manos; en el aire flotaba aún el eco de las últimas imprecaciones pronunciadas a gritos por dos de los contertulios (¡Eres un fascista de mierda! le había espetado Aquilino Guerra a Felipe Alfau a voz en cuello. ¡Y tú un asesino estalinista! fue la contestación del interpelado, a quien Jesús Colón tenía sujeto por los codos) cuando se oyeron unos golpes en la puerta. ¡Silencio de una puta vez, coño! ordenó Henry Martínez. ¿No oís que están llamando a la puerta? Los gritos cesaron al instante. Recobrando la compostura, Alfau se zafó de Colón, dio tres zancadas y descorrió la tapa de la mirilla. ¡Viva don Quijote! dijo alguien al otro lado de la puerta, con voz áspera y tímida, y Alfau le franqueó la entrada. El recién llegado vestía levita, chistera y pajarita de lunares (distinta de la que llevaba por la mañana, que era negra), y avanzaba muy despacio porque llevaba en las manos una tarta con tres velas, aún sin encender. No tocaremos a mucho, dijo con aire compungido, la había encargado para dos, pero la otra persona no se ha presentado. Alfau puso cara de circunstancias y le dio una palmadita en el hombro (la segunda del día). Adelante, por favor, dijo. Está usted en su casa. La Sombra plantó la tarta encima de la mesa y se descubrió la cabeza. Aquilino recogió la chistera y la colgó en el perchero de bronce. Alfau corrió al mueble bar y regresó con una botella de González Byass y una copa para cada comensal. Rogelio Santana, invitado de Jesús Colón encendió las tres velas. Antes de soplar, Mr. T. suplicó que nadie fuera a cantar ninguna cancioncilla ridícula. Mohínos, los Incoherentes y sus invitados movieron la cabeza de un lado para otro, como reprochándole que hubiera podido pensar semejante cosa de ellos. Cuando terminaron la tarta, Alfau propuso una votación extraordinaria para decidir si se le concedía al recién llegado el título de Incoherente Honoris Causa. Los cinco miembros fundadores dejaron solo un momento a Mr. T. con los demás invitados y deliberaron durante unos minutos en un rincón. De nuevo en la mesa, el secretario perpetuo de la cofradía, Martínez, comunicó a los asistentes que la moción se había aprobado por unanimidad. A propuesta de Colón, se resolvió no proseguir con la discusión política y la tertulia discurrió a partir de entonces por cauces más apacibles. Cuando Mr. T. se despedía, se llegó al acuerdo formal de invitarle a celebrar los cumpleaños que le quedaban en El Periscopio. Son tres, dijo Mr. T., alzando en el aire tres dedos enguantados de blanco, con el aire taciturno que nunca le abandonaba, y se sirvió otro jerez. Ni Alfau ni ninguno de los Incoherentes lo vería nunca fuera de aquella fecha.

El 16 de marzo de 1965, Mr. T. se presentó en la sede de El Periscopio con una tarta y dos velas. Al año siguiente la tarta tenía solo una vela. Siempre había sido parco en palabras, y enemigo de brindis, pero en aquella ocasión, antes de soplar la vela que ardía solitaria en lo alto de la tarta, Mr. T. dijo: Gracias, amigos míos. Ha sido un honor conoceros y haber pertenecido a la cofradía. Suspiró hondo antes de añadir: No nos volveremos a ver más. El 16 de marzo de 1967 El Periscopio había abierto sus puertas a numerosos invitados y estaba lleno hasta la bandera. Los Incoherentes discutieron de política con la misma vehemencia de siempre, aunque a lo largo de la tertulia se percibía una corriente subterránea de inquietud que socavó poco a poco la conversación hasta apagarla del todo. Hacia las siete, todo el mundo estaba pendiente del reloj, un Festina con las letras negras claramente rotuladas sobre una superficie de un amarillento desvaído. Unos centímetros por encima del agujero por donde se metía la llave para darle cuerda al Festina, había un recuadro de color azul con dos compuertas. El segundero rozó el punto inferior de la esfera. Medio minuto para las siete, exclamó un invitado. Los Incoherentes, que estaban sentados en una mesa transversal que hacía las veces de cabecera, dejaron de respirar y clavaron la vista en el reloj como un solo hombre. La delgada manecilla barría con lentitud desesperante el hemisferio izquierdo del reloj. En El Periscopio no se oían más que las cañerías de la calefacción mezcladas con los ruidillos intestinales de Aquilino Guerra, que había comido habas con almejas. Cuando el segundero y el minutero se encontraron, se abrieron de par en par las compuertas de color azul y saltó un muelle en cuya punta había un cuco tan diminuto que más bien habría que llamarlo colibrí. El exiguo pajarillo gorjeó siete veces seguidas y se metió en la cajita de donde había salido con un golpe seco. Los Incoherentes apartaron la mirada del Festina para clavarla en la puerta de la calle, pero nadie llamó al timbre. El primero en romper el silencio fue Martínez, que se alejó al fondo de la sala haciendo crujir los nudillos; Guerra encendió un purito y arrojó la caja al centro de la mesa, para que quien quisiera hiciera lo mismo: Colón se puso a hojear el *New York Times*, aunque se lo había leído de cabo a rabo por la mañana, y los demás fueron emprendiendo cada uno una actividad dilatoria distinta, incluido Rogelio, un primo hermano de Guerra que sacó un cortaúñas y se puso a cortárselas frente a la papelera. Los invitados observaban los movimientos de sus anfitriones como si estuvieran presenciando una obra de guiñol. A las siete y cuarto, Alfau abrió una botella de González Byass y sirvió una ronda, incluyendo una copa para el contertulio ausente, conspicuamente colocada en la cabecera de la mesa. Martínez propuso un brindis, pero Alfau le recordó que Mr. T. los odiaba. Guerra sugirió guardar un minuto de silencio, y Jesús Colón le llamó agorero. Mi abuelo comentó que habría que intentar averiguar lo sucedido, y Martínez le preguntó que cómo. Alfau insistió en que lo único que se podía hacer era seguir con la tertulia como si no hubiera pasado nada, pero no resultó posible. Había en el ambiente una pesadumbre que impedía que los Incoherentes se centraran en nada. A eso de las nueve comprendieron que había que actuar. Alguien sugirió que una delegación de Incoherentes cogiera un taxi y se presentara en el Chelsea. Tras mucho tira y afloja, se decidió que Alfau eligiera a sus acompañantes. Designó a Colón y a mi abuelo. Nada más llegar al hotel, se dirigieron al recepcionista, quien se sobresaltó al verlos tan agitados. Alfau le enseñó una foto de Míster T. El recepcionista frunció el ceño, puso cara de circunstancias, les dijo que tomaran asiento en los butacones del lobby, y se fue a buscar al director, foto en mano. El director salió, se plantó delante de ellos, se atusó con ceremonia una de las guías del bigote, que eran muy largas y puntiagudas, mientras estudiaba la foto, y les preguntó si eran familia del huésped. Mi abuelo le dijo que no. ¿Amigos, conocidos, compañeros de trabajo? Jesús Colón tomó la palabra para decir que no lo conocían más que de verlo una vez al año, tal día como aquél, es decir, el 16 de marzo, para celebrar su cumpleaños.

Igual que yo, dijo el director del Hotel Chelsea. Aunque no sabía nada de lo de su cumpleaños. Hacía una reserva con mucha antelación, mejor dicho, tenía una reserva fija a perpetuidad, y llamaba un par de meses antes para confirmarla. Se instalaba en uno de los cuartos más baratos. Este año hizo lo mismo. Le pidió al recepcionista que trajera el libro de registro. Efectivamente, aquí está. Habitación 305. Hizo la reserva el 16 de enero.

Siguió un silencio incómodo.

Bueno, no se quede ahí como un pasmarote. Dígale que han venido a verlo sus amigos del Periscopio, dijo Alfau, perentorio.

Ante todo calma, amigo mío. Calma y buenos modos. Ya han oído al recepcionista. Su amigo no contesta el teléfono, lo cual quiere decir que no está en su habitación.

¿Qué clase de razonamiento es ése? le increpó Alfau. Si le ha pasado algo no podrá contestar por más que se le llame. Aquí el amigo (al decir esto Alfau apuntó con el dedo al recepcionista), ha corroborado que le ha visto entrar, pero no salir, aparte de que, antes de venir usted especificó que su llave no está en el casillero.

Muchas veces los clientes se llevan la llave cuando se van, dijo el director del Hotel Chelsea, atusándose la guía derecha del bigote.

Usted sabe perfectamente que Mr. T. está en su habitación. Sólo que no quiere cooperar, lo cual es muy peligroso.

¿Por qué es peligroso?

Tal vez le haya pasado algo y si tardamos en subir puede que ya no tenga remedio.

¿Pero de qué demonios está hablando usted, hombre de Dios? dijo el director, lo más probable es que esté en la habitación haciendo vete a saber qué y no abre porque no le sale de las narices.

Tenemos razones fundadas para pensar que ha ocurrido algo muy grave. Lo más probable es que su vida esté en juego, y por eso hemos venido. Es más, puede que sea demasiado tarde. ¿Qué trabajo le cuesta subir y llamar a la puerta? dijo Alfau, cada vez más crispado.

Cálmese, se lo ruego. Tiene que comprender que la intimidad de los huéspedes es sagrada, sobre todo en un lugar como el Chelsea. Le supongo informado de nuestra reputación. No se pueden abrir las habitaciones así como así, sobre todo si, como se empeña en decir, hay constancia de que los ocupantes están dentro. Cualquiera sabe lo que nos podemos encontrar. Lo lamento de veras, pero no puedo acceder a su petición.

Colón se puso detrás de Alfau por si éste perdía los papeles y se hacía preciso sujetarlo. Con las mejillas encendidas de sangre, el catalán levantó la voz. Su vehemencia era tal, que la resolución del gerente se empezó a resquebrajar.

¿Cuántas veces quiere que le repita que cada segundo que pasa es crucial? ¿Es que no le importa la vida de sus huéspedes?

Colón juzgó prudente agarrar a su amigo por los codos. Fue este gesto lo que hizo ceder al director. José, dame el duplicado de la habitación 305, dijo, dirigiéndose al recepcionista.

Estuvo golpeando unos cinco minutos, cada vez con más fuerza. Al final, tan inquieto como el que más, introdujo la llave en la cerradura.

Ben me dijo que su padre jamás olvidó la escena que vio al otro lado de la puerta. Era una habitación pequeña, con el suelo de mármol ajedrezado, y un ventanuco que daba a un patio interior. El mobiliario se reducía a un armario de un solo cuerpo, una mesa estrecha, una silla donde había dejado la levita, la chistera, el reloj e, incongruentemente, una cama con un baldaquino de cortinas verdes, que estaban echadas. En el centro de la habitación había un taburete caído. Mr. T. colgaba de una pajarita de lunares, que había atado a un gancho que sobresalía de una viga del techo. Tenía la lengua fuera y el rostro hinchado y amoratado. Alrededor de la braguetà se veía una enorme mancha de humedad, que corría por las perneras abajo, hasta los dobladillos del pantalón, que aún goteaban sobre un charco amarillento que se había formado sobre las baldosas de mármol.

Por alguna razón, antes de quitarse la vida, Mr. T. se había despojado de la ropa interior, que era toda de color negro, y se había vuelto a vestir. Encima de la mesita de madera que había junto al armario podían verse unos calcetines y una pieza que era a la vez camiseta y calzoncillo, con las mangas y las perneras largas.

OPIUM

[De un cuaderno datado en 1972.
Texto revisado en enero de 1991.]

Moreau me explicó que había numerosas entradas por las que se podía acceder al fumadero, y que las cambiaban cada pocas horas.

Las hay cutres y lujosas, dijo, aunque no sé bien de qué depende cuál te toque. Sospecho que hay toda una red de galerías que comunican las distintas casas entre sí. La policía está comprada, por supuesto, pero también tienen a sus propios infiltrados en la mafia china, de modo que es como un infinito juego de espejos. Para mayor seguridad, se emiten tarjetas nuevas constantemente.

En la parte de atrás de la que me dio Moreau aparecía una banda de cinc. Al rasparla aparecieron una contraseña y la dirección de la entrada que me correspondía. Conforme me había advertido el amigo de Louise, las dos se empezaron a borrar nada más entrar en contacto con el aire, y en cuestión de minutos, se habían desvanecido por completo.

Además, siguió diciendo el francés, si no te presentas en el lugar indicado en un plazo de dos horas, la dirección puede haber cambiado.

¿Y en ese caso qué sucede?

Nada, que cuando llegues, te puedes topar con una floristería o una tienda de ropa para niños y lo más que puedes hacer es comprarte un ramo de flores o un conjunto de algodón. O un kilo de gambas, si es una pescadería, añadió soltando una carcajada y amagando un puñetazo al estómago. En todo caso, las direcciones siempre están en Chinatown.

No me dijo cuánto había pagado por la tarjeta, aunque sabía por Louise que eran muy caras.

Van a ir unos cuantos amigos míos, dijo, no sé si los conocerás. Entre ellos estarán Louise y Mussifiki. En fin, que lo disfrutes.

¿Rasco la dirección ahora?

Como quieras, con tal de que te presentes allí en un par de horas. Yo la recogí a las doce. En fin, me voy.

Raspé la cobertura con una moneda de veinticinco centavos.

La dirección era el número 120 de Mott Street. Debajo había una frase que parecía sacada del *I Ching*: *Las grullas han puesto su nido en el jardín nevado*. Observé cómo desaparecían los signos y me guardé la tarjeta en el bolsillo. Fui hasta la calle Canal en metro y entré en Mott desde el sur. Pasé por delante de un hervidero de bazares, puestos callejeros, jugueterías, tiendas de especias, salones de té, un templo donde había una estatua con un Buda enorme de color dorado. Crucé Canal y pasé por delante de las últimas pescaderías, fruterías y almacenes. El número 120 quedaba un poco más arriba de Grand Street. Era una puerta de madera pintada de marrón y estaba cerrada. Llamé al timbre y por el interfono se oyó una voz descascarillada. No entendí una sola palabra, pero cuando dejaron de hablar, articulé con claridad la contraseña. *Las grullas han puesto su nido en el jardín nevado*, dije, mientras pasaba junto a mí una mujer joven que llevaba a un niño en brazos y no me quitaba ojo desde que dobló la esquina. Se oyó el chisporroteo del portero automático y entré en un local que

286

tenía todo el aspecto de ser una tienda recién desvalijada. Dos de las paredes estaban ocupadas por baldas metálicas en las que no había nada. Sobre el papel de la pared que daba a la calle se dibujaba con nitidez la huella de unos muebles que parecía que se hubieran acabado de llevar después de haber estado años allí.

Al fondo, detrás de un mostrador de madera, vi a un tipo enclenque, mal encarado, con pinta de siciliano de película. Llevaba barba de tres días, chaleco y boina negros, camisa blanca sin cuello y tenía los puños cerrados y los nudillos clavados en la barra. Me miró de arriba abajo sin decir palabra. Detrás de él había una puerta de color rojo.

La tarjeta, dijo, cuando se cansó de mirarme.

La saqué inmediatamente del bolsillo y la deposité boca arriba encima del mostrador. El anverso era de color violeta y en él aparecía dibujada la silueta de una grulla encima de una hilera de caracteres chinos. El tipo la miró de reojo y alzó una sección del mostrador, dándome paso. Fui a coger la tarjeta, pensando que me la podía quedar, pero el siciliano (suponiendo que lo fuera) la apuntaló con el dedo índice y señaló hacia la puerta roja con la barbilla.

La empujé. Cuando se cerró tras de mí, me quedé completamente a oscuras. Lo único que acertaba a ver era una grieta de luz al final del pasillo. Avancé a tientas, palpando una pared húmeda, hasta que di con un interruptor. Lo accioné. Hacia el fondo se encendió una bombilla que emitía una luz muy débil. El suelo estaba encharcado. Unos metros más allá de donde me encontraba, la superficie del agua parecía tener vida propia. Me acerqué, chapoteando. De repente decenas de puntos rojizos acribillaron la oscuridad y el pasillo se llenó de chillidos agudísimos. Comprendí que la masa que había visto eran varias decenas de ratas empleadas en alguna actividad que yo había venido a interrumpir. Por un momento pensé que iban a saltar sobre mí, pero sus siluetas asaetearon el espacio en todas direcciones y desaparecieron. Algunas pasaron por entre mis piernas. Sorteé un bulto que despedía un hedor insoportable, prefiriendo no saber qué era y seguí avanzando.

Mi única guía era la debilísima luz de la bombilla que colgaba al fondo del pasillo. Cuando el umbral de mi percepción se ajustó algo a la oscuridad, vi que en las paredes había numerosas manchas de color pardo, que me recordaron las deyecciones depositadas por los murciélagos de las criptas mayas de Palenque. Llegué a la puerta del fondo y giré el pomo, temeroso de que no cediera, pero se abrió con facilidad. Me vi al pie de una escalera muy estrecha y empinada, por la que resbalaba una corriente de agua fétida. Arriba del todo divisé una puerta por debajo de la cual se colaba una nueva rendija de luz. Apoyándome en una barandilla de hierro, subí con dificultad los peldaños y llegué a una estancia apenas algo más iluminada que el corredor y la escalera que acababa de dejar atrás.

No había más salida que la puerta por donde había entrado, pero aunque la habitación no coincidía exactamente con la descripción de la antesala por la que me explicó Moreau que tuvo que pasar él antes de llegar al fumadero, me tranquilizó ver ciertos objetos que me había dicho que me encontraría al llegar. A mi izquierda había un aguamanil con una jofaina, una toalla y una pastilla de jabón y la pared del fondo estaba ocupada en su totalidad por un armario de luna. Restregué las suelas de los zapatos en una estera de esparto y me dirigí al lavabo. El jabón desprendía un delicado aroma a jazmín y vainilla.

Mientras me lavaba las manos me pareció que a través de las lunas del armario penetraba un resplandor que no llegaba antes a la habitación. Dirigí hacia allí la mirada y me pareció ver unas siluetas alrededor de mi reflejo. Me volví, comprobando que en la habitación no había nadie más que yo, pero cuando me fijé de nuevo en la superficie del espejo las siluetas seguían allí. Acaricié las lunas con la yema de los dedos y las hojas del armario avanzaron hacia mí, con un crujido lento. Las abrí de par en par y vi que donde debiera estar el fondo de madera había una cortina, detrás de la cual había mucha luz.

Aparté la cortina. En medio de la estancia que había al otro lado, de una elegancia que contrastaba violentamente con los espacios que acababa de atravesar, había dos mujeres de pie, una anciana ciega y una muchacha de una belleza perturbadora que me observaba atentamente. La anciana dio un paso hacia mí. Era alta y muy delgada y tenía la piel apergaminada y las manos largas y huesudas. Canturreó una especie de salmodia, y después de palparme detenidamente la cara con las manos, se introdujo en el armario del que había salido yo y desapareció. La mujer que se quedó en la habitación conmigo no tendría más de veinte años. Era más alta que yo desprendía un aroma a perfume sumamente agradable y tenía un aire ligeramente andrógino. Me dio la mano, que era muy blanca y delicada, y dijo en un inglés inmaculado: Ven, tus amigos te esperan hace tiempo.

La siguiente escena me resultó familiar, de haberla visto en fotografías antiguas, en libros sobre el tráfico de opio, y en alguna película. Hombres y mujeres tumbados en literas y esterillas, atendidos por sirvientes que les aderezaban pipas de opio. Todo tenía un aire de sensualidad y abandono que embriagaba los sentidos. Las mujeres no se molestaban en taparse los muslos, ni los pechos. Las había de todas las razas: unas cuantas eran asiáticas; otras, más bien pocas, eran negras o mulatas. La mayoría eran blancas, de aspecto europeo. Todas vestían lujosamente, pero con un abandono que era más sensual que la visión misma de los cuerpos.

Mi acompañante me condujo a un reservado donde efectivamente se encontraban Mussifiki y Louise, con otra gente que había visto en alguna ocasión, aunque no logré recordar en qué circunstancias. Los ojos de Louise se encontraron un momento con los míos, pero en seguida se le cerraron.

No te ha visto, está soñando, me dijo mi joven guía, sin soltarme la mano ni un momento. Ahora te toca a ti. Ponte cómodo, voy a prepararte una pipa.

Me recosté en una litera, no muy lejos de Louise, y observé cómo la chica de la bata se aplicaba a su labor. Con suma destreza, amasó una bola de opio, la encajó en la cazoleta y procedió a quemarla con delicadeza.

Aspira continuamente, dijo, acercándome la pipa a la boca, aunque creas que te va a estallar el pecho y no lo vas a resistir.

Hice lo que me decía. Una cuchilla de plata me abrió limpiamente las entrañas, pero en lugar de dolor, sentí que descendía del cielo una cortina de luz blanca. Me quedé sin fuerzas.

¿Estás bien? me preguntó mi guía acariciándome el pelo. Asentí, contemplando su rostro de diosa, sin decir nada, sintiendo que nos deslizábamos juntos por un intersticio del espacio que no sé adónde daba. La muchacha seguía inclinada sobre mí. Se adueñó de mí una languidez indescriptible. Sus palabras se repetían, rebotando en el espacio mil veces, cada vez más lejanas, dejando tras de sí un eco cristalino: ¿Estás bien? Me acarició la cabeza y el rostro. Alcé la mirada, tratando de retener su imagen, pero se me escapaba. Se agachó a mi lado. Sentí el roce de su bata lisa, de color gris perla, en la mejilla. Tenía las piernas finas, blanquísimas, muy delicadas. Traté de acariciárselas antes de caer en el sopor que me iba hundiendo en la inconsciencia. La túnica se abrió imperceptiblemente. No había asomo de deseo en mi gesto, toda mi capacidad para el placer estaba en el arrastre del opio, pero seguí contemplando el contorno de los muslos, deslizando la mirada hacia el vértice de la entrepierna. Buscaba el origen de su sexo, cuando me di cuenta de que mi guía no era una mujer. Su miembro estaba tenso y acezante. Entonces me volvió a acercar la pipa a la boca y dijo, aspira, y vi la llama ampliada, como un estallido cósmico en el espacio exterior.

MARGUERITE

[1973. Poco antes de conocer a Nadia.]

Con Louise, en el estudio de Deauville, bebiendo:

Fue en la Playa del Corsario, en una cueva, la Cueva del Corsario, bueno, en realidad la playa se llamaba así precisamente por la historia de la gruta. Para llegar había que dejar la carretera y bajar por un camino de tierra, que va bordeando los viñedos. De pequeñas íbamos mucho. El lugar se podía visitar de dos maneras muy diferentes. Una con las familias, los domingos y días de fiesta. La otra cuando nos escapábamos del colegio, sin que hubiera ningún adulto vigilándonos. No sé por qué, últimamente me he acordado mucho de Marguerite, aunque no la he vuelto a ver desde que terminó el bachillerato y se fue a estudiar a Lille. Muchas veces me he preguntado qué habrá sido de su vida.

Se sirvió otro whisky y volvió la mirada hacia un lienzo sin terminar. Las grandes manchas de color sugerían una marina. Es un recuerdo de Marguerite. Lo estoy pintando para quitarme de encima la nostalgia. Se me ha ocurrido que a lo mejor me acuerdo de ella por lo que me has contado de Sam Evans. Vete a saber. Espero que no le haya pasado nada, aunque en realidad, dejó de existir entonces. Nunca he vuelto a saber nada de ella.

Dejó de mirar el cuadro y siguió diciendo:

Yo tenía apenas trece años. Los chicos nos pedían que entráramos en la cueva con ellos. Querían que nos dejáramos besar en la oscuridad, tocarnos en las partes prohibidas. Yo no me dejaba. Nos pedían que nos quitáramos la ropa interior. Algunas consentían y se bajaban las bragas. Yo no accedía ni a entrar. Pero aquella vez, con Marguerite, fue distinto. Me lo pidió y dije que sí, espontáneamente, sin pensarlo, sin sentir ningún miedo. Era tres o cuatro años mayor que yo. Estaba en el último curso de bachillerato. Los demás habían entrado ya en la cueva, fuera sólo quedábamos nosotras dos. Entonces me cogió de la mano y me dijo que entráramos, y yo me dejé llevar.

LOS DADOS DE LA MUERTE

[¿Finales de 1988?]

He recibido un telegrama de París. Louise señaló un papel azul que estaba doblado encima de la mesa de cristal. Se ha muerto Alston Hughes.

¿Alston Hugues? repetí, incrédulo, y sentí que se me nublaba la vista. Sylvie me cogió la mano y la apretó con fuerza.

Siéntate. Sé lo que significa para ti.

¿Quieres algo de beber, Gal? me preguntó Sylvie. Le dije que no.

El telegrama es de Moreau. Bueno, no me esperaba un desenlace así tan pronto, pero tampoco es exactamente una sorpresa, ¿no, Gal?

Le di la razón a Louise.

En su última carta Anzaldúa me decía que Alston estaba hecho un desastre. Se meaba y se cagaba en el colchón. Insultaba a todo el mundo. Proclamaba a los cuatro vientos que le iban a dar el Premio Nobel. Estaba tan alcoholizado que el síndrome de abstinencia lo despertaba en plena madrugada. Se levantaba para seguir bebiendo y, cuando volvía a estar borracho, se ponía a cantar o a dar gritos hasta que se cansaba. Luego se sentaba a escribir. Escribía poemas, cartas, fragmentos de libros en los que mezclaba fragmentos en cuatro idiomas. (¡Me he vuelto alóglota! proclamaba jubiloso en una carta.) Arrancaba páginas de su diario y las pegaba en las paredes. Empezó a hacer un collage, un mural que ocupaba toda su habitación, para el que les pidió a sus amigos, repartidos por todo el planeta, que le mandaran fotos. Se estaba despidiendo de la vida. A veces intentaba escribir y no podía, y entonces se ponía a chillar, como hacen los niños pequeños cuando no consiguen inmediatamente lo que quieren. Lo asombroso era que fuera capaz de escribir en semejante estado. A mí me mandaba una carta casi todas las semanas. Y lo mismo hacía con muchos otros. También componía poemas, que se acababan abruptamente, mezclándose con desvaríos. Ecolalia. Muchas veces lo que escribía no tenía ningún sentido, pero otras, inopinadamente, le salían fragmentos de una belleza extraña, escalofriante. También en su vida privada desvariaba mucho. Se peleó con Moreau, con Anzaldúa, con Gilgamés, con todos los que lo habían ayudado en su indigencia. Presumía de ello. Se jactaba de morder la mano de quien le daba de comer. Lo proclamaba con orgullo. Decía que pensaba donar una parte del dinero que le dieran por el Premio Nobel para la lucha contra el sida.

Murió anteayer, dijo Louise. Ese mismo día llegó al Chelsea un sobre para ti.

No sé por qué lo mandaría a mi dirección. Sylvie fue a por el sobre y me lo acercó. Lo abrí. En su interior había un objeto maltrecho, que posiblemente hubiera sido un libro alguna vez, ahora era un fajo desordenado de papeles mal cosidos. Busqué una carta, una nota, pero no había nada. Louise, Sylvie y yo nos quedamos contemplando la portada, que era una fotocopia de ínfima calidad.

A nosotras también nos lo ha mandado, dijo Sylvie. Sin ninguna nota, sólo el libro. Parece ser que un conocido que trabaja en la embajada de Panamá en París hizo una edición limitada para un grupito de amigos, seis o siete ejemplares en total.

Por fin se animó a publicar, dijo Louise, riéndose.

No es su primer libro, dije yo. Anzaldúa me enseñó otros.

Sí, en la Editorial Invisible, de su amigo Gilgamés, confirmó ella.

Era totalmente cierto. Había publicado un epistolario con María Zambrano y una colección de poemas. Yo le pedí copias a Gilgamés y me dijo que quedaba un ejemplar de cada título en la Casa del Libro de Madrid, en la Gran Vía. Alzandúa se tomó la molestia de ir a por ellos y enviármelos por correo. Volví a contemplar el volumen que nos acababa de llegar. Estaba sin paginar. En la mísera portada no figuraba el nombre del autor. La ilustración era la conocida instantánea de Harold E. Edgerton en que se ve una gota de leche que al caer forma una corona. Alston la había tomado de la ilustración que aparece en *On Growth and Form*, el libro de D'Arcy Thompson. La fotocopia era tan oscura que la leche parecía sangre.

La sangre negra que le empozoñaba el corazón, dijo Louise, tratando de hacerme reír.

Aquella misma tarde leí el libro de Alston. No sabría decir qué es. Una especie de autobiografía espiritual. Como memorias, creo, son interesantes, no digo para mí, sino para cualquiera que no haya oído hablar jamás de él. Busqué rescatar algo de lo que había allí para incorporarlo a *Brooklyn*. En seguida supe qué elegir. Es un cuento extraordinario, sobre todo teniendo en cuenta que Alston no escribía nunca ficción. Se titula *Salsipuedes*. Numeré las páginas impares del libro, a lápiz, en el margen derecho. El cuento empieza en la página 33 y es muy corto. Tardé una hora en transcribirlo. Por la noche llamé a Chus a Barcelona. Lo encontré muy afectado. Me contó que iba a escribir algo sobre Alston. Cuando colgué, volví a coger el libro. No me podía despegar de él. Antes de abrirlo, volví a mirar con cierto detenimiento la portada. De tan sobada, el blanco había adquirido el tono de una pintura cuarteada. Cuando lo miré con Louise y Sylvie me dio la impresión de que era un cuadro a medio restaurar. El cerco de salpicaduras de sangre recordaba una corona de espinas. Tras ella, un alto cuadrado: la noche, de bordes bien trazados y en lo alto un punto luminoso y lejano: el ojo primordial de la luna.

Me recuerda algo, pero no sé qué, le dije a Louise.

Te recuerda los cuadrados místicos de Malévich (cuadrados, dijo, no cuadros).

Era verdad. Me fascina lo penetrante que es la mirada de esta mujer. Blanco sobre blanco, una superficie invisible sobre la nada. Hice una fotocopia de la fotocopia, tapé con ella las páginas del cuento y anoté encima: «Los dados de la muerte». Tardé tres días en conseguirlo, pero por fin pude llorar.

KADDISH & $\tau\pi$

[Bajo este título enigmático aparece una anotación a bolígrafo de Gal que dice: *Cuento de Atlantic Monthly. Traducir, e incluir aquí. ¿Yuxtaponer a la farsa? Mandar los dos a Nadia.* Sin embargo, en *Brooklyn* sólo figura un espacio en blanco. Decido mantener el hueco tal y como lo encontré en el *Cuaderno.*]

Texto íntegro de la conferencia pronunciada por el Ilustrísimo Señor Don Felipe Alfau el 1 de abril de 1964 en El Periscopio, sede de la Honorable Orden de los Caballeros Incoherentes del Bajo Manhattan en homenaje a Mr. T., alias la Sombra. Transcrita por el Profesor Ginebra, miembro fundador, secretario perpetuo y estenógrafo de la cofradía.[1]

Socios numerarios y honorarios, cofrades y contertulios, gorrones e invitados, enemigos y amigos:

Nos hemos reunido aquí a fin de celebrar, sí, ésa es la palabra, la muerte de Mr. T., alias la Sombra, miembro supernumerario y estrambótico de nuestra ínclita orden. Nos consta que vivía bajo tierra, pero no tenemos ni idea de cuándo le dio por ahí. Tampoco sabemos dónde nació ni a qué se dedicaba. Vestía siempre igual, con raída elegancia, pero no voy a describir su indumentaria, que esto no es una novela. El caso es que una noche al año, la del 16 de marzo, se alojaba en el Hotel Chelsea. Hoy, primero de abril, día de Todos los Tontos, fecha en la que cada año, nuestra sociedad abre sus puertas al público, me corresponde a mí dar una lección magistral y para honrar la memoria de nuestro amigo, he decidido que mi conferencia verse sobre el lugar donde decidió celebrar sus anticumpleaños y poner fin a su vida. Mi alocución va dedicada de manera especial a los alumnos del taller de escritura Don Miguel de Unamuno, aquí presentes, quienes al término de mi charla recibirán un diploma que los acredita como escritores, Dios coja a sus lectores confesados.

Antes de entrar en materia, quisiera invocar la ayuda de don Miguel, por quien siempre me he guiado en asuntos de metodología. Con esto quiero decir que no es mi propósito dar cuenta cabal y sistemática de la historia del singular edificio

1. Revisado en marzo de 1991.

objeto de mi perorata. Lo que he hecho ha sido tomar unos cuantos apuntes a mi manera, que no tiene nada de teutónica y sí mucho de unamuniana, adjetivo al que apelo para invocar el derecho a pasarme por salva sea la parte cierto tipo de formalidades que, disfrazadas de científico rigor, no hacen sino retrasar el objetivo de alcanzar la verdad, que nunca está donde se busca. No tengo la menor intención de respetar ningún hilo narrativo y menos cronológico, y cuando así ocurriere, téngase por coincidencia. Además pienso omitir los datos que me dé la gana. Y dicho esto empiezo, que ya es hora.

El edificio de apartamentos que hoy conocemos como Hotel Chelsea se erigió el año de gracia de 1884, época de apogeo de los Barones Mangantes, gente de la jaez de los Carnegie, los Morgan, los Astor o los Vanderbilt, entre otros sinvergüenzas. Tiempos de boato y corrupción, que cristalizarían en episodios de gran dramatismo, como cuando la amante del magnate Jimmy Fisk le saltó a éste la tapa de los sesos en la alcoba de la suite que compartían.

El estilo de nuestro edificio se podría definir como góticovictoriano, una mezcla de Queen Anne y clásico libre. Los apartamentos eran (que ya no) enormes, los techos muy altos y las paredes estaban insonorizadas y eran resistentes al fuego. La escalera interior, de hierro forjado al igual que las rejas de los balcones, iba del vestíbulo a la azotea, y tenía el pasamanos de finísima caoba. La azotea, de losetas de ladrillo rojo, era una enorme explanada irregular, salpicada de escalinatas, claraboyas, chimeneas, estudios, observatorios, gabinetes, arriates, parterres, jardines y aunque parezca difícil, arboledas.

Antes de seguir apabullándoles con datos, quiero hacer constar que en gran parte se los debo a mi ayudante de investigación, aquí presente. Levántate, Murphy, no seas tímido, saluda, que te vean todos. Un aplauso para Murphy Burrell. Gracias, gracias, deja de inclinar el tronco como si fueras epiléptico, Murphy, ya puedes sentarte, es suficiente.

Hablábamos de estilo. En los inicios de la historia del futuro Hotel Chelsea, a la elegancia de los muebles y accesorios se añadía la nobleza de los materiales: suelos de mármol; molduras, puertas y armarios de caoba; sillones de terciopelo. Los gigantescos marcos de los espejos eran una de las marcas de identidad del lugar. Las habitaciones tenían vidrieras emplomadas. En tiempos hubo tres grandes comedores, uno de los cuales acabó siendo propiedad de unos *americaniards*, quienes le dieron el nombre de El Quijote, que sigue conservando hasta hoy.

Su fama atrajo a toda suerte de temperamentos artísticos, preferentemente desequilibrados. Pasaré revista a unos cuantos, empezando por Sarah Bernhardt. La actriz viajaba a todas partes con sábanas de seda, y se procuraba abrigo con un edredón de plumas hecho a medida del féretro acolchado en el que acostumbraba a dormir. Si el detalle les parece singular, se equivocan, es plural. La Bernhardt no fue ni la primera ni la última inquilina del Chelsea a quien le dio por dormir en un ataúd. Murphy ha comprobado fehacientemente la existencia de al menos otros dos casos. Gestos así dan buena cuenta del espíritu y estilo de las gentes que a lo largo de los años, eligieron pasar parte de su vida en el Chelsea, incluido el bueno de Mr. T.

En cuanto al gremio de los escritores, al que pertenezco, el primer nombre de alcurnia asociado a la historia de nuestro edificio es el de William Dean Howells, que ocupó una suite de cuatro habitaciones en 1888. Ese mismo año asentó allí sus reales el ilustre autor del Quijote yanqui, en cuyas narraciones las ciénagas del sur suplen a La Mancha y el ancho Misisipí es caudalosa reencarnación del huidizo Guadiana. Me refiero, como incluso los menos avispados habrán colegido, a Samuel Clemens, más conocido como Mark Twain. Sobrio o ebrio, que en eso no vamos a entrar, no era infrecuente ver al autor de *Las aventuras de Huckleberry Finn* haciendo eses por el bar.

Entre 1907 y 1910, cuando el Chelsea ya era hotel, vivió en uno de sus aposentos nada menos que O. Henry. Ah, magnífica redondez del primer nombre, elidido y despojado de todo oropel consonántico, reducido a la vocálica perfección de un círculo al que acompaña con humildad de escudero una mancha de tinta imperceptible, huella sin dimensiones, el más exiguo de los signos diacríticos: el punto de la i, caído por tierra como una pelota de petanca. Y aquí, mis queridos contertulios, estudiantes y amigos, si se me permite introducir una nota personal, diré que tuve el honor de toparme *vis à vis* con el gran O. Henry. Sí, como lo oyen. Fue en McSorley's, la cervecería del East Village. Él llevaba cuatro jarras de cerveza, dos en cada mano y yo tan solo un par, una a la diestra y la otra a la siniestra. Las mías eran rubias, las de él morenas. ¡Mr. Henry! dije, rendido de admiración, cuando lo tuve frente a mí, y fui incapaz de añadir nada a mi invocación. Me miró con expresión chusca. No hay necesidad de ser tan formal, me espetó, llámeme O, así, a secas, sin el punto, y dándose la vuelta me dejó a solas con mi admiración y mis dos jarras de cerveza. Jamás olvidaré aquellos ojos, redondos como su nombre, los puntos negros de sus pupilas clavados en los de las mías. Me sentí el ser más afortunado de Manhattan. El mejor cronista de la ciudad se había dignado dirigir la palabra a un humilde servidor. Mi experiencia se inscribe en el orden de lo sublime, por más que mi informante, Murphy Burrell, quiera empañarla recordándome que O. Henry se agarraba unas curdas monumentales durante las cuales se dedicaba a intentar pellizcar en el trasero a las camareras.

Pero no sólo de prosa vive el Chelsea. Por sus pasillos resonaron los pasos de poetas del calibre de Hart Crane. Si tuviéramos tiempo, les recitaría de cabo a rabo su poema sobre el puente de Brooklyn, que me aprendí de memoria el día que cumplí quince años. Pero no lo hay. De quien sí que voy a hablar es de Edgar Lee Masters, el Poeta de la Muerte. La última vez que Mr. T. se personó en este local, los Incoherentes le regalamos un ejemplar de la *Antología de Spoon River*, poemario magnífico donde los haya. Edgar Lee Masters fue hombre de un solo libro que valga la pena recordar, todo hay que decirlo, pero qué libro, amigos míos. Qué golpe de genio escribir un volumen que consta exclusivamente de epitafios. Y en cada epitafio, una historia. Locos, borrachos, asesinos, putas, todos están allí, hablando desde la tumba.

Sigamos… pero ¿dónde diablos he metido la chuleta? ¿No la tendrás tú, eh, Burrell? ¿Seguro? Ah, no, tienes razón, perdona. Aquí está… ¿A quién le toca ahora? ¿Vladimir Nabokov? Pero si no lo pensaba poner a caldo hasta el final. Lo has hecho a propósito, ¿verdad Burrell? De nada te servirá la treta. Me da igual lo que digan los enterados. A Nabokov no hay quien lo digiera y se acabó. En fin, pongamos un mínimo de orden. Lo que yo tenía intención de hacer era contar una anécdota muy jugosa de Sinclair Lewis. ¿Preparados? Bien, entonces hagamos la prueba. En cierta ocasión, el bueno de don Sinclair se disponía a dirigirle la palabra a un público que se le había rendido de antemano… Vamos a ver, ¿cuántos de los aquí presentes tienen intención de llegar algún día a ser escritores? ¿Eh? Levanten la mano, por favor. No, no me refiero a ustedes. Es lo que dijo él entonces, me refiero a Sinclair Lewis. Murphy, baja la mano, haz el favor. ¿No ves que todo el mundo la ha bajado? Siempre tienes que dar la nota. Más de la mitad de los asistentes alzó la mano, igual que acaban de hacer ustedes. Al ver aquello, Lewis dio un puñetazo en el atril y exclamó encolerizado: ¿Y se puede saber qué narices hacen aquí, en lugar de estar en su casa escribiendo? La anécdota ilustra una gran verdad: escribir es un oficio muy duro. Durísimo. Sea esto como fuere, y ahora me dirijo a vosotros, aspirantillos a escritores, hay una ley que jamás debéis perder de vista: lo último que se puede hacer es aburrir al lector. No sé a santo de qué venía esto, pero no quería dejar de decirlo.

Ahora tengo que hablar de los Knott, ¿no es así, Murphy? Vale, gracias. La verdad, tendrías que haber subido conmigo al estrado, el trabajo lo hemos hecho entre los dos. ¿Y ahora por qué te levantas a saludar? Ya te han aplaudido antes, siéntate, haz el favor. Los Murphy, digo los Knott, instalaron una biblioteca en el segundo piso. Fue lo único que hicieron bien. Desde el punto de vista estético, casi se cargan el hotel. Empezaron a dividir las suites para sacarles más provecho, y si al hacer ajustes había que cargarse algo, a tomar por saco, se lo cargaban. Casi desguazan el zaguán, rebajando la altura del techo, en fin, mejor no sigo… A ver… los años de la Gran Depresión… creo que esto me lo voy a saltar… *Louisiana Story*… eso tampoco. ¿Y aquí qué tengo? Thomas Wolfe. Esto sí. Wolfe se presentó en el Chelsea una mañana soleada de 1937. Alguien le había hablado del hotel y se acercó a echar un vistazo. Quiso la fortuna que se diera de narices nada menos que con Edgar Lee Masters… Ed reconoció a Tom, Tom reconoció a Ed. Ed quiso saber qué hacía Tom allí. Tom replicó que estaba pensando en irse a vivir al hotel. No se hable más, te quedas, dijo Edgar Lee, y le presentó al director, quien lo instaló en una suite que constaba de recibidor, dormitorio, salón, despacho y cuarto de baño, que era la estancia más suntuosa, con diferencia. Las estancias eran sucias y cavernosas, pero de techos muy altos, gracias a lo cual el gigantón de Wolfe no se daba de cabezazos contra los dinteles. En el baño, en lo alto de una tarima con baldaquino había un trono fecal impresionante. Se me saltan las lágrimas al recordar, gracias por el dato, Murphy, que la redacción de *Look Homeward, Angel*, su obra maestra, se obró allí. Una vez que daba por terminado un fragmento de su novela, lo metía en una caja dispuesta a tal efecto en el retrete. Pronto, una sola caja fue insuficiente. Empezó por acumularlas en el baño, pero enseguida se le quedó pequeño y tuvo que recurrir a la cocina y luego al salón, hasta que lo tuvo todo atestado de cajas de madera rebosantes de manuscritos. Cuando murió, los folios acumulados en las cajas de embalaje se contaban por decenas de millares. Uno de los proyectos que se truncaron con su desaparición era un libro que tenía previsto dedicarle a la historia del hotel.

En 1940, un húngaro que se hacía llamar David Bard le compró el Chelsea a los Knott por 50.000 dólares. Bard continuó la nefasta labor de sus predecesores, volviendo a empequeñecer las suites, cargándose más espejos. Pero el Chelsea no sucumbió. Su aureola de misterio siguió atrayendo a nuevos artistas, sangre joven, músicos, escritores, poetas y pintores de talento, la mayoría, si no todos, drogadictos o borrachos, cuando no las dos cosas a la vez.

¿Qué dices, Burrell? Habla más alto, hombre de Dios, que no te oigo. ¿Arthur Miller? No, de él no pienso decir nada, me cae gordo. ¡Ah es verdad, que te lo había prometido! Murhpy quiere que cite una frase de Miller, que según él hace justicia al hotel. Está bien, ahí va: «El Chelsea es el único hotel que conozco que no tiene en cuenta las diferencias de clase». Valiente gilipollez. ¿Qué, contento? Si hay aquí algún fan de Miller, que no se desanime. El dramaturgo todavía vive allí, o sea que pueden ir a pedirle un autógrafo al final de la conferencia.

La palma de los poetas borrachos se la lleva sin duda Dylan Thomas. Cuando se agarró la monumental cogorza que le costó la vida, lo trasladaron con el hígado reventado al cercano hospital de San Vicente. Las últimas palabras del galés, justo antes de morir, fueron: 18 whiskies, no está mal. Pero veo que Murphy vuelve a las andadas. ¿Y ahora qué pasa? ¿A qué vienen esos aspavientos? ¿Qué haces con ese despertador descomunal en alto? Eres un payaso, Murphy Burrell. ¿Es que no puedes llevar un discreto reloj de pulsera como todo el mundo? ¿Y ahora por qué enarbolas una bandera roja? ¿Es que has perdido el juicio por completo? Ah, vale, ya te entiendo…

Amigos, se ha acabado el tiempo. Es más, me he pasado. Después de lo que había dicho de no aburrir. Les pido perdón sinceramente. Lástima, con todas las chuletas que me quedan. William Burroughs, qué pena, con lo que me hubiera encantado hablarles de él. El pelmazo de Nabokov… en este caso, casi es mejor que no nos quede tiempo. En fin, punto final. Tan sólo falta guardar un minuto de silencio en honor a nuestro amigo Mister T. Gracias por su atención. Les ruego que se pongan en pie.

Requiescat in Pace. Amén.

[Sigue un largo espacio en blanco con el que el estenógrafo quiere dar valor tipográfico a sesenta segundos sin palabras.]

EL ÁNGEL EXTERMINADOR

[Texto original de 1972.
Revisado por Gal Ackerman
en febrero de 1992.]

Sábado en The Chamberpot, con Marc Capaldi. Colm Talbot, el ex policía, acaba de abrir un bar justo al lado del Wilde Fire.

¿Sabes cómo le ha puesto? me pregunta Marc. The Green Snot. Estos irlandeses son geniales con los nombres, la verdad.

Traduzco mentalmente: The Chamberpot, El Orinal; The Green Snot, El Moco Verde.

¿A qué no sabes de dónde viene el nombre? vuelve a preguntar.

En ese preciso instante, un anciano cochambroso se acerca a pedirle un cigarrillo. La camarera sale de detrás del mostrador decidida a ponerle de patitas en la calle, pero Marc la detiene con un gesto de la mano y apuntando con el índice al techo, exclama a voz en cuello:

Dios: ¿no es verdad que el mar es una dulce madre gris?

El anciano parpadea, sin saber qué decir. Marc continúa, impertérrito:

El mar verde moco. El mar escrotogalvanizador. *Epi oinopa pontos.* ¡Ah, Dedalus, los griegos!

Marc suelta una carcajada y el anciano se ríe con él.

James Joyce, Ulises, página uno, le dice Marc y le da un paquete de L&M casi entero. La camarera le dice al mendigo que se largue y no vuelva a asomarse por allí. Bueno, ¿qué? me pregunta Marc, ¿vamos o no?

El Green Snot es una caja de zapatos, incrustada entre dos locales infectos, el Mad Stork (La Cigüeña Loca) y el Wilde Fire (Fuego Salvaje). En el Mad Stork tocan jazz los sábados; el Wilde Fire es un topless de mala muerte, un puticlub semiencubierto. En la esquina hay una gasolinera delante de un lote baldío donde pasa de todo. A partir de medianoche, por la acera pulula un enjambre de putas y travestis. Cuando llegamos, en la gasolinera hay un coche patrulla con las luces giratorias encendidas. Los polis tienen las ventanillas bajadas y están hablando tranquilamente con un par de individuos. Uno de éstos saluda a Marc de lejos. Según él la policía les cobra comisión a los chulos, los camellos y los dueños de los bares. Están un rato en la estación de servicio, antes de dar un sirenazo y largarse.

En el Green Snot, Marc se va derecho al fondo del local y se queda hablando con un grupo de negros que van muy trajeados. Un pelirrojo grandullón limpia con un trapo húmedo el trozo de mostrador que tengo delante.

Yo a ti te conozco, me dice. Tú eres amigo del Poeta, ¿has venido con él?

Asiento. No sé cómo diablos consigue Marc que le llamen así en esos garitos de mala muerte.

Colm Talbot, dice el gordo. Me tiende la mano. Perdona, pero no me acuerdo de tu nombre.

Gal Ackerman.

Encantado. ¿Es la primera vez que vienes al Green Snot?

Le digo que sí.

En ese caso, invita la casa. ¿Qué va a ser?

Marc desaparece en el servicio de caballeros con uno de los negros trajeados. Al cabo de unos momentos salen juntos, riéndose y restregándose la nariz, y desaparecen por una puerta que da al lote baldío.

¿Tienes fuego, mi amor? pregunta una voz femenina a mis espaldas, en un español teñido de inflexiones caribeñas. Al volverme veo a una mulata de ojos verdes que no puede tener más de dieciocho años. Me hurgo en los bolsillos, inútilmente.

Lo siento, digo. Creía que llevaba un mechero encima.

¿Y aquí tampoco tienes candela? pregunta, amoldando el hueco de la mano a mis genitales.

Ten cuidado, blanquito, me susurra alguien, en inglés, al oído. Lo que le interesa es tu cartera, no tu polla.

Es Al Green, un amigo de Marc que toca el contrabajo en el Mad Stork. Choca su hombro contra el mío y me pone una bolsita de coca en la palma de la mano. No, gracias, le digo. Al le guiña un ojo a la chica, le da fuego y se aleja hacia el wáter.

¿Me invitas a una copa? me pregunta ella.

Le hago una seña a Colm para que la atienda. Pide una budweiser. Se llama Esmeralda y es de Spanish Harlem. Me dice que le han puesto ese nombre porque hace juego con sus ojos. Los abre mucho para que aprecie bien el color y parpadea. Me alegro de que no esté Marc. Habría sido capaz de decirle que hacían juego con el nombre del local. Miro a la puerta, preocupado porque tarda en volver. Mi preocupación no está justificada. Al final Marc sale indemne de todas. Hace años, cuando lo conocí, escribí esta semblanza sobre él:

> Marc Capaldi, italo-americano, agente publicitario, 46 años, tres libros de poesía publicados. Quedamos en su casa del West Side. Cuando salimos, se metió uno de sus libros en el bolsillo. No sé por qué le da por cargar con sus poemas en sus incursiones por aquellos pozos de negrura y soledad, donde busca desesperadamente mitigar el dolor con unos cristalitos de cocaína y las migajas de afecto que caben en un estallido de semen comprado. Le atraen los tipos patibularios, cuanto más mejor, igual que los antros donde va a buscarlos. Habíamos estado hablando

de poesía en su casa, antes de salir. En el cuarto o quinto bar, arremetió contra mí:

La canalla, me dijo, el culo del mundo. Sangre y mierda, detritos urbanos, los despojos de la humanidad. Ángeles sucios, no como los de tu Rilke, que ni tienen sexo ni saben de la vida.

Su rebeldía tenía algo de adolescente, y además estaba muy borracho, pero había estado mirando sus libros, y su poesía es así, manchada de sangre y mierda, hundida hasta el fondo en la desolación y la podredumbre. Sólo que al final, extrañamente, había una lucecita que permitía aferrarse a la esperanza.

Sí que tienen sexo, dije, pero no nos vamos a poner a discutir de poesía ahora.

¿Por qué, porque estamos rodeados de putas, delincuentes y maricones, yendo de bar en bar de mierda?

No, no es por eso.

Porque si es por eso, la mierda está para hurgar en ella. Por eso no me valen tus poetas. Ni siquiera Blake, por más que hable del infierno. Gente como Burroughs o Bukowski, todavía. Por lo menos, si se molestan en tener conversaciones con los ángeles es porque tienen intención de tirárselos y después limpiarse el culo con las plumas.

Vamos a dejarlo, Marc.

¿Y por qué? Es ahí donde está lo que buscas, y no en Rilke y todos esos poetas que te inflas a leer.

Nos acabamos de conocer, ¿cómo puedes saber qué es lo que busco?

Muy fácil. Buscas lo mismo que yo, sólo que no lo haces donde debes.

¿Y dónde se supone que tengo que buscar?

Ya te lo he dicho. En la inmundicia, manchándote el alma. Sólo así encontrarás lo que estás buscando. Sangre, mierda y semen, no lo olvides, como cuando te dan por culo, cosa que te pierdes por no ser maricón. Y un poco de coca. Follar y esnifar sin protección. Y si la palmas qué más da. Mejor. Te hacen ceniza, te meten en una urna y arreglado. ¿Qué es lo que busca la llamada gente de orden? ¿Hacerme creer que me voy a morir por echarme un polvo? Pues vale. Lo que cuenta es poder rozar la eternidad, aunque sólo sea un instante. Que nos quemen. A Dios le da exactamente igual.

El dueño del bar me llamó aparte y me dijo que tenía un minuto para sacar a Marc de allí, de lo contrario le encargaba el trabajo a los matones. Se llevó la mano a una medalla de oro que le colgaba del cuello. Aquí somos católicos, y no nos gusta esa gentuza. Y cuando se recupere de la cogorza dile a ese hijo de puta que no se le ocurra volver a asomar el hocico por aquí.

Marc fue a decir algo, pero le tapé la boca, lo arrastré a la calle como pude, lo metí en un taxi y desaparecimos.

El negro del traje regresa sin Marc. Me asomo a la puerta, pero no hay rastro de él. Cuando vuelvo a entrar, Esmeralda está recostada en la máquina de discos, sonriendo. Alza la budweiser, y me dice por señas que me acerque. Espera a que termine la canción y entonces me coge de la mano y me saca del local. En la Novena Avenida, las sombras de las putas y los travestis se confunden con las de los árboles y las farolas. Caminamos por entre bloques de edificios y solares desiertos. En el cielo flota una luna sucia. Al cabo de unas manzanas me percato de que nos sigue un tipo escuchimizado que lleva una gorra de béisbol con la bandera de Puerto Rico.

Esmeralda se agacha sobre el bordillo de la acera y escupe un hilo de saliva, largo y viscoso, que se resiste a despegarse de sus labios, un gusano de luz podrida.

¿Qué te has metido? le pregunto.

¿De qué coño estás tú hablando? contesta con su cadencia caribeña, aún agachada. Los dientes le destellan a la luz del farol. Yo no me dedico a esto.

¿A qué?

Se levanta ágilmente.

No soy ninguna puta. ¿Está claro?

Ahora que sus ojos están a la altura de los míos reparo en que es ligeramente bizca. El semáforo cambia a verde. Lo miramos como si estuviera en la orilla opuesta de un río que no

310

tenemos manera de cruzar. El puertorriqueño esquelético nos observa apoyado en un árbol, siempre a la misma distancia. Esmeralda echa a andar con el disco en rojo. Un coche pasa a gran velocidad, muy cerca de ella. Se escucha el jirón de un grito, seguido de un largo pitido que se desvanece en la noche. Pienso que se ha olvidado de mi existencia, y que se va sola a alguna esquina de la Avenida Once, pero cuando llega al otro lado me hace señas, apremiándome a cruzar.

Recorremos varias manzanas en silencio. De vez en cuando su mano roza la mía. En la esquina de la 23 nos volvemos a parar. A lo lejos reconozco el letrero rojo del Hotel Chelsea. Tuerzo hacia allí y me sigue sin decir nada. Pasamos por delante del restaurante El Quijote y al llegar junto al toldo rayado del hotel nos detenemos.

¿Entramos? pregunto. Una chispa de miedo le aletea en la mirada.

¿Tú crees que nos dejarán pasar?

No te preocupes, me conocen, digo, cogiéndole la mano.

Las lámparas, los espejos, el suelo de mármol, los cuadros y esculturas parecen intimidarla. Del techo cuelga una figura de *papier maché* pintada de verde, un coyote a punto de saltar. Esmeralda se ríe y me aprieta la mano con fuerza. El recepcionista me reconoce. Le doy las buenas noches, pero no contesta. Entramos en el ascensor. Durante todo el trayecto Esmeralda mantiene la mirada clavada en la botonadura luminosa. Los números de los pisos van saltando espaciadamente. Al encenderse el 10 se oye un sonido metálico y salimos. No tengo ni idea de lo que voy a hacer. Hasta ahora he actuado como si fuera a la suite de Sylvie, pero a partir de aquí el guión no sirve. Empujo las puertas batientes del rellano, y contemplo el largo pasillo, sepultado en la penumbra. A mi izquierda, de repente, veo el lavabo común. Siempre ha estado ahí, pero es la primera vez que reparo en su existencia. Abro. Esmeralda entra primero. Una vez dentro, me apoyo en la puerta hasta oír que queda encajada. Me quedo mirándola a los ojos. Está inerme, desarmada. Me pregunto qué ve en mí.

Primero el dinero, dice.

Meto la mano en el bolsillo. Por la mañana he cogido cien dólares del cajón de la cocina. Vislumbro denominaciones de veinte, de cinco, de diez, algún billete de un dólar. No sé cuánto habrá. Le doy el dinero sin contarlo. Me extraña que ella tampoco lo haga. Abre el bolso, minúsculo, de lentejuelas rojas, echa el fajo dentro y saca dos condones pegados. La luz del techo emite un resplandor levemente verdoso. Sobre el esmalte de loza de la bañera hay un reguero de óxido que va desde el lateral donde golpea el chorro del grifo hasta el desagüe. ¿Cuántos años tienes? Le molesta que le haga la pregunta. Diecinueve, dice a regañadientes, y se recuesta contra las baldosas de la pared. Forcejeando con las caderas, empieza a bajarse los vaqueros, luego las bragas, hasta quedar desnuda de cintura para abajo. Se abre de piernas y espera. Un vello ligero le cubre los muslos. Separa los condones con las manos. Tira uno al lavabo, abre el otro de una dentellada y me lo da. Me ayuda a ajustármelo y me acaricia el escroto. El mismo gesto que en la barra, ahora sin ropa, epidermis contra epidermis. Tiene la mano caliente y áspera y en seguida la retira. Está seca por dentro. Siento la dureza de su sexo al penetrarla. Hace una mueca de dolor y me detengo. Sigue, dice, pero no se mueve. No sé qué ve, dónde está su pensamiento. Una sombra en el pasillo de un quirófano, un cráter de la luna, la nieve de un canal de televisión después del último programa. Se oye gotear el agua del bidet. Busco sus pechos, enterrados bajo varias capas de ropa y se deja hacer. Aprieta las palmas de las manos contra los azulejos y me empuja con la pelvis. Una caverna de carne. El roce de un animal ciego contra el techo de una gruta. Un gruñido, no sé si de ella o mío. El roce es doloroso, como si me restregara los ojos con los dedos rebozados de arena. Pálpitos de sangre irrigándome la verga. Por aquí entrará la enferme-

312

dad, ojalá se desgarre el condón. La imagen de Esmeralda escupiendo en el bordillo. ¿Qué se había metido? ¿Heroína? No tiene marcas en los brazos. Seguramente la quema en un papel de plata y aspira el humo. ¿Quién es? ¿Qué historia tiene? ¿Cómo es su madre, tiene hermanos, con quién hizo el amor por primera vez, a qué edad? Ruidos de tala, un bosque que cae a golpes de sierra mecánica, pasos en la hojarasca, los ojos de un jabalí, inyectados en sangre. La respiración ¿suya, mía? Jadeos de animal, ¿míos? No puedo. Un camino abierto en una cantera de granito, polvo de mármol, cal viva. Espera, me oigo decir, espera. En el bolsillo, la petaca de vodka. ¿Quieres? El animal fuera de la madriguera, reblandecido, con los cartílagos palpitantes, como si tuviera una herida reciente. Nos ayudará a los dos, ¿quieres? No contesta. ¿Qué hay en esos ojos tan verdes? Nada, un vasto silencio vegetal sin límites, un pasillo de luz, otra vez. Sin decir nada, alarga la mano, piel áspera, olor acre ¿a mi semen? ¿a sus flujos vaginales? Bebe un trago que la estremece. Otro, dale otro. Hace lo que le digo. Se le ilumina la mirada. Por la comisura de los labios le resbala un hilo de alcohol. Ahora yo. Nos miramos de cintura para bajo. Ella sin curiosidad, pero es para borrar esos detalles por lo que he sacado el vodka, así que me bebo lo que falta, de un trago. Es como subir varios escalones de una vez. Arriba, el monte de Venus, cubierto por un triángulo de vello ensortijado, una rendija de carne viva, violentamente sonrosada, la piel gruesamente granulada. Ahora sí. Nubes, no sé dónde, en el desierto. Se ha humedecido, entro fácilmente. Empujando hacia arriba, clavando la cabeza en el fondo de la noche. Limo caliente. Por fin se empieza a mover. Se apiada de mí. Me ayuda. Me agarra con fuerza de la camisa, me empuja hacia sí, me clava las uñas en la espalda, en los glúteos, los dientes en el cuello, me frota los testículos. Nuestros movimientos adquieren un ritmo mecánico. La niña se ha hecho hembra que aúlla desde el fondo de un pozo, y me entiende mejor que yo a mí. Se hace cargo de mi cuerpo, subsana mi torpeza. Me adelanta, me arrastra tras de sí, los músculos de su vagina me aprietan el tallo del pene, sus movimientos determinan los míos, me acerca y aleja sin permitirme salir de ella, me vuelve a arrastrar, ofreciendo un fondo al que no llego. No dice una sola palabra, espera a que desfallezca encima de sus pechos, crucificado, clavado en el vacío, hasta verme caer. Cuando me quedo sin fuerza, sin empuje en la sangre, vuelve a su pasividad inicial. Lejana, inmóvil, esperando que la falta de tensión muscular me expulse de su cuerpo. Su mirada está vacía. Me ciega la luz verdosa del techo. Distingo el segundo condón, sin abrir, tirado en el lavabo. Ella se acerca al bidet y escupe, como lo había hecho antes en la acera. Tiene los muslos brillantes de una espuma mezcla de sudor y semen. Se sienta a horcajadas sobre el potro de loza y se lava. Me pregunta si me quiero lavar yo y le digo que no. Los virus, heraldos de la muerte, ¿están ya dentro de mí? Pienso un momento en Marc. ¿Estará follando con un mendigo? ¿Dónde? ¿En un wáter colectivo, como acabo de hacer yo, en un descampado, en el aparcamiento del Green Snot, en su apartamento? ¿Le estaría leyendo en voz alta sus poemas a un analfabeto, a un homeless, a un camionero, a un anciano desdentado, a un chapero joven, de cuerpo aguerrido, que se apresta a robarle la cartera y si es necesario a romperle la crisma?

A la salida, el recepcionista nos dirige una mirada de contrariedad. Se la hemos jugado. Nos detenemos un momento delante de la vitrina que hay a la derecha de la recepción, un expositor con libros y objetos relacionados con la historia del hotel. En la portada azul de una novela de pulp fiction, se ven unas putas de lujo, de piel blanquísima, con el pelo teñido de rubio platino. Esmeralda lee el título en voz alta: *Chelsea Girls*. ¿De qué va? me pregunta. De asesinatos, le digo, ¿te gusta leer?

¿A mí?

En la calle, empezando a amanecer. El chulo, apostado en la vidriera de El Quijote. Detrás de él se ve la armadura del

314

hidalgo. Tiene la visera alzada, con una mano sujeta una lanza y con la otra el menú del día. Me despido de Esmeralda, preguntándome si acaso me acaba de regalar mi muerte, una muerte que antes alguien le ha regalado a ella. O quizá la muerte me perdone, nos perdone a los dos, como perdona siempre a Marc. Tengo ganas de vomitar. Escucha, Ackerman, espera, esto es real, material de primera, habrá que convertirlo en basura literaria. Armar un buen cuento, burdo, crudo, controlando los recursos, la estofa de la escritura, sueños de vertedero. ¿No te parece? La luna se posa encima de una nube, como un alfanje de ceniza. El recepcionista sale a mirar. Cuatro figuras al filo de la madrugada. Marc: tus poetas, por favor. ¿O mejor los míos? ¿Un ángel de Rilke o de Bukowski? No, no: esto es verdad, no es literatura. Por eso quiero que esté aquí, que sea parte de *Brooklyn*. Entre otras cosas porque no sé por qué ha pasado. Pienso en el sexo de Esmeralda envolviendo el mío, dándole sentido. Y en la muerte, bien enfundada. Recuerdo sus ojos verdes, Esmeralda, mulata de Spanish Harlem, adolescente, adicta al crack o a la heroína. Una muchacha pobre que tiene que soportar a hijos de puta como yo, uno tras otro, noche tras noche. *Hijos de puta*. El lenguaje me delata. Tengo la boca seca. Se me ocurre pensar que aunque habitemos universos diferentes, quizá nos hayamos entendido, aunque sólo fuera durante unos segundos, cuando me perdí en el cosmos, dentro de ella. ¡Esmeralda! digo de repente. Se vuelven los dos a la vez, su guardián y ella, el chulo y la puta. Doy unos pasos hacia ellos. El tipo se lleva la mano al bolsillo, pero ella lo detiene. Busco su mirada, me doy cuenta de que nunca he existido para ella, y me callo. Nos vemos, dice, y se da la vuelta. Echan a andar juntos en dirección a la Octava Avenida. Al llegar a la esquina tuercen hacia la derecha, en dirección norte.

BRYANT PARK

(Mayo de 1991)

Han transcurrido casi cinco años. Entonces no podía saberlo, pero nunca más volvería a ver a Nadia. La fecha se me ha quedado grabada a fuego en la memoria: 1 de junio de 1986. Pasó la noche conmigo en el Oakland, pero estaba rara. Nos despertó la luz, y nos fuimos temprano de Brooklyn aunque faltaba mucho tiempo para que saliera su autobús. Se iba a Boston, a despedirse de su hermano Sasha, antes de coger el vuelo Washington-París. No sabía cuándo iba a volver, podía pasar tiempo. Le habían dado una beca para estudiar en el Conservatorio Nacional de Francia, con Bédier. En la salida del Flatiron me propuso que bajáramos, para ir dando un paseo por la Quinta Avenida, de la 23 a la 42. Le costaba trabajo despegarse de mí, quizá porque tenía la certeza, que a mí me faltaba, de que no nos volveríamos a ver nunca. En Bryant Park le dije que no iría con ella hasta la terminal. Me cogió la mano y asintió. Una anciana de aire eslavo nos observaba desde su minúsculo puestecito.

¿Qué tal un té?, me preguntó, y sin esperar respuesta se acercó al puesto. La mujer no entendía una palabra de inglés. Nadia probó con el ruso. Tampoco. Por señas, le pidió dos tés. Valiéndose del mismo procedimiento, la vendedora nos indi-

316

có que nos sentáramos en una de las mesas del parque. Al cabo de unos minutos se acercó con unas tacitas de loza. El té desprendía un aroma reconfortante, perfumado. Cuando terminó de beber, Nadia estudió el interior de su taza. Imitándola, incliné la mía. La pared de loza estaba teñida de una sombra parda; unos restos vegetales se mecían sumergidos en el líquido del fondo. Parecían algas. La anciana se acercó.

¿Sabrá leer el futuro en los posos del té? me preguntó Nadia.

Si sabe, nos da igual, no hablamos el mismo idioma.

La mujer retiró las tazas, sonrió como si nos hubiera entendido y se alejó. En el aire, por encima de las copas de los árboles, percibimos un ligero estremecimiento, el revoloteo de unas manchas de color blanco. Alzamos la vista. La plaza quedaba entre rascacielos, intermitentemente sepultada por una tapadera de nubes que cambiaban de forma velozmente. Las sombras de los árboles temblaban en las losas de cemento y en la pared de mármol de la biblioteca. Las manchas blancas resultaron ser unos trozos de papel que alguien había arrojado al vacío desde uno de los edificios que daban a la calle 42. Los papeles iban cayendo lentamente. Unos se posaron sobre el césped, otros en las mesas de los alrededores, o en la acera de la calle, al otro lado de la balaustrada del parque. Una tira de papel, larga y rizada, fue a parar al regazo de Nadia. La cogió con cuidado, la alisó y leyó para sí.

Parece una carta de amor, dijo, pasándome el trozo de papel.

En el aire seguían flotando manchas blancas. Cuando acabaron de caer, Nadia se levantó y fue recogiendo los papeles, uno a uno. Juntándolos encima de la mesa, logró recomponer dos cuartillas incompletas y arrugadas, pedazos sueltos de un rompecabezas. Silabeando en voz baja, reconstruyó unas cuantas frases. Es una carta de amor, confirmó, mirándome, y leyó en voz alta los fragmentos que había reconstruido. Extrajo del bolso un sobre alargado, de esos que tienen un recuadro transparente por donde se puede ver la dirección y guardó los papeles con cuidado.

Déjame un momento el cuaderno, me pidió cuando hubo terminado, y enterró el sobre entre sus páginas. Cerró la libreta de molesquín y miró al cielo, como si pudiera caer todavía algún papel. Tienes que hacer algo con esto, Gal.

¿Algo como qué?

Tienes que descubrir el resto, recomponer la historia de amor de la que esa carta forma parte y escribirla. ¿Por qué no la incluyes en el *Cuaderno de Brooklyn*?

Catorce
REGRESO A FENNERS POINT

I once started out
to walk around the world
but ended up in Brooklyn.

LAWRENCE
FERLINGHETTI,
A Coney Island of the Mind

(Brooklyn Heights, 17 de abril de 2008)

Cada vez pienso más en la muerte, Ness, ya sé que es un coñazo hablar de eso, pero es que no es fácil evitarlo cuando ves que los amigos van cayendo como moscas, dejándote más solo que la una. Claro que en mi caso eso es normal. ¿Sabes qué edad tengo? Exactamente, ochenta y seis años, nací en el 22, no sé cómo te puedes acordar. Los negocios bien, los legales y los otros, a ti no me importa hablarte así, eres de la familia. Ahí tienes a Raulito, que tanto me preocupaba, ganando una pasta gansa. Todo el mundo acude a él porque saben que es honrado a carta cabal. Mis hijas están bien las dos. Camila dejó a su marido y ahora está con un empleado de banca. Viven en Tulsa. Wally era un gilipollas con todas las letras, en eso le doy la razón a ella. La otra, Teresita, está soltera, ésa sí que es inteligente. Da clases de ciencias naturales en un colegio privado de Baltimore. Tú no has llegado a conocer a ninguna de mis hijas, ¿verdad? A Vincent sí, ya la lo sé. De él te iba a hablar precisamente. Como no voy a durar mucho me preocupaba lo que pudiera pasar con el bar. Llegó un momento en que creí que no iba a tener más remedio que traspasarlo, o peor aún, venderlo. Hubiera sido la muerte del Oakland, pero al final ha habido suerte. Se lo va a quedar Vincent, ¿qué te parece? También se divorció y ha decidido venirse para Brooklyn. No hay mal que por bien no venga. Ha liquidado el negocio que tenía en Rochester. Borrón y cuenta nueva. Él va a ser quien lleve el Oakland cuando falte yo, porque el Oakland tiene que seguir, como la vida. Mi mujer, Carolyn, está como una rosa. Es catorce años más joven que yo, o sea que tiene cuerda para rato. Lo malo es que me quedé sin Víctor, mi edecán. Se volvió para Puerto Rico, a Ponce. ¿Ah, no lo sabías? Pensé que te lo había dicho. Pues sí, allí está, ha vuelto a sus orígenes, normal. Por cierto, que se casó y tiene un par de criaturas. ¿Y a que no sabes lo que ha hecho? Ha abierto un bar. ¿Y sabes qué nombre le ha puesto? Sí, hijo, sí, exactamente. Oakland. Así que nada, mi bar también ha tenido descendencia. Los vamos a tener que numerar, como hacían antes los reyes y ahora los magnates, Carlos V, Henry Ford III, Oakland II. No sabes lo que echo de menos a Víctor. Fue un descubrimiento de Gal, ya sé que lo sabes de sobra, perdona que me repita, los viejos somos un coñazo. En fin, ahora tengo otro ayudante, Danny, pero no hay color, no lo digo porque sea blanco, perdona el chiste. Lo digo porque es un inútil, para qué andarnos con rodeos, aunque le he cogido cariño y lo acepto como es. Así es la vida, uno se va haciendo tolerante, y si no da igual. Como dice el refrán, a la fuerza ahorcan. El Oakland, bueno, un pelín desangelado.

Me quedan los de siempre, un hatajo de colgados, pero si los acogí de jóvenes, no los voy a echar ahora que están para el arrastre. Nunca han tenido dónde ir, el Oakland ha sido la única casa que han tenido. Fíjate en Niels, sin ir más lejos. La palmará de codos en la barra. Ése nos entierra a todos, ¿te apuestas algo? Oye una cosa, Ness. ¿Cuándo fue la última vez que te pasaste por aquí? ¡Hostia! Pues entonces te tengo que contar más cosas antes de ir al grano. Vamos a ver, ¿quién queda de tu quinta? Manolito el Cubano se murió de sida en Beth Israel. Fue una muerte horrible. Quería que viniera a verle su madre. Un día Álida y yo lo fuimos a visitar al hospital y se nos pusieron los pelos de punta. Soltaba unos berridos espeluznantes, venga a llamarla. Mamá, mamá. La palabra nos taladraba los oídos. Yo me ofrecí a pagarle el pasaje. Averigüé que vivía en Tampa, Florida, de hecho aún sigue allí. Localicé a una hermana suya. Me dijo que la madre no podía venir. Tenía alzheimer. No dijo ni pío de venir ella. Al principio no me metí, no era asunto mío, pero llegó un momento en que se lo pregunté directamente, y me dijo, pues me dijo que no, que había habido cosas entre ellos, cosas feas, que mejor era no menear, así que no insistí. Manolito decía que quería que lo enterraran en Cuba, cuando se muriera Fidel, ya ves. En fin, que le dimos sepultura en el cementerio de Woodside, sí, ese enorme que se ve desde la autopista, ese mismo. ¿Ernie? Se jubiló por fin. Bueno, digo que se jubiló por decir algo. Trabajar, trabaja lo mismo que antes, o sea nada. En su puta vida ha dado un palo al agua. Miento, puede que ahora trabaje más, porque le da por servir copas sin que se lo pida nadie, y antes no había manera de que te hiciera caso. Le pedías algo y te miraba como si te hubieras cagado en su madre. Digamos que se ha pasado de un lado al otro de la barra, en eso consiste fundamentalmente el cambio. Ahora es uno más de la chusma de borrachos. La que sigue igual que siempre es Álida, no sé qué coño hace, pero el caso es que no envejece.

Cada vez está más joven, con más marcha y energía, me recuerda a Celia Cruz. La verdad es que no sé nada de nadie que no tenga que ver con el bar. Hay tres o cuatro viejos amigos a los que aún sigo llamando. Eso sí, cada vez menos. Tu caso es distinto, porque eres tú el que llama. ¿A Louise? La verdad es que no la veo nunca. Tampoco es que nos viéramos mucho antes. Era amiga de Gal, si no estaba él por medio, no nos veíamos. Cuando digo que no la veo nunca, quiero decir que nos vemos una vez cada año o año y medio, con un poco de suerte. Otra que tal baila. Está igual que hace veinte años. Generalmente es ella la que me llama, como tú. Siempre me ha caído bien, tipa dura, como me gusta a mí la gente. Se separó de Sylvie, eso lo sabías, ¿no? De lo que igual no estás enterado es de que se ha vuelto para Europa. Sylvie, sí, no va a ser Louise. A ésa no hay quien la quite de aquí. Quién lo iba a decir, después de tantos años. No, a Suiza no, está en París, encantada, disfrutando de la fama, ya ves, también a ella le tocó esa lotería. Con su pan se lo coma. No hombre, no, no pienses mal, me alegro por ella, faltaría más. Louise lo lleva bien, al fin y al cabo fue ella la que decidió cortar. La última vez la llamé yo. Tenía puesto el canal Trece, y de repente dieron un reportaje sobre la República española, y dije, claro coño, si es 14 de abril, y me acordé de Gal. Cuando terminó el programa la llamé. Hice bien, porque me dijo que ella también llevaba todo el día pensando en él. Estuvimos charlando un buen rato. Al final me dijo: Y no te olvides de hacer un brindis por la República. Por la República y por Gal. Así que dije, qué cojones, y decreté barra libre en honor de Gal Ackerman. La mitad de la gente no tenía ni idea de quién era, pero lo de la barra libre les pareció de perlas. No me lo tomé a mal. Lo importante era que brindaran por él, aparte de que había unos cuantos que sí lo habían conocido. Me senté solo en la Mesa del Capitán y entre trago y trago me empezaron a venir recuerdos, así, como en ráfagas. Ten en cuenta que Gal vivió aquí la tira de años. También me acordé de ti, porque te pasaste lo tuyo escribiendo la novela. ¿Cuánto tiempo echaste? Un par de años, sí. Costó trabajo convencerte de que aceptaras un sueldo, ¿te acuerdas? Lástima que al final te quisieras largar. Bueno, lo importante era que terminaras el libro. ¿Te acuerdas, al principio, cuando bajabas con las cajas y echábamos los papeles que no valían al fuego? Cuando te dije que parecíamos el cura y el barbero y a ti te entró la risa. Reconoce que te quedaste extrañado cuando te dije que me había leído el Quijote de cabo a rabo. A Gal le pasó lo mismo, porque yo no he sido nunca de mucho leer. Fue un empeño de mi padre, don José Otero, que en paz descanse. Cuando perdió la vista hacía que le leyeran el Quijote en voz alta. Nos turnábamos para leerle capítulos. Mi madre, mis hermanas, y yo. Lo mejor era ver con que ganas se reía, daba gusto. Al final le cogí el tranquillo también yo. Supongo que si de mí hubiera dependido no lo habría hecho, pero en su lecho de muerte, el viejo me hizo prometerle que lo leería entero, y claro, cumplí mi promesa. Todavía tengo el ejemplar que me regaló. Cuando me pediste que te ayudara con las cajas me acordé de la quema de los libros. Es lo que tiene el libro ese, que uno encuentra en él las cosas que nos pasan en la vida.

¿Qué mosca le habrá picado a este viejo chocho, te preguntarás, para que me ponga una conferencia desde el otro lado del Atlántico, cosa que no ha hecho nunca, y la emprenda a hablar de libros como una cotorra? Ya, ya sé que tú nunca hablarías así de tu amigo Frank. Pues sí señor, te he llamado para hablar de libros, pero ten paciencia, todavía no te voy a decir por qué. Déjame que te cuente las cosas a mi manera. Aparte del Quijote, el único libro que me importa es el de Gal. Bueno, el de Gal y tuyo, porque es de los dos, y también un poco mío, qué coño, aunque yo no haya puesto ni una coma. Y de más gente, porque a fin de cuentas el libro es sobre el Oakland y su personal, de modo que es un poco de todos nosotros ¿o no es así? Bueno, pues por eso te llamo. Sí, por la novela. Ten paciencia, hombre, que en seguida lo vas a entender. El caso es que el otro día, antes de colgar, me refiero al 14 de abril, voy y le digo a Louise que si le apetece pasarse alguna vez por Fenners Point, no tiene nada más que decírmelo, que yo pongo la limousine a su disposición. Le digo a Víctor que la lleve y santas pascuas. No, a Víctor no, perdona, a Danny, ya ves, a veces se me va un poco la olla. Cuando le hice aquel ofrecimiento tardó un rato largo en contestar. Se quedó callada tanto tiempo que le tuve que decir, Louise, sigue usted ahí. Sí, sí, dijo ella. Coño, pensé, sí que le ha enronquecido la voz, y no es que antes la tuviera muy fina. Parecía una hormigonera. Tosió varias veces, una tos mala, esa mujer va a pagar caro lo mucho que ha fumado. Y va y me dice que no, que prefería no ir. Y lo que son las cosas, me quedé cortado. Eso sí que no me lo esperaba. Me dio por pensar que teníamos a Gal abandonado, chorradas, ya lo sé, pero el caso es que al día siguiente, recuerdo perfectamente que era un viernes, llamé a Danny y le dije: Danny, prepárate que mañana nos vamos a Fenners Point. O sea, eso se lo dije el jueves, el viernes es el día que fuimos. No tenía ni idea de dónde quedaba Fenners Point, y es lógico, por qué lo iba a saber si es un lugar dejado de la mano de Dios. Así que se lo expliqué. No había ido ni una sola vez, lo que se dice ni una, ahora me refiero a mí, cuidado. ¿Te das cuenta de por dónde voy? ¿No? Bueno, pues espera, que en seguida lo verás. El caso es que salimos temprano, para evitar el tráfico del fin de semana, que empieza a medio día. No había un alma por la carretera. También es verdad que ahora han construido una autopista, y por la comarcal no circula ya ni dios, se ha quedado obsoleta, como dice Raulito, que siempre ha sido un poco redicho. Tampoco hay vida en los pueblos de la costa, antes se dedicaban a la pesca, pero ahora todo es cosa de piscifactorías de ésas, que los peces saben a goma de borrar. Las han aglomerado hacia la zona este del condado, cerca del río, de lo cual me alegro, así no estropician el litoral. El caso es que el día que fuimos el mar estaba acojonante de bonito. Los bosques de arce estaban preciosos. Y no te lo vas a creer, pero seguía en pie el cartel que dice Cementerio Danés. Al coger el camino que atraviesa el bosque, me vinieron de golpe los recuerdos de aquella tarde. Éramos poquísimos, ¿te acuerdas? Casi nadie. Louise, tú, Víctor y un par de amigos más. Recuerdo que tuve que untar a un concejal de Deauville para que hiciera la vista gorda con lo del entierro, porque con menos de cuarenta horas, quién coño va a conseguir permiso para una cosa así. Me mandó a unos albañiles y me dijo que no me preocupara, que él arreglaría los papeles a cambio de una pequeña cantidad, y todos tan contentos. Luego se me ocurrió que quizá no hubiera hecho falta porque, pensándolo bien, del Cementerio Danés, quién cojones se iba a acordar. Los del consulado hicieron lo que hicieron por lo del naufragio, que salió en toda la prensa. Hasta los del *New York Times* sacaron una foto en portada, pero luego nada. Los primeros que no se acuerdan son los daneses. Con poner la placa ya cumplieron; en cuanto hubo relevo de diplomáticos, los siguientes ni puto caso. En fin, que cuando fui con Danny hacía un día frío y gris, incluso llovió un poco. Había mar gruesa y el oleaje se estrellaba contra los arrecifes con una fuerza que asustaba. Ese sitio tiene algo de infernal, se entiende que le pusieran la Horquilla del Diablo. Pero espera, que todavía no habíamos llegado allí. Había algunos tramos enfangados y nos costó lo suyo llegar al cementerio. Por dentro todo estaba igual; por lo menos yo no noté ningún cambio. Me gusta Fenners Point. No parece un camposanto, me recuerda el jardín japonés ese de Queens donde me llevaste una vez, con las piedras blancas del recinto, y las tumbas rodeadas de hierba. Sabe dios desde cuándo no pisaba nadie por allí. La cosa es que yo me fui derecho para la tumba de Gal. Me descubrí la cabeza y me quedé callado, pensando, que es mi manera de rendir homenaje a los muertos, porque yo lo que es rezar no sé, nunca he sido religioso. De repente noté algo raro. Sí que había ido alguien por allí, después de todo. Danny estaba sentado encima del muro de piedra. Le llamé y le dije lo que había pasado. ¿Te acuerdas, Ness, de cuando mandé hacer una hornacina para meter el libro? Bueno, yo entonces no fui, aunque me encargué de dejarlo todo arreglado. Le pegué otro toque a mi amigo el concejal, y me dijo que no me preocupara, pagando un poco, no problem, la historia de siempre. Hubo que mandar a los obreros otra vez. Fuisteis Louise y tú, os llevó Víctor, ¿te acuerdas? Después de la obra, la tumba sólo la vi en fotos, aún conservo alguna por ahí. Un trabajo delicado, porque la lápida es delgada de por sí. Y allí se quedó el libro. Bueno, pues ése es el motivo de mi llamada. Alguien se lo ha llevado, Ness, como lo oyes. La novela no está, tiene cojones la cosa. Tardé un poco en darme cuenta porque intentaron disimular el desperfecto, pero el cristal estaba rajado, y no pudieron volver a encajar la cerradura. A saber quién coño ha sido. Alguien que le diera por coger aquella carretera, yo que sé, alguien que no tuviera mucha prisa, o que le molesten las autopistas, un pescador, un colgado, un ecologista… qué sé yo. Basta con que al pasar por allí se fijara en el letrero y le llamara la atención. Con eso ya la hemos cagado. No tengo ni la más remota idea de cuándo habrá sido, puede que semanas, meses o incluso años. No hay manera de saberlo, como no vamos nunca por allí. Te puedes imaginar lo que me jodió. Me puse a hacer averiguaciones entre los que pensé que podían haber ido. La última fue Louise, pero de eso hace varios años. Puede ser que el que ha hecho el estropicio no tenga nada que ver con Gal. Nunca lo sabremos, aunque no tendría ninguna gracia. Quiero decir que si fue alguien que nunca oyó hablar de él, ahora conoce todos sus secretos. Bueno, esto era lo que te quería decir, chico. Siento la mala noticia. Me gustaría hacer algo, pero no se me ocurre qué. No, tú tampoco. ¿Qué ibas a hacer? En un caso así, no hay nada que rascar. En fin. ¿Y tú cómo estás? Cuéntame algo de ti. ¿Cuándo vas a volver por América? No te lo pienses mucho, que al viejo Frankie no le queda lo que se dice mucha cuerda.

6 de mayo de 2008

Esto es la rehostia, Ness, más de un año sin hablar, y ahora cada dos por tres. Eso sí, la llamada de hoy está más que justificada. Agárrate que hay curva. Resulta que ha aparecido la novela, tócate los huevos. Perdona que hable así. No sé qué coño me pasa que cada día digo más tacos. Carolyn dice que ya no me aguanta. ¿Que cómo? Pues me la han mandado por correo, sí, como lo oyes. Tiene cojones la cosa. Estoy en la puerta del Oakland, cuando veo venir a Peter, el cartero. Me entrega la correspondencia habitual y luego me dice que espere, y va y saca un paquete del carrito de lona azul y me lo da. Un paquete grande. Firmo, me voy para el despacho, me siento tranquilamente, voy, lo abro y ahí está, *Brooklyn*. No me digas que no es la hostia. No, no, en buen estado, teniendo en cuenta la cantidad de años que han pasado. Da la sensación de que no la habían sacado nunca de la hornacina, está bastante bien conservada. Venía acompañada de una nota, pidiéndome disculpas. Sí, va dirigida a mí. Bueno, hay dos notas, la otra es para ti. Coño, pues no sé, no la he leído. Viene en un sobre cerrado. La mía no dice nada de particular. Es una nota a mano. La persona que la escribe me pide disculpas, dice que nada más terminar el libro se puso a indagar para ver si el Oakland seguía existiendo. Como se habla tanto de él en la novela. Cuando comprobó que seguíamos al pie del cañón, aquí mandó la novela, por correo certificado. A mi nombre, claro. Ahora nos conoce a todos. Me da no sé qué cuando lo pienso. No, hombre, viene sin firmar. Lógico, no va a confesar que le ha echado el guante. Bastante ha hecho con devolverlo. ¿Cómo dices? Certificada, sí. Ah, pues tienes razón, el caso es que no me he fijado en el remite, lo siento. Si quieres te lo miro. No, no, lo tengo aquí, conmigo en el despacho. Espera un momento a ver. Esto, sí, aquí está, Samantha Stevens, ni puta idea de quién es. P.O. Box, 221, Nueva York, Nueva York 10021. También venía una nota para ti. No coño, la tuya no la he leído, cómo iba a hacer algo así. ¿Qué dices? Sí claro, también te llamaba por eso, espera a ver. ¿Dónde cojones habré puesto el abrecartas? Ah, ya lo veo. ¿Listo? Bueno, ahí va.

viernes, 9 de mayo de 2008; 9:03 a.m.

A la atención de Néstor Oliver-Chapman:

Le agradezco de todo corazón que me haya contestado con tanta rapidez. No tenía la certeza de que Frank y usted siguieran en contacto después de tantos años. Estos últimos meses han sido muy confusos y extraños para mí, y no se los puedo resumir en dos palabras, y menos por correo electrónico. Pero no quiero dejar de decirle que siento un gran alivio por haber dado con usted. No repetiré lo que dije en mi nota. Lo importante es que el libro ha vuelto al lugar que le corresponde. Me siento muy extraña, porque sé muchas cosas de usted, y usted ni siquiera sabe cómo me llamo. No sé por dónde empezar. Es como si estuviera llena de un gas altamente inflamable, que en cualquier momento puede estallar. Le pido perdón por todo este misterio, pero por el momento no puedo ser más explícita. Créame que me gustaría poder actuar de otro modo. Desafortunadamente, es muy poco lo que le puedo adelantar. Sólo le diré que supe de la existencia de la novela porque tengo ciertos papeles de Gal Ackerman. No le diré cómo han llegado hasta mí, sólo que ha sido de manera legítima. ¡No ha sido como con el libro! Precisamente de eso es de lo que me gustaría que habláramos, preferiblemente en persona. Hay cosas que sólo se pueden decir cara a cara. Lo entendí justo después de decidirme a devolverles la novela. Confieso que me costó, pero si supiera lo bien que me sentí después. Gracias a eso he comprendido que lo mejor que puedo hacer es desprenderme del resto de los papeles. No se trata sólo de que guarden relación directa con el libro. Además, he comprendido que su posesión me hace daño. Y como por otra parte me siento incapaz de destruirlos, no veo más solución que dárselos a usted. De nuevo, perdone mi opacidad. Si hablo en círculos es a mi pesar, créame de veras que lo siento. Pero si accede a que nos veamos, le prometo que se lo podré explicar todo satisfactoriamente. También quiero decirle que no actúo así sólo por usted. Lo hago sobre todo por mí, como entenderá en su momento. En cuanto a las circunstancias concretas del encuentro, si accede finalmente a que nos veamos en persona, el hecho de que viva usted en Madrid no supone demasiado obstáculo para mí. Lo único es que habrá que esperar en torno a dos semanas. A fines de este mes tengo que viajar a Europa, concretamente a París. Soy estudiante de arquitectura y estoy en pleno ajetreo de fin de semestre. En estos momentos no puedo apartarme ni un segundo de mis estudios, pero a partir del 21 me quedo totalmente libre. Una vez en París, desplazarme a Madrid no sería demasiado trastorno. Tómese el tiempo necesario para meditar mi propuesta, y una vez más, mil disculpas por lo reservado de mi actitud, comprendo que desde fuera se vea como algo sumamente extraño. Confíe en mí, se lo ruego. Reciba un saludo muy cordial (y perdone la ausencia de firma).

sábado, 10 de mayo de 2008; 9:07 a.m.

Estimado señor Chapman:

Ante todo, gracias por aceptar comunicarse con una remitente anónima. ¡Sabía que podía contar con usted! Gracias, gracias mil. No me tome por una esnob, no estoy jugando, créame que tengo motivos de peso para no hablar aún de los papeles.

Oh, y en cuanto al misterio del remite, no hay tal. Samantha Stevens es mi compañera de piso. Ella lo ha vivido todo conmigo. Le pedí que ella efectuara el envío poniendo como remitente un apartado de correos que hemos abierto específicamente para esto. Era necesario hacerlo así, para proteger mi identidad. Pero ahora que veo cómo es usted, me doy cuenta que no me tengo que preocupar. Dios mío, créame que me gustaría ser más explícita.

domingo, 11 de mayo de 2008; 6:13 a.m.

Siento mucho lo que me dice de Frank. Espero que se recupere. Verse en Nueva York es otra posibilidad, por supuesto, pero insisto en que no me resultará posible hacerlo antes del 21. Hasta ese día no puedo permitirme ninguna distracción que me aparte de mis estudios. Y menos aún con un asunto así. A partir de esa fecha (¡sólo faltan 10 días!) no hay ningún problema.

lunes, 12 de mayo de 2008; 6:21 a.m.

No, eso tampoco, no se preocupe. Al revés, en cierto modo es un alivio. ¿Se acuerda de lo que le decía de que me parecía que estaba a punto de estallar? Pues el correo electrónico es una válvula de escape perfecta: me permite desahogarme sin necesidad de llegar al corazón del asunto (¿se dice así en español?). Por lo general miro mi correo una vez cada día, por las mañanas, muy temprano, me encanta madrugar, sobre todo ahora que hay luz tan pronto (a veces entro en internet más de una vez al día, pero no es seguro).

Su amiga (si me lo permite)

martes, 13 de mayo de 2008; 7:55 a.m.

Me entristece lo que me dice de Frank. Me ocurre como con usted, como con Gal y los demás personajes de la novela, me siento culpable por saber mucho más de lo que me corresponde. Le ruego que me mantenga al tanto de cómo evoluciona su estado de salud. ¿Piensa venir a verlo? No me dice nada al respecto.

martes, 13 de mayo de 2008; 9:31 a.m.

Estimado amigo:

Le vuelvo a escribir sin esperar contestación a mi correo anterior, porque ha habido novedades que pueden afectar a nuestro plan. Mi padre tenía que ir por Londres, pero ahora también ha decidido que se desvía en España, en Cádiz, en concreto. Un amigo suyo ha comisariado una exposición en esa ciudad. Esto es algo más bien repentino, la decisión de mi padre, no la exposición.

martes, 13 de mayo de 2008; 4:33 p.m.

Después de lo que le dije, tres correos en un solo día. ¡Bonita forma de ser reservada! Va a pensar que soy una inconsistente. Le contesto con prisa, no me puedo tomar ni un respiro hasta que no haya acabado este maldito trabajo, que parece no tener final. Sí, mi padre está al tanto de todo. Es usted el único en desventaja, por ahora. Mi padre es un fanático del arte, en cuanto a lo que me pregunta de la exposición, un amigo suyo, experto en Ensor, es el responsable. Ensor es uno de los pintores favoritos de papá. Es una muestra exigua, pero exquisita. Mi padre tiene intención de pasarse por la Tate Modern antes y luego acudir a la inauguración y me ha pedido que me reúna con él.

Por cierto: ¡Qué curioso lo que me cuenta de Cádiz! No sabía nada. Nos podemos ver en Madrid, donde mi padre tiene intención de pasar unos días y yo estaré con él. Aunque ya que tengo que ir allí, y dadas la circunstancias que menciona del antepasado de Ralph Bates, si lo prefiere nos podemos ver en Cádiz. Usted elige. A partir de ahora le ruego que me escriba a esta otra dirección, la de la universidad la miro con menos frecuencia, porque allí se acumula mucho correo inútil que irremediablemente caigo en la tentación de leer.

Un saludo de su amiga sin nombre

332

miércoles, 14 de mayo de 2008; 12:44 p.m

Estimado Néstor:

¡Me alegro de las buenas noticias de Frank! ¿Entonces qué va a hacer? ¿Nos vemos en Madrid o en Nueva York? Si sigue con la idea de venir a verlo, nos podemos encontrar aquí. Mi padre llegará a Madrid el 28. Yo me tomaré unos días libres antes de salir. Probablemente salga en torno al 25.

jueves, 15 de mayo de 2008; 7:11 a.m

No, no, qué ocurrencia. No tendría ningún sentido un encuentro con Frank, ni tengo interés por conocer el Oakland. Me importa lo que le suceda, pero para mí es un personaje de papel. Dicho así, suena muy raro, pero estoy seguro de que me entiende. Su caso es diferente, para usted es un amigo de verdad, con toda una historia por detrás. La razón por la que necesito verle es que usted es el final de la escapada, para mí.

jueves, 15 de mayo de 2008; 6:26 p.m.

No era eso lo que quería decir cuando escribí que Frank era un personaje de papel. Si lo plantea así, las cosas son casi exactamente lo contrario. Hace bien en recordarme que usted prefiere ver las cosas desde la óptica de la literatura. Pero no le dé más vueltas. Si usted lo prefiere, nos vemos en Cádiz. Todo sea por el vapor volante del bisabuelo de Ralph Bates. Lo digo en broma. Sé perfectamente que me entiende, como también yo a usted. Le envía un saludo muy cordial, su amiga sin nombre

viernes, 16 de mayo de 2008; 7:07 a.m.

¡Néstor! ¡Néstor! Creí que las cosas estaban claras entre nosotros, amigo mío. Bonita excusa, pero está empezando a incumplir el pacto. No, nada que ver con Bates. Con Nadia Orlov, sí. ¿De verdad que no puede esperar unos días?

viernes, 16 de mayo de 2008; 7:40 a.m.
Me ha convencido, pero le ruego que no insista después.
Hablo en serio. Le enviaré la lista desde casa, dentro de
unas horas. Me temo que para usted será un poco tarde.

viernes, 16 de mayo de 2008; 11:03 p.m
¡Tiene usted suerte! Estoy de buen humor, porque he
terminado el trabajo que me estaba volviendo loca. Ahora me puedo concentrar en el último, aunque también es
muy difícil. En fin, ahí va: un mazo de siete cartas, incluido el original en inglés de la que le escribió Abraham
Lewis a Ben Ackerman. Y ¡sí! estará usted contento: el
borrador que responde al extraño título de ττ, y Kaddish,
a los que se hace mención en la novela, están entre los
papeles. Kaddish es el cuento que Gal Ackerman publicó
en *The Atlantic Monthly*, (tengo el original, arrancado de
la revista y la traducción al español. En cuanto a ττ, lo
único que tengo es el texto en español (tampoco lo he leído). Al final, Gal Ackerman nos ha arrastrado a todos a
este idioma. El resto de los papeles literarios comprende:

1) el principio de un cuento que lleva por título *Colum-
bario*, acompañado de un recorte del *New York Times*
sobre la acumulación de urnas con las cenizas de los
internos fallecidos en un manicomio de Oregón que no
reclama nunca nadie.

2) el relato de Alston Hughes, titulado *Salsipuedes* (¡segunda victoria, señor persistente!).

3) por supuesto, la linda excusa que le sirvió para ten-
derme una trampa en la que caí como la tonta que
soy: *La historia del vapor volante del bisabuelo de Bates* (es muy corto, por cierto).

4) Aquí agrupo tres poemas de su admirado Felipe Alfau; un poema anónimo, que parece ser del propio Gal
Ackerman (lo leí, sí, lo último).

5) Un texto titulado *Crónica de un viaje a la Patagonia*,
a ciclostil (en mi vida había oído esa palabra, el bi-
bliotecario de Cooper Union me ha explicado lo que

quiere decir) firmado por Henry Martínez, alias el profesor Ginebra, secretario perpetuo de la cofradía de los Incoherentes.

6) Una semblanza (hermosa palabra, es la que usa él mismo, en el tope de la página) del gimnasio de Jimmy Castellano.

7) Otra semblanza (Tres rosas y una botella de brandy) en torno al aniversario de la muerte de Poe y su tumba (hay una foto).

Eso por lo que toca a los papeles literarios, que para mí son de interés secundario. Los papeles más importantes son de índole estrictamente personal. Pero de eso no pienso decirle nada hasta que nos veamos las caras.

sábado, 17 de mayo de 2008; 6:21 a.m.

¡Amigo Chapman, apiádese de mí, se lo suplico! No, no he mirado los textos literarios a fondo, ni pienso hacerlo.

sábado, 17 de mayo de 2008; 6:29 p.m.

Ya veo que cuando quiere algo, no hay obstáculo que valga, es usted peor que yo. Pero en fin, accedo. Y en cuanto al caveat, no se preocupe. Creo que podré hacerlo sin que me afecte demasiado. Supongo que así podré saldar, siquiera en parte, la deuda que he contraído con usted, mejor dicho, con ustedes. Por cierto, ¿cómo sigue Frank? No news, good news, supongo.

Hasta pronto,

sábado, 17 de mayo de 2008; 9:08 p.m.

Estimado amigo: Lo siento, pero Samantha no apareció hasta hace un rato, y yo no entiendo mucho de estas cosas. En fin, supongo que ahora estará plácidamente dormido. Lo encontrará mañana en cuanto se despierte, parpadeando en la pantalla. Agradézcaselo a Samantha. Gracias a su pericia, *et voilà!*

Su amiga sin nombre

KADDISH

Portada del *The New York Times*, miércoles, 25 de febrero de 1970.

MARK ROTHKO, ARTISTA, UN SUICIDIO, AQUÍ, A LOS 66

Inmediatamente debajo de la firma, a una columna:

Mark Rothko, pionero del expresionismo abstracto, considerado en los círculos pictóricos uno de los artistas más grandes de su generación, apareció muerto ayer, con las muñecas cortadas, en su estudio, ubicado en el número 157 de la calle 69 East. Tenía 66 años de edad. El Gabinete Forense ha dictaminado que la muerte se produjo por suicidio…

Doce renglones después, envío a la página 39, tercera columna. Últimas palabras del obituario:

…Su muerte nos recuerda que toda una era de la historia de la cultura norteamericana toca a su fin, haciéndonos conscientes a todos —no sólo a sus fieles admiradores, sino también a quienes tenemos serias dudas acerca de la importancia de su legado— un poco más viejos y más vacíos.

En la columna contigua, bajo la reproducción de un óleo de 1956 titulado «Blanco y negro», un homenaje sobrio y sosegado.

Pintar es un grito primordial que me nace del talón, sacude la planta de los pies, reverbera en los genitales, y asciende por la columna vertebral, hasta alcanzar la bóveda del cráneo, atravesar la claraboya del estudio, y estallar en el cielo. Casi nadie entiende mis últimas pinturas. Yo esperaba que la gente llorase al verlas, como me sucede a mí cuando escucho la Quinta Sinfonía. Negro sobre gris, matices intermedios de la nada, colores atrapados bajo una losa de luz negra. Los marcos, ataúdes que acotan las fugas del espacio. Esperando una señal, Ad, Arshile, Willem, Robert, Jackson, tantos otros. Retazos del infinito, de 60 por 60 pulgadas, telas cruciformes que venían de otra región, según Reinhardt, cuadros impregnados de un misticismo que yo no sentía.

Upper East Side, un día antes

Precinto policial número 19. 9:36 a.m. Thomas Mulligan y Patrick Lappin se dirigen a pie a un *brownstone* situado unas manzanas al sur de la comisaría. Levantamiento del cadáver de un presunto suicida. Los detectives llegan a un espacio cavernoso, de techos muy altos, presidido por una amplia claraboya. Un juego de telas, cuerdas y poleas permite controlar la luz procedente del exterior. Hace un siglo el lugar hacía las veces de escuela de equitación. Todavía se conserva un balcón interior, que se asoma al antiguo patio de ejercicios ecuestres. Contiguo al de Mark Rothko se encuentra el estudio de Arthur Lidov, pintor comercial. Según se mire: en opinión de Lidov, los cuadros de Rothko son papel de pared caro. Los estudios de los dos artistas están separados por un tabique muy fino. La mesa de trabajo de Lidov colinda con el retrete de Rothko. No es suficiente para amortiguar ruidos como la cadena del wáter o una ventosidad ocasional. Lidov nunca ha oído follar a su vecino. Quizá estuviera demasiado cascado para eso. Bromas aparte, lo que más se oía era música clásica, sobre todo Mozart, Schubert y Beethoven, por ese orden. Según el difunto, las condiciones acústicas eran fabulosas. Antes utilizaba el estudio sólo para trabajar, pero el primero de enero del año pasado se trasladó a vivir allí.

Antes, poniendo en fila los frascos de la muerte, me acordé de cuando ayudaba a mi padre a guardar sustancias venenosas. Crecí en una farmacia. Te estoy viendo, Jacob Rothkovich. Siempre fuiste autoritario y crítico conmigo. El día de tu muerte, en Portland, Oregon, me tambaleé. No me tomabas en serio cuando te decía que quería ser pintor. Me tuve que aventurar solo, aunque sabía que la pintura no era el fin. La pintura era un camino. Mell, compañera de veintitrés años de vida, madre de mis hijos, ¿cómo pudimos llegar a una desolación así? Me gustaba beber contigo, sentir que estábamos más cerca de los dioses. Kate también se fue de casa. Vive en Brooklyn. Kate Lynn, hija mía, con quien no me acabo de entender, ya tienes diecinueve años. Y este niño, a quien quiero con toda mi alma. Christopher, hijo mío, perdóname. Te tengo que abandonar, te dejo a tu suerte. Viniste al mundo cuando yo tenía más de sesenta años, un regalo inopinado de los dioses, un torrente de alegría luminosa, pero ya había demasiado barro en el agua que trataba de avanzar cauce abajo. Te tengo que dejar, te estoy haciendo lo que nos hizo el viejo Jacob a nosotros, cuando se largó de Vitebsk. El farmacéutico Rothkovich se fue a Portland con sus dos hijos mayores, dejando atrás a su esposa con los menores, Sonia y yo. Cuando por fin nos reunimos con él en Portland, tardó siete meses exactos en morirse. Y ahora soy yo quien te abandona. Perdóname. Tendrás que crecer sin mí. ¿Qué estarás soñando? ¿Soy yo parte de tu sueño? No sé qué harás con tu vida. Espero que sepas deshacerte de mi sombra.

Después de cenar con Rita Reinhardt en un deli de Madison Avenue, Mark regresa a casa. Hace una noche muy fría. Comprueba bien los accesos del estudio. Asegura con llave puertas que no suele cerrar. En el tocadiscos ve un LP de sonatas de Schubert. Entra en el baño, acaricia los botes de barbitúricos, abre y cierra la navaja de afeitar, perfecta en su elasticidad. Suena el teléfono. Mira el reloj, las nueve. Es su hermano Albert, que llama desde California. Las palabras salen del auricular, se expanden por el espacio del estudio y se disuelven. No recuerda cuándo ha colgado. Se quita los zapatos, los pantalones, la camisa. Deja las gafas en la mesilla de noche y se acuesta. Sólo lleva puesta una camiseta, calzoncillos de pernera hasta los tobillos y unos calcetines negros que le llegan hasta las corvas.

En cuanto descubran el cadáver dará comienzo la danza de los millones a costa de mi legado, un vómito incesante de dinero. ¿Te acuerdas, Willem, de cuando no vendíamos nada? Ahora todos quieren su tajada. Desde la muerte se divisa bien el porvenir. Un día vas a tener alzheimer, de Kooning, pero les va a dar igual. Indiferentes a tu transparencia angelical, la transparencia de quien ya ha empezado a irse de la vida, te sentarán delante de un lienzo, rodeado de brochas, pinceles y pigmentos. Tú no los reconoces, no reconoces a tus hijos, a tus mujeres, son ellos los que te hablan desde aquí. Pinta, viejo maldito, haz más dinero, te dirán. Tú te callas porque ves lo que ellos no pueden ver. En el lienzo harás brotar los cuerpos femeninos, los ojos y los dientes, aquellas sonrisas torvas, y las formas y colores que tanto les inquietaban, pero que aprendieron a amar, porque les proporcionaban unas cantidades delirantes de dinero. Les pondrás nerviosos cuando llegue el momento de firmar. Firma, viejo idiota. Te veo babeando, mientras retiran los lienzos, las cuentas numeradas en Suiza, todo muy despacio, porque sólo de pensar en lo que van a ganar se corren. ¿Lo ves? Por haber vivido tanto. Yo seguiré el consejo de Nietzsche. Me quitaré de en medio antes de que sea demasiado tarde.

Una cucaracha asoma por detrás del cenicero, se encarama al borde de cristal, inclina las antenas sobre las dunas de ceniza y continúa en dirección al libro que hay junto a la lámpara, atraviesa por entre el nombre y el apellido del autor, William Gibson, y desaparece por detrás del cable de la lámpara. Rothko apaga la luz. Un resplandor difuso flota en el estudio. Horas después, la sirena de un coche patrulla lo saca de su estupor. Se levanta, entumecido. Da varias vueltas por el estudio. Ve el paquete de Chesterfield, pero no le apetece fumar. Lanza una ojeada en dirección a la cocina y va allí. Abre y cierra el grifo del fregadero y sigue hasta el baño. Se ve en el espejo, gordo, viejo, calvo, los pelos se agitan como patas de insecto alrededor de la epidermis craneal. Tras los cristales gruesos de las gafas, los párpados hinchados, los ojos de miope.

No puedo soportar mi cuerpo. El tuyo es tan hermoso y joven, ¿por qué me lo das, Rita? Después del aneurisma, apenas soy capaz de hacerte el amor. Estoy podrido por dentro, empiezo a oler a viejo. Ese olor nauseabundo que se pega a las sábanas, a las paredes, una vaharada que alcanza las pituitarias de la gente en cuanto les abres la puerta, es el olor de la muerte.

Gracias al sinequan cuando llegue el momento de la verdad estará bastante sedado. No sentirá el dolor. Navaja de barbero, completamente nueva, de hoja muy brillante y doble filo. Envuelve una contera con un Kleenex para poder sujetarla con firmeza. Con la mano derecha, efectúa un corte de prueba, ve surgir un surco blanquecino en la dermis, que en seguida se va empapando de líquido rojo. Aprieta la hoja con fuerza, efectuando un corte profundo en el pliegue inguinal del antebrazo derecho. La sangre brota abundante, pero no siente nada. Ha transcurrido un segundo cuando, como un espadachín que hace saltar el florete de una mano a otra, coge la navaja con la izquierda y efectúa un segundo corte usando la fuerza que le queda, que aún es mucha. La sangre mana simétricamente, cayendo en chorros gruesos en el cuenco del lavabo. Con la vista aún sin nublar, se tiende en el suelo boca arriba y extiende los brazos.

Siento que me acerco a mi madre. En el transatlántico, camino del Nuevo Mundo, cuando el oleaje mecía tan violentamente el barco que yo creía que nos íbamos a hundir, ella me ponía la mano en la cabeza y cantaba. No sabía que sería así, pero quién entiende la muerte. De pronto la empecé a echar tanto de menos que empecé a pensar que en la muerte sería como una flecha negra capaz de volver a entrar en el útero. En algún lugar me espera, y cuando penetre en su vientre y vuelva a oír el latido de su corazón, entre el cordaje de las venas, en el espacio interestelar que flota dentro de ella, podré mirar al mundo a través de sus párpados transparentes, y lo veré a él, al farmacéutico que nos abandonó, al esposo de mi madre. ¿Quién entonará el Kaddish por él, por ti, madre, por mí, por todos nosostros? Yisborach, v'yistabach, v'yispoar, v'yisroman, v'yisnaseh, v'yishador, v'yishalleh, v'yisshallol, sh'meh, d'kudsho, b'rich, hu. *Me gustaba escucharte, Rita, me quedaba entumecido cuando me hablabas de tu madre, tu padre, tu hermana pequeña, muertos en los campos de exterminio. A veces los llamabas en sueños. Yo me quedaba mirando tu piel tan blanca, la luz lechosa que irradiaba tu cuerpo. Para arrancarte de tu angustia, te buscaba para hacer el amor. Tus jadeos traían ecos de otros tiempos, de otros hombres, tus labios llenos de mi espuma, y los pájaros, de un junio muy tardío, extrañamente sin calor, anunciando la mañana.*

A las 9:02 el ayudante del pintor, Oliver Steindecker, entra en el estudio. Buen chico Oliver, un poco tímido. Abre con llave la primera puerta, le sorprende que esté echado el cerrojo de la segunda. No se oye nada dentro. Da una voz. No responde nadie. Duda antes de decidirse a entrar. Ve a lo lejos la cama deshecha. Al llegar al espacio que es a la vez baño y cocina, descubre el cuerpo de Mark Rothko boca arriba. Una corriente de hielo azul le congela las venas. Corre al estudio de Lidov y se dirige con voz entrecortada a su ayudante, Frank Ventgen. Efectúan dos llamadas telefónicas, una a la policía y otra para pedir una ambulancia. La segunda sobra. Un médico residente que está haciendo las prácticas en el vecino hospital de Lenox Hill certifica que el anciano está muerto. El primero en llegar es Theodoros Stamos, un pintor joven que le profesa una admiración sin medida al maestro. Stamos está temblando. Su columna vertebral registra resonancias magnéticas que llegan desde el cuerpo del amigo muerto. Le pide la cámara fotográfica a Lidov. No te creas, el tipo tenía un equipo bastante sofisticado. Era el momento adecuado, antes de que llegara la policía. Habría sido una foto inolvidable. Un fiambre ilustre para la eternidad. Pero Lidov se negó. Anne Marie y Steindecker avisan a su esposa Mell y la traen en taxi al estudio. Los detectives tienen poco que indagar. Son gente normal, que cree en su trabajo. Irlandeses, chicos de barrio que aprendieron lo que hay que aprender de la vida en las calles de Brooklyn. Están de más, como el ambulanciero. Para ellos el día no ha hecho más que empezar. Estos días les acompaña en sus rondas un tal Paul Wilkes, que está escribiendo un reportaje para el dominical del *New York Times*. Cuando se publique, el 19 de abril, el periodista presentará los hechos acaecidos a lo largo de tres semanas, como si todo hubiera ocurrido en un solo día. La casualidad ha querido que precisamente no estuviera con ellos la mañana del suicidio de Rothko. Mala suerte, con lo que tiene de literario un acontecimiento de ese calibre. A Lappin le gusta leer, detalle que a Wilkes le parece interesante. En su reportaje cuenta que esos días el detective está leyendo *El padrino*. Hace poco se leyó *House Made of Dawn*, de N. Scott Momaday, el último Pulitzer, y *La Ascensión y Caída del Tercer Reich*. Lappin echa un vistazo a los títulos que hay desperdigados por las mesas. Encima de la mesilla de noche ve *Misa de difuntos*, de William Gibson. El título le llama la atención, y lo abre. Los capítulos están estructurados conforme a las partes de la misa. Introito. Ofertorio. Oficio de tinieblas. Un libro extraño, una meditación sobre la muerte, mezclada con recuerdos personales y composiciones poéticas. Empieza a leer un poema, pero lo abandona a las pocas líneas. En el living hay un libro de gran formato, la biografía de Arshile Gorky. Lo hojea, contemplando las láminas en color. Observa con detenimiento la reproducción de un cuadro en el que se ve al artista adolescente con su madre. En una frase cogida al vuelo, lee que el pintor era de origen armenio. Sus cuadros le parecen extraños, no le gustan, y cierra el libro. En una mesa baja ve una novela titulada *Melmoth el errabundo*, de Bernard Malamud. Le suena el nombre del autor. En una estantería, *La leyenda del santo bebedor*, de Joseph Roth. El nombre no le dice nada.

Los dos libros que me llevé conmigo el día que me fui a vivir al estudio eran El miedo y el temblor *y* El origen de la tragedia. *Theo se rió cuando los vio juntos. Kierkegaard y Nietzsche son pensadores antitéticos. Un pensador cristiano, y un pensador pagano. Al revés, son complementarios. Hay una afinidad secreta entre uno y otro, pensé, pero no le dije nada. Hace unos días, en una librería de viejo cayó en mis manos un librito cuyo título me llamó la atención.* LA LEYENDA DEL SANTO BEBEDOR. *Me costó cincuenta centavos. Lo leí de un tirón, como un poema, y me dejó un poso de dulzura y de tristeza. Me sentí el clochard que de repente tiene tanto dinero, y se lo gasta en beber, para llegar antes junto a Dios, que tiene forma de muchachita, Thérése, una santa, como él. Lloré al terminarlo. Los muelles del Sena, las tabernas y burdeles de París. Gente elegante que necesita darle a alguien su dinero. Milagros que no necesitan de ángeles. Fue lo último que escribiste, Joseph Roth. Lo publicaste el año de tu muerte, 1939. Te ahorraste vivir todo lo que venía después. La fecha me hizo pensar en los cuadros de Bob Motherwell. Nunca se lo dije, me extrañó, porque yo no tenía ninguna conexión particular con todo aquello. Viví la guerra de España con la misma ansiedad que los demás, como un eco anticipado de los horrores que nos aguardaban, con un escalofrío, aunque entonces nadie sospechaba lo que iba a pasar. Me fui a casa lleno de una tristeza muy profunda, después de ver la serie que tituló* ELEGÍA POR LA REPÚBLICA ESPAÑOLA. *Aún escucho alguno de los gritos enterrados en los lienzos.*

El cuerpo de Mark Rothko yace boca arriba en el suelo de la cocina, con los brazos en cruz, en medio de un charco de sangre coagulada de 1,80 metros de ancho por 2,20 de alto. El grifo del fregadero lleva horas abierto. Lappin lanza una rápida ojeada en torno y ve que uno de los dos filos de la navaja de afeitar está protegido con un Kleenex. *Estos suicidas son sumamente cuidadosos con no cortarse los dedos mientras se hacen un tajo en el antebrazo*, le hace decir Wilkes, a pesar de que en aquel momento él no estaba con los detectives. Hizo correr el agua del grifo porque no quería dejarle un marrón así a nadie. Se abrió las venas en la pila del fregadero después de practicar un par de cortes dubitativos en los antebrazos. *Cortes dubitativos.* Pequeñas incisiones para probar el filo de la navaja. *Un suicidio de apertura y cierre*, dice Lappin en voz alta. La sintaxis otra vez. A Wilkes le fascina la expresión. Todos los que escriban sobre el suicido la van a reproducir. La billetera intacta. Ningún indicio de que haya entrado nadie en el estudio, que contiene decenas de cuadros por valor de cientos de miles de dólares, que en cuestión de pocos años pasarán a ser millones. Cuando oyen el dato, Mulligan y Lappin, que hasta hace media hora no tenían la más remota idea de quién era Rothko intercambian una mirada. Será necesario poner un vigilante armado en la puerta veinticuatro horas al día. Da igual, porque el latrocinio tendrá lugar mediante guante blanco. El forcejeo por el legado espiritual del artista fue uno de los escándalos del siglo. El mercado del arte, galeristas, consejeros, fundaciones. Venderían a su madre, quiero decir que la matarían, lo de vender lo reservan para las obras de arte. La incisión dubitativa era solo una, según los datos de la autopsia.

No sabía que el tiempo se detuviera precisamente así. Viajo con los bolsillos llenos de silencio, en medio de enormes agujeros sin color, precipicios donde no hay resonancias acústicas, pasillos sin palabras por donde se pierde la luz, como una estrella matutina que me arrastra hacia el filo del amanecer. Lo que sí sospeché siempre es que al final me engulliría un vórtice de luz. Del otro lado quedan los pozos llenos de serpientes, estanques vacíos. Las serpientes resbalan al intentar reptar por las paredes, ahí es donde arrojan a los prisioneros, los huesos les estallan al caer sobre las piedras y las serpientes prefieren empezar adentrándose en las órbitas de los ojos. No les gusta la sangre, prefieren un jarro de leche fría. Voy y vengo en estos minutos, segundos elásticos que se extienden como dedos en llamas que tratan de alcanzar el infinito. Me asomo por fin al espacio exterior. Las formas no las inventaba yo, me venían a visitar de noche.

Caso número #1867. El apellido aparece transcrito como Rokthnow. La autopsia debiera ser un género literario, como lo es la necrológica. En Inglaterra se han publicado algunas antologías de obituarios que son verdaderas obras maestras. Las del *New York Times* no están nada mal. En las bibliotecas públicas de la ciudad las tienen en la sección de consulta, encuadernadas en pasta dura, de color negro. Una mano enguantada descansa sobre el tórax del pintor. La médica forense Judith Lehotay dictamina enfisema senil agudo; gastritis aguda por ingestión de barbitúricos; deterioro cardíaco irreversible. No le quedaba mucho tiempo de vida, después del aneurisma, dos años como mucho, y él lo sabía. Un corte de siete centímetros de largo por dos y pico de hondo en el antebrazo izquierdo, y en el derecho otro de cinco centímetros de largo por dos y medio de profundidad. Lo suficientemente hondo para segar de cuajo la arteria braquial. Dos cortes efectuados en el pliegue inguinal del brazo.

HERIDAS INCISIVAS AUTOINFLIGIDAS
EN LAS FOSAS ANTECÚBITAS
CON PÉRDIDA DE SANGRE.
INTOXICACIÓN AGUDA POR BARBITÚRICOS.
SUICIDIO.

Lo has hecho bien. Todo el mundo tiene que saber con certeza que ha sido un suicidio, no un accidente. Lo de Jackson [Pollock] y David [Smith] es diferente. Los dos estaban borrachísimos cuando cogieron el volante. Sí, eso es jugar con la muerte, pero citándola de lejos. Que no haya dudas, como hizo Arshile Gorky. Aquejado de cáncer, solo en su casa de Connecticut, con depresión profunda, abandonado por su mujer, se colgó de una viga del granero. Tenía cuarenta y cuatro años. En una caja escribió una sola frase de despedida. Yo no diré nada. Los vivos se aferran a las palabras buscando en ellas significados ocultos. Nada más limpio y elocuente que el silencio.

[Día 26. Salón de pompas fúnebres de Frank E. Campbell. 2:30 p.m.]

Zapatos que pisan el asfalto, charcos donde se refleja la luz dudosa de febrero. Otros llegan en limousine. Amigos, familiares, predadores. Entre los artistas: Willem de Kooning, un año más joven, de figura todavía ágil y atractiva; Adolf Gottlieb, otro buscador de lo sublime; Robert Motherwell y su esposa, Helen Frankenthaler; Philip Guston, que ha empezado a hollar nuevos caminos; Barnet Newman, compañero de mil conversaciones; Lee Krasner, viuda de Jackson Pollock; el matrimonio de Menil, los mecenas que se encargarán de que la capilla siga adelante; Elaine de Kooning, la ex de Willem. El novelista Malamud, con sus salidas imprevistas, se fija en que alguien le ha puesto las gafas al cadáver. El silencio del rostro embalsamado adquiere así otra expresión. Algunos se apresuran a traerle objetos a los que el pintor tenía apego. Sus hijos no quieren que se vaya sin la música que le acompañaba a todas horas. La hija mayor, Kate se acuerda del *Rapto del Serrallo*, y el pequeño Christopher del *Quinteto de la Trucha*. Theodoros Stamos deposita una flor encima de los LP. La mejor performance de la temporada, dirá algún periodista, con cinismo, mi vida por una frase sensacionalista, la inauguración más chic. Abrigos de pieles, trajes perfectamente cortados, él que no sabía vestirse, que volvió locos a sus amigos hablando del abrigo que se pensaba comprar. Llamaba a cualquier hora por teléfono. Hosanna, y se ponía a hablar del abrigo. Ridículo. Todos tienen una razón poderosa para estar allí. Hay gente que llora, otros están aturdidos, perdidos en un círculo de silencio, a otros les excita el olor del dinero. El dolor mezclado con la codicia. Stanley Kunitz, el poeta es el primero en tomar la palabra. Los últimos son sus hermanos mayores, Albert y Moisés Roth, que entonan juntos el Kaddish: *Yisborach, v'yistabach, v'yispoar, v'yisroman, v'yisnaseh, v'yishador, v'yishalleh, v'yisshallol, sh'meh, d'kudsho, b'rich, hu*. Las limousines negras regresan a sus nidos. La gente se desperdiga por los bares y cafés más cercanos. Las gargantas secas, otros hasta el filo de la media noche. Simetrías de ultratumba: Mell sobrevivirá a su esposo sólo siete meses, los mismos que el farmacéutico Jacob tardó en morir después de que su hijo menor llegara a Portland. Mell Rothko aparecerá muerta una mañana. Será el pequeño Christopher, de seis años, quien descubra el cuerpo y tenga que avisar al amante de su madre.

domingo, 18 de mayo de 2008; 1:25 p.m.

Entiendo lo que me dice del cuento de *Atlantic Monthly*, Néstor, ¿cómo no le voy a entender? Pero haga un esfuerzo usted también, y póngase en mi lugar. Me temo que nos encontramos en longitudes de onda completamente diferentes, no me refiero a nuestras personalidades. Me refiero a la circunstancia de los exámenes finales. En estos momentos, si le digo la verdad, sólo puedo pensar en los trabajos que tengo que escribir. Me encuentro en un punto muerto con uno de los proyectos que tengo que presentar. Nada más lejos de mí que ponerme a pensar en asuntos literarios, de los que por otra parte sé muy poco. No se lo tome a mal. No es egoísmo, es que no tengo elección. De lo que me alegro sinceramente es de saber que Frank se ha recuperado y pronto podrá volver a casa. En fin, espero poder hacerle caso debidamente muy pronto. ¡Deséeme suerte, Néstor!

P.S.: Casi se me olvida. No. No tengo la menor idea de lo que pueda ser π. Sé lo mismo que usted. Que Ackerman pensó en ponerlos juntos de algún modo, o eso se desprende de lo que él mismo dice en la novela. Pero como ya le voy conociendo, por mi propio bien, me voy a adelantar a los acontecimientos y se lo voy a mandar sin esperar a que me lo pida. Le veo venir. Es usted transparente. La verdad es que preferiría dejarlo todo para cuando por fin nos veamos. Pero eso sí, me tiene que prometer que no insistirá más. Haré como con Kaddish, le pediré a Samantha que lo escanee. Después de eso, ya puede usted inventarse lo que quiera. No habrá más.

Su amiga, a pesar de todo.

ττ
[FARSA]

En la mesa de la esquina había un tipo de aspecto atrabiliario, de cuya estatura no me percaté cabalmente hasta que se levantó. Tenía las patillas muy pobladas, de vello rizado, que le llegaban casi hasta el mentón, y gastaba bigote de bucanero, aunque su traza me hizo pensar en un hombre lobo. Debía de medir uno noventa al sesgo. Era tirando a delgado, de tez muy pálida, y tenía los ojos color azul claro y la nariz llamativamente recta, bien que un tanto gruesa. Me acerqué a la barra, y en el momento de sentarme en el taburete oí que me chistaban. Era él. Alzó el brazo e hizo un gesto con la boca, descubriendo unos incisivos de conejo, anchos y amarillentos, que le daban un aspecto notablemente ridículo. Debió de captar la dirección de mi mirada, porque inmediatamente los ocultó.

¡Psst! chistó. ¡Mi amigo, mi amigo! Con el brazo en alto me pidió que me acercara, y le obedecí.

Encima de la mesa, una cartera negra de cuero repujado, con unas letras doradas, que decían:

ττ

El reborde mellado de los incisivos asomó por debajo de las cerdas lacias del bigote. Ni pirata ni hombre lobo: bandolero mexicano.

Creo que me queda un hamilton, estoy casi seguro, dijo, hablando en español, para mi extrañeza.

¿Un hamilton?

Se metió la mano peluda en el bolsillo y sacó una pelota de papel verde. La desestrujó hasta convertirla en un pliego rectangular que reconocí como un billete de diez dólares.

Alexander Hamilton, dijo, alisando aún la efigie biliosa del padre de la patria, y agregó: En lugar de su vil valor numerometálico, me refiero a los billetes por el careto del presidente en cuestión: Washington, 1 dólar; Lincoln, 5 dólares; Hamilton, 10 dólares; Jackson, 20 dólares; etc... Las más altas denominancias véolas con menos frecuencia. Si mueves el culo hasta la barra te invito a una copa. Para mí un tequila sour.

Era torpe de movimientos, al levantarse casi tira la silla al suelo. Dejó el portafolios encima de la mesa, sin que pareciera preocuparle mucho que pudiera interesarse por él alguno de los parroquianos, todos con aspecto de codiciar los bienes ajenos, y se alejó camino del W.C.

Volví con dos tequila sour, los planté en la mesa y me senté a esperar. A los dos minutos, el desconocido salió del retrete, aún subiéndose la bragueta.

Mercibocú, me dijo, sumergió el índice en el tequila sour y lo dejó allí. Código 3, exclamó observando el dedo como si no fuera suyo. Respiró hondo y añadió, enigmático: Me dedico a carcajulearme de ellos, rododendro en ristre. Dicho lo cual, se chupó el dedo bañado de tequila sour antes de añadir: Me persiguen. Quieren captar mi efigie. Sonrió. Hace unos años mi editor me alertuvo de que la revista *Time* había mandado a un fotografiador al D.F., a ver si daba conmigo, y me di el piro a Guanajuato. Agarré un autobús meningítico que se pasó cuatrocientoscincuentaiséis minutos traqueteando por las montañas. Pero lo peor fue cuando empezaron los premios de los cojónulos.

No tenía la menor idea de qué quería decir, pero de todos modos pregunté:

¿Es allí donde aprendió español? Quiero decir en México.

No, allí es donde lo olvidé. El español de Castilla lo aprendí en Cascadilla.

¿Cascadilla?

¡Cascadilla Hall! Es el nombre del edificio donde tenía mi dormitorio, en la Universidad de Cornell. Apuntó con los dientes hacia el chorro de luz que caía del techo.

Prrosst, dijo, dando otro sorbito al cóctel. ¿Y tú de dónde sales? ¿Dónde has aprendido español?

En Brooklyn, dije. ¿Qué se le perdía en México?

Fui a terminar una novela. ¿Cuál es tu letra favorita?

Nunca se me ha ocurrido pensarlo.

La mía es la V. Tengo fuera el Corvier. Salgamos a la noche iridescente, dijo y apuró el tequila sour.

Le atraía la luz. En la puerta del bar se situó en la encrucijada de los haces que proyectaban dos focos situados a ambos lados de la entrada, uno amarillo y otro azul. Su silueta estriada flotó indecisa en la luz líquida.

¡Allí está! dijo, girando sobre sus talones, y se acercó dando tumbos a un Corvier verde con matrícula de California.

Se sentó al volante, se abrochó el cinturón de seguridad y bajó el parasol derecho, donde guardaba un cigarrillo de marihuana a medio fumar al que se refirió como cucaracha. La encendió con un mechero de plástico violeta, y dio una calada larga y honda, mientras agitaba velozmente las rodillas, como si se estuviese orinando. Retuvo el aire en los pulmones y me pasó el cigarrillo. Soltó una nube de humo agridulce, que se expandió hasta colmar el interior del Corvier. Aspiré. Un bisturí de platino iridiado me sajó longitudinalmente el esófago, abriendo paso a una señal luminosa que salió al exterior por el ombligo.

ττ me observaba divertido.

¿Potente, eh? Con una calada te ultratumba, dijo, esperó a que se apagara la cucaracha y la volvió a guardar en la solapa del visor. ¿A que nunca has visto nadasí? Sacó una bolsa de plástico de la guantera, abrió el reborde. Ganja negra. La hierba era de color alquitrán. Los indios la cultivan en la alta montaña. Azotan las mataplantas con unos látigos trenzados con hebras de plata, lo que hace que produzcan una cantidad mayor de retsina. Su voz me llegaba de muy lejos. Donde debieran estar sus ojos vi dos yescas al rojo vivo. La ganja negra, ques más salwaje que la macoña.

Se le empezó a distorsionar la voz. Los vocablos se encabalgaban. Lo último que oí fue algo así:

¿quéS q [yilph kiameth] ue ti fé?

Luego entramos en un túnel de sonidos ininteligibles. A la salida se ensambló sola esta frase:

¿Te gusta el jazz?

Intenté articular una respuesta, sin lograrlo.

Thelonious Monk toca hoy en el Village, decía su voz, bailando en el espacio. En una cripta. Hace años que dejó de tocar. Ocurrió de repente. El silencio se apoderó de él. No tocaba, eso era todo. Crudívoro. Nada que ver con cuando tocaba en sitios como el Five Spot en los cincuenta. Le llamábamos Dios. Hoy actúa Dios. Eso decíamos. Y qué bandas. Bird. John Coltrane. De lo de hoy me ha avisado Edipa. Estoy en Nueva York sólo por eso.

En la puerta del club un gorila le pide a ττ que le enseñe algún documento de identidad que demuestre su mayoría de edad. Por su aspecto frisa la cuarentena, pero necesitan comprobarlo. La literalidad yanqui.

No hay fecha de nacimiento, dice el gorila resoplando.

ττ saca un manojo de carnets y los despliega en abanico. El portero los va pasando y cuando se tropieza con el de conducir, gruñe, satisfecho:

Bienvenido, míster Lippincott. (Más avanzada la noche comprendí que le gustaba apropiarse de los apellidos de sus personajes.)

Dentro, en una de las mesas justo enfrente del escenario, hay una mujer sentada junto a un tipo flaco, que lleva gafas de sol y gorra de béisbol. Nos hacen señas. τπ me los presenta como Edipa y Don. Nos sentamos. Thelonious Monk hace aparición con un sombrero de piel de leopardo y un silencio religioso se adueña de la sala.

Arrodíllate ante el misterio, me dice τπ. Thelonious se inclina sobre el teclado y transcurre una infinidad sin que se decida a tocar la primera nota. Nadie se mueve. Ni un siseo de nerviosismo. Don me susurra al oído: Está escuchando algo que sólo él puede oír.

Sin duda, los músicos lo saben y esperan a que les haga una señal.

Es un genio, dice τπ a la salida. Un fuckingputopinchegenius, esos lo ques Thelonius Monk. Estrosí. El éxtasis extratránsferial.

Cuando entra en estos trances lingüísticos, no hay nada que hacer, dice Edipa, metiéndole la mano en un bolsillo.

No podéis dejar que conduzca en ese estado, interviene Don.

En eso estaba, dice Edipa, haciendo tintinear el manojo de llaves que le acaba de quitar a τπ.

Vamos a mi casa. Tengo mescalina.

Don dice que se tiene que ir al Bronx y se despide. Edipa se sienta al volante. τπ se pone a tocar los bongos en el asiento trasero del Corvier, hasta caer dormido.

¿De qué lo conoces? me pregunta Edipa, una vez en marcha.

Me lo encontré en un bar hace un par de horas. Me trajo aquí.

¿Entonces no sabes quién es?

Ni idea.

Es Thomas Pynchon, el escritor. ¿Has oído hablar de él?

Me volví automáticamente a contemplar el guiñapo que roncaba en el asiento trasero.

Leí un cuento suyo, hace por lo menos diez años, en una revista. Nunca había leído nada igual. La historia se me quedó grabada y soñé con ella por la noche. Un tipo va a parar a un vertedero de basuras donde vive una enana que se enamora de él y ya no le deja irse de allí.

Nerissa. Por cierto, yo no me llamo Edipa, me llamo Melanie. Edipa es un personaje. Tom siempre está igual. Le encantan esos juegos.

En lo que fue el único momento normal de la velada, Melanie me contó los acontecimientos del último año y medio, a raíz de su tercera novela, *El arco iris de la gravedad*. Le dieron el National Book Award, en la categoría de ficción, ex aequo con *Una Corona de Plumas*, de Isaac Bashevis Singer.

Pynchon y Singer. Un reparto esquizofrénico, dije. La noche y el día.

Así es. Luego le dieron el Premio William Dean Howells, de la Academia Norteamericana de Artes y Letras, otorgado a la mejor novela de la década. Luego vino el escándalo del Pulitzer. El consejo editorial de aquel año estaba compuesto por gente prestigiosísima. Elizabeth Hardwick, Benjamin De Mott, y Alfred Kazin nada menos. Propusieron que el premio recayera en *El arco iris de la gravedad*, por unanimidad. Los picatostes del jurado intentaron leerla y se agarraron tal cabreo que declararon el premio desierto. Pero lo más divertido fue lo del Premio Nacional. Tom no se presentó a la ceremonia de entrega. El premio lo recogió en nombre suyo el cómico Irwin Corey. En su intervención, Corey se dedicó a contar chistes y a mutilar la sintaxis de la lengua inglesa. Una parte del público se desternilló de risa, y la otra mitad no supo disimular su perplejidad.

¡Edipa, saca la cerveza y hazte un porro! tronó ππ desde atrás.

Hazlo tú, ¿no ves que estoy conduciendo?

ττ se empeñó en que todos teníamos que cantar *El Tuerto Riley*, cuya partitura figura en *The Cocktail Party*, de T. S. Eliot. Consiguió que la memorizáramos y nos dirigió marcando el ritmo con los bongos:

Habíamos llegado a Riverside Drive. Desde abajo se oía música.

No me acordaba de la fiesta de Amy. Creo que va a estar su director de tesis. Lo siento, Tom.

Non ti preocupare de niente. Arriviamo un momento, prendiamo la mescalina, un po da bere e partiamo.

En medio del salón había un tipo de barbita recortada. Por toda vestimenta llevaba unos calcetines blancos y unos calzoncillos. Un tipo que tenía un fuerte acento francés nos explicó que había salido inopinadamente de uno de los dormitorios, interrumpiendo una sesión erótica, porque alguien había emitido un juicio literario que le había molestado tanto que le había impedido correrse. El de la barbita dijo, dirigiéndose a alguien que estaba sentado en un futón:

Sus novelas tratan de las dificultades inherentes al acto de la lectura. Cuando empleo el término «lectura», lo utilizo metafóricamente. Es decir, «leer» es la metáfora que alude a la(s) forma(s), todas las formas en que la gente trata de extrrraerrle un sentido al mundo en que vivimos, así como a sí mismos.

Oye, hijo de pejrra, que no estamos en clase, dijo el tipo que tenía acento francés. ¿No tienes bastante con tirarte a las estudiantes? Si quieres dar la tabajrra, lárgate a otro sitio. Fíjate cómo te mira el pobre Chandler. Se ha tomado un ácido, vete a saber qué tipo de alucinaciones tendrá ahora por tu culpa. Deja de joder.

¿Quién es? le pregunté a Melanie, refiriéndome al tipo de los calzoncillos.

¿No conoces a Gengis Cohen? Es el jefe del Departamento de Literatura Comparada de Columbia University.

El aludido soltó un cuesco, y siguió adelante con su perorata:

En la novela contemporánea, el acto de la lectura transcurre paralelamente al acto de descifrar un mundo problemáticamente construido sobre una despliegue de códigos...

357

¡Me cago en tus muertos! dijo el francés, y levantándose de un salto, le propinó un puñetazo a Cohen que lo levantó por los aires y dio con él de bruces en el suelo.

Te lo advertí, recalcó el agresor.

Profesor Cohen, profesor Cohen... dijo una jovenzuela que salió apresuradamente del cuarto donde había estado con el académico. Llevaba un salto de cama transparente que permitía ver su anatomía al completo. Melanie me explicó que la chica estaba haciendo con él la tesis sobre entropía y literatura en la ficción contemporánea.

¿Por qué has hecho eso, Pierre? Pobre Gengis, dijo la chica, plañidera. ¿Qué hay de malo en lo que ha dicho?

¡Vuelve a la cama y termina lo que has dejado a medio hacer! repuso el tal Pierre.

Formidablemente gordo, con la papada resabiada, y labios rijosos, el egregio Harry Blum, alias el Sapo Filológico replicó:

Demasiado tarde, joven. Evidentemente, le interesa mucho más lo que nos traemos entre manos el profesor Cohen y yo. No le hagas caso, Gengis. Lo que yo creo es que hay que incorporar el azar y la indeterminación imperantes en la vida moderna, y en el mundo físico, eternamente cambiante. En este contexto, podemos caracterizar la «lectura» como un proceso en virtud del cual la gente extrae una narración de su propia experiencia vivida.

¿Y si la Historia, con mayúscula, fuera la mayor de las ficciones, Blum? La Historia, con su ejército privado de autores. Quizá los sucesos más cruciales acaezcan porque alguien (pero quién, quién, quién) los porvoca, digo provoca. ¿No es verdad que *V.* versa sobre la noción de conspiración? Noción perturbadora, puesto que plantea cuestiones, o cuestiona la noción misma de historia, de Historia, ya por su propio planteamiento estructural. En ese sentido, la actividad de Stencil es una forma de búsqueda, que discurre a través de determinados fragmentos de la Historia.

Están hablando de ti, dijo Melanie.

Tom se encogió de hombros.

No te preocupes, nadie sabe qué aspecto tengo.

¿Pero quién es V.? preguntaba Cohen.

Una diosa, dijo Blum. Stencil la busca a través de diversas manifestaciones de la historia reciente. Un ideal, una mujer, de la que sólo se conoce la inicial de su nombre, un nombre que puede ser falso por lo demás: V.

En ese sentido (dijo Gengis Cohen, alerta por si le caía otro guantazo, pero Pierre ya se habían llevado a Chandler [de lo contrario Cohen no habría abierto el pico], quien se encontraba en plena crisis de su éxtasis lisérgico, en un catre de la habitación contigua, donde babeaba palabras sin sentido), Stencil es una representación de la persona del lector, o lectora, mejor lectora, del mismo modo que es mejor decir Diosa que Dios.

Oye, que esa tesis es mía, dijo Harry Blum.

Y lo sigue siendo, no es más que una alusión, un homenaje, si prefieres, repuso Cohen.

Pynchon salió de la cocina con dos sixpacks de cerveza, me agarró del brazo y me sacó de la habitación. ¡Edipa! dijo desde la escalera, vámonos de aquí. Melanie salió corriendo.

¿Quién toca en el Inverarity?

The Paranoids.

Perfecto. Que alguien se haga otro porro.

Desde abajo, oímos a Gengis Cohen y Harry Blum, que seguían perorando:

Gengis Cohen: Una asociación espectral, que opera de manera underground: Tristero, Tristero. ¿Su misión? Ralentizar la entropía, aminorar la proporción de desorden, basta de irrelevancias, redundancias y desórdenes, basta de desorganización y pérdida, y desperdicio. Todo esto, lamantablemente [sic], tiene que ver con un inmenso desperdicio al que ponemos por nombre lenguaje.

Harry Blum: El símbolo central de la novela, la V–2, concita en sí dos formas. Alude a la mejor novela de nuestra historia, *Moby Dick*. La V–2 es a la vez la Virgen y la Dinamo, pero mejor, mejor aún, volviendo a la simbología melvilliana: es la Ballena Blanca y el *Pequod* a la vez.

Tom Pynchon: Pon la radio, Edipa, haz el favor. Ya lo tenía claro, pero después de ésta, te juro que no me va a volver a vislumbrar nunca el careto nadie. Voy a dejar chiquito a Salinger. Hablando de todo, ¿tú cómo te llamas? dijo, dirigiéndose a mí.

[Apéndice: Rechazos]

Envié el texto de $\tau\pi$ a un total de 14 publicaciones. 10 no se molestaron en contestarme ni en devolverme el original, las otras cuatro eran notas de rechazo. Las tres primeras decían:

Verbalmente inventivo, pero excesivamente soez e irreverente [Eric Sorrentino, *The Nation*]

Abominable. No sé por qué me molesto en contestarle [Cynthia Lump. *Story*]

Nadie le publicará esto, Ackerman. ¿Por qué desperdicia de este modo su talento? Envíeme algo cuando esté sobrio, y hablamos. [Ron Abramovicz, *Atlantic Monthly*]

Lo último que recibí fue una nota con membrete del *New Yorker*, escrita a mano, que decía:

«Los informes de todos los lectores acerca de su farsa eran tan virulentos, que me picó la curiosidad y decidí leerla. No es publicable en una revista como la nuestra, aunque creo que haríamos bien en jugárnosla de vez en cuando apostando por bazas que no acabamos de entender. Le deseo suerte, señor Ackerman. Ojalá no sea la última vez que me tropiezo con su nombre. Atentamente,

William Maxwell.

P.S.: Perdone la intromisión, pero ¿de verdad conoció a Pynchon?»

domingo, 18 de mayo de 2008; 6:00 a.m

No, tampoco lo he leído, Néstor. Le he dicho repetidamente que mi interés en todo esto no es de orden «literario», aunque entiendo que su caso es diferente. Para mí *Brooklyn* no es una novela. En cuanto al otro tipo de documentos, de ellos prefiero no hablar por ahora. Son los únicos que cuentan, para mí. Mi relativa falta de interés por los textos literarios no debe preocuparle. Lo pienso poner todo en sus manos.

miércoles, 21 de mayo de 2008; 10:05 a.m

Querido Néstor: ¡Felicíteme! Soy una mujer libre. He entregado todos mis trabajos. Lo voy a celebrar con mis amigas. Me beberé una copa a su salud.

viernes, 23 de mayo de 2008; 9:56 a.m.

Néstor: Me voy al campo con Samantha, a casa de sus padres. Ahora que tengo la cabeza libre de obligaciones académicas, pensaré con tranquilidad en todo esto. Le alegrará saber que después de los comentarios que me ha enviado usted, me ha entrado curiosidad por leer los textos literarios.

viernes, 23 de mayo de 2008; 8:30 p.m.

Querido Néstor: Le escribo desde Williamsport, Pensilvania, donde los padres de Samantha tienen una casa a orillas del río Susquehannah. Es un lugar precioso. ¡Qué extraño el poder de la ficción! Y qué distinto del resto del material que he examinado! Había leído algunas cartas, no todas, y ninguno de los cuentos. Lo he hecho hoy, empezando por los dos que le había mandado a usted. En fin, falta muy poco para que nos veamos. Le volveré a escribir desde Nueva York cuando esté a punto de salir. Un abrazo de la mujer sin nombre (¡qué alivio saber que además de paciencia tiene usted sentido del humor!).

lunes, 26 de mayo de 2008; 6:02 a.m.

Querido Néstor: Sólo confirmarle que salgo mañana en un vuelo de American Airlines. Nos veremos en Cádiz. Le llamaré al teléfono que me indica. Ardo en deseos de verle en persona.

Quince
LLÁMAME BROOKLYN

Cádiz, junio de 2008

Descubrí el Oakland en plena crisis de mi matrimonio. De día, en el periódico, todo iba bien, pero cuando se acercaba el final de la jornada, me ponía a buscar excusas que retrasaran el momento de volver a casa. Llegué incluso a alquilar un cuarto en el Hotel Seventeen, cerca de Gramercy Park. Lo de ir al Oakland empezó por casualidad. Un viernes llevaba más de media hora solo en la redacción, incapaz de resolverme a salir a la calle, a pesar de que no tenía absolutamente nada que hacer. Nat, el guardia de seguridad, tocó en el cristal con la culata de la linterna y me preguntó si todo iba bien. Le dije que sí, pero comprendiendo que era absurdo seguir allí más tiempo, me resigné a abandonar mi cubículo y salir del edificio. En Lexington, en lugar de bajar al andén donde paran los trenes que van en dirección *Uptown & The Bronx*, busqué instintivamente la entrada que dice *Downtown & Brooklyn*, al otro lado de la avenida. Al llegar a Borough Hall dejé que mis pasos me llevaran al local de Frank Otero. A partir de entonces, empecé a pasarme por el Oakland varias noches por semana. No sé muy bien qué significaba aquel bar para mí. Por una parte, era como estar en España, una España distorsionada, de caricatura; por otra, y por alguna razón eso me resultaba reconfortante, estando allí tenía la curiosa sensación de que me encontraba un poco fuera de la realidad.

El dueño, Frank Otero, me cayó bien desde el principio. Me gustaba su forma de entender la vida. Era un tipo despreocupado, generoso, con don de gentes, abierto (a su manera, también tenía su lado oscuro). Le encantaba entablar conversación con desconocidos. Tenía la habilidad de conectar con cierto tipo de individuos que el mundo considera perdedores y si en su deambular por la vida alguno de ellos acababa varado en su territorio, se apresuraba a ofrecerle protección. Por lo que se refiere a Gal Ackerman, me fui acercando a él de manera gradual. Durante los primeros meses, me limité a observarlo desde lejos. Su comportamiento era difícil de prever. Podía pasarse semanas enteras bajando religiosamente a escribir al bar, dos veces al día, una por la mañana y otra a media tarde. Se sentaba en una mesa al fondo del local y se sumergía en su mundo, indiferente a cuanto pudiera estar sucediendo en torno a él. De repente, un día cualquiera, desaparecía sin dar ninguna explicación, y ni siquiera a Frank le habría resultado posible dar cuenta de su paradero. Al cabo de un tiempo indeterminado (podían ser días o semanas) volvía a hacer acto de presencia y se ponía a escribir como si hubiera estado allí la tarde anterior.

Había unos cuantos individuos que prácticamente vivían en el bar. No todos figuran en el libro, o apenas se habla de ellos; de entre estos últimos, uno de los que más traté fue Manuel el Cubano. Era gay y cuando Niels Claussen empezó a ser incapaz de valerse por sí mismo, se convirtió en su ángel de la guarda.

Alrededor del Oakland gravitaban diversos grupos de personajes. La órbita más cercana correspondía al Luna Bowl y su gente. De todos ellos, el mejor amigo de Gal era el viejo Cletus Wilson, el portero. Cletus había conocido a Gal antes de la época del Oakland, y lo quería como a un hijo. En tiempos había sido entrenador de algunos de los grandes y él mismo llegó a ser un púgil de cierto renombre en el circuito profesional. En el despacho de Frank había una foto en la que se veía a Cletus de joven posando junto a Rocky Marciano en la puerta del Madison Square Garden. La órbita más alejada era la de los marineros daneses. Para mí no eran más que un coro de rostros anónimos, pero formaban parte esencial de la imaginación de Frankie.

De quienes no se dice una sola palabra en todo el libro es de los inquilinos del motel, como llamaba Frank al primer piso, y eso que ahí había material para varias novelas. Durante los dos años que pasé en el estudio tuve algunos vislumbres de los enigmáticos habitantes de aquel mundo, aunque jamás intercambié palabra con ninguno de ellos. Cuando nos cruzábamos por el pasillo ni me miraban. La única persona con quien tuve cierto trato en todo el tiempo que viví en el cuarto de Gal fue una tal Linnea. Era una mujer muy atractiva, entre treinta y cinco y cuarenta años, con aspecto de actriz de cine negro. Llegó al motel en pleno invierno, unos ocho meses después que yo. Se teñía el pelo de rubio platino y siempre llevaba joyas y pieles caras. Cuando me tropezaba con ella, se paraba invariablemente a hablar conmigo. La primera vez que nos cruzamos yo salía del estudio y me pidió fuego. Se lo di y me contó que había vivido en el motel en los viejos tiempos y me preguntó qué había sido de Gal. No estaba al tanto de su muerte y cuando se lo dije se quedó muy impresionada. Le conté que estaba poniendo en orden sus escritos con idea de terminar un libro que había dejado a medio hacer, y me dijo que siempre había sabido que Gal era un artista. Se fue sin despedirse, como si de repente hubiera caído en la cuenta de que no era conveniente que la vieran hablando con un desconocido en los pasillos del motel. Las demás veces actuó igual: con la excusa de pedirme fuego, se detenía unos momentos a charlar, hasta que se interrumpía con brusquedad y se alejaba sin decir adiós. Nunca supe si era una call-girl de lujo, o la amante de algún pez gordo. La traían y llevaban en una limousine negra de la que, aparte del chófer, un tipo de aspecto hostil que tenía acento haitiano, no se bajaba nunca nadie. Una tarde me sorprendió ver un montón de maletas frente a su puerta. El haitiano apareció de repente y al verme parado junto al equipaje me fulminó con la mirada. Recuerdo que nevaba. Desde mi habitación vi la limousine aparcada en doble fila. Por una de las ventanillas asomaba la boquilla humeante de Linnea. Al cabo de unos instantes, el chófer metió los bultos del equipaje en el maletero, se sentó al volante y se llevó a la amiga de Gal para siempre. Con el resto de los inquilinos no tuve nunca el menor trato. Podían pasar semanas sin que me tropezara con nadie en los pasillos. Sabía cuándo se había desalojado algún cuarto, porque entonces Álida dejaba la llave puesta en la cerradura por la parte de fuera.

Lo que Frank llamaba el motel constaba de un total de seis habitaciones, de distintos tamaños, y estaban todas sin numerar, salvo la mía. Algunas eran suites, y otras auténticos cuchitriles. Después de que se fuera Linnea, adquirí la costumbre de meterme en los cuartos que se quedaban desocupados y merodear por sus espacios vacíos. No sé por qué lo hacía. Me asomaba a las ventanas y me quedaba mucho tiempo contemplando Atlantic Avenue y las luces del puerto. Una mañana, desaparecía la llave de la cerradura y era así como sabía que el cuarto volvía a estar ocupado. No tenía nada de raro que la gente desapareciera del motel, después de haber pasado allí meses, sin que se hubieran cruzado en mi camino una sola vez.

Frank ponía especial cuidado en que no hubiera puntos de fuga entre el motel y el Oakland. Eran universos paralelos, sin la menor comunicación entre sí. Los inquilinos del primer piso no entraban en el bar, y al revés, a ningún parroquiano del Oakland se le habría ocurrido bajo ningún concepto asomar las narices en la parte de arriba. De hecho, cada espacio tenía su propia salida a la calle, aunque al fondo de la pista de baile había una puerta revólver que daba al pasillo interior del edificio. Por alguna razón, Frank la mantenía abierta, pero era raro que nadie la usara, excepto Gal. Desde siempre, reservó uno de los cuartos de arriba para uso propio. Durante muchos años lo ocupó Raúl. Después que se fue a vivir a Teaneck, Frank se lo ofreció a Gal, y cuando me puse a trabajar en la novela, a mí. En la puerta figuraba el número 305, con dígitos de bronce, que había puesto el propio Gal. Nunca llegué a conocer el significado de aquella cifra. El número de la habitación del Hotel Chelsea donde se suicidó Mr. T. era también el 305. En cuanto al motel en sí, Frank actuaba sencillamente como si no existiera. Nunca hablaba de él ni había nada que lo delatara: ni un rótulo en la calle, ni un mostrador de recepción, nada. Los nombres de los inquilinos no figuraban en ningún libro de registro. Podían pasar allí largas temporadas, pero eran invisibles. Nunca llegué a saber qué clase de manejos se traían. En la memoria me bailan algunas imágenes borrosas: un Bentley que llegaba en plena madrugada y permanecía aparcado durante varias horas frente a la puerta sin que hubiera rastro de él por la mañana; grupos de individuos que entraban y salían sigilosamente del edificio. Una noche sin luna, desde mi ventana, vi a Frank escoltado por Víctor repartiendo dinero entre varios tipos que se acababan de bajar de una camioneta entoldada. En otra ocasión me tropecé en el vestíbulo con un grupo de chicas extrañamente disfrazadas.

Si en el primer piso del Oakland se llevaban a cabo manejos más o menos ilegales, yo nunca llegué a saber en qué consistían. No creo que Frank estuviera directamente implicado. Mi impresión es que se limitaba a alquilar las habitaciones sin meterse en averiguaciones. Otero le franqueó a Gal la entrada en aquel mundo porque sabía que era la discreción en persona. Cuando llegué yo, no vio ninguna razón para actuar de otra manera. En cuanto al Oakland, aunque no era un espacio secreto, tampoco era exactamente un lugar abierto a todo el mundo. En cierto modo había que descubrirlo. Una visita esporádica daba igual, pero a largo plazo, Frank sólo aceptaba en su bar a quienes le caían bien. Tenía debilidad por los tipos raros, gente con historias más bien oscuras a sus espaldas. Era a ellos a quienes acogía preferentemente. Más de uno dependía de él para subsistir; había incluso quienes recibían un pequeño estipendio semanal. A cambio de su ayuda, sus protegidos tenían que hacer ciertos trabajos. Álida y Ernie se encargaban de eso y lo hacían con la misma discreción que si estuvieran blanqueando dinero. A otros les fiaba las copas, y cuando llegaba la hora de saldar la deuda, podía suceder que sólo les cobrara una parte, según las circunstancias. En todo caso, los criterios de selección de Frank no eran siempre comprensibles. Fundamentalmente, si alguien no encajaba en su visión… no lo admitía en su círculo y punto.

Una vez dentro, había que acatar sus reglas. Frank gobernaba el Oakland conforme a un código de leyes no escritas que era preciso observar escrupulosamente. Una cosa que me llamó en seguida la atención fue que no se ocupaba sólo de las necesidades materiales de su gente. Muchos de los habituales del Oakland eran, para usar una expresión de Gal Ackerman, gente derrotada por la vida, individuos que habían perdido el norte y de repente se sentían seguros allí. Le pasó a muchos: a Manuel el Cubano, a Niels Claussen, al propio Gal. A mí estuvo a punto de ocurrirme, pero supe reaccionar a tiempo. Gal no. Estaba cansado de dar tumbos cuando, un buen día, dio con sus pasos en el Oakland y se quedó atrapado en sus redes para siempre. No fue algo inmediato. Al principio consiguió salir, alejarse, seguir adelante con su vida, pero al final había siempre un punto en que volvía. Las espantadas que le vi dar poco después de mi llegada, cuando desaparecía por espacio de varios días, fueron sus últimos coletazos. Era como si la remota tarde que llegó allí por primera vez, alguien hubiera trazado un círculo invisible a su alrededor. Al principio probablemente fuera muy holgado, pero con el paso de los años el cerco se había estrechado tanto que llegó un momento en que ya no le resultó posible salir de él.

Se llamaba Bruno Gouvy y era diplomático. Lo conoció en París, en setiembre del 85, en una exposición patrocinada por la embajada belga, en la que él ocupaba el cargo de primer secretario. Ella tenía una beca para estudiar con Bédier en el conservatorio. Su idilio fue muy breve. Se casaron en diciembre, en una ceremonia civil poco menos que secreta. Yo nací a finales del 87. Cuando yo tenía dieciséis o diecisiete años, Nadia me confesó que nunca se había enamorado así. Quería decir que nunca había conocido una relación exenta de sobresaltos, como lo era aquélla. Sus historias de amor habían sido siempre muy atormentadas.

Me desorientaba que mi madre me hablara de sus sentimientos íntimos con tanta franqueza. Oírle decir que había estado enamorada de otros hombres me llenaba de inquietud. Para mí el universo se sostenía gracias a mis padres. La miraba entre fascinada y asustada, tratando de imaginarme su vida anterior. Mi visión del mundo se empezó a tambalear. Sentí que se abría un abismo a mis pies. El vértigo me hizo abrazarme a ella con todas mis fuerzas. Quería sacudir la imagen que surgía ante mí y quedarme con la que siempre había conocido. Sabía que mi madre adoraba a Bruno, no era eso lo que me inquietaba. Había sido así desde el primer momento, y nunca habría de cambiar. Se sentía segura junto a él, le transmitía paz. A su lado descubrió una calma interior que no sospechaba que pudiera existir.

Años después, estando muy enferma, me confesó que si había podido dar a luz era gracias a la estabilidad que le proporcionaba él. Antes de conocerlo se había quedado embarazada muchas veces, pero en torno al cuarto mes, indefectiblemente, abortaba. Perdía el feto de manera espontánea. Lo terrible era que no había ninguna causa fisiológica para que fuera así. Estaba convencida de que la culpa era suya, de que en su interior anidaba una fuerza autodestructiva que atentaba contra sus instintos más profundos. No entendía por qué, pero le aterraba la posibilidad de dar una respuesta positiva al misterio de la vida. Ésa era la explicación que se daba a sí misma. La última vez que le ocurrió, el médico fue tajante: no podía permitirse un solo aborto más; era demasiado peligroso. Tenía que resignarse a la idea de que no podía tener hijos. Eso fue antes de que se conocieran, cuando ella aún vivía en Estados Unidos. Unos meses después de casarse, se le metió en la cabeza la idea de que con Bruno iba a poder tener el hijo que tanto deseaba. Nunca había estado tan segura de nada en todos los días de su vida. Esperó a quedarse encinta, cosa que no tardó mucho en suceder, tenía mucha facilidad para eso, el problema venía después. Buscó un buen ginecólogo. Lo puso en antecedentes, y le anunció que estaba decidida a intentar llevar a término aquel nuevo embarazo. Después de examinarla, el médico le dijo que efectivamente, los abortos que había tenido en el pasado habían hecho mella en su organismo, aunque desde el punto de vista fisiológico, seguía estando capacitada para tener hijos. No le dio el menor crédito a su teoría de que los abortos los provocaba ella, poniendo involuntariamente en marcha sus instintos autodestructivos, pero de todos modos le aconsejó que consultara con un psicólogo. Mi madre contestó que no hacía falta, que las cosas habían cambiado. El ginecólogo asintió, asegurándole que haría cuanto estuviera en su mano. Nadia esperó hasta mediados del tercer mes antes de anunciarle a Bruno que estaba embarazada. Mi padre le confesó que en algún momento había llegado a sospecharlo, pero que en seguida desechó la idea. Lo importante, ahora que estaba al tanto, era que compartía al ciento por ciento su certeza de que todo iba a salir bien. El embarazo llegó al cuarto mes, y al quinto. Nunca había logrado alcanzar un estado tan avanzado de gestación. De noche escuchaba atentamente las señales que le llegaban del interior de su propio cuerpo, unas señales que le confirmaban que todo se iba desarrollando en conformidad con los designios de la naturaleza. Llegaron el sexto, el séptimo, el octavo mes. El embarazo entró en su fase final. Salió de cuentas y dio a luz poco después, en un parto sin complicaciones.

Normalmente, cuando se cuenta una historia es porque se quieren referir sucesos singulares o extraordinarios. En la historia de mi gestación no hay nada que merezca la pena destacar; lo insólito fue la falta de incidencias, que no pasara nada digno de mención. Ésa es también un poco la historia de Nadia a partir de que nací yo. Según me dijo ella misma, la maternidad le transformó el carácter, aunque en mi opinión el cambio se empezó a operar antes, cuando conoció a Bruno. En general fue un cambio para bien, aunque hubo cosas que se perdieron. Se limaron ciertas aristas de su personalidad; la rabia que siempre había sido parte de su carácter, y que era inseparable de su creatividad desapareció como por ensalmo.

Fue un fenómeno complejo, que no entendí bien hasta mucho después, cuando ya no la tenía a mi lado para hablar con ella. Donde mejor se aprecia lo que le sucedió es en su relación con la música. Siguió siendo el centro de su vida, como lo había sido desde que era niña. Había llegado hasta París gracias a su talento musical. Sus estudios con Bédier eran la culminación de muchos años de esfuerzos. Pero las cosas no eran exactamente igual que antes: la ambición que hasta entonces había sido el motor de todo cuanto hacía, se había esfumado. Nadia Orlov, la violinista prodigio de quien tanto esperaban sus profesores, perdió el interés por competir, por luchar, por destacar. Ser mejor que los demás dejó de ser un acicate para ella. Siguió sometida a la rígida disciplina que le había impuesto Bédier hasta que se cumplió el término de la beca, pero en su fuero interno había renunciado a la idea de ser concertista. La música le siguió interesando tanto o más que siempre, pero se trataba de un interés puramente espiritual, interno. El mundo y sus vanidades no tenían nada que ver en ello.

En eso coincidía plenamente con mi padre. Bruno Gouvy era hijo y nieto de diplomáticos. Se podría decir que llevaba la carrera en la sangre. Y sin embargo, irónicamente, carecía de vocación. No es que su profesión le disgustara, pero la verdad es que se resignó a seguir la tradición familiar más que nada porque no violentaba en exceso su carácter. Para él la diplomacia era la coartada perfecta. Elegancia, buenas formas, saber llevar con discreción una máscara. Sin necesidad de hacer ningún esfuerzo, el verdadero ser de Bruno Gouvy quedaba oculto, protegido. Sólo cuando se sabía lejos de todo protocolo, de puertas para dentro, en la intimidad, era capaz de permitirse el lujo de ser él mismo. Para mi padre preservar su identidad de las agresiones del mundo exterior era algo más que un mecanismo de defensa. Tenía algo de sagrado. Pocas cosas le parecían más importantes, quizá ninguna. De todo esto me fui dando cuenta poco a poco, pero ahora que me ha llegado también a mí el turno de salir al mundo y enfrentarme en solitario a sus asechanzas, lo veo de manera muy palpable.

En cuanto a mí, fui una niña protegida hasta lo enfermizo. Mi infancia discurrió en el interior de una cápsula esterilizada, ajena por completo a la realidad circundante. Después de nacer yo, mis padres construyeron una torre de marfil en la que sólo había cabida para ellos dos y para mí. Les bastaba con su hija, con su compañía mutua, y más allá de esto, con un círculo muy restringido de amigos. Dentro de aquella fortaleza (esto es crucial para entender su matrimonio) sólo tenía valor lo que guardaba relación con las artes. Vivían en un universo ficticio cuya única religión era la belleza. Papá aportó a aquella alianza su pasión por la pintura; mamá, su pasión por la música. Entre uno y otro polo, habían tendido un hilo conductor en el que se engarzaban las distintas artes. Lo que no tuviera que ver con la belleza no importaba.

En contraste con lo que le dije antes hablando de cuando se quedó embarazada de mí, la historia de Nadia antes de su matrimonio, es sumamente singular. Nació, creció y se educó en Laryat, Siberia, en una ciudad artificial cuyos habitantes eran casi en su totalidad científicos. Si antes hablé de la religión de la belleza, ahora habría que hablar de la del pensamiento, el conocimiento y la cultura. Había un cuadro de educadores cuya misión era que los niños recibieran una formación enciclopédica: música, idiomas, física, matemáticas, astronomía, historia, literatura, filosofía, ciencias sociales. Nadia se fue siendo aún demasiado pequeña. Muy joven, ya en los Estados Unidos, se puso de manifiesto que su vocación era la música. Tenía un talento extraordinario para el violín. Antes de cumplir los doce años, la admitieron en el Conservatorio de Boston. Aunque es una institución habituada a los niños prodigio, el tribunal se quedó asombrado cuando la oyó tocar en el examen de ingreso. Años después, cuando entró en la Juilliard después de graduarse de Smith College, causó una impresión semejante. A lo largo de su carrera colmó ampliamente las expectativas que sus profesores habían puesto en ella. Cuando se graduó le dieron el premio extraordinario de su promoción y una beca para estudiar técnicas avanzadas de interpretación en el Conservatorio de París. Todo esto se lo cuento, Chapman, porque el final engarza de manera misteriosa con el principio de la historia. La idea era propiciar las condiciones ideales para que debutara como concertista, pero a raíz de conocer a Bruno y de tenerme a mí, aquello pasó a un segundo plano. Nadia eligió llevar un tipo de vida completamente diferente. Ahora que lo veo con cierta perspectiva, ocurrió algo muy extraño. Nadia Orlov (después Rossof, pero de esa etapa de su vida no sé nada) desapareció, dando paso a una persona muy distinta, Nadia Gouvy.

Mi padre y yo nunca hablamos de cosas íntimas. Le resulta sencillamente imposible. Es un hombre refinado, de una sensibilidad exquisita, capaz de sentimientos muy profundos, sólo que no necesita el orden de lo verbal para comunicarlos. La pasión de Bruno Gouvy no podía ser otra que la pintura: una forma de expresión estática, visual, contemplativa. Yo he heredado las inclinaciones de mis padres a partes iguales. Para mí el arte y la música constituyen una combinación perfecta. Son mis grandes pasiones, y siempre he pensado que mi vocación por la arquitectura se debe a que, en cierto modo, es un punto de equilibrio perfecto entre los mundos de mis padres. Una cosa curiosa de Bruno es que pese a lo apacible de su carácter, su pasión por la pintura roza en ocasiones la locura. Es perfectamente capaz de recorrer miles de kilómetros sólo para poder estar delante de un cuadro. Recuerdo que cuando yo tenía, qué sé yo, unos diez años, quiso que

Nadia y yo le acompañáramos en uno de aquellos viajes. Tenía que desempeñar no sé qué misión diplomática en la Ciudad del Vaticano. Finalizada la misión, nos anunció que en lugar de volver a Londres, íbamos a acercarnos a Palermo, y al día siguiente por la mañana alquiló un coche. ¡Nos llevó de un tirón nada menos que a Sicilia! Se dice pronto. Todo porque quería que viéramos con él la Nunziata de Antonello da Messina.

Llegamos al museo donde se conserva el óleo después del horario de visitas. Un empleado del palazzo nos esperaba a la puerta. Bruno había concertado con él una cita a través de la embajada. Abrieron el museo sólo para nosotros. Guiados por el funcionario, fuimos directamente a la sala donde se encontraba la Nunziata. Yo era muy pequeña para pensar en los términos que estoy empleando al hablar con usted ahora, pero retrospectivamente le doy toda la razón a Bruno. Vale la pena ir a Sicilia para contemplar la tabla de Antonello da Messina. Es una experiencia inolvidable. Hicimos noche en un hotel del centro, y al día siguiente por la mañana, volvimos a ver el cuadro para despedirnos de él, e inmediatamente después emprendimos el viaje de regreso a Roma. ¿Se imagina, Néstor, hacer una cosa así? Pues bien, ése es Bruno Gouvy.

Mi padre defiende una teoría muy curiosa, según la cual, lo sepa o no, cada individuo tiene un cuadro que es el suyo, uno solo, una obra maestra que contiene las claves de nuestra personalidad, una obra de arte que nos identifica y que en cierto modo resume nuestra forma de entender la vida, nuestro mundo estético y espiritual. En aquel viaje, cuando Nadia la tuvo delante, sintió que la Nunziata de Da Messina era su cuadro, en el sentido que le había oído decir tantas veces a Bruno. Esperó a estar en Londres para preguntarle a papá si la había llevado a verlo porque sospechaba que iba a ocurrir aquello, y él le contestó con toda franqueza que no. El motivo por el que nos pidió que fuéramos con él a Palermo era su deseo de compartir con nosotras la experiencia de contemplar el original de una obra que le fascinaba desde hacía mucho tiempo, a pesar de que sólo la conocía a través de reproducciones.

374

¿El cuadro favorito de Bruno? Por supuesto que no me importa decírselo, no es ningún secreto. Es La vista de Delft, *de Vermeer. Mi padre tiene localizados todos los lienzos del maestro holandés que hay dispersos por el mundo, así como también ha acumulado un montón de datos relativos a las telas que se han perdido. Mantiene un catálogo razonado de las atribuciones falsas y las dudosas. Ha ido a ver todos los vermeers de que se tiene noticia, sin excepción. Ha conseguido que le abran las puertas los propietarios de los más inaccesibles. Hasta la Casa Real de Inglaterra le ha concedido permiso para estudiar los vermeers de su propiedad. Cuando mi padre me viene a ver a Nueva York, hace obligatoriamente un alto en el palacete de la Frick Collection, en la Quinta Avenida. Allí hay tres vermeers que, como el resto de las pinturas de la colección, no pueden salir del museo bajo ningún concepto. La sensación que tengo cuando Bruno me habla de sus visitas a la Frick es que ha ido a ver a unos amigos que padecen arresto domiciliario por motivos políticos. Es algo extraño y maravilloso a la vez. Y no crea, sigue haciendo expediciones de ese tipo, bien para ver cuadros que arde en deseos de conocer, bien porque necesita volver a estar delante de alguno que echa de menos: Kandinski, Fragonard… la lista es larguísima y abarca todas las épocas. El último caso, como sabe usted, es el de Ensor. Si le digo la verdad, me encanta que mi padre sea así. De hecho, si me resulta posible, cuando hace un viaje de ese tipo, voy con él, como hacíamos antes de la muerte de mi madre.*

No se lo tome a mal, pero me entra la risa cuando recuerdo la cara que puso hace un rato al oír mi nombre. Tendría que haberse visto. Tengo un nombre bastante peculiar, lo reconozco. Todo el mundo reacciona con sorpresa al oírlo, aunque usted tiene razones de sobra para hacerlo. ¿Entiende ahora por qué no se lo quería decir? No era por crear un efecto dramático, sino porque todo va junto, y si le daba un dato aislado, poco a poco tendría que ir añadiendo lo demás, como una bola de nieve. Por eso me resistía también a entregarle los documentos antes de tiempo. De todos modos, no soy un caso único. A lo largo de los años me he tropezado con dos personas que se llaman como yo, una periodista neozelandesa con quien coincidí en una recepción, en Londres, hace mucho, y más recientemente un arquitecto que vino a dar una conferencia a Cooper Union, holandés, curiosamente. Raro o no, me encanta mi nombre. Es un vocablo enigmático, musical, ni masculino ni femenino, un nombre de lugar, lleno de resonancias ocultas. Nadia decía que le hacía pensar en un corredor lleno de puertas que al abrirlas llenaban el espacio de melodías diferentes. Recuerdo que en el colegio, cuando tenía nueve o diez años, o sea que todavía vivíamos en Londres, a una de las chicas de mi clase se le ocurrió la idea de jugar a cambiarnos de nombre, porque el que teníamos no lo habíamos escogido nosotras sino nuestros padres. Un caso de rebeldía infantil bastante frecuente, todo el mundo ha jugado alguna vez a eso de pequeño. ¿Usted no? Mis amigas se pusieron a elegir nombres como quien escoge un vestido nuevo. Cuando me tocó a mí, salí con que el mío me encantaba y no lo pensaba cambiar por nada del mundo. Chiquilladas, por supuesto, hace bien en reírse, ahora le toca a usted. Lo cierto es que el juego me dejó un poco pensativa. Por la tarde, al llegar a casa, les pregunté a mis padres cómo es que se les había ocurrido ponerme Brooklyn. Me dijeron que en parte era un homenaje al pasado de mi madre, pero más que nada, aclaró ella, lo había elegido simplemente porque le encantaba. Mi padre me sentó en sus rodillas y me preguntó a qué venía todo aquello y yo les conté a los dos lo que había pasado en el colegio. No ahondé nunca más en ello, entre otras cosas porque no pensaba que hubiera nada en qué ahondar. Fue Bruno quien sacó el tema a colación cuando mi madre murió de cáncer hace dos años.

Otra razón por la que no quería contarle las cosas por e-mail. Sólo aludir a la muerte de Nadia me hace un daño que no se puede usted ni imaginar. Fue un golpe brutal, no creo que nunca me llegue a recuperar del todo de él. Ocurrió en pleno verano. Bruno ya estaba destinado en Tokio. Por suerte, fue un proceso relativamente rápido. Mi tío Sasha, que siempre había estado muy unido a ella, pasó con su hermana sus últimos días. También vinieron desde Bélgica algunos familiares de Bruno. Tras la cremación, nos quedamos los dos atrapados en un estado de soledad alucinada. Vivíamos más alejados que

nunca de la realidad exterior. No recuerdo bien el resto del verano.
Bruno y yo nos buscábamos y nos ofrecíamos consuelo, sobre todo él
a mí, sin preocuparse demasiado de sí mismo, como es él. Creo que al
cabo de un par de semanas consiguió volver cada día a la embajada
para cumplir con sus obligaciones. A finales de verano tuvimos que se-
pararnos. No quiso ni oír hablar de la posibilidad de interrumpir mis
estudios de arquitectura. Por más que me costara, tenía que volver a
Cooper Union. La distancia entre Tokio y Nueva York hacía impen-
sable que nos viéramos más de una vez por semestre. Bruno siempre
había sido reacio a hablar por teléfono, pero ahora era nuestro único
consuelo, para él también. Me llamaba dos o tres veces por semana.
Transcurrieron así un par de meses. En una conversación a mediados
de octubre, me dijo que cuando nos volviéramos a ver me contaría algo
relacionado con mi madre. Yo me puse nerviosísima. Mi padre no sa-
caría a reducir una cosa así, a menos que se tratara de algo realmente
importante. Me calmó como él sabía hacerlo, diciendo que no había
motivo para alarmarse. No dijo nada más y yo tampoco me atreví a
insistir. Sabiendo lo difícil que es para él hablar de intimidades, me
faltó valor para apremiarle.

Cuando tu madre desapareció, Gal se refugió en la escritura como no lo había hecho nunca. Escribir un libro para
que lo leyera ella se convirtió en una obsesión. Gal Ackerman
tenía una mente fragmentaria. Escribía constantemente, pero
no era capaz de imprimirle un sentido de totalidad a lo que
hacía. Lo del pacto, como llamo yo a lo que sucedió entre
nosotros, fue algo que descubrí de manera gradual. Mirando
atrás comprobé que Gal me había ido revelando de manera
muy sutil cómo debía ser el libro que esperaba que algún día
llegara hasta tu madre. Murió sin conseguirlo. Yo estaba en
Taos, en Nuevo México, haciendo un reportaje. Una noche,
al llegar al hotel, me aguardaba una nota diciéndome que llamara al Oakland por teléfono. Cuando Frank me dio la noti-

cia, comprendí que no había vuelta de hoja. Tenía que cumplir con lo pactado. Frank Otero desempeñó un papel crucial a lo largo de todo el proceso. De no ser por él el libro no habría llegado a existir. Le profesaba un afecto indecible a Gal Ackerman, y quería ver cumplido el deseo de su amigo, un deseo ferviente, que daba sentido a su existencia. Gal le había hablado mucho de la novela y él le había visto escribirla en su local, sentado en su mesa, la Mesa del Capitán, año tras año. Además, y eso es importante, vivió de cerca el final de su historia de amor con Nadia. Aparte de que la llegó a tratar personalmente. Tu madre pasó en el motel bastantes noches, incluso llegó a vivir allí una temporada, breve eso sí. Hubo un detalle, antes de empezar, que me hizo ver que todo estaba decidido de antemano. Antes de morir, Gal me había dado la llave de su cuarto. De manera completamente independiente, después de su muerte, Frank, puso a mi disposición el estudio. Fue así como me di cuenta de que me había convertido en el puente no sólo entre tu madre y él, sino también entre ellos dos, entre Gal Ackerman y Frank Otero. No podía permitirme el lujo de decir que no. Era simplemente impensable. Lo asumí y me puse manos a la obra. Decidí trabajar arriba, entre otras cosas porque el material estaba allí. Era un sitio ideal para escribir, nunca he acabado de entender por qué Gal se empeñaba en bajar al Oakland. En eso éramos totalmente diferentes. Empecé dedicándole unas horas al día, por las tardes. En seguida empecé a ver las verdaderas dimensiones del proyecto, todo lo que tendría que revisar, clasificar, conservar, destruir. Pronto comprendí que unas horas al día no serían suficientes. Si quería acabar la novela, lo mejor era que me instalara en el motel y eso fue lo que hice. Me levantaba a las cuatro y media de la madrugada, a fin de poder escribir un par de horas largas antes de irme a la redacción, y continuaba al final del día, como si la jornada de trabajo hubiera sido un paréntesis innecesario. Y seguía así durante los fines de semana y los días libres. Investigaba, hablaba con gente que había tenido trato con él, procurando rellenar los huecos de todas las historias que me iban saliendo al paso. Me gustaría recalcar lo de todas las historias, porque la de Nadia era una más entre muchas, aunque él siempre la tenía en mente a ella como lectora. Pero todavía faltaba mucho para que me fijara en esa cuestión. En el aspecto material, era una labor ímproba, cada vez más absorbente, hasta tal punto que en cierto modo me hacía sentir que estaba asomado al abismo de la locura. Llegó un momento en que todo me distraía de mi compromiso de llevar a buen término el proyecto. El estorbo mayor era mi trabajo como periodista. Por aquel entonces, empecé a hacer colaboraciones para *Travel Magazine*. No podía interrumpir mi dedicación a la novela para irme a hacer un reportaje a la otra punta del país. Negocié esto con Dylan Taylor y lo aceptó, pero incluso sin salir de Nueva York, el proyecto me consumía por entero. No podía trabajar como reportero y sumergirme luego en el mundo de la novela de Gal. Era sencillamente imposible. Fue entonces cuando Frank se ofreció a ser mi *sponsor*, ésa fue la palabra que empleó. Cuando se lo oí decir me reí, pero hablaba completamente en serio. Estaba empeñado en pagarme un sueldo hasta que terminara. No supe qué decir, pero él erre que erre. ¿Cuánto quería cobrar por terminar *Brooklyn*? ¿Qué tal si me pagaba exactamente lo mismo que ganaba como periodista? Me negué en redondo, pero era como hablar con la pared. Por toda respuesta me decía que le parecía un arreglo perfecto. Lo más que conseguí fue convencerle de que me diera sólo la mitad. Las pagas extra las decido yo, dijo, sin entender mis motivos, y me dio la mano como señal de que acabábamos de cerrar un trato.

Mis jefes fueron comprensivos. Me dijeron que no me preocupara, que aunque no podían prometerme nada, raro sería que a la vuelta no hubiera trabajo para mí. A partir de entonces, pasaron dos años durante los cuales no puedo decir que viví, dos años durante los cuales existí sin ser yo, metido en la piel de Gal, prisionero en un mundo que había creado él, leyendo cartas, diarios, cuadernos, borradores de cuentos, seleccionando papeles, destruyéndolos. La realidad dejó de existir para mí. El segundo año apenas salí de la habitación. Era la única manera de terminar el libro, un libro que en este caso era de otro, y que sin dejar de serlo fue pasando poco a poco a ser también mío. Lo último que revisé fue una carpeta con numerosos fragmentos que, aunque pertenecían a épocas muy distintas, Gal había estado corrigiendo concienzudamente los meses anteriores a su muerte. Su intención era que figuraran al final de la novela. El manuscrito terminaba de forma abierta, con un encuentro entre Nadia y él que estaba destinado a ser el último, en Bryant Park, a dos manzanas de Port Authority, donde había empezado todo. Nadia tenía que coger el autobús de Boston en la terminal de la calle 42, pero Gal prefirió no acompañarla. Terminé la novela con aquel fragmento, porque era evidente que aquélla era la intención de Gal. Tuve que escribir contra reloj, porque quería llevarle la novela el día que se cumplía el segundo aniversario de su muerte. Estuve a punto de no lograrlo, pero conseguí terminar a tiempo. En abril de 1992 tecleé la última palabra. Los días finales fueron de un frenesí enloquecedor. *Brooklyn* era una criatura imperfecta, como todos los libros, pero existía, tenía forma, había nacido. Me dije: ya está, misión cumplida. Me planté en Fenners Point y metí el libro en la hornacina que había mandado construir Frank.

No sabía que iba a ser así, pero entonces vino lo peor. Las semanas siguientes se apoderó de mí un sentimiento muy extraño. Fue el principio de una crisis muy profunda. No hablo del vacío en que se hunde uno al final de un proceso creativo largo e intenso, aunque por supuesto eso era una parte importante. Terminar la novela de Gal Ackerman fue una maldición que asumí de buen grado. Lo extraño era que, tras haber cumplido con mi parte del pacto, la sombra de su autor continuaba cerniéndose sobre mí. Me sentía misteriosamente encadenado a su destino. Comprendí que había caído en una trampa de la que no me iba a resultar fácil salir, una trampa que no era sólo la novela, sino también el Oakland, Brooklyn, los Estados Unidos. Tenía que escaparme, viajar a otros lugares, hacer otras cosas, poner·distancia entre mí y la novela de Gal, vivir mi propia vida. El Oakland tenía algo de peligroso. Atrapaba para siempre a los personajes a quienes daba acogida.

Frank insistió en que podía quedarme en el motel indefinidamente. La idea me aterró. Me daba miedo que me ocurriera lo que a Gal y a otros antes que a él. A Niels Claussen, sin ir más lejos. Una de las cosas que aprendí escribiendo la novela, y aprendí muchas, es lo difícil que resulta sortear la falsa impresión de verdad que transmite la página escrita. La historia de Niels no estaba en el libro sólo porque le hubiera sugerido a Gal la idea del *Cuaderno de la Muerte*. Había algo más, de lo que me daba cuenta por primera vez ahora. La historia del danés encerraba un significado más profundo. Ninguno estamos libres de que se abata sobre nosotros la tragedia. Sucede constantemente. Lo verdaderamente escalofriante de la historia de Claussen es que no supo reaccionar, fue incapaz de rehacerse. Renunció a seguir viviendo. El Oakland no acabó con él físicamente, hizo algo peor. Lo convirtió en un muerto viviente con apenas veintiséis años. Si se piensa bien, el destino de Gal no fue muy distinto. Al final también él sucumbió a aquel extraño sortilegio. No, de ninguna manera podía quedarme en el motel. Tenía que seguir por mi cuenta. Sentía que se había cerrado un paréntesis excesivamente prolongado. El Oakland era un núcleo contra el que acababan estrellándose las vidas que describían órbitas a su alrededor. Eso es lo que me aguardaba a mí si no hacía algo por impedirlo. No llamé a Dylan Taylor. De haberlo hecho, no me cabe la menor duda de que me habrían ofrecido algo. Tenía que ser fuerte y cortar, irme, buscarme la vida en otra parte, seguir adelante. Había cumplido treinta y cuatro años. A esa edad, muchos claudican para siempre. No sabía qué hacer, tal vez volver a España, cualquier cosa menos continuar allí.

Las cosas no podían volver a ser como antes. Acabar el libro de Gal removió los cimientos de mi personalidad. Me obligó a repasar toda mi historia. Muchas cosas saltaron en pedazos. Decidí ir más lejos, romper con todo, hacer trizas el pasado, reinventarme, un concepto muy norteamericano del que, irónicamente, me serví para cortar mis lazos con aquel país. Reventé mi carrera como periodista, que todo el mundo me auguraba tan brillante. Le dije adiós a Brooklyn, a Nueva York, a Estados Unidos, a toda la gente que había conocido, a los paisajes que había descubierto, a los libros que había leído allí. Le dije adiós a cosas que me habían cambiado para siempre. Me despedí de Frank, de Gal, de Nadia, de Álida, de Niels Claussen, de Victor Báez, de Abe Lewis, de Umberto Pietri, de Teresa Quintana, de Felipe Alfau, de Jesús Colón, de Míster T.; de todos los personajes que habían desfilado ante mis ojos y que ahora estaban atrapados para siempre en las páginas de la novela. Tenía que hacerlo para poder ser yo. Tomé la resolución con una firmeza sin resquicios, y cuando lo hice comprendí que había ganado una recompensa de un valor incalculable. La reflexión se formó en mi cabeza con la misma nitidez con que un rayo de sol se cuela por la rendija de una ventana sellada que da a un sótano. Lo dejaba todo atrás, pero no me iba con las manos vacías. Gracias a aquella experiencia me había hecho escritor.

A primeros de noviembre Bruno tenía que ir a París y como coincidía con mi cumpleaños, me invitó a pasar una semana en mi ciudad natal. Daríamos paseos, veríamos todo el arte que pudiéramos, iríamos a conciertos, saldríamos a cenar. El día de mi cumpleaños, iríamos a Dominique, el restaurante favorito de Nadia. Queda en Montparnasse y es un sitio con historia, fundado por un refugiado de Rusia Blanca, allá por los años veinte. Adelantándose a mi reacción, Bruno me dijo que para él también era difícil, pero teníamos que hacer un esfuerzo, porque a Nadia le habría gustado así. Sabía que mi padre tenía razón y accedí. Cuando llegó el momento de la verdad, aunque me había preparado para ello, sentí que no podía con el peso de los recuerdos. Justo antes de entrar, se me nubló la vista y me fallaron las piernas. Bruno tuvo que sujetarme por los hombros y reconfortarme. Repitió lo que me había dicho por teléfono que, dondequiera que estuviese, Nadia se alegraría de que celebráramos allí mi cumpleaños. Me resolví a entrar, contagiada a medias de la seguridad que parecía sentir él. El maître nos reconoció y nos acompañó obsequioso a nuestra mesa. La costumbre entre nosotros tres era hacernos los regalos a los postres. Una vez nos los sirvieron, Bruno sacó a colación la conversación telefónica durante la cual me dijo que quería contarme algo de Nadia. Desconcertada, le vi poner una caja de metal encima de la mesa. Le pregunté si era mi regalo y me dijo que sí. Antes de contarme cómo dio con ella, me pidió encarecidamente que no la abriera hasta que estuviera sola en la habitación del hotel.

Se había tropezado con la caja una mañana en que, sintiéndose con la fortaleza y serenidad necesarias para ello, se decidió a revisar los papeles que guardaba Nadia en su buró. Fue lo primero que vio al descorrer la persiana curva del escritorio. Levantó la tapa con la misma zozobra con que había abierto las cómodas, los armarios, los joyeros, las cajitas de música. Vio un collar y unos pendientes de plata antigua, encima de unos papeles. Hizo a un lado las joyas, y le echó un vistazo fugaz a los papeles. Entre ellos había un diario. Dudó antes de abrirlo. Un par de fragmentos leídos al azar le bastaron para saber de qué se trataba. Volvió a tapar la caja como si hubiera sorprendido dentro a una cobra, eso fue lo que dijo. Las frases que había leído al azar le hicieron recordar cosas que mi madre le había contado de pasada. Lo que había allí era parte de algo que él no tenía derecho a saber. Pero yo era su hija, y mi caso era distinto. *La pérdida de mi madre era aún reciente. Aquello seguramente me acercaría a ella. Me ayudaría a conocerla mejor. Además yo me parecía a Nadia en tantas cosas. Me cogió las manos con fuerza y me urgió a terminar el postre, porque empezaba a hacerse tarde para ir a la ópera.*

Esperé hasta la noche para abrir la caja. Los pendientes y el collar de que me había hablado Bruno durante la cena eran muy hermosos, de plata labrada, con motivos aztecas. Los contemplé, pensando con extrañeza que se trataba de regalos que le había hecho otro hombre a mi madre. El diario es distinto, pero los papeles no son ninguna novedad para usted. Estoy segura de que ahora entiende el por qué de mi renuncia a enviarle la lista completa por correo electrónico, aunque al final no supe resistirme ante su insistencia. Como le dije entonces, mi grado de interés variaba, según de qué se tratara. Los que hemos acabado por llamar papeles literarios los miré por encima, y no despertaron en exceso mi interés. Las cartas sí, por supuesto, unas más que otras, pero de lo que no pude apartar la vista ni un momento desde que comprendí de qué se trataba, fue del diario. Era una libretita de tamaño mediano, negra, como las que dice usted en la novela que usaba Gal para escribir. No tendría ni un centenar de hojas, y sólo estaba escrita hasta la mitad. Me sumergí en su lectura con el alma en vilo. La escritura no era fácil de seguir, no por la caligrafía, a la que estaba tan acostumbrada, sino por el lenguaje que empleaba mi madre, solipsista, casi críptico, de una sintaxis deshilvanada, el lenguaje adelgazado de alguien que escribe para sí mismo. Mezclaba pensamientos herméticos con evocaciones de sucesos tan despojadas de detalles que en ocasiones no se sabía bien a qué podían referirse. Era como leer poesía en un idioma que no dominas bien. Aun así, saqué alguna cosa en claro. La mayor parte de aquellas notas hacían referencia a la relación que había mantenido mi madre con Gal Ackerman. No hablaba de otros amantes, aunque yo sabía que los había tenido. La única excepción era el nombre de mi padre, que aparecía en un par de entradas. Fue un viaje a un lugar remoto y secreto. Era evidente que aquel diario, junto con el puñado de papeles y los objetos que lo acompañaban habían tenido para ella un valor muy especial. Aquello era una parte muy importante de la vida de mi madre. En el diario, el calor de las palabras mantenía vivos unos sentimientos que con el paso del tiempo probablemente se habrían desvanecido, sólo que la escritura los había fijado para siempre. Atrapado en aquellas páginas, el amor que había sentido mi madre por aquel hombre, se mantenía extrañamente vivo, aunque en la vida real sus sentimientos habían cambiado. Las entradas eran breves, más bien pocas, y comprendían un arco de varios años. Al principio había una cierta continuidad, luego se empezaban a hacer más esporádicas, hasta llegar a hundirse en un silencio casi total. La última anotación flotaba perdida en la página derecha. La caligrafía era algo más legible de lo habitual en ella, como si hubiera escrito aquellas líneas muy despacio. Mi madre hacía alusión a una carta en la que alguien le comunicaba escuetamente que Gal Ackerman había muerto hacía dos años. Entonces no presté atención a la fecha, ni al nombre del remitente, ni al lugar donde se decía que lo habían enterrado. Tan sólo registré el dato de la muerte. Seguí pasando hojas, pero no encontré una sola anotación más. Cerré el diario, o se me cayó de entre las manos. El llanto se formó solo, como una tormenta que tarda en llegar, antes de descargarse con violencia. Lloré durante mucho tiempo, desconsoladamente, sin poderme controlar, hasta que me quedé sin fuerzas.

Apagué la luz, extenuada. Las palabras del diario desfilaban ante mí, desordenadas, suscitando un aluvión de imágenes. Lo había leído todo de un tirón, condensando en una hora anotaciones que mi madre había tardado años en acumular. Mis sentimientos eran demasiado intensos como para hacerme una idea coherente de lo que había descubierto. Algunos detalles se destacaban claramente, otros seguramente ni los habría registrado. No sé cuánto tiempo pudo transcurrir antes de que me venciera el sueño. Durante el larguísimo duermevela tuve una experiencia extraña. Nadia estaba en la habitación conmigo y me leía su diario en voz alta, mientras me acariciaba la cabeza, que yo tenía recostada en su regazo. Aunque no estaba dormida del todo, por un momento, pensé que su presencia era real, pero cuando abrí los ojos, no había nadie en la habitación.

Se adueñó de mí una terrible sensación de duda. ¿Había obrado bien? ¿No debería haber hecho como Bruno, no leer nada, no asomarme a aquel abismo? Por otra parte, ¿no había sido él mismo quien me había proporcionado el diario? ¿No quería que conociera mejor a mi madre, invitándome a entrar en su territorio secreto? Sí, eso quería, pero ¿y yo? ¿Y ella? Si me estaba viendo desde algún lugar, como decía Bruno, ¿qué estaría pensando? Sacudí la cabeza, creyendo que iba a enloquecer. Se me ocurrían nuevas preguntas. Todo lo que había escrito Nadia en el diario se refería en exclusiva a Gal. ¿Por qué no hablaba de otros hombres? Los había habido, incluso se había casado después de dejarlo a él, con aquel músico cuyo apellido había llevado durante un tiempo… En el diario no había la menor traza ni de él ni de ninguno de los otros. Aquella libreta era un pequeño espacio reservado para aquel hombre, cuya entidad se me aparecía como una mancha inquietante. ¿Por qué?

Soy muy joven y supongo que si le hablara de mis heridas a un hombre que ha vivido tanto como usted, le parecerían ridículas. Pero el caso de Nadia era distinto. Sus heridas eran muy profundas, eso es lo que me reveló la lectura del diario. Con Bruno no hablé de aquello para nada, por supuesto, aunque durante el desayuno, él pudo ver perfectamente que yo estaba muy afectada. Me llevé los papeles conmigo a Nueva York. El recuerdo del diario me volvía de manera involuntaria a la cabeza, pero la caja no la volví a abrir. Me daba miedo acercarme a ella. Me acordaba de lo que me había dicho Bruno, de que al darse cuenta de cuál era su contenido, la cerró como si hubiera sorprendido dentro a una cobra adormilada. Una noche, a principios de diciembre, Nadia se me apareció en sueños. Iba descalza, vestida con un peplo. Tenía el pelo recogido y era muy joven, más que cuando me dio a luz. Llevaba puestos los pendientes y el collar de plata que guardaba en la caja. No me habló. Ni siquiera estaba segura de que me estuviera viendo. Estaba de pie, apoyada en una columna de mármol, como una diosa griega. En la mano llevaba la caja. Yo intentaba acercarme a ella, pero no podía. La llamaba, unas veces por su nombre, casi gritando, Nadia, Nadia. Otras, en voz más baja, sólo le decía mamá. Ella no contestaba. En cierto momento me miró, guapísima, serena, pero siguió sin dirigirme la palabra. Le pregunté si le parecía bien que hubiera leído los papeles. Entonces dejó la caja en el suelo. La tapa se abrió sola y de su interior salió un pájaro horrible que echó a volar hasta posarse en unas zarzas que se materializaron de repente, como ocurre en los sueños. Mi madre se dio la vuelta y se alejó de mí, mientras yo la llamaba, dando voces desgarradas. Me desperté sudando, y tardé un poco en comprender dónde me encontraba. Me pareció que en el aire flotaba el eco de los gritos que había proferido en sueños. De manera instintiva fui a buscar la caja. Mi intención no era leer. Lo único que quería era tocar con mis manos las palabras que había escrito mi madre, acariciar el collar y los pendientes que llevaba puestos en el sueño. Pasé las hojas, posando la mirada en las frases, sin captar su sentido. Al llegar a la última página escrita, me detuve, como quien llega al final de un camino largo y tortuoso. Mi mirada estaba fija sobre el párrafo que cerraba el diario de Nadia. De pronto cobré conciencia de lo que decía:

> 6 de mayo de 1994
> poste restante — devuelta la última carta enviada a Gal — sin abrir — dentro del sobre una nota de Frank Otero — murió hace casi dos años — sus restos descansan en un lugar llamado Fenners Point, cerca de Deauville

Guardé el diario y apagué la luz, aunque sabía que no podría dormir. Pegado a la ventana del dormitorio hay un letrero de neón que se enciende y se apaga de manera intermitente a lo largo de toda la noche. Yo dejo la persiana subida a propósito, porque en lugar de molestarme, aquel parpadeo me adormece. La habitación estaba un segundo a oscuras y al siguiente bañada en un halo de luces rojas y azuladas. La última entrada que había registrado mi madre en su diario se me había quedado grabada en la cabeza palabra por palabra. Recordé la fecha. En mayo de 1994 yo tenía seis años. Pensé en todas las páginas en blanco que venían después. Era como si con la muerte de aquel hombre se hubiese cerrado una puerta muy pesada, cortando todo contacto con el pasado. Es curioso cómo opera la imaginación. El nombre de Fenners Point me daba vueltas en la cabeza. Jamás había oído hablar de aquel lugar, como tampoco había oído hablar nunca de Deauville.

Traté de visualizar el cementerio de que hablaba mi madre en el diario. El parpadeo de las luces de la calle acabó por apaciguarme. En el umbral del sueño, las letras de neón reproducían los nombres de lugar que había escrito Nadia en el diario. Fenners Point. Deauville. Por la mañana los busqué en el mapa de carreteras que tengo en mi cuarto pero no aparecían. Tuve que consultar el enorme atlas que hay desplegado en un atril de la biblioteca de Cooper Union. Qué absurdo, verdad, sentir curiosidad por una cosa así. Incomprensiblemente, se fue fraguando en mi interior una idea insensata. Se me había metido en la cabeza que tenía que ir a aquel cementerio. Ardía en deseos de ver la tumba del antiguo amante de mi madre. Se lo dije a Samantha, mi compañera de piso. Sin ánimo de disuadirme me preguntó qué esperaba descubrir yendo allí. Nada, por supuesto, sólo quitarme la idea de la cabeza. Le dije que estaba decidida a ir y le pedí que me acompañara. Fuimos en su coche. Lo demás, ya lo sabe.

Por lo que se refiere a la novela, su lectura me dio bastante que pensar. Ya no se trataba sólo de mi madre. Como usted mismo dijo antes, en el libro de Gal Ackerman hay mucho que no tiene que ver con Nadia. Y no fue él el único en quien pensé. La lectura también me hizo pensar en el hombre que terminó Brooklyn. En Néstor Oliver-Chapman, en usted. Hay algo en todo esto que le afecta directamente como escritor. Los papeles que encontré en la caja que me dio mi padre no siempre coinciden con lo que se dice en la novela. Gal Ackerman no era totalmente fiable. No es que le engañara, pero sí le utilizó. Le dejó todo preparado para que terminara el libro de cierta manera. En el diario de mi madre hay algunas revelaciones perturbadoras para mí. Una es que le escribió una larga carta a Gal Ackerman para decirle que había tenido una hija. Gal le contestó. Es una de las cartas que se conservan. Léala, es de una tristeza escalofriante. Otra *cosa es que se volvieron a ver. Eso significa que la última vez que estuvieron juntos no fue en Bryant Park, como quiso hacerle creer Gal. Él quería que la novela terminase con el episodio de la carta de amor que cayó del cielo, episodio del que mi madre también habla en el diario, pero no fue ésa la última vez que se vieron. Una cosa es la literatura y otra la vida. No deberían haberlo hecho, pero la verdad es que se volvieron a encontrar. Su última cita, forzada por él, fue muy dolorosa. Es uno de los pocos episodios que Nadia describe con detalle en el diario. Hay más cosas, algunas de las cuales afectan al núcleo de la historia. Yo no diría que la desdicen, más bien la complementan. Por alguna razón, Gal hizo a mi madre depositaria de ciertos textos a los que él confería gran importancia. Están aquí, en esta caja. En realidad, todo pertenece a la novela y, por lo tanto, a usted. En cuanto a mí, lo que más deseo es desprenderme de todo esto y olvidarlo.*

Supongo que inicialmente fue un capricho, pero me alegro de haber ido a Fenners Point. Ahora que ha pasado todo, no sé qué balance hacer de la lectura de ese libro. Cuando vi el título me dio un vuelco el corazón. Samantha y yo forzamos la cerradura, extrajimos la novela y la empezamos a hojear juntas. No tardé mucho en toparme con el nombre de Nadia Orlov. Viendo que me ponía muy seria, Samantha se hizo a un lado, aunque no seguí leyendo allí. Volvimos inmediatamente a Nueva York, sin hablar apenas, y nada más llegar a casa, me encerré en mi habitación. Fue todo muy extraño, real e irreal a la vez, como los sueños que tenía desde que murió Nadia. Cuando terminé el libro, comprendí la magnitud de mi transgresión. Aparte de todo lo relacionado con mi madre, me había inmiscuido de manera mayúscula en otras vidas. Al cabo de unos meses comprendí lo que tenía que hacer: devolverle la novela a Frank Otero, si es que estaba vivo, si es que el Oakland seguía existiendo después de tantos años. Y si encontraba a Otero, tal vez a través de él, también podría llegar hasta usted. Y si daba con usted, podría deshacerme de los papeles de mi madre sin necesidad de destruirlos.

EPÍLOGO

> Y allá donde se inventan los
> sueños no hubo suficientes
> para nosotros.
>
> Anna Ajmátova

Fenners Point, setiembre de 2010

Hasta aquí la cosa fue bien, pero entonces se interrumpió para pedirme que le hablara de mí.

Me quedé mirándola.

¿De mí? De mí no hay nada que contar.

Por favor, insistió.

Tenía un brillo malicioso en la mirada que me desconcertó.

Mi historia es irrelevante. Yo, yo no tenía nada que ver en todo aquello. Las circunstancias me arrastraron a un mundo que no me correspondía…

Dejé de añadir excusas porque me desorientaba ver sus grandes ojos verdes clavados en los míos. ¿Qué había en aquella mirada? ¿Por qué me hacía sentir vértigo con sólo estar expuesto a ella?

Con voz muy dulce dijo:

Estamos en la situación contraria a cuando nos comunicábamos por e-mail. Ahora es usted quien lo sabe todo acerca de mí, mientras que yo no sé prácticamente nada de su historia.

¿Qué es lo que falta?

Me gustaría saber más de usted, como hombre. Antes y después de *Brooklyn*. Nunca nos volveremos a ver, por eso me atrevo a insistir.

El timbre de su voz, la manera que tenía de decir las cosas, su forma de sonreír, los gestos que hacía al escucharme, cómo se llevaba el índice a los labios antes de empezar a hablar después de haber hecho una pausa, el lenguaje de su cuerpo durante la larga conversación que habíamos mantenido, todo aquello me permitió asomarme de manera muy sutil a ciertos rasgos de su carácter. Pero, sobre todo, lo que anuló mi voluntad fue su forma de mirarme.

¿Antes y después de *Brooklyn*? repetí.

Asintió, apartándose el pelo de la cara.

Si quieres que te diga la verdad, Gal, creo que habría podido hacer conmigo lo que le hubiera dado la gana. Cuando me quise dar cuenta, le estaba contando cosas que jamás os había dicho ni a Frank ni a ti. ¿Sabías tú que mi madre, Christina, era de Seattle, y mi padre, Albert, catalán? ¿O que yo nací en Trieste? Pues ésas eran las cosas que Brooklyn quería que le contara, así que empecé por el principio, sólo que lo hice a grandes rasgos, atropelladamente, porque lo único que quería era acabar cuanto antes. Le hablé de las hábitos bohemios de mis padres, de sus viajes incesantes por todo el continente europeo, de lo errático de mi educación, de los años que pasé estudiando en Summerhill, con el chiflado de Neil, y luego en la universidad de Madrid, de cuando Lynd, la amiga de mi madre, me ayudó con el máster de Columbia. Le hablé de mis comienzos como periodista, primero haciendo prácticas en el *Village Voice*, de mi trabajo en el *New York Post* y mis colaboraciones para *Travel Magazine*. Al llegar a aquel punto, le dije que me había acostumbrado a ser invisible y le pedí que lo dejáramos, que todo aquello se había quedado muy atrás. Por la manera en que me dio las gracias, vi con alivio que nuestro encuentro encuentro había tocado a su fin.

Lástima que no hayamos dado con la tumba del bisabuelo de Ralph Bates, dijo sonriendo. Hubiera sido una linda manera de decir adiós a todo esto.

Lo intenté, pero la pista resultó ser falsa, contesté. Quién sabe. A lo mejor lo vuelvo a intentar antes de irme. Estar, está aquí, de eso no hay duda.

Siguió un silencio largo. Alcé la vista hacia el cielo azul de Cádiz. El sol caía a plomo, dando de lleno en las tumbas, en las paredes encaladas donde estaban los nichos, en los mausoleos. Cuando posé la mirada en ella, se levantó y dijo:

Le agradezco de veras que haya aceptado quedarse con los papeles de mi madre. Apartándose el pelo de la cara, me dio la mano y añadió:

Ha sido todo muy extraño, Néstor, pero me alegro de haberle conocido.

Brooklyn… empecé a decir.

Aguardó a que añadiera algo, pero al ver que no lo hacía, se dio la vuelta y se alejó.

No sabría explicar bien lo que sentía. Creí que no me había sucedido lo que me acababa de suceder, o que le había sucedido a otro, o que lo había soñado, o que me había transformado en ti. O que me había vuelto loco, porque nada de aquello tenía sentido, o tal vez tenía demasiado sentido. Fue como si me viera a mí mismo dentro de una película que para explicar las cosas recurre a las imágenes de un sueño, una película extraña, muy antigua, en blanco y negro. Reproduje nuestra conversación por escrito con una precisión extraordinaria para poder leértela. No me costó ningún trabajo hacerlo. Recordaba lo que habíamos dicho los dos con una lucidez que rayaba en lo doloroso. Lo extraño es que, aunque ya no la tenía delante, seguía teniendo presentes su rostro, su figura, los rasgos de la cara y, sobre todo, sus ojos. Me sentí asediado por presagios que me arrastraban en las dos direcciones del tiempo.

Por fin, la sensación que me oprimía adquirió una forma definida.

Con la mirada fija en los papeles que me había dejado pronuncié su nombre en voz alta y lo repetí. Brooklyn, Brooklyn, dije. Sentí una punzada en el costado, como si alguien me estuviera clavando un puñal. Sentí eso y sentí sed, una sed atroz. Y de pronto entendí qué me pasaba, me di cuenta de qué era lo que sentía. Es el sentimiento más primario y elemental que existe, la más básica de las pasiones, lo que había puesto en marcha la novela. Reconocí aquel sentimiento, o para ser más exacto, lo recordé. Pero no podía ser. No podía ser que me estuviera pasando a mí. Era como si el tiempo hubiera encogido. Era… como si me hubiera enamorado de Nadia. Y cuando pensé eso, cuando la idea cobró forma, cuando las palabras se alinearon en mi cabeza, sentí alivio. No me había enamorado de Nadia, porque la mujer que había tenido delante de mí toda la mañana no era ella.

Mientras todos aquellos pensamientos se arremolinaban en mi cabeza, yo tenía clavada la vista en su silueta. Brooklyn Gouvy avanzaba entre dos hileras de tumbas, cada vez más lejos de mí. El sol espejaba en las lápidas, en las flores, en las letras metálicas de los epitafios. Hacía mucho calor. La tierra exhalaba una neblina ligera, parecía un animal gigante y enfermo al que le costara trabajo respirar. La calima desdibujaba el contorno de las cosas. De la tierra, del asfalto, se elevaban brumas, nubecillas translúcidas que bailaban, temblorosas. Seguí mirando a Brooklyn Gouvy, sintiendo aquel extraño dolor en el costado, hasta que su figura alcanzó la verja de la entrada y desapareció sin que se hubiera vuelto una sola vez.

Cuando la perdí de vista, las palabras de una de sus últimas frases, empezaron a taladrarme la cabeza:

Nunca nos volveremos a ver.

Absurdamente, eché a correr en pos de ella. Mis pasos resonaban en el asfalto, secos, espaciados, mezclándose con los sonidos difusos del mediodía. Mientras corría, las siluetas de los cipreses bailaban en el campo de mi visión periférica, como adivinas borrachas. En la imaginación, se me fue acumulando un tropel de escenas inconexas. Me sentí arrastrado fuera de mí mismo, como si me hubiera llegado la hora de morir. Al cabo de un par de minutos alcancé la verja. Ella había torcido hacia la izquierda. Miré en aquella dirección y vi un Mercedes Benz de color gris plateado, con matrícula del cuerpo diplomático, y junto a él, de pie, dos figuras. Brooklyn tenía la cabeza recostada en el hombro de un individuo alto, elegantemente vestido, de porte aristocrático. El hombre le acariciaba el pelo, le daba palmadas levísimas en la espalda, mientras ella sollozaba. Ni Bruno Gouvy ni su hija se percataron de que alguien los observaba desde la verja. La imagen se mantuvo así un tiempo. Había una tapia enjalbegada, una hilera de cipreses, una vereda de piedra que llegaba hasta la puerta de una capilla. El Mercedes estaba pegado al bordillo de la acera. Bruno Gouvy sujetó a su hija por los hombros, le alzó la barbilla, empujándosela delicadamente con el índice curvado, para que le mirara a los ojos, y le dio un pañuelo, para que se enjugara las lágrimas. Después la acompañó hasta el lateral derecho del automóvil y le abrió la puerta. Los ademanes de Gouvy eran suaves, delicados. Por fin rodeó el automóvil y se acomodó frente al volante. El motor se puso en marcha con una trepidación apenas perceptible y los neumáticos se abrieron paso por entre la grava. Entonces me dejé ver. Di unos pasos indecisos, y me situé en medio de la calzada. El automóvil se detuvo a escasa distancia de donde me encontraba y los dos me miraron a la vez. A través del parabrisas

vislumbré sus torsos, sus rostros, el de él, fino, de tez bronceada, con el pelo del mismo color que la carrocería del Mercedes. Y ella, Brooklyn, la viva imagen de su madre. Me hice a
un lado y el coche reanudó la marcha con una lentitud extraordinaria. Bruno Gouvy alzó la mano y sonrió con la mirada, sin mover un solo músculo de la cara. Cuando estuvo a mi
altura, apoyé la mano en el cristal de la ventanilla, con los dedos abiertos en abanico, y Brooklyn hizo lo mismo, apoyó su
mano, pequeña, delicada, en el cristal, solo que ella tenía los
dedos juntos. Hubiera sido una caricia de no ser por el cristal
caliente que mediaba entre la palma de su mano y el hueco de
la mía. La apartó y me hizo un gesto de despedida. El coche
salió de la pista de grava, accedió a la carretera, torció hacia la
derecha e inmediatamente desapareció.

Me quedé paralizado, sin saber qué hacer, mientras lo volvía a ver todo como en la secuencia de un sueño. Era como si
se hubiera hecho de noche bruscamente, como si un eclipse
total se hubiera abatido sobre la bahía de Cádiz. Recordé un
eclipse, el único que viví, siendo yo niño, en Summerhill.
Mrs. Dawson había anunciado durante el desayuno que en
torno a mediodía iba a tener lugar un eclipse total de sol. Al
acercarse la hora, en lugar de acudir al pabellón principal a fin
de observar el fenómeno con los demás, como se nos había
indicado que hiciéramos, me escondí en una arboleda cercana. Sentado en una roca, observé como en torno a mí descendía algo que no era exactamente la noche, unas tinieblas
sin nombre que iban cubriéndolo todo como si alguien
hubiera extendido una sábana negra sobre el mundo, hasta
que, muy poco a poco, empezó a regresar la normalidad. Fue
algo tan extraño que muchas veces dudo haberlo vivido. Y en
aquel momento volvía a suceder. Lo que antes eran imágenes,
de repente se habían vuelto sombras. Sombras, pensé, o tal vez
oí una voz que hablaba dentro de mí. Sombras, dijo la voz,
sólo sombras, sombras que no cesan. Se han ido todos los que

formaron parte de aquel mundo, un universo entero se ha borrado. Los seres que una vez lo habitaron pletóricos de vida, ahora son poco más que humo. Recordé las campanas al vuelo del Hotel Seventeen, donde alquilé una habitación cuando me separé porque no podía soportar volver al apartamento vacío, los cuartos infames, ocupados por matrimonios de mendigos ancianos que fumaban marihuana y veían programas de dibujos animados durante toda la noche. A primera hora de la mañana, cuando repicaban las campanas de una iglesia cercana, antes de despertarme, creía que era niño y estaba en algún lugar de Europa. En medio de la calma del cementerio, oí un viento que silbaba a lo lejos, un viento que al pasar lo quería borrar todo. Y en aquel momento, yo que creía haber soñado con las sombras de Brooklyn, me di cuenta de que no había sombra alguna, sólo una claridad que lo cegaba todo. Todo era blanco, de un blanco calcinado, las tapias, el sol, la caja donde se guardaban los papeles que me había dado Brooklyn, donde decía que estaba lo que faltaba de la historia. Fue entonces cuando me di cuenta de que no iba a leer nada de aquello. Porque *Brooklyn* ya tenía forma, la que tú quisiste darle. Era el libro que escribiste para Nadia, y ya estaba hecho, y nada ni nadie lo podía cambiar.